«Ich verschwinde,
Hattie.»

«Das dachte ich mir.»
Hattles ruhige Stimme täuschte über die Verzweiflung hinweg, die in ihr tobte.
«Bist du sicher, daß es sein muß?»
«Ganz sicher.»

Als Hattie ihn nicht mehr sehen konnte, drehte sie sich um und sank in den Schaukelstuhl.
Er würde wiederkommen,
das hatte er versprochen.
Irgendwann …

Marcia Willett

HATTIES MÜHLE ~ EINE BEZAUBERNDE GESCHICHTE VON LIEBE UND FREUNDSCHAFT

Roman

Deutsch von
Marieke Heimburger

WUNDERLICH
TASCHENBUCH

Deutsche Erstausgabe
Veröffentlicht im Rowohlt Taschenbuch Verlag
GmbH, Reinbek bei Hamburg, Juni 1999

First published in 1996 by Headline Book Publishing,
a division of Hodder Headline PLC, London
Redaktion Sabine Lammers
Umschlaggestaltung Cordula Schmidt
(Foto: Masterfile/BAVARIA)

Gesamtherstellung Clausen & Bosse, Leck
Printed in Germany
ISBN 3 499 26154 5

Für Susie

Prolog

1986 JAMES BARRINGTON VERABSCHIEDETE sich von seinen Freunden in dem kleinen Örtchen Strete in Devon, klappte das Verdeck seines Sportwagens zurück und machte es sich für die lange Fahrt zurück nach Oxford bequem. Von der hochgelegenen Küstenstraße aus warf er, sooft es ging, einen Blick auf das glitzernde Meer, das sich friedlich bis zum dunstigen Horizont erstreckte, und lächelte zufrieden, als er den goldenen, sichelförmigen Strand von Blackpool Sands durch die Bäume unter sich sah. Vor drei Jahren, als er bei einer Anwaltskanzlei in Dartmouth sein Referendariat absolvierte, hatte er in dieser Gegend gelebt, und als er nun die wohlbekannte Strecke durch die immer wieder überwältigende Landschaft fuhr, dachte er an jene Zeit zurück.

In Dartmouth schlug er zunächst den Weg ins Landesinnere Richtung Totnes ein, an der Kreuzung am *Sportman's Arms* entschloß er sich dann aber, querfeldein zu fahren. Wie oft war er mit seinem alten klapprigen Citroën auf diesen kleinen Straßen nach Hause geschaukelt und hatte sich auf jene Sommerabende gefreut, an denen er entspannen und mit seinem Segeldingi auf dem Fluß herumschippern konnte. Gerade als er daran dachte, sah er das Schild *Abbot's Mill Creek 2 Meilen.* Einem Impuls nachgebend, lenkte er den Wagen in die wenig befahrene, abschüssige Straße, an der unzählige Glockenblumen wuchsen und wo die Maisonne ihm warm auf den Kopf schien.

James fuhr um eine Kurve, hielt den Atem an, bremste unvermittelt und schaltete den Motor ab. Tief in die abfallenden, geschwungenen Felder eingegraben, lag der Nebenfluß des Dart vor ihm; die Äste der dicht am Ufer stehenden Bäume berührten sanft die ruhige und dunkle Wasseroberfläche. Kleine Boote lagen vor Anker, und das Gehämmere, das aus der hinter der Flußbiegung versteckten Bootswerft drang, hallte durch das Tal. James saß ganz still. Die Mühle am Ende des Flusses war nicht zu sehen, doch vor James' innerem Auge erschien sie ganz deutlich: die alten Steinmauern, das Wasserrad, Hattie, wie sie die Enten füttert, die beiden Cottages, die sich unter ihrem goldenen Reet ducken. Wie glücklich er hier gewesen war! Warum hatte er so viel Zeit verstreichen lassen, seit er von hier weggegangen war? Wenn sie nun alle nicht mehr da waren: Hattie, Joss, der Admiral, Miggy ...

Er verspürte einen leichten Stich im Herzen, als er sich an die Freude und Sehnsucht erinnerte, und er dachte an Daisy, wie sie in Shorts und Sandalen geduldig am Ufer auf ihn wartete, wie ihre kupferroten Locken in der Sonne glänzten, wie sich ihr zwölfjähriges Gesicht erhellte, wenn sie ihn sah. Er hörte ihre Stimme noch ganz deutlich:

«Oh, James! Du bist schon wieder zu spät! Wenn du dich nicht beeilst, verpassen wir die Flut!»

«Tut mir leid. Die Herren Nörgel, Nörgel, Bauchweh und Stöhn haben mir wieder den ganzen Tag zugesetzt.»

«Alle Hände voll zu tun?» – Ihr kleines Gesicht strahlte vor Freude über ihren gemeinsamen Witz.

«Alle Hände und Füße!»

Und Miggy, wie sie ihnen von der Wiese aus zuwinkte, wenn sie an ihr vorbeisegelten … Miggy.

James schluckte den merkwürdigen Kloß im Hals hinunter, ließ den Motor an und fuhr die gewundene Straße bis zum Fluß hinunter.

1

1979 «ICH WÜNSCHTE, DU WÄRST NICHT SO versessen darauf, unbedingt an der Küste etwas zu kaufen», sagte Sarah Farley beim gemeinsamen Frühstück zu ihrer alten Freundin Hattie Wetherall. «In dieser Gegend hier sind doch auch viele wunderschöne Häuser zu verkaufen, und so weit ist es nicht zum Meer. Sag doch auch mal was, Nick.»

Nick Farley, Partner in einer gefragten Anwaltssozietät in Plymouth, sah von seiner *Times* auf und lächelte seine Frau an.

«Meine liebe Sarah, ich dachte eigentlich, daß du Hattie viel zu gut kennst, als daß du ernsthaft glauben würdest, ich könnte an ihrer Haltung auch nur das geringste ändern. Ich wage gar nicht erst, es zu versuchen.»

Hattie, die sich gerade von ihrer Stellung als Oberschwester zur Ruhe gesetzt hatte, nachdem sie ihr ganzes Leben im Pflegedienst der Königlichen Marine gedient hatte, schnitt eine Grimasse. «Wie recht du hast. Ich möchte am Meer wohnen. Auf jeden Fall irgendwo am Wasser. Jedenfalls nicht mitten in Dartmoor.»

«Aber hier gibt es doch Flüsse», protestierte Sarah schwach. «Wir haben den Dart, den Tamar, den Tavy ...»

Nick schüttelte den ungewöhnlich schönen Kopf, legte die Zeitung zusammen und schob seinen Stuhl zurück.

«Gib's auf, Liebes, und laß ihr ihren Spaß. Sie wird ja

nicht weit weg sein. In jedem Fall näher als in den letzten dreißig Jahren. Ich muß mich beeilen. Schönen Tag euch beiden.»

Er gab Sarah einen Kuß, winkte Hattie kurz zu und verschwand. Sarah seufzte, und Hattie beobachtete sie nachdenklich.

«Nick ist in Höchstform», bemerkte sie dann, als sie Marmelade auf ihren Toast strich.

«Hmmm», machte Sarah geistesabwesend. «Ist er.»

«Alles in Ordnung?»

Sarah riß sich zusammen und sah sie an. «Wenn du damit meinst, ob er zur Zeit eine Affäre hat, dann ist die Antwort nein, ich glaube nicht. Die üblichen Anzeichen fehlen jedenfalls.»

«Ach, Gott.» Hattie schüttelte den Kopf. «Ich hatte gehofft, daß er etwas ... na ja, etwas nachlassen würde mit dem Alter. Wenn du verstehst, was ich meine.»

«Das tut er aber leider nicht.» Sarah hörte auf, ihren Toast zu zerkrümeln, und schob den Teller zur Seite. «Eher im Gegenteil. Er hat ja schon immer Bestätigung gebraucht, aber das fortschreitende Alter macht ihn höchstens noch unsicherer. Dabei ist er doch noch gar nicht so alt! Erst vierundvierzig. Vergiß nicht, daß er fast fünf Jahre jünger ist als ich.»

«So viel ist das doch nicht. Du bist ja auch fünf Jahre jünger als ich, und – wen interessiert das?»

«Das ist etwas anderes. Aber egal, vergessen wir das. Was siehst du dir heute an?»

«Mehrere Objekte.» Hattie blätterte durch den Papierstapel neben ihrem Teller. «Ein Cottage bei Torcross und ein Haus in Dartmouth, aber das, was mich am meisten reizt, ist die Mühle.»

«Ach ja, die hattest du mir gezeigt. Im Ernst, Hat! Meinst du nicht, daß das ein bißchen viel ist für dich allein? Eine heruntergekommene Mühle mit zwei alten Cottages. Was willst du denn damit machen? Es wird bestimmt ein Vermögen kosten, das alles wieder herzurichten.»

«Bestimmt.» Hattie zerwühlte ihr kurzes graues Haar, runzelte geistesabwesend die Stirn und schüttelte den Kopf. «Ich hab so ein ... *Gefühl* dabei, das ist alles. Willst du mitkommen?»

«Nein, ich muß zu einem Wohltätigkeitslunch, habe ich dir doch erzählt.» Sarah fing an, den Tisch abzuräumen. «Also, viel Spaß heute, aber um Gottes willen, überstürze nichts!»

Hattie lächelte die jüngere Frau liebevoll an. Früher, als sie beide noch als Krankenschwestern gearbeitet hatten, waren sie oft für Schwestern gehalten worden: beide waren nicht sehr groß und etwas untersetzt, beide trugen das Haar stets kurz, beide hatten ein Faible für alte, bequeme Kleidung und hielten sich am liebsten draußen auf. Als Sarah fünfunddreißig war, erbte sie ein nicht unbedeutendes Vermögen von ihren Eltern, lernte den unglaublich bezaubernden Nick kennen und quittierte sofort den Dienst. Viele waren der Ansicht, daß er sie nur des Geldes und ihrer Kontakte wegen geheiratet hatte; aber daß Sarah Nick anbetete, war nicht zu bezweifeln. Eigentlich waren sie ja recht glücklich, dachte Hattie, drückte aber trotzdem kurz Sarahs Arm, als sie ihre Sachen einsammelte.

«Fünfunddreißig Jahre lang mußte ich mich Regeln und Gesetzen unterwerfen», sagte sie unbekümmert. «Das einzige, was ich jetzt wirklich endlich einmal tun möchte, ist, etwas zu überstürzen. Sei keine Spielverderberin.»

«Du bist hoffnungslos.» Aber Sarah lächelte. «Ich freu

mich schon drauf, alle Einzelheiten zu hören. Weißt du, wie du hinkommst?»

«Das finde ich im Schlaf.» Hattie zwinkerte ihr zu. «Nick hat es mir auf der Karte gezeigt und selbst aufgezeichnet. Hätte nur noch gefehlt, daß er es vertont. Keine Sorge. Viel Spaß bei deinem Lunch, wir sehen uns später.»

Sie ging hinaus und blieb stehen, um ihren Neufundländer zu rufen, der ausgiebig aus dem Fischteich trank. Sie hatte sich immer geschworen, daß sie sich, sobald sie pensioniert würde, ein Haus am Meer – oder an einem Fluß – und einen Hund kaufen würde. Den Hund hatte sie zuerst gefunden – Admiral Jellicoe, einen großen, hübschen Welpen, den sie einem befreundeten Züchter abgekauft hatte. Während sie in dem Cottage in Hampshire wohnte, das sie von ihrer Mutter geerbt und bis dahin als Ferienhaus genutzt hatte, und darauf wartete, daß sich ein Käufer dafür fand, hatte sie den Hund erzogen. Jetzt besaß sie eigentlich nicht viel mehr als ein Bankkonto, auf das sie ihre Ersparnisse, ihre Gratifikation und ihr Erbe eingezahlt hatte, und einen zwölf Monate alten Hund.

Hattie verfrachtete ihn hinten in ihren Renault und macht sich auf den Weg quer durch Dartmoor. Sie war keineswegs immun gegen die Herrlichkeit der Landschaft an diesem windigen Märzmorgen – sie liebte das riesige, schwungvolle Panorama und die dunstigen Weiten –, aber sie wollte schlicht und ergreifend nicht hier leben.

«Wir kommen ab und zu mal her, um Gassi zu gehen, was, Jellicoe?» murmelte sie und sah im Rückspiegel, wie der Hund mit aufgerichteten Ohren den Kopf neigte und ihr zuhörte. «Was wir wollen, ist Wasser.»

Sie sann darüber nach, während sie fuhr, und war froh, daß Sarah nicht mitgekommen war. So gern Hattie sie auch mochte – sie wußte, daß alles, was Sarah gesagt hätte, sie nur entmutigt hätte. Sarah wollte, daß Hattie sich so nah bei Buckland Monachorum wie möglich niederließ, aber – ganz abgesehen vom geographischen Aspekt – Hattie war nicht im geringsten daran interessiert, in die Vereinsmeierei mit Wohltätigkeitsbasaren hier und Wohltätigkeitslunches dort hineingezogen zu werden, die Sarahs Tage füllten und sie von Nicks Untreue ablenkten.

«Wie hält sie das bloß aus?» murmelte sie. «Wie kann ihr Selbstwertgefühl das unbeschadet überstehen?»

Obwohl sie sehr häufig ihren Urlaub und freie Wochenenden bei Freundinnen verbracht hatte, die ihre Arbeit aufgegeben hatten, um zu heiraten und Kinder zu kriegen, war sie nie in die Versuchung gekommen, ihre Ansicht darüber zu ändern, daß es viel einfacher war, ungebunden zu bleiben. Nur ein einziges Mal wäre sie bereit gewesen, ihre Freiheit aufzugeben, aber dieses Opfer wurde ihr gar nicht abverlangt. Vor fast dreißig Jahren hatte sie eine Affäre mit einem Oberarzt, die damit endete, daß er sie verließ, als sie schwanger wurde. Als Hattie erkannte, daß seine Geschichten von einer unglücklichen Ehe gelogen waren und daß seine Versprechungen, sich von seiner an ihm nicht mehr interessierten Frau scheiden zu lassen, um Hattie zu heiraten, leer waren, hatte sie ihr Leben wieder fest in die Hand genommen und abtreiben lassen. Die Sache mit dem Arzt bereute sie schon lange nicht mehr, aber den Verlust des Kindes hatte sie nie verschmerzt. Wie oft sie diese Entscheidung bereut hatte, die zu jenem Zeitpunkt die einzig mögliche schien, wußte nur sie selbst.

Hattie schob die Gedanken an die Vergangenheit beiseite und konzentrierte sich ganz auf das verwirrende Netzwerk von schmalen Straßen, das das Hinterland zwischen

Totnes und Dartmouth durchzog. Sie war erleichtert, als sie das Schild sah – innerlich hatte sie sich bereits bei Nick dafür entschuldigt, daß sie seine minutiösen Beschreibungen für übertrieben gehalten hatte. *Abbot's Mill Creek 2 Meilen.* Hattie bog in die enge Straße ab und fuhr hinunter zum Fluß. Als sie um eine Kurve bog, stieß sie einen verzückten Schrei aus und hielt einen Augenblick an, um das Bild, das sich ihr bot, in sich aufzunehmen: Das Flußwasser zitterte und glitzerte in der Sonne, die Bäume schienen in den Untiefen zu treiben, auf den hohen bewaldeten Hügeln leuchteten sonnengelbe Felder. Hattie atmete sehr tief ein, schaltete und fuhr weiter.

Die abschüssige Straße säumten hohe Böschungen, in denen Kätzchen sich im Märzwind wiegten und gelbes Scharbockskraut durch totes Laub und frische Triebe leuchtete. Dort, wo die Straße eben wurde, führte sie an einem Obstgarten vorbei, und Hattie konnte einen kurzen Blick auf den Mühlteich und den leeren Mühlkanal erhaschen, bevor sie die Mühle selbst erreichte. Sie fuhr durch das Tor und hielt direkt am Fluß, der sich vor ihr auftat und immer breiter und tiefer wurde, während die Straße wieder anstieg und hinter dem Wald am Ufer verschwand.

Hattie schaltete den Motor ab und stieg aus. Die Flut war auf dem Rückzug, und ein paar Meter weiter lag ein kleines Dingi am Strand. Etwas weiter flußabwärts schaukelte eine zweimastige Segeljacht an ihrem Liegeplatz, auf der in diesem Moment ein Mann über die Kajüttreppe auftauchte und sich umsah. Sie erhob die Hand zum Gruß, und nach kurzem Zögern erwiderte er die Geste, aber noch bevor sie ihm etwas zurufen konnte, hörte sie einen Motor und sah gleich darauf ein Auto durch das Tor fahren und neben ihrem parken. Es war der Makler. Sie gaben sich die

Hand und gingen gemeinsam zurück zum Tor, um dort die Besichtigung zu beginnen. Für Hattie war es Liebe auf den ersten Blick, ganz benommen versuchte sie, all die Informationen in sich aufzunehmen, die der wortreiche Makler ihr ununterbrochen angedeihen ließ.

Die Mühle, erzählte er ihr, als er sie aufschloß und Hattie darin herumführte, hatte man gerade angefangen zu renovieren, als dem jungen Paar, dem sie gehörte, das Geld ausging. Der Makler schüttelte den Kopf. Wirklich traurig, es war so ein nettes junges Paar ... Wasser und Strom seien gemacht worden und ein schönes neues Dach. Ob sie das Dach gesehen hatte? (Hattie nickte gehorsam. Sie hatte das Dach gesehen.) Mit den Cottages sei es etwas anderes. Eines sei zauberhaft hergerichtet worden, da das Paar darin gewohnt habe, während die Mühle renoviert worden sei ... Sehr gemütlich und geschmackvoll. Ob sie nicht auch meinte? (Wieder nickte Hattie. Oh, ja, sicher. Unbedingt.) Das andere Cottage sei auch nicht übel. Ein paar Kleinigkeiten seien zu tun, ein frischer Anstrich, neue Fensterrahmen vielleicht, aber nichts Größeres, wirklich, alles kaum der Rede wert. (Hattie schüttelte den Kopf. Kaum der Rede wert.) Was nun die Mühle selbst angehe, da böten sich unbegrenzte Möglichkeiten. Erst vor zwei Tagen habe er einem Paar das Objekt gezeigt, und die beiden hätten die wunderbare Idee gehabt ...

Hatties Hirn kam auf Touren, und ihr Herz raste vor Aufregung.

«Es besteht wohl einigermaßen großes Interesse?» tastete sie sich vorsichtig heran.

Der Makler lachte amüsiert, als wolle er sie sanft tadeln. Selbstverständlich bestand *sehr großes* – er betonte diese Worte – Interesse. Daß noch einiges an Arbeit hineingesteckt werden müsse, sei der Grund für den fast schon lächerlich niedrigen Preis. Aber man müsse nur einmal an die Möglichkeiten denken ... die Cottages vermieten ... Bed & Breakfast immer gefragt in dieser Gegend ... unvergleichliche Lage ...

Hattie stellte eine Überschlagsrechnung an und schmiß Jahre der Disziplin und Vorsicht über Bord. «Ich will es», sagte sie.

Der Makler, der an dem winzigen Kai entlanggeschlendert war und ihr die Vorteile eines eigenen Liegeplatzes anpries, verstummte einen Moment. «Sie möchten ein Angebot machen?» fragte er vorsichtig.

«Natürlich. Ein Barangebot.» Hattie rechnete noch einmal, und nachdem die Vernunft zumindest teilweise in sie zurückgekehrt war, bot sie eine Summe, die dreitausend Pfund unter dem lag, was eigentlich gefordert wurde. «Und ich will noch heute eine Antwort.»

Der Makler widerstand dem Drang, ihr zu sagen, daß sie es sofort haben könne, da die Eigentümer sich in einer derart prekären finanziellen Lage befanden, daß sie sogar ein niedrigeres Angebot akzeptiert hätten, und blickte sehr ernst. Er werde tun, was er könne, müsse aber in jedem Fall erst ein paar Telefonate führen und – da das Interesse an dem Objekt wirklich *sehr groß* sei – das Angebot mit den Eigentümern sorgfältig überdenken.

«Bis heute abend», insistierte Hattie. Sie würde sterben, wenn sie noch länger warten müßte. «Ja oder nein. Gehandelt wird nicht.»

Der Makler nickte. Er verstand vollkommen. Und da keine Hypothek im Spiel war und alles schnell über die Bühne gehen könnte ...

Hattie ihrerseits widerstand dem Drang, ihn eigenhändig ins Auto zu verfrachten und ins Büro zurückzuschikken, und übte sich mit zusammengebissenen Zähnen in Geduld, während er ihr versprach, ihre anderen Besichtigungstermine abzusagen, sich dann von ihr verabschiedete und davonfuhr.

Sie hörte, wie sich das Auto entfernte, und schlenderte zurück ans Ufer, wo einst von der Mühlenmauer aus die Boote beladen wurden. Gleich daneben befand sich ein kleiner Schiffsbauplatz, auf dem ein weiteres, frisch gestrichenes Dingi kieloben lag. Hattie lehnte sich gegen die Mauer und sah zu der Sportsegeljacht hinüber, auf deren Kajütdach der junge Mann mit einem Becher in der Hand saß. Hattie konnte den Kaffee förmlich riechen, und ihr lief das Wasser im Mund zusammen. Sie winkte noch einmal und rief ihm zu.

«Ahoi!» Ihre Stimme glitt mühelos über das Wasser. «Haben Sie einen Moment Zeit?»

Der junge Mann stellte den Becher ab, stand auf und lehnte sich auf die Reling. «Guten Morgen. Die Mühle besichtigt?»

«Ja. Kennen Sie sie gut?»

«Ich habe in einem der Cottages überwintert und ab und an mal bei der Renovierung geholfen.»

«Ich werde sie kaufen.» Es mußte einfach wahr werden, wenn sie es laut aussprach.

«Meine Güte! Das ging aber schnell!» Er zögerte. «Möchten Sie einen Kaffee?»

«Oh, gerne! Ich habe aber noch Admiral Jellicoe im Auto.»

Nach einem kurzen Schweigen richtete der junge Mann sich auf. «Bitte?»

Hattie grinste in sich hinein. Denkt wohl, ich bin nicht

ganz dicht, dachte sie und lag damit gar nicht so verkehrt. «Meinen Hund», erklärte sie. «Ich wollte ein bißchen mit ihm in den Wald. Aber ich hätte gerne eine Tasse Kaffee, und vielleicht können Sie mir all die Dinge erzählen, die unser Freund mit der verbalen Diarrhö nicht erwähnenswert fand.»

Sie sah die Zähne in seinem Gesicht blitzen und lächelte erleichtert.

«Lassen Sie sich Zeit», sagte er. «Rufen Sie mich, wenn Sie soweit sind, dann rudere ich rüber und hole Sie.»

Admiral Jellicoe sprang dankbar aus dem Auto und rannte schnüffelnd los. Hattie ging zur Mühle zurück, sah sich die alte Steinmauer an, das neue Schieferdach und das riesige, bewegungslose Rad. Die weißgetünchten Cottages sahen niedlich aus unter ihren schweren Reetdächern, und jenseits des Zauns breitete sich ein Teppich aus Osterglokken unter den Obstbäumen aus. Sie nickte zufrieden und entschlossen und folgte dem Admiral auf der schmalen Straße unter den ausladenden Bäumen.

«Du bist verrückt», stellte Sarah abends fest, als sie geschickt mit den Tellern für das Abendessen jonglierte. «Ich hätte mitkommen sollen. Himmel noch mal, besorg dir ein Sachverständigengutachten, bevor du irgend etwas unterschreibst. Nick, was sagst du?»

«Ich diskutiere nie mit einer Frau, die fest zu etwas entschlossen ist», entgegnete er, indem er drei große Brandys einschenkte. «Zeitverschwendung. Soll ich Paul Hicks fragen, ob er den ganzen Papierkram für dich erledigt, Hattie?»

«Lieb von dir, Nick, aber ich habe schon jemanden, danke. Der, der sich um alles gekümmert hat, als meine Mutter gestorben ist. Bei dem bleibe ich.»

«Okay.» Nick reichte Sarah ihren Brandy. «Mach nicht so ein Gesicht, Liebes. Hört sich an, als hätte sie bereits Freunde gefunden.»

«Und was ist, wenn dieser Joss mit seinem Boot auf Tour geht?» rief Sarah. «Dann sitzt du da mutterseelenallein. Ach, bitte, überleg's dir doch noch mal!»

«Aber ich werde doch nicht allein sein», sagte Hattie. «Sobald die Mühle bewohnbar ist, ziehe ich dort ein und vermiete die Cottages. Dann habe ich direkt gegenüber Gesellschaft.»

«Äußerst riskant!» malte Sarah schwarz. «Man weiß nie, an wen man gerät.»

Nick und Hattie brachen in Gelächter aus.

«Du bist hoffnungslos», sagte Hattie liebevoll. «Außerdem habe ich ja den Admiral. Der beschützt mich schon. Wobei mir einfällt», redete sie schnell weiter, damit Sarah nicht auch noch die Qualitäten des Admirals als Beschützer in Frage stellen konnte, «daß er schon ganz schön lange draußen ist. Ich werde mal eben nach ihm sehen.»

Sie ging hinaus, froh, Sarahs tausend Einwänden zu entkommen, die sie vorgebracht hatte, seit der Makler angerufen hatte, um Hattie mitzuteilen, daß ihr Angebot akzeptiert worden sei. Draußen in der kalten Märznacht rief sie den Admiral, der aus dem Dunkel auftauchte, seine Schnauze in ihre Hand bohrte und dann sofort wieder verschwand. Sie dachte an die Mühle und die Cottages, den Fluß und sein Ufer, den Weg in den Wald und fand, daß all das zu schön war, um wahr zu sein.

In sechs Wochen, dachte sie, könnte ich schon dort sein. In Abbot's Mill wohnen.

Sie seufzte glücklich und aufgeregt, rief den Admiral noch einmal und ging zurück zum Haus.

2

IM SOMMER HATTE DER FLUSS FRÜHMORGENS, wenn noch alles still war, etwas Magisches: der weiche, weiße Tiefnebel war von goldenem Licht durchflutet; die steigende Flut überspülte den Schlick, in dem ein einsamer Reiher stand, und trug zwei stolze Schwäne mit sich. Ein Zaunkönig durchstöberte die Büsche am Wasserrand, und von weiter oben aus dem Tal hallte das hohle Hämmern eines Spechts durch die dichtbewaldeten Hügel. Dort, wo Salz- auf Süßwasser traf, ankerte der Zweimaster in der Fahrrinne und fing an zu schaukeln, wenn das steigende Wasser um seinen Rumpf klatschte.

Toby Drakers beobachtete dieses ständig sich wandelnde Bild von seiner bis zum Wasser hinunterreichenden Wiese aus und entspannte sich völlig in dieser an Friedlichkeit kaum zu überbietenden Atmosphäre. Er wußte, daß er großes Glück gehabt hatte, diese Oase zu finden: zwei Cottages an einem den Gezeiten ausgesetzten Fluß, weitab vom Schuß. Man hatte ihm erzählt, daß sie früher ein paar Fischern gehört hatten, die Aal und Lachs fingen, und Ruth und er hatten die beiden Cottages zu einem großen Haus verbunden, es renoviert und langsam in ein reizendes, gemütliches Heim verwandelt. Das war ganz am Anfang gewesen, als Ruth das Landleben noch nicht gelangweilt hatte und bevor sie ihn bedrängt hatte, seine Arbeit in der Stadt wiederaufzunehmen. Toby fand allerdings, daß fünfzehn Jahre bei einer Handelsbank – und davon die letzten sieben im Termingeschäft – mehr als genug waren, und hatte sich geweigert. Seine Ersparnisse waren gut angelegt, das Cottage war schuldenfrei, und er war Teilhaber an der Bootswerft ein Stück flußabwärts. Warum zurückkehren zu dem Streß, dem Lärm und der Unrast?

Die Morgensonne drang durch den Nebel, tauchte die Baumkronen in Feuer, und der weiche, blasse Schlick war vollständig im Wasser verschwunden. Toby starrte über den Fluß ins Leere, während ihm die Szenen durch den Kopf gingen, die sich wieder und wieder abgespielt hatten.

«Du liebst das hier mehr als mich!» hatte Ruth gerufen. «Oder als Georgia!»

«Sei nicht unfair», hatte er sie gebeten. «Du weißt, daß das nicht stimmt. Ich kann nicht einfach so zurückgehen und da weitermachen, wo ich aufgehört habe. Du weißt, daß das nicht so einfach ist. Seit drei Jahren bin ich schon draußen. Bei dem Job eine lange Zeit.»

«Du könntest doch etwas anderes machen. Du hast so viele Kontakte.» Ihre Stimme wurde unsicherer. Sie wußte, daß er recht hatte, daß es unmöglich sein würde.

«Ich möchte aber nichts anderes machen.» Er reichte ihr eine Hand.«Komm schon, Ruth. Sei vernünftig.»

«Du bist derjenige, der nicht vernünftig ist.» Sie starrte ihn an, nicht im geringsten besänftigt durch seinen liebevollen, flehenden Blick. «Du willst bloß nicht zugeben, daß wir einen Fehler gemacht haben. Dieses Leben hier ist ja ganz nett für eine Weile, aber der Reiz läßt doch schnell nach. Wir können es ja als Ferien- und Wochenendhaus behalten.»

«Ich möchte es aber nicht nur als Ferien- und Wochenendhaus benutzen.» Er zog die Hand zurück. «Ich möchte hier leben. Ich meine nicht, daß wir einen Fehler gemacht haben. Ich liebe es hier.»

«Siehst du, sag ich doch! Du liebst es mehr als mich ...»

Und so war es weitergegangen, obwohl Toby alles mögliche versucht hat, um sie für das zu entschädigen, was ihr fehlte. Er wußte, daß sie sich nach dem gesellschaftlichen Leben sehnte und – mehr noch – nach dem Status und dem Wohlstand, den ihr seine Position verliehen hatte. Zu Anfang war die Vorstellung, mit Toby und der zehnjährigen Georgia in einem Cottage am Wasser zu wohnen, aufregend gewesen. Es war etwas ganz anderes, und ihre Freunde waren alle beeindruckt und neidisch gewesen. Diese Freunde waren an Wochenenden aus London angereist und hatten sich in Fluß und Cottage verliebt. Laut hatten sie ihre Bewunderung geäußert, aber im Laufe der Monate war es Ruth immer schwerer gefallen, sich wieder einzufinden, nachdem sie abgereist waren. Sosehr auch alle betonten, wie wunderschön das alles sei – niemand von ihnen war bereit, ihrem Beispiel zu folgen und in diese Gegend zu ziehen; und ihre Erzählungen von gemeinsamen Freunden, neuen Theaterstücken und amüsanten Partys verunsicherten Ruth sehr. Für sie war das Experiment fehlgeschlagen – für Toby war es ein voller Erfolg.

Er konnte einfach nicht verstehen, daß sie wieder nach London zurückgehen wollte, und versuchte, ihre Langeweile zu lindern, indem er immer mehr mit ihr ausging und nichts dagegen einwendete, daß das Haus Wochenende für Wochenende von erholungsbedürftigen Stadtmenschen bevölkert wurde. Doch das reichte ihr nicht.

Hatte er das Recht dazu gehabt – fragte er sich wohl zum millionsten Mal – standhaft zu bleiben, sich zu weigern zurückzugehen? Schließlich konnte Ruth damals, als er sie gefragt hatte, ob sie ihn heiraten wollte, nicht wissen, daß er eines Tages von ihr verlangen würde, London zu verlassen und sich an einem Ort wie diesem niederzulassen.

«Ein gottverlassenes Loch ... kulturelle Wüste ... ständig regnet es ...»

Ihre verächtlichen Worte klangen ihm in den Ohren. Wie schnell hatte sie ihre eigene anfängliche Begeisterung und die Tatsache, daß sie es genauso gewollt hatte wie er, vergessen.

Der Reiher schwang sich gemächlich in die Lüfte und lenkte Tobys Aufmerksamkeit zurück auf den Fluß. Er lächelte, als er sah, wie die Schwäne in der Hoffnung auf etwas Frühstück um die kleine Jacht herumpaddelten. Die verschiedenen Jahreszeiten am Fluß, der ewige Kreislauf des Lebens, der altbekannte und doch immer wieder aufregende Ablauf faszinierten ihn. Ruth hatte ihm vorgeworfen, er vegetiere nur noch vor sich hin, und ihre Streitereien waren immer häufiger und erbitterter geworden, bis sie verkündet hatte, daß ihr früherer Chef befördert worden war, daß er ihr eine Stelle als seine Assistentin angeboten hatte und daß sie vorhatte, sie anzunehmen.

Sie war trotzig und entschlossen gewesen, und Toby, der sich fragte, ob sie wirklich so viel glücklicher sein werde in der Stadt, hatte keine größeren Versuche unternommen, sie davon abzuhalten. Das war vor zwei Jahren gewesen, und seitdem lebte sie mit Georgia in der Londoner Wohnung. Am Anfang waren sie am Wochenende und in den Ferien nach Hause gekommen, aber nach und nach war das immer weniger geworden. Georgia war alt genug, um allein mit dem Zug zu fahren, und kam an langen Wochenenden und in einem Teil der Ferien zu ihm, aber Ruth kam selten und wehrte Tobys Vorschläge, nach London zu reisen, ab. Er ging davon aus, daß sie jemand anderen kennengelernt hatte oder – was wahrscheinlicher war – ihre Freundschaft zu ihrem Chef Alan hatte wiederaufleben lassen. Sie hatte den Kontakt zu ihm nie abgebrochen, und Toby hatte immer schon vermutet, daß ihre Beziehung nicht nur rein geschäftlicher Natur gewesen war.

Toby sah, wie die *Lysander* an ihren festgemachten Fangleinen zerrte. Er hatte sie selbst gebaut: ein kleiner Flußkreuzer mit zwei Kojen. Sie war eine würdige Nachfolgerin für die Segeljolle, die er vor vielen Jahren in seiner Londoner Garage gebaut hatte. Ruth hatten seine Fähigkeiten völlig kaltgelassen, sie konnte seine tiefe Befriedigung, etwas mit den Händen zu erschaffen, einfach nicht verstehen. Sie hatte ihn geradezu angeekelt angesehen, wenn er in schmutzigen Overalls und mit farbverschmierten Händen aus der Bootswerft wiederkam.

«Wenn ich einen Arbeiter hätte heiraten wollen, hätte ich das getan», sagte sie eisig, wenn er versuchte, sein Gefühl der Erfüllung mit ihr zu teilen. «Wie du mit dem hier zufrieden sein kannst nach allem, was du früher erreicht hast, ist mir ein Rätsel.»

Etwa zur gleichen Zeit hatte sie angefangen, nach London zu flüchten – ein Einkaufsbummel hier, ein Wochenende da, ein paar Tage bei Freunden dort. Georgia kam nur an den Wochenenden aus dem St. Margaret Internat in Exeter nach Hause, so daß Ruth genügend Zeit für sich selbst hatte. Sie und Toby entfernten sich immer mehr voneinander, und keiner von beiden unternahm ernsthafte Versuche, diese Entwicklung aufzuhalten. Als Ruth ihm die Neuigkeit von dem Job verkündete, fragte Toby sich, ob sie sich bei ihren Ausflügen nach London mit Alan getroffen hatte, und als sie dann auch noch seine Besuche in London abblockte, sah er sich in seinem Verdacht bestätigt.

Aus heiterem Himmel hatte er dann einen Brief von ihr bekommen, in dem sie ihm mitteilte, daß sie die Scheidung wollte. Sie hielt es für zwecklos, schrieb sie, diesen Schwebezustand aufrechtzuerhalten. Sie hatte gehört, daß die Ehe nach dem Zerrüttungsprinzip geschieden werden könne, und ging davon aus, daß er keine Einwände habe.

Toby hatte sofort seine Tasche gepackt und war nach London gefahren, aber Ruth hatte nicht nachgegeben. Entweder zog er zurück nach London und suchte sich einen vernünftigen Job, oder sie würde die Scheidung einreichen. Jene wenigen Tage hatten ausgereicht, um ihm klarzumachen, daß er nicht mehr in die Großstadt paßte, doch bat er Ruth inständig, die Sache mit der Scheidung noch einmal zu überdenken. Es war ein so großer Schritt, und schließlich war da auch noch Georgia. Ruth sagte ihm, daß sie ausreichend nachgedacht habe. Selbstverständlich würde Georgia ihn auch weiterhin regelmäßig besuchen und ihre Ferien mit ihm verbringen, und auch sie selbst würde kommen, damit Georgia sah, daß keine Feindseligkeit herrschte, und sich leichter an die neue Situation gewöhnen konnte. Und überhaupt, betonte sie, würde sich in bezug auf Georgia so gut wie gar nichts ändern.

«In psychologischer Hinsicht schon», argumentierte er. «Wir sind immer noch verheiratet, und dein Zuhause ist bei mir, auch wenn du nicht oft hier bist. Wir könnten jederzeit wieder richtig zueinanderfinden.»

Er sah Verachtung in ihren Augen aufblitzen und runzelte die Stirn.

«Du kennst meine Einstellung», sagte sie achselzukkend. «Du sagst, du kommst nicht zurück. Was mich betrifft, war's das dann.»

«Hast du mich nur für das geliebt, was ich war?»

«Du weißt genau, daß es nicht so einfach ist», hatte sie gesagt und war seinem Versuch, sie in den Arm zu nehmen, ausgewichen. «Du hast dich verändert. Du warst einmal aufregend, scharfsinnig, kraftvoll. Jetzt schlurfst du in alten Klamotten herum wie ein Aussteiger.»

«Hast du eigentlich eine Vorstellung davon, wie es auf dem Börsenparkett zugeht?» hatte er aufgebracht gefragt. «Acht Stunden am Tag schwerwiegende Entscheidungen in nicht mehr als dreizehn Sekunden fällen! Ich habe Leute kennengelernt, die mit dreißig völlig ausgebrannt waren. Ist es so falsch, sich entspannen und die Früchte jener anstrengenden Zeit genießen zu wollen?»

«Man muß aber nicht an einem schlammigen Fluß am Arsch der Welt wohnen, um sich zu entspannen!» hatte sie gerufen, und er hatte ihr den Rücken zugedreht, als sie all das wiederholte, was sie schon in den letzten Jahren immer wieder gesagt hatte. «Wir hätten uns auch hier entspannen können, in die Oper gehen oder ins Theater oder mit unseren Freunden zu Abend essen.»

«Das war aber nicht das, was ich wollte», hatte er düster gesagt.

«Oh, nein! Und es muß ja schließlich das sein, was *du* willst, nicht?»

«Du wolltest es doch auch.»

«Okay. Am Anfang war es eine nette Abwechslung, und ich hätte überhaupt nichts dagegen gehabt, an Wochenenden und im Urlaub hinzufahren ...»

«Oh, Ruth», hatte er müde gesagt, «vergessen wir's. Das haben wir alles schon millionenmal durchgekaut. Wir haben fünfzehn gute Jahre hier gehabt, aber dann brauchte ich etwas anderes. Ich kann nicht wieder zurückkommen.»

Ein lauter Knall hallte über das Wasser, als der Lukendeckel der *Westering* aufgestoßen wurde. Toby sah Joss' blonden Kopf auf der Kajüttreppe auftauchen. Es war nicht der rechte Augenblick für lautstarke Begrüßungen oder Unterhaltungen, die nur den Frieden gestört und den Zauber des Morgens gebrochen hätten, also schlich Toby sich davon und überließ Joss der Gesellschaft der Schwäne.

Wenige Stunden später ging Toby zu seinem Auto, das er so nah wie möglich zum Cottage am Ufer abgestellt hatte. Er hörte ein größeres Fahrzeug den Weg herunterrumpeln und blieb kurz stehen, um zu beobachten, wie der Möbelwagen in den Hof der Mühle fuhr. Er hatte Hattie bereits kennengelernt, als Joss sie einmal zu ihm ins Cottage mitbrachte, und die kleine kräftige Frau, die mit Entschlossenheit und kindlicher Aufregung ihr neues Projekt anging, war ihm gleich sympathisch gewesen. Schön, wieder jemanden in der Nachbarschaft zu haben. Es gab zwar auch noch Joss, der sein Boot seetüchtig machte für die große Reise, die er vorhatte, aber es würde doch noch etwas netter werden, wenn ihre kleine Gemeinschaft um ein Mitglied erweitert würde.

Er fuhr über die Brücke in Richtung Dartmouth. Georgia würde in ein paar Tagen kommen, darum mußte er seine Vorräte aufstocken. Da er so weit ab von der Zivilisation lebte, unternahm Toby meist eine große Einkaufstour im Monat, bei der er sein Auto vollud und dann als eine Art Belohnung im Royal Castle zu Mittag aß. Heute vormittag war es ziemlich ruhig in der Stadt. Er parkte auf dem Damm. Auf dem Fluß war wieder einiges los nach dem Winter, die Boote der Einheimischen lagen wieder im Wasser, und die Personenfähre tuckerte nach Kingswear hinüber. Toby beobachtete eine Reihe von Beibooten der Marineschule, die flußabwärts steuerten, und widmete dann seine Aufmerksamkeit dem Einkaufszettel.

Miggy Hardcastle stand am Fenster ihres Zimmers im Royal Castle Hotel und starrte auf die Landungsbrücke am Fluß. Sie wunderte sich immer noch über sich selbst, darüber, daß sie den Mut besessen hatte, ihrem Mann zu sagen, daß sie ein paar Tage raus müsse, um allein zu sein. Stephen war einer von den Männern, die solche ebenso plötzlichen wie dramatischen Ausbrüche als idiotisch und völlig unnötig abtaten. Noch viel schwerer war es ihr gefallen, ihre zehnjährige Tochter Daisy zurückzulassen, die außer sich gewesen war, als Stephen ihr verboten hatte, der Schule fernzubleiben und Miggy zu begleiten. Arme Daisy! Miggy lächelte traurig und schwach. In jenen fünf Jahren, die zwischen dem Tod ihres ersten Mannes Patrick – Daisys Vater – und ihrer Heirat mit Stephen gelegen hatten, waren Daisy und sie immer zusammengewesen, so daß das Kind nur schwer hatte verstehen können, daß diese Beziehung sich ändern und öffnen mußte, um Platz für Stephen zu machen. Trotz aller Bemühungen hatte es nicht lange gedauert, bis Miggy – und auch Stephen – erkannt hatte, daß sie überhaupt nicht zueinanderpaßten. Sie hatte ihn geheiratet, weil sie sich einsam fühlte und beeindruckt war von diesem Mann, der wußte und sich nahm, was er wollte. Sie brauchte die Gesellschaft von Erwachsenen, und daß Stephen, der so anders war als der jugendliche, unbeschwerte, optimistische Patrick, ihr den Hof machte, hatte ihr geschmeichelt.

Gegensätze mochten sich anziehen, aber sie konnten – wenn der Reiz des Neuen erst einmal verpufft war – auch zum Problem werden. Stephen erwartete einen effizient geführten Haushalt und verbrachte seine Freizeit am liebsten mit vielen nützlichen, zur Gesellschaft gehörenden Freunden. Die arme Miggy war kläglich gescheitert an dieser anspruchsvollen Routine und hatte Stephens Erwartungen bitter enttäuscht. Er war ein außergewöhnlich gelehrter Rechtsanwalt, und sie und Daisy waren leichte Opfer seiner bisweilen verletzenden Ironie. Seine Freunde hatten Stephens Schwärmerei für diese bohemische Witwe eines verkannten Künstlers von Anfang an mißtrauisch beäugt und schnell erkannt, wohin die beiderseitige Ernüchterung führte. Sie gaben sich keine Mühe, ihre Vorurteile und Ansichten zu diesem ungleichen Paar zu verbergen. Schon bald hatte Miggy sich einsamer als je zuvor gefühlt, sogar einsamer als nach Patricks Tod, und kam sich jetzt vor wie ein eher ungebetener Gast in Stephens geschmackvollem Haus in Chelsea.

Sie drehte dem regen Treiben jenseits des Fensters den Rücken zu und ging zum Bett. Sie hatte sich für Dartmouth entschieden, weil das der erste Ort war, der ihr in den Sinn gekommen war, als Stephen sarkastisch gefragt hatte: «Und welchen romantischen Schauplatz hast du dir als Zufluchtsort ausgesucht?» Sie hatte diese Stadt liebgewonnen, als sie ihre Freunde Jo und David Harper besucht hatte, die nur ein paar Meilen entfernt in Dittisham lebten. Sie waren etwas überrascht gewesen, als Miggy darauf bestanden hatte, im Hotel zu wohnen. Jo war Lehrerin, und David hatte seine eigene kleine Ingenieurfirma in Townstal, beide waren also tagsüber nicht zu Hause. Miggy hatte das als Grund dafür angeführt, daß sie lieber in der Stadt wohnen wollte, aber Jo hatte diese Ausrede durchschaut und vermutet, daß Miggy allein sein wollte. Sie hatte sie am Bahnhof in Totnes abgeholt und zu Miggys Erleichterung die Erklärung, daß sie lieber zentral wohnen wollte, akzeptiert. Sie hatten zusammen zu Abend gegessen, und David hatte versprochen, Miggy zum Mittagessen einzuladen, da

Jo Dienst hatte und nicht aus der Schule weg konnte. Miggy sah auf die Uhr. David müßte jeden Moment da sein. Sie nahm den Schlüssel und ihre Tasche vom Bett und ging hinunter.

Toby stand mit einem Glas Bier vor sich an der Theke der Castle Hotel Bar, alle Einkäufe waren erledigt. Er seufzte erleichtert und entspannte sich. Natürlich stand ihm nun noch das Ausladen des Autos bevor – eine einzige mit Taschen beladene Hin- und Herwanderei zwischen Ufer und Cottage. Auch das war schnell zu einem Zankapfel geworden, vor allem an nassen Wintertagen. Ruth hatte diese Unannehmlichkeit verflucht, bis Toby mit einer Lösung gekommen war. Die Einkäufe wurden in einen großen Plastikschubkarren geladen, der nur diesem einen Zweck diente, und auf direktem Wege ins Haus gefahren, wo sie in Ruhe ausgepackt werden konnten. Das hatte prima geklappt, bis kürzlich das Rad gebrochen war – jetzt wanderte Toby wieder hin und her. Ihn störte das nicht genug, um dem wieder Abhilfe zu schaffen, er fand es einfach nur traurig, wie schnell Dinge, die einmal Spaß gemacht hatten, zu einem handfesten Streit führen konnten.

Es wurde langsam voller an der Bar. Toby bestellte sein Mittagessen und prostete ein paar Einheimischen zu. Dann zog eine gutaussehende junge Frau seine Aufmerksamkeit auf sich, die eher zögerlich die Bar betrat, an der Theke artig abwartete, bis sie dran war, und sich dann mit ihrem Glas Wein in die hinterste Ecke setzte. Toby musterte sie verstohlen. Sie war groß und schlank, doch zartgliedrig, und ihre blasse Haut paßte perfekt zu den kurzen kupferfarbenen Locken. Ein weiter, dunkelblauer Baumwollpullover und ein kurzer Jeansrock unterstrichen ihre zerbrechliche Erscheinung. Sie sah aus, als sei sie in Gedanken versunken: ihr Kopf neigte sich nach vorne, das Kinn legte sich auf die Brust, ihre langen Beine waren ausgestreckt, ihre Füße überkreuzt.

Toby war begeistert von ihr und hätte gerne Blickkontakt mit ihr gehabt. Es war lange her, seit er das letzte Mal in weiblicher Gesellschaft gewesen war – abgesehen von dem Freundeskreis, den sie sich hier in den letzten sechs Jahren aufgebaut hatten und den Toby weiter gepflegt hatte, seit Ruth wieder in London war. Bis vor kurzem hatte er sich als verheirateten Mann betrachtet, dessen Frau zwar abwesend war, aber vielleicht jeden Moment zurückkehren wollte, und auch aufgrund Georgias regelmäßiger Besuche hatte er alles vermeiden wollen, was zu unschönen Schwierigkeiten hätte führen können. Aber jetzt, da Ruth so selten nach Hause kam und auch noch die Scheidung anstrebte, war Toby der Auffassung, daß er sein eigenes Leben leben durfte. Er trank sein Bier aus und sah aus dem Augenwinkel, daß die junge Frau aufblickte. Er sah David Harper hereinkommen, sich umschauen und sie begrüßen. Er gab ihr einen freundschaftlichen, flüchtigen Kuß. Toby nahm den Ellbogen von der Theke und wartete schon auf ihn, als er zum Bestellen an die Bar kam.

«Hallo, David. Wie geht's? Hab dich länger nicht auf dem Fluß gesehen.»

«Toby!» David klopfte ihm auf die Schulter. «Ich finde einfach keine Zeit. Wir müssen uns mal wieder zusammensetzen. Was trinkst du?» Er warf einen Blick über die Schulter und sagte leise: «Bin mit einer alten Freundin hier zum Mittagessen. Sie ist für ein paar Tage in der Gegend.»

«Du alter Glückspilz», sagte Toby heiter. «Hübsches

Ding, was? Ich war gerade dabei, mir ein Herz zu fassen und sie anzusprechen, als du kamst.»

«Warum ißt du dann nicht mit uns?» fragte David sofort.

Toby gab vor zu zögern. «Macht es ihr denn nichts aus, wenn ich mich dazudränge?»

«Sie wird wahrscheinlich erleichtert sein. Sie ist mehr Jos Freundin als meine, aber Jo kann nicht aus der Schule weg. Komm, ich stelle dich ihr vor.»

Toby folgte David zu dem Tisch in der Ecke.

«Das ist Miggy Hardcastle», sagte David, als er die Gläser abstellte. «Ein alter Segelfreund von mir, Miggy – Toby Drakers.»

«Hallo.» Toby reichte ihr die Hand. «Miggy? Ein ziemlich ungewöhnlicher Name.»

Sie verzog das Gesicht ein wenig, als die beiden sich zu ihr setzten. «Kurzform von Mignonette. Ich weiß!» Sie grinste, als sie sein Gesicht sah. «In unserer Familie ist es Tradition, den Mädchen Blumennamen zu geben, und ich wurde nach einer wohlhabenden unverheirateten Tante benannt, von der einiges zu erwarten war.»

«Und, war dieses einige viel?»

«Leider nicht.» Miggy schüttelte den Kopf. «Sie hat alles dem Tierheim vermacht, und ich darf mich den Rest meines Lebens mit ihrem Namen herumplagen.»

«Ich finde, er paßt zu dir.» David lächelte sie an. «Es hätte ja schließlich auch schlimmer kommen können. Denk doch nur an die Alternativen!»

«Gloxinie?» schlug Miggy vor. «Wolfsmilch? Wahrscheinlich hast du recht. Ich habe meine Tochter jedenfalls Daisy genannt», erzählte sie Toby. «Im Moment ist sie damit ganz zufrieden, aber sie wird mich wahrscheinlich verfluchen, wenn sie älter wird.»

Sie hatte also eine Tochter. Toby hatte den Ring am Ringfinger ihrer linken Hand schon bemerkt.

«Ich habe Toby vorgeschlagen, mit uns zu essen», sagte David. «Wir können ihn doch nicht ganz allein da sitzen lassen, oder? Wenn du ihn lieb fragst, nimmt er dich vielleicht mal in seinem Boot mit, solange du hier bist.»

«Oh.» Miggy sah sehr überrascht aus. Toby war ihr sympathisch in seinen alten Flanellhosen und dem Pullover, aber sie fand es etwas anmaßend von David, ihr einfach so Tobys Zeit und Boot anzubieten.

«Sehr gerne», sagte Toby, der David innerlich dankte für diesen Vorschlag und sich bemühte, nicht zu eifrig zu wirken. «Wenn Sie Lust dazu haben?»

«Ja, schon, danke.» Sie zögerte und fragte sich, ob noch jemand anderes an diesem unverhofften Ausflug teilnehmen würde. «Hört sich gut an, obwohl ich gestehen muß, daß ich keine Wasserratte bin. Sie haben also Ihr eigenes Boot?»

«Nur einen kleinen Kreuzer, aber mit einem Außenbordmotor, Sie wären also ziemlich sicher.»

«Man kann ihm vertrauen», versicherte David ihr. «In jeder Hinsicht. Wunderbarer Nachmittag für einen Törn auf dem Fluß.»

«Dann sage ich gerne ja», entschloß Miggy sich, und Toby lächelte sie erleichtert an.

«Laß uns bestellen», sagte David. «Ich habe nicht sehr viel Zeit.»

Toby ging zur Theke, um die Speisekarte zu holen. Sein Herz raste vor Freude und Aufregung. Er hatte bereits beschlossen, ihr jegliche mögliche Unsicherheit zu nehmen, indem er während des Essens seine Scheidung und Georgia erwähnte und im Laufe des Nachmittags versuchte, nichts zu sagen, das mißverstanden werden konnte. Er ließ sie eine Weile mit David allein, damit sie ihm ungehemmt ein paar Fragen zu Toby stellen konnte, nahm dann die Karte und ging zurück zum Tisch.

3

SCHON BALD SAH EINES VON HATTIES COTTAGES bewohnbar aus. Die Möbel aus dem Haus ihrer Mutter reichten auch noch für das zweite Cottage, und einige größere Stücke landeten in der Mühle. Joss und Toby kamen vorbei, um ihre Hilfe anzubieten, die Hattie sofort annahm, und mit gutem Rat, über den sie sorgfältig nachdachte, während sie sich noch nicht entscheiden konnte, ob sie erst die Mühle oder erst das zweite Cottage renovieren sollte. Sie wollte so bald wie möglich damit anfangen, zu vermieten, um ihr Einkommen aufzubessern, aber als Joss sie darauf hinwies, daß sie für die Mühle viel mehr Miete bekommen würde als für beide Cottages zusammen, blieb Hattie unnachgiebig. *Sie* wollte in der Mühle wohnen. Die beiden Männer waren mit den Plänen der vorigen Eigentümer vertraut gewesen und machten gerne immer neue Vorschläge, wie Hatties Vorstellungen verwirklicht werden könnten. Sie empfahlen ihr jemanden, der ihr beim Umbauen helfen konnte, und Joss bot sich an, ihr bei den kleineren Arbeiten zur Hand zu gehen.

Als sie erst einmal einen Überblick über die voraussichtlichen Kosten hatte, entschied Hattie, daß sie erst die

Mühle renovieren lassen und sich danach dem zweiten Cottage widmen würde, während sie das Cottage, in dem sie derzeit wohnte, schon vermietete. Erleichtert, endlich zu einer Entscheidung gekommen zu sein, fing sie an, alles zu organisieren. Dadurch, daß alles relativ schlicht gehalten und viele der ursprünglichen Merkmale der Mühle beibehalten werden sollten, würde sie wahrscheinlich schon im Herbst einziehen können. Und während die größeren Veränderungen vor sich gingen, wollte sie sich, soweit sie konnte, schon um die Cottages kümmern.

Joss amüsierte sich über ihre Unfähigkeit, in Ruhe etwas abzuwarten, und zog sie mit ihrer Ungeduld auf.

«Du wirst dich niemals in dieser Gegend einfügen, wenn du dich nicht ein bißchen locker machst», prophezeite er ihr, als sie ihm am Ufer mit einer neuen Idee auflauerte, wie sie bei der Renovierung der Cottages Zeit sparen könnte. «Weißt du, was man von den Leuten hier im Westen sagt? Du hast wahrscheinlich schon bemerkt, daß sie gerne das Wort ‹gleich› benutzen. ‹Das mach ich gleich› oder ‹Ich komm gleich vorbei›. Fremde glauben dann, daß sie ‹sofort› meinen. Aber wenn die Einheimischen ‹gleich› sagen, sollte man das als *mañana* verstehen, aber ohne diesen Ton von Dringlichkeit. Du mußt dich dem Tempo hier anpassen.»

«Ich kann es mir nicht leisten herumzuhängen», sagte Hattie. «Ich kann mit den Cottages weiterkommen, während Mr. Crabtree an der Mühle arbeitet. Er ist ja ein richtiger Schatz! Der Admiral vergöttert ihn.»

«Aber vergöttert er den Admiral?» konterte Joss. «Dauernd schleppt er Crabbies Werkzeuge in den Obstgarten, und ich kann ihn halb den Fluß runter fluchen hören.»

«Ich weiß», sagte Hattie nachsichtig. «Aber eigentlich

macht ihm das gar nichts aus. Du müßtest ihn mal sehen, wenn er sich unbeobachtet fühlt. Plaudert mit ihm und gibt ihm Leckerchen. Der Admiral ist zwar riesig groß, aber er ist immer noch ein ziemlich junger Hund. Er spielt gerne.»

«Gott steh uns bei, wenn er erwachsen wird», bemerkte Joss und sah Admiral Jellicoe an, wie er so am Ufer saß: die Ohren gespitzt, beobachtete er fasziniert eine Wildentenfamilie, die sich gerade ins Wasser begeben hatte. «Hör zu. Wenn es erst mal Herbst ist, kann ich sowieso nicht mehr den ganzen Tag an meinem Boot arbeiten, also kann ich dir mit den Cottages helfen. Schufte dich also mal nicht so ab.»

«Du hattest mir erzählt, daß du in einem überwintert hast letztes Jahr.» Hattie sah ihn fragend an. «Möchtest du das diesen Winter wieder tun?»

Joss zögerte. «Keine schlechte Idee, wenn du nichts dagegen hast. Ich bin noch nicht ganz sicher. Wenn, dann würde ich für dich arbeiten, statt Miete zu zahlen. Wir machen die beiden picobello fertig bis zum Frühling. Ich habe noch eine Menge zu tun auf der *Westering*, also wäre ich froh, wenn ich beim schlimmsten Wetter irgendwo unterschlüpfen kann.»

«Abgemacht», schlug Hattie sofort ein. Sie sah ihm dabei zu, wie er das Dingi losmachte und sich an die Ruder setzte. Admiral Jellicoe sah ihm auch zu und wartete nur darauf, daß Joss ins Wasser fiel, damit er seine Qualitäten als Rettungshund vorführen konnte.

«Halt!» rief Joss ernst, und der Admiral legte die Ohren an und ließ die Zunge heraushängen, beobachtete den jungen Mann aber weiter. «Wenn er wieder anfängt, mich zu retten, verpasse ich ihm eins mit dem Ruder!» rief Joss Hattie zu.

Hattie kicherte und legte ihre Hand auf den Hundekopf, um Jellicoe zurückzuhalten. Hattie hatte noch nicht lange in dem Cottage gewohnt, als Joss eines frühen Morgens beschloß, schwimmen zu gehen. Kurz darauf paddelte der Admiral neben ihm her und drängte ihn zum Ufer. Joss hatte Verwünschungen ausgestoßen und versucht, den großen Hund zurückzudrängen, aber Admiral Jellicoe hatte nicht nachgegeben und Joss – der sich geweigert hatte, sich am Hals des Hundes festzuhalten, um sicher zum Ufer geschleppt zu werden – einfach mit seinem massigen Körper immer weiter zum Ufer geschoben, bis er auf dem Strand gelegen hatten. Hattie, die sich vor Lachen kaum halten konnte, war zu ihnen gegangen. Der Admiral sah höchst zufrieden mit sich selbst aus, sprang aus dem Wasser, schüttelte sich ausgiebig und stolzierte dann seinem wohlverdienten Frühstück entgegen.

Hattie mußte bei dem Gedanken an die Geschichte immer noch grinsen, als Joss die *Westering* erreichte. Sie winkte ihm nach und wendete sich ab, um mit dem Admiral einen Spaziergang auf dem Weg zu machen, der über den bewaldeten Hügel zur Bootswerft führte. Sie mochte Joss. Er war mal bei der Armee gewesen, und dadurch, daß sie beide etwas mit dem Militär zu tun hatten, hatten sie einiges gemeinsam – obwohl Hattie von Toby mehr über Joss erfuhr als von ihm selbst. Sie wußte, daß er sich für fünf Jahre verpflichtet hatte, dann aus der Armee ausgeschieden war und beschlossen hatte, sich ein altes Boot zu kaufen, es aufzumöbeln und eine ausgedehnte Reise damit zu unternehmen. Sie schätzte, daß er Ende Zwanzig war, und sie mochte seine ruhige Tüchtigkeit und seine unabhängige Art.

Hattie pfiff leise vor sich hin, als sie dem Admiral den Weg hinauf folgte. Sie fing an, sich ausgesprochen zu

Hause zu fühlen. Ihr Cottage war gemütlich, und sie konnte jetzt schon sehen, daß die Mühle bezaubernd werden würde. Die sie umgebende Landschaft war atemberaubend schön, und anstatt Bootssport zu betreiben, begann sie sich für die Fauna des Flusses zu interessieren. Dabei war Toby eine große Hilfe. Er kannte alle Vögel und ihre Verhaltensweisen und lieh ihr Bücher, damit sie ihr Wissen vertiefen konnte. Er war irgendwie entspannter und offener als Joss, Hattie empfand seine Gesellschaft als sehr friedlich. Sie konnte sich kaum vorstellen, wie er in London gewesen war, und konnte seinen Wunsch, den Streß und das schnelle Leben hinter sich zu lassen, durchaus nachvollziehen. Bei einer Flasche Wein hatte er ihr eines Abends von Ruth und ihren Ansichten erzählt und von der bevorstehenden Scheidung. Hattie hatte ihm zugehört, sich aber mit einem Urteil zurückgehalten. Das gehörte zu den Dingen, die sie im Laufe ihres Berufslebens gelernt hatte: daß jedes Ding zwei Seiten hat. Sie konnte Tobys Gefühle zwar sehr gut verstehen, würde Ruth aber doch gerne erst kennenlernen.

Georgia hatte sie schon kennengelernt. Sie war sechzehn, ziemlich stämmig und spielte die leicht Schmollende, Geheimnisvolle. Nach einer freundlichen Begrüßung hatte Hattie sie sich selbst überlassen. Sie spürte, wie das Mädchen sie abschätzte, und amüsierte sich über ihr erwachsenes Gehabe. Sie war sehr besitzergreifend in bezug auf Toby, versuchte aber gleichzeitig, gleichgültig zu tun, und Hattie fragte sich, wie sehr ihr die Scheidung der Eltern wohl zusetzte. Am nächsten Tag war Toby mit einer jungen Frau aufgetaucht, die er zum Tee eingeladen hatte. Er hatte ihr die Mühle gezeigt, und Hattie hatte ziemlich fasziniert mit ihnen geplaudert. Es handelte sich offenbar nicht um eine alte Freundin, so daß Hattie sich fragte, ob Toby sich nun wohl entschlossen hatte, seinen Weg zu gehen, und wie Georgia darauf reagieren würde.

Als sie am Eingang der Bootswerft angekommen war, rief Hattie den Admiral und kehrte um Richtung Mühle. Sarah kam zum Mittagessen, und Hattie mußte noch etwas einkaufen. Sie liebte ihre Ausflüge nach Dartmouth und freute sich schon auf einen Bummel am Wasser und eine Tasse Kaffee in einem der Cafés. Zwar neckte Joss sie noch damit, aber sie hatte bereits angefangen, sich an das ruhigere, langsamere Leben hier zu gewöhnen, und sie hatte mehr und mehr das Gefühl, daß dies eine Art endloser Urlaub war.

Sarah konnte sehen, wie Hattie weiterkam und wie glücklich sie war, und wurde neidisch. Das war doch lächerlich, sagte sie sich. Sie hatte nicht die geringste Lust, in zwei alten Cottages zu leben, dabei eine Mühle zu renovieren und niemanden um sich herum zu haben als einen riesigen Hund, zwei junge Männer und eine Menge wilder Vögel. Aber Hattie schien es so richtig gutzugehen. Sie aß, schlief, kam und ging, wie und wann es ihr paßte, und ihr Gefühlsleben war ganz einfach intakt. Gerade das fand Sarah, die sich darauf eingerichtet hatte, mit Nicks Untreue zu leben, beneidenswert – und doch konnte sie sich nicht vorstellen, ohne ihn zu leben. Sie hatte ihn angebetet, seit sie ihn das erste Mal gesehen hatte, und ihre Leidenschaft hatte in den folgenden vierzehn Jahren nicht nachgelassen. Aber es war nicht einfach gewesen! Sie konnte sich an jede einzelne seiner Affären erinnern und brannte immer noch vor Eifersucht. Seltsamerweise hatte sie ihn mit jedem Mal nur noch mehr begehrt, und obwohl sie wußte, daß sie sich nur selbst quälte damit, versuchte sie nie, ihn zu bestrafen oder ihm ihre Liebe zu entziehen. Tief im Inneren wußte sie, daß Nick sie eigentlich ihres Geldes und ihrer Kontakte wegen geheiratet hatte, aber inzwischen liebte er sie auch, und er kam immer wieder zu ihr zurück. Er gehörte ihr.

Sarah lauschte beim Mittagessen Hatties Plänen und schob ihre nicht gerade loyalen Neidgefühle beiseite. Sie war sicher, daß Nick eines Tages der Schürzenjägerei müde würde und sie ihn dann ganz für sich haben würde. Und dann würde sich all die Selbstdisziplin, die sie sich in den vielen Jahren abverlangt hatte, gelohnt haben. Sie lächelte Hattie warmen Herzens an, als sie sich daran erinnerte, wie freundlich sie gewesen war, als Sarah sie damals kennenlernte. Sie war ihre einzige wahre Freundin, die einzige, die von Nicks Benehmen und dem Schmerz, den es Sarah bereitete, wußte. Andere vermuteten es vielleicht, aber niemand kannte die Wahrheit – nur Hattie. Nick war diskret, suchte sich seine Partnerinnen sorgfältig aus und beendete jede Beziehung mit größtmöglichem Takt, damit sein makellos guter Name nicht besudelt werde. Er galt als der beste Zivilrechtsanwalt im Westen und hatte nicht vor, diesen Ruf zu gefährden. Sarahs Geld und Kontakte hatten ihm dabei geholfen, das zu werden, was er heute war, und erlaubten ihm einen aufwendigen Lebenswandel. Sie wußte, daß er niemals riskieren würde, all das aufgrund einer kleinen Affäre zu verlieren. Natürlich hätte sie ihr Geld als Waffe gegen ihn einsetzen können, sie hätte Bedingungen stellen können, aber sie hatte sich immer vor der Gewißheit gescheut, daß sie ihn bloß gekauft hatte. Sie brachte es auf verschiedentliche Weise fertig, sich davon zu überzeugen, daß seine kleinen Sünden im Grunde bedeutungslos waren, daß sie zu erwartende Kavaliersdelikte eines gutaussehenden und erfolgreichen Mannes waren und daß sie die einzige Frau war, die er wirklich liebte.

«Ich habe das Gefühl, daß du nicht ganz bei der Sache bist.» Hatties Stimme riß sie aus ihren Gedanken. «Ich langweile dich wahrscheinlich zu Tode. Tut mir leid. Mir ist das alles etwas zu Kopf gestiegen. Wie steht's denn bei dir so? Benimmt Nick sich?»

Hattie war die einzige, die diese Frage stellen konnte, ohne beleidigend zu wirken, und Sarah nickte.

«Alles in Ordnung im Moment. Eigentlich schon eine ganze Weile. Und du langweilst mich überhaupt nicht. Ich finde das alles wahnsinnig aufregend. Und es scheint dir prima zu bekommen – du siehst gut aus.»

«Mir geht es bestens», sagte Hattie schlicht. «Nach über dreißig Jahren Arbeit nach starrem Stundenplan ist es für mich die pure Glückseligkeit, genau das zu machen, was ich will. Ich denke immer noch, daß ich eines Morgens aufwache und feststelle, daß die Ferien vorbei sind und ich wieder auf der Station bin.»

«Und du bist gar nicht einsam?»

«Du liebe Güte, nein! Ich habe doch Joss auf seinem Boot und Toby weiter unten am Fluß und die Leute von der Werft. Ganz zu schweigen von Mr. Crabtree. Es ist eine richtige kleine Gemeinschaft. Und wenn ich erst mal die Cottages vermiete, wird hier noch mehr los sein.»

«Aber bitte sei vorsichtig, ja? Versprich mir, daß du dich vorher eingehend mit den Leuten unterhältst und auf Referenzen bestehst!»

«Nun mach mal nicht so ein Theater», wehrte Hattie freundlich ab. «Admiral Jellicoe ist der Test. Wenn sie ihn gern haben, nehme ich sie.»

Sarah sah den Admiral an, dessen riesiger Kopf sich im

Sitzen fast auf gleicher Höhe mit Hatties Schulter befand und der hoffnungsvoll die Teller fixierte. Sie schüttelte den Kopf.

«Du verziehst ihn rettungslos», sagte sie düster. «Ich sehe es kommen. Das kommt davon, wenn man allein lebt. Du behandelst ihn, als wenn er eine Person wäre.»

«Er *ist* eine Person!» entrüstete Hattie sich. «Stimmt's nicht, Jellicoe?»

Sie schlang einen Arm um seinen Hals, er leckte liebevoll an ihrem Ohr, lehnte sich schwer gegen ihren Stuhl und schob diesen einige Zentimeter über den Boden. Sarah lachte.

«Ihr seid beide hoffnungslos», sagte sie. «Komm schon. Laß uns abwaschen. Ich habe ja noch gar nicht alles gesehen, von dem du mir erzählst. Den Obstgarten und das Ufer und den wunderbaren Spazierpfad durch den Wald. Das muß ich alles gesehen haben, bevor ich fahre. Ich habe Nick einen detaillierten Bericht versprochen.»

Hattie schob die Reste in Jellicoes Napf und fing an, die Teller zu stapeln.

«Du bekommst eine persönliche Führung», versprach sie. «Aber ich hoffe doch, daß Nick auch mal kommt und sich alles selbst ansieht.»

«Natürlich macht er das. Jetzt, wo du dich eingerichtet hast.» Sarah nahm ein Geschirrtuch. «Du mußt uns nur sagen, wann. Ich konnte es mir bloß nicht verkneifen, rüberzukommen, sobald wir aus dem Urlaub zurück waren. Nur um sicher zu sein, daß es dir gutgeht.»

«Es ist schön, dich zu sehen. Ich kann dir gar nicht sagen, wie schön es ist, zu wissen, daß du quasi direkt um die Ecke bist. Nein, laß das.» Sie nahm Sarah das Gschirrtuch aus der Hand. «Ich wasche ab, wenn du weg bist. Du mußt dir jetzt meinen Obstgarten ansehen. So viele Bäume mit leckerstem Boskop. Ich werde den ganzen Winter nur Apfelkuchen essen.»

Gemeinsam mit dem Admiral schlenderten sie hinaus in den schwülen Juninachmittag, und Hattie empfand ein aufregendes Prickeln, als sie Sarah *ihr Eigentum* zeigte und ihre Pläne erläuterte. Sie spazierten über das Ufer und den Weg hinauf, der zur Straße durch den Wald führte. Sarah hielt den Atem an, als sie am höchsten Punkt angekommen waren und sich ihr der unvergleichliche Blick bot. Von hier aus konnte sie sehen, wo der immer breiter werdende Fluß in den Dart mündete. Das Wasser zitterte und blendete in der Sonne, und weiße Segel tanzten und sausten wie Möwen über den Fluß. Während sie dort standen und staunten, hörten sie das unverwechselbare Geräusch einer Dampflokomotive, die durch Long Wood am gegenüberliegenden Ufer zischte.

«Mit freundlicher Genehmigung der hiesigen Gesellschaft zum Erhalt der Dampfeisenbahn.» Hattie grinste die überraschte Sarah an. «Als wäre man in einer anderen Welt, was? Ich konnte es kaum glauben, als ich es zum ersten Mal gehört habe.»

«Es ist alles wunderschön. Ich könnte dich fast beneiden», sagte Sarah, als sie umkehrten.

«Blödsinn!» widersprach Hattie. «Du würdest dich in fünf Minuten zu Tode langweilen ohne deine ganzen Komitees und Vereine und Dinnerparties. Aber ich hoffe doch, daß du mich ab und zu mal besuchen wirst.»

Nachdem sie Sarah verabschiedet hatte, machte Hattie sich auf die Suche nach Mr. Crabtree. «Mir ist eingefallen», sagte sie und setzte sich auf eine alte Teekiste in ihrem zukünftigen Wohnzimmer, «daß ich, wenn ich die Cottages vermiete, ein bißchen Hilfe gebrauchen könnte. Saubermachen und so weiter, vor allem, wenn ich an Feriengäste vermiete. Wissen Sie jemanden, den ich fragen könnte?»

Mr. Crabtree rieb sich mit seiner schwieligen Hand über das stoppelige Kinn und wühlte in der Tasche seines Overalls nach seiner Tabakdose. In aller Seelenruhe drehte er sich eine Zigarette, wobei Hattie ihn geduldig beobachtete. Sie hatte sich daran gewöhnt, daß er immer erst mal eine Weile schwieg, um gründlich nachzudenken, und nutzte die Zeit, um sich zu entspannen.

«Feriengäste sin' schlimm», erklärte er dann. «Alle zwei Woch'n neue Leut, ruiniern die Möbel und mach'n alles kaputt. Und Sie ham alles am Hals, Buchungen, Stornierungen und Renovierung alle fünf Minuten. Lohnt sich überhaupt nich.»

«Oh», sagte Hattie, etwas aus der Fassung gebracht.

«Mein Wort drauf.» Er steckte das verbrauchte Streichholz ordentlich zurück in die Schachtel. «Kann Ihn' jeder hier bestätigen.»

«Vielleicht haben Sie recht.» Hattie erhob sich von der Teekiste – ihr war klar, daß sie im Moment nicht mehr tun konnte. «Sie kommen ja unglaublich voran. Es sieht langsam richtig toll aus.»

Das stimmte. Mr. Crabtree war gelernter Handwerker. Er dankte mit einem Nicken für ihr Kompliment, drückte sorgfältig seine Zigarette aus und machte sich daran weiterzuarbeiten – allerdings nicht, ohne mit gerunzelter Stirn einen Blick auf seine Thermosflasche zu werfen.

«Ich schätze, Sie hätten gerne eine Tasse Tee», interpretierte Hattie seinen Blick sehr richtig. «Ich jedenfalls schon. Bin gleich zurück.»

Sie ging über den Hof, setzte Wasser auf und machte sich

daran, das Geschirr vom Mittagessen abzuwaschen. Sie dachte an Sarah. Je mehr Ehen Hattie beobachtete, desto weniger bereute sie ihren Entschluß, niemals zu heiraten. Selbstverständlich war Nicks und Sarahs Ehe nicht gerade ein Musterbeispiel für Eheglück, aber bisher hatte sie noch nie eine Beziehung gesehen, die so gut lief, daß sie ihre Ansicht hätte ändern wollen. Soweit sie das beurteilen konnte, gab es in einer Ehe zwei Arten von *Modi vivendi*: entweder wurde zwischen den beiden Protagonisten eine manipulative Schlacht ausgetragen, in der jeder versuchte, beim anderen Schuldgefühle auszulösen, oder einer der Partner sorgte für Frieden und Eintracht, indem er dem anderen stets in allem nachgab.

Weder das eine noch das andere war etwas für Hattie. Sie vermutete, daß sie anders denken könnte, wenn sie sich jemals so rettungslos verliebt hätte wie Sarah, aber sie glaubte eher, daß sie selbst in der schönsten Zeit ihrer Affäre damals nie wirklich erfahren hatte, wie es war, zu lieben und geliebt zu werden. Vielleicht, wenn sie das Kind bekommen hätte ...

Das Wasser kochte. Hattie hängte das Geschirrtuch auf und bereitete den Tee.

4

AUF DER ANDEREN SEITE DES FLUSSES, GEGENüber Tobys Fischercottage, hatte sich eine kleine Bucht in den steilen, dichtbewaldeten Hügel gegraben. Hier war ein altes Fischerboot festgemacht, das fast immer im Schatten lag. Die *Abigail* war vor einiger Zeit umgebaut worden und verfügte nun über großzügige Wohnräume. Die Einheimischen erzählten sich, daß sie ein Unglücksboot sei. Vor ein paar Jahren war sie hierhergebracht, in der Bucht festgemacht und dann vergessen worden. Nun hatte Toby vor kurzem einen jungen Mann an Bord gesehen, den er als einen Hippie beschrieb – lange Haare, Bart, schmuddelig angezogen. Er hatte noch keine Versuche unternommen, die *Abigail* loszumachen, und ging stets von der Landseite her an Bord. Er kam durch den Wald hinunter von der Straße, wo er sein Motorrad im Gebüsch versteckte. Da die *Abigail* von Holzpfählen abgestützt wurde, um bei Ebbe nicht umzukippen, konnte man angenehm an Bord leben, und eine lange Landungsbrücke vom Heck zum Ufer ermöglichte es, bei jedem Wasserstand an Bord zu gehen.

Nach ein paar Wochen ruderte Joss hinüber, um den neuen Eigentümer kennenzulernen und um sich die *Abigail* etwas genauer anzusehen. Das Schornsteinrohr rauchte. Joss hörte auf zu paddeln, lehnte sich auf die Ruder und rief.

«Ahoi, *Abigail*! Jemand an Bord?»

Stille. Das Wasser stand hoch, und als er etwas näher heranruderte, bemerkte Joss plötzlich, daß er von einem der Bullaugen aus beobachtet wurde. Er tat, als würde er es nicht sehen, und entfernte sich wieder ein Stück, bevor er noch einmal rief. «Jemand zu Hause?»

Es bewegte sich etwas, und auf der Kajüttreppe erschien eine Gestalt. Joss nahm die Ruder an Bord, hielt sich an einem der Taue fest und hob die Hand. Der junge Mann kam zur Heckreling und starrte zu ihm herunter. «Was willst du?»

Joss ignorierte die unfreundliche Begrüßung. «Wollte nur mal hallo sagen. Wir sind schließlich Nachbarn. Ich lebe auf der *Westering*, der kleinen Jacht, die weiter flußaufwärts liegt. Joss Sullivan.»

«Joss ...?»

«Kurzform von Jocelyn.» Joss fragte sich, ob sein Gegenüber getrunken hatte. Er bewegte sich unsicher und sprach langsam und etwas undeutlich. «Wohnst du an Bord? Du mußt eine Menge Platz haben.»

«Ja ...» Der junge Mann nickte und lächelte ein wenig. «Willste reinkommen und gucken?»

«Danke.» Auf einmal merkte Joss, daß er eigentlich gar nicht an Bord gehen wollte, und bereute die Laune, aus der heraus er herübergerudert war. Er zögerte. «Nur eine Sekunde.»

Er machte die Fangleine fest und schwang sich über die Reling. Der junge Mann beobachtete ihn mit einem seltsam verschlagenen Lächeln. Seine Haare waren verfilzt, seine Kleider fleckig und seine nackten Füße dreckig. Joss unterdrückte seine instinktive Antipathie und lächelte.

«Schon lange an Bord?»

«Ein, zwei Monate. Mit Unterbrechungen.» Er deutete zur Kajüttreppe. «Hab auch Bier, wennde willst.»

Joss folgte ihm nach unten und konnte kaum glauben, was für ein Anblick sich ihm dort bot. Die Kombüse quoll über von leeren Konservendosen und dreckigem Geschirr, der Herd war schwarz von Ruß und Fett, und obwohl es noch weitere Kabinen gab, schlief dieser unappetitliche Zeitgenosse offensichtlich in der Hauptkabine auf einer Matratze neben dem Holzofen. Auf der Matratze türmten sich Klamotten und Decken, leere Bierdosen rollten von einer Ecke in die andere, und Joss wurde bewußt, daß er die Luft anhielt – ein widerlicher Gestank attackierte seine Geruchsnerven. Der junge Mann beobachtete ihn immer noch mit seinem entnervenden Lächeln, und Joss fragte sich, ob er eventuell leicht gestört war. Er witterte Gefahr und sah ihm direkt in die Augen.

«Ich wollte mich nicht länger aufhalten, danke», sagte er. «Bloß ein kleiner Höflichkeitsbesuch, um zu sagen, daß ich ganz in der Nähe bin, falls du etwas brauchst. Entschuldige, ich hab schon wieder vergessen, wie du heißt ...»

«Evan», sagte er nach einer Pause. *«Evan 'elp us!»*

Er fing an, schrill kichernd zu lachen, und Joss zwang sich, über diesen flachen Witz mitzulachen.

«Ja. Sehr lustig.» Er drehte sich um, stieg die Treppe hinauf und inhalierte gierig die süße frische Luft, bevor Evan zu ihm stieß. «Findest du es nicht ein bißchen düster auf dieser Seite? Hast schon mal daran gedacht, auf die andere Flußseite zu ziehen? Du kriegst doch nur im Hochsommer überhaupt etwas Sonne ab, oder? Die Bäume sind ja immer im Weg.»

«Ist mir egal.» Evan sah Joss schon wieder ins Gesicht.

«Na ja ...» Joss zögerte. «Ich verschwinde dann mal wieder. Man sieht sich.»

Er schwang sich in sein Dingi, machte die Leine los und ruderte unter Evans penetrantem Blick davon. Etwas erschrocken bemerkte Joss, daß ihn noch jemand anderes beobachtete – da war ein dunkler Schatten an einem der Bullaugen –, daß noch jemand die ganze Zeit über an Bord gewesen war, in der Kabine im Vorschiff. Joss lief ein Schauer über den Rücken, und er versuchte, nicht melodramatisch zu werden, während er noch schneller davonruderte. Wahrscheinlich hatte Evan eine Frau bei sich, und sie wollte nicht gesehen werden, was völlig normal war. Obwohl Joss, der Segelboote bevorzugte, nicht selbst an der *Abigail* interessiert war, ärgerte es ihn doch, daß sie in einem solch erbärmlichen Zustand war. Sie war so geräumig und gemütlich und könnte so ein schönes Boot sein. Daß Evan in ihr nicht das Boot sah, sondern einfach nur einen Ort, an dem er herumsumpfen konnte, lag auf der Hand.

Toby war in seinem Bootshaus gegenüber der Bucht beschäftigt, und Joss hielt erleichtert auf ihn zu.

«Kleinen Besuch abgestattet?» Toby bückte sich, um das Dingi zu halten. «Wie ist er?»

«Ziemlich eigenartig.» Joss verzog angeekelt das Gesicht. «Und das Boot stinkt. Ein totales Dreckloch unter Deck. Sie könnte so ein schönes Boot sein, aber er benutzt sie bloß als Absteige. Ich glaube, er hat eine Frau an Bord.»

Toby zog die Augenbrauen hoch. «Glückspilz», sagte er leichthin. «Möchtest du etwas trinken? Ich wollte mir gerade etwas zum Abendessen machen.»

«Nein ...», setzte Joss an, änderte dann aber seine Meinung. «Okay. Wenn ich bloß diesen Geschmack aus dem Mund kriege.»

«So schlimm?» fragte Toby, als sie zusammen über die Wiese gingen.

«Ein furchtbarer Geruch war da», erzählte Joss. «Dreck und Essen und noch irgend etwas ...»

«In welcher Richtung ‹irgend etwas›?»

«Ein süßlicher Geruch. Ziemlich beißend.»

Sie sahen einander an.

«Drogen?» mutmaßte Toby. «Hasch?»

«Könnte sein», gab Joss zu. «Er war so schwachsinnig und verschlagen zugleich. Na, ich werde mich jedenfalls von ihm fernhalten. Paß bloß auf Georgia auf, wenn sie in den Ferien herkommt.»

«Hmmm.» Toby hörte sich besorgt an, als er Bier aus dem Kühlschrank holte.

«Kommt sie etwa nicht?»

«Oh, doch. Sie kommt.»

Nachdem Joss wieder davongerudert war, schenkte Toby sich noch ein Bier ein und ging wieder hinaus. Die Sonne versank hinter den Bäumen jenseits der Mühle, und er setzte sich auf die Holzbank und starrte auf das Wasser. Miggy wollte ihm einfach nicht mehr aus dem Kopf gehen. In den paar Tagen, die sie zusammen verbracht hatten, hatte er sich in sie verliebt, und seit sie wieder in London war, war er ganz geknickt. Er versuchte sich einzureden, daß es albern war, sich mit fast vierzig wie ein verknallter Siebzehnjähriger zu fühlen, aber es half nicht. In der ersten kopflosen Begeisterung hatte er sie sogar zum Tee eingeladen und seiner Tochter vorgestellt. Er mußte grinsen, als er an Georgias Reaktion dachte.

Georgia war schockiert gewesen, ihren Vater mit einer anderen Frau als ihrer Mutter in ihrem Zuhause zu sehen. Ihre Bestürzung äußerte sich in unfreundlicher Hochnäsigkeit. Sie riß Toby an sich und versuchte Miggy spüren zu lassen, daß sie ganz und gar nicht willkommen war. Wenn Miggy das bemerkt haben sollte – und das hatte sie sicher –, dann hatte sie dem keine Beachtung geschenkt. Sie tat, als handelte es sich um einen formellen Besuch und gab Georgia keinen Grund zur Beunruhigung – doch Toby wußte, daß seine Tochter nicht dumm war. Sie hatte ihn noch nie mit einer jungen Frau gesehen, zu der er sich offensichtlich hingezogen fühlte. Sosehr er sich auch bemüht hatte, seine Gefühle für Miggy zu verbergen – er wußte, daß sie durch sein sehr beherrschtes Benehmen hindurch wahrzunehmen waren, und in ihm wechselten sich Angst und Ärger ab. Schließlich war er jetzt schon eine ganze Weile allein gewesen, und wenn Ruth sich von ihm scheiden lassen wollte, dann hatte er doch das Recht auf eine neue Beziehung. Und Georgia war wohl alt genug, um das zu akzeptieren!

Toby lehnte sich nach vorne und stützte die Ellbogen auf die Knie. Er beobachtete den Reiher am gegenüberliegenden Ufer bei der Fischjagd im ebbenden Wasser, war mit den Gedanken aber ganz woanders. Sie hatten nicht genug Zeit miteinander verbracht, er hatte nicht alles über Miggy erfahren, was er wissen wollte, aber er hatte das Gefühl, daß es in ihrer Ehe nicht zum Besten stand. Er wollte ihr keine Schwierigkeiten machen, war jedoch fest entschlossen, sich diese Chance nicht entgehen zu lassen. Er hatte ihr erzählt, daß er für ein paar Tage nach London kommen würde, und sie hatte zwar vorsichtig, aber nicht gerade ablehnend zugestimmt, sich mit ihm zu treffen. Sie hatten sich beide sehr gefreut, einander wiederzusehen, und seitdem war er sich ziemlich sicher, daß Miggy ebenso empfand wie er.

Es war ein merkwürdiges, magisches Gefühl gewesen, herauszufinden, daß die starke Anziehung auf Gegenseitigkeit beruhte, und schon bald hatte Toby Miggy entlockt, daß sie mit Stephen nicht glücklich war. Er wußte nicht, wie er nun weitermachen sollte. Er spürte, daß ihnen beiden die rasante Geschwindigkeit, mit der sich ihre Gefühle entwikkelten, angst machte, und hatte ihr plötzlich die Hand gereicht, als sie auf einer Bank im Hyde Park saßen, jeder für sich mit seiner Angst kämpfend. Bald hatte sie ihre Hand in seine gelegt, und es war, als hätten sie eine Schwelle überschritten, wären befreit von lähmender Ohnmacht und könnten nun ihr Leben wieder in die Hand nehmen. Toby wußte ganz genau, was er wollte, konnte dies aber nicht formulieren. Es erschien ihm viel zu früh, Miggy zu sagen, was er für sie empfand, und erst als er wieder in Devon war, kam ihm der furchtbare Gedanke, daß sie glauben könnte, er wolle nur eine Affäre mit ihr.

Jetzt, sechs Wochen später, seufzte Toby vor Ungeduld und fuhr sich durch das glatte dunkle Haar. Er konnte es kaum ertragen, so weit entfernt von ihr zu sein, keine Kontrolle zu haben. Er mußte es ihr überlassen anzurufen und rieb sich auf vor Niedergeschlagenheit und Angst. Sobald Ferien waren, wollte sie zusammen mit Daisy herkommen, und Toby konnte es kaum erwarten. Er hatte gebetet, daß dies geschehen würde, bevor Georgia in den großen Ferien kam, und war sehr erleichtert, als er hörte, daß diese zunächst mit Ruth nach Frankreich fahren würde. Er mußte mit Miggy allein sein und brauchte Zeit, Daisy kennenzulernen. Sie hatten sehr viel über sie gesprochen. Stephens Gemüt erhitzte sich offenbar sehr schnell, wenn sein glattes, wohlorganisiertes Leben gestört wurde. Miggy fühlte sich solchen Situationen nicht gewachsen, und Daisy war ihr dann auch keine Hilfe.

«Lehnt sie Stephen denn ab?» hatte Toby sie gefragt und gemeinerweise gehofft, daß sie sich nicht vertrügen.

«Sie lehnt Stephen nicht ab», hatte Miggy schließlich geantwortet. «So etwas kennt sie gar nicht. Sie sind bloß so verschieden. Stephen ist so ... na ja, er steht mit beiden Beinen im Leben, und Daisy ist irgendwie seltsam.»

«Seltsam?» fragte Toby nach einem Moment des Schweigens, da Miggy anscheinend dachte, dies sei Erklärung genug.

Miggy sah ihn an und runzelte dann die Stirn. «Sie ist nicht das, was Stephen normal nennt», sagte sie traurig.

Toby durchzuckte eine egoistische Befürchtung. Er hatte

sich schon ausgemalt, wie Miggy Stephen verlassen und zu ihm ins Fischercottage ziehen würde – aber ein abnormales Kind war ein klarer Rückschlag.

«Was meinst du damit?» Er versuchte, so locker wie möglich zu klingen.

«Ich kann es nicht recht verstehen», gab Miggy zu. «Ich finde, sie ist völlig normal. Sie hat eine ausgeprägte Phantasie, und damit kommt Stephen nicht klar. Sie führt Selbstgespräche und denkt sich Leute aus, verstehst du? Eigentlich ist es ein Spiel, aber für sie sind diese Leute real. Sie lebt in einer anderen Welt, und Stephen meint, das sei ungesund.»

Sie hatte geseufzt, und Toby hatte ihre Hand genommen und fest gedrückt.

«Ich finde, das hört sich ganz normal an», versicherte er ihr, und sie hatte ihn dankbar angestrahlt.

Toby wollte sie am liebsten in den Arm nehmen, als er daran zurückdachte. Wenn er mit ihr zusammen war, hatte er keine Zweifel, aber hier überkam ihn manchmal die Angst, und er fragte sich, ob *er* ganz normal war. War es denn wirklich möglich, so intensiv für jemanden zu empfinden, den man erst so kurze Zeit kannte? Wenn er sich nun geirrt hatte und all das nur eine vorübergehende Laune war? Kaum hatte er den Gedanken gedacht, verwarf er ihn auch schon wieder. Er liebte sie. So einfach war das. Und er wollte mit ihr zusammensein.

Toby trank sein Bier aus, sah auf die Uhr und stand auf. Miggy rief manchmal um diese Zeit an, und er wollte gerne in Hörweite sein. Die Aussicht, daß sie ihm möglicherweise heute abend sagte, wann sie und Daisy kommen würden, ließ ihn zum Cottage eilen.

Joss saß auf dem Dach seiner Kajüte und genoß den späten Abend. Er war erleichtert gewesen, nach seinem Besuch auf der *Abigail* wieder zu seiner *Westering* zurückzukommen. Sie sah trotz der Unordnung, die die Instandsetzung des Bootes mit sich brachte, so sauber und ordentlich aus, verglichen mit Evans Chaos. Die *Westering* – ursprünglich ein Fischerboot – war vor etwa fünfzig Jahren an der Nordwestküste gebaut worden. Aufgrund ihres flachen Rumpfes war sie ausgesprochen gut geeignet für das Kreuzen in Flußmündungen: Sie hatte nur zwei Fuß Tiefgang und konnte problemlos auf Schlamm liegen. Joss hatte sie sehr günstig gekauft und hoffte sie dadurch, daß er soviel wie möglich selbst machte, in ihrem alten Glanz erstrahlen lassen zu können, ohne sich zu ruinieren.

Er wußte sehr wohl, daß seine Familie kein Verständnis dafür hatte, daß er zwei oder drei Jahre seines Lebens damit vergeuden wollte, auf einem alten Boot in der Pampa rumzuhocken, aber Joss hatte seiner enttäuschten Mutter geduldig erklärt, daß noch genügend Zeit war, einen anständigen Beruf zu erlernen, wenn er sein Fernweh erst einmal gestillt hatte.

«Haben die fünf Jahre bei der Armee dafür nicht gereicht?» hatte sie sich beklagt.

Joss hatte ihr erklärt, daß das nicht das gleiche sei, und sie hatte sich trostsuchend an seine Schwester gewandt, die vernünftigerweise mit einem Börsenmakler verheiratet war. Joss war nach Dartmouth zurückgekehrt, wieder einmal erleichtert, davongekommen zu sein. Die Stille des Abends umgab ihn, und sein Versagen hinterließ einen bitteren Geschmack in seinem Mund. Wie sollte er seiner Mutter und seiner Schwester klarmachen, daß ein Jahr in Nordirland seine Nerven zerrüttet und sein Selbstvertrauen zerstört hatte? Wie würden sie reagieren, wenn er ihnen erzählte, daß der Anblick seines Feldwebels mit abgerissenem Bein und die Schreie zweier junger Soldaten, die unter einem brennenden Lastwagen eingeklemmt waren, ihn immer noch in seinen Träumen verfolgten und ihm Tränen des Zorns und der Schmerzen in die Augen trieben? Oder daß ihm bei plötzlichen lauten Geräuschen kalter Angstschweiß ausbrach? Wie oft hatte er die Szene des Hinterhaltes durchgehen müssen, bis er endlich akzeptieren konnte, daß er nicht daran schuld gewesen war? Sein Vater war als General gestorben, ihn hatten die Schrecken des Krieges und der Tod seiner Kameraden nicht berührt, und es fiel Joss nicht leicht, sich damit abzufinden, daß er nicht der Mann war, den sein Vater sich zum Sohne gewünscht hatte.

Die Mauersegler riefen schrill, als sie über ihn hinwegsausten und er Hattie aus der Mühle kommen sah, um dem Admiral einen letzten Auslauf zu geben. Der Anblick der kleinen, lebhaften Person spendete ihm merkwürdigen Trost, und er sah sich um und entspannte sich in der friedlichen Atmosphäre. Es herrschte Ebbe, doch die *Westering* trieb auf dem Wasser der Fahrrinne, und der Mond hing als Sichel über der Flußmündung. Joss empfand heilsame Ruhe. Er erwiderte Hatties Gruß und ging unter Deck, wo er sich einen Schlummertrunk gönnte, bevor er ins Bett ging.

Miggy beschloß, noch einmal allein nach Devon zu fahren, bevor sie Daisy mitnahm. Dieses Mal übernachtete sie bei Jo und David, denen sie – unfähig, ihre Gefühle weiter zu unterdrücken – die ganze Geschichte erzählte. David mochte Stephen ohnehin nicht – aber Toby dafür um so mehr – und ermutigte sie daher, mit Stephen Schluß zu machen und nach Devon zu ziehen. Jo war etwas vorsichtiger. Sie fand zwar auch, daß Miggy und Stephen nicht zueinanderpaßten, aber sie hatte Angst, daß Miggy die Dinge überstürzte. David meinte, daß sie und Toby alt und vernünftig genug seien, um zu wissen, was sie wollten, und Jo gab ihr einen flüchtigen Kuß und versicherte ihr, daß sie nur wollte, daß sie glücklich sei.

Bis Toby sie zum Abendessen abholte, war sie schon etwas ruhiger, aber sobald er das Haus betreten hatte, war sie vor Schüchternheit wie gelähmt. Jetzt, da Jo und David Bescheid wußten, hatte die Beziehung eine neue Dimension bekommen. Vorher war sie ein aufregendes, romantisches Geheimnis gewesen, etwas, das ihrem Herzen Trost spendete. Jetzt sah sie sie mit den Augen der anderen und befürchtete, daß sie so ganz anders wirkte: schmutzig vielleicht, oder gar schäbig. Es lag durchaus nicht in ihrer Natur, zu lügen und zu betrügen, und auf einmal bemerkte sie, daß David sie und Toby nachdenklich ansah. Miggy dachte, daß er sich fragte, ob sie zusammen schliefen, und fühlte sich unendlich gedemütigt. Auf einmal ärgerte sie sich über Toby, der so angeregt mit Jo plauderte, und wünschte fast, sie wäre in London geblieben. Sie fühlte sich billig und dumm. Erst als sie und Toby allein waren, konnte sie wieder einen klaren Gedanken fassen. Bisher hatten sie jedes Gespräch über eine gemeinsame Zukunft gemieden, obwohl das Thema zwischen den Zeilen mitunter anklang. Miggy wußte immer noch nicht, was Toby sich vorstellte, und wünschte, sie hätte den Mut, ihn zu fragen.

Als Toby bei dem Cottage in Dittisham ankam, reichte ein Blick in Miggys vielsagendes Gesicht, um zu wissen, was in ihr vorging. Er entführte sie, sobald es ging, zum

Abendessen zu Taylor's, wo sie von ihrem Tisch aus die Landungsbrücke beobachten konnten. Sie bemerkten beide nicht recht, was sie eigentlich aßen, und doch gelang es Toby, eine lockere Atmosphäre zu schaffen, indem er witzig erzählte und sie zum Lachen brachte. Miggy entspannte sich immer mehr, aber beiden war die unterschwellige Spannung unterdrückter Gefühle bewußt, und als Toby ihre Hand berührte, zuckte sie nervös zusammen und wurde rot. Sie sahen sich lange an. Toby lächelte sein beruhigendstes Lächeln.

«Laß uns irgendwo hinfahren und reden», schlug er vor, und sie folgte ihm nach unten zum Auto.

Toby fuhr auf die hohe Küstenstraße nach Torcross und stellte den Austin Healey auf dem menschenleeren Parkplatz neben dem Denkmal ab. Sprachlos vor Nervosität, sahen sie ein paar Minuten schweigend über das Meer zu Start Point hinüber. Es war ein schöner Tag gewesen, aber die Nacht war kühl, und Miggy fröstelte – dabei hatte *sie* doch protestiert, als Toby zuvor angeregt hatte, das Verdeck zuzumachen. Er fischte eine alte Wolldecke hinter seinem Sitz hervor und legte sie ihr um die Schultern. Die Decke war fleckig und zerschlissen, aber sauber, und Miggy lächelte dankbar, als sie sich hineinkuschelte. Dieses Lächeln machte ihm Mut, zu sprechen, und ohne Rücksicht auf Verluste stellte er die Frage, die ihm am meisten auf der Seele brannte.

«Hast du ...?» Er zögerte, sprach dann aber schnell weiter. «Hast du jemals daran gedacht, Stephen zu verlassen?» Er spürte, wie sie sich verkrampfte, und wußte, daß er die Karten offen auf den Tisch legen mußte. «Ich weiß, es ist kaum zu glauben», er nahm ihre Hand und hielt sie fest. «Aber ich liebe dich. Ich weiß, wir kennen uns erst seit kurzem, aber schon vom ersten Augenblick an wußte ich es. Mir ist so etwas noch nie vorher passiert. Es ist, als hätte ich das ganze Leben nur auf dich gewartet. Ich weiß, es hört sich unglaublich kitschig an, wie in einem schlechten Film, aber ich kann nichts dafür.»

Er hielt inne, und sie schwiegen beide wieder, während die Dämmerung sich auf sie legte und der Lichtkegel des Leuchtturms von Start Point über den dunklen Horizont glitt.

«Ich will dich heiraten», sagte er leise.

«Aber ich bin doch schon verheiratet.» Miggy klang so unglücklich, daß er den Arm um sie legte und sie an sich zog.

«Meinst du, Stephen würde dich gehenlassen?» fragte er. «Wenn du das wolltest?»

«Es geht alles so schnell.» Miggys Stimme bebte – diese neue Liebe war noch so fremd … «Ich habe schon daran gedacht, ihn zu verlassen. Deswegen war ich im Mai allein hier. Er läßt mich ständig spüren, daß ich nicht gut genug bin, und macht mir Schuldgefühle wegen Daisy, und alles ist furchtbar und erniedrigend, aber das hier geht alles viel zu schnell.»

«Das muß es ja nicht.» Toby schöpfte neue Kraft und Zuversicht. «Ich will dich zu nichts drängen. Du mußt dir ganz sicher sein. Es ist bloß, daß ich mir hundertprozentig sicher bin, und ich wollte, daß du das weißt.»

Sie sah ihn an, und er neigte sich zu ihr, und ganz sanft küßte er sie zum ersten Mal. Miggy hörte auf zu zittern und umarmte ihn fest.

«Ich weiß nicht, was ich tun soll», sagte sie, strich sich die kupferfarbenen Locken aus dem Gesicht und zog die Decke wieder fester um sich.

«Kannst du es Stephen sagen?» fragte er. «Glaubst du, du schaffst das? Oder soll ich vielleicht mit ihm reden ...?»

«Nein», sagte sie schnell. «Nein, nein. Ich muß das allein machen, auf meine Art. Ich muß darüber nachdenken. Außerdem ist da auch noch Daisy.»

Toby dachte an Ruth und Georgia. Wie würden sie reagieren, wenn Miggy und Daisy auf einmal einzogen?

«Ich möchte Daisy sehr gerne kennenlernen», sagte er tapfer. «Und wenn du zu mir ziehst, kommt sie natürlich mit. Keine Frage.»

«Oh, ich könnte mich niemals von ihr trennen», sagte Miggy sofort. «Nie. Sie gehört zu mir. Oh, verdammt! Das ist alles zuviel für mich.»

«Aber warum denn? Wir gehen einen Schritt nach dem anderen, keine Panik. Wenn wir erst einmal wissen, was wir empfinden, wird sich alles ganz von selbst ergeben. Meine Ehe ist sowieso gelaufen, ich lebe schon seit zwei Jahren allein. Wenn du es schaffst, mit Stephen zu reden, kannst du zu mir ziehen, sobald du willst. Es kann sein, daß wir nicht sofort heiraten können, aber das würde mir nichts ausmachen – wenn es dir nichts ausmacht.»

«Ich glaube schon, daß es mir etwas ausmachen würde», antwortete sie ehrlich. «Wahrscheinlich hauptsächlich wegen Daisy. Ich könnte es nicht ertragen, wenn sie denken würde, daß wir bloß ... na, zusammenleben. Es muß schon richtig echt sein. Für immer.»

«Das wäre es ja auch», versicherte er ihr. «So bald wie möglich. Oder meinst du, daß du warten willst, bis die Scheidungen durch sind?»

Ängstlich sah er sie an – das konnte Monate dauern!

«Ich weiß es nicht.» Sie starrte aufs Meer. «Ich brauche Zeit.»

«Dann nimm sie dir. Ich habe nur Angst, daß du mich vergißt, wenn du wieder in London bist. Oder daß du es dir anders überlegst.»

«Sie sah ihn wieder an. «Oh, nein, ganz bestimmt nicht», sagte sie. «Und Stephen will mich ohnehin nicht mehr. Aber es wird schwer ...»

Er küßte sie noch einmal, dieses Mal leidenschaftlich, als wolle er sich ihr ins Gedächtnis brennen.

5

HATTIE FUHR NUN SCHON DIE ZWEITE RUNDE durch Dartmouth, sah ein Auto aus einer Parklücke am Straßenrand fahren und parkte erleichtert dort ein. Es war Mitte August, die Stadt bereitete sich auf die Regatta vor, und es war schier unmöglich, nach neun Uhr morgens noch einen Parkplatz zu finden. Aber es half nichts, Nick und Sarah hatten sich für Sonntag zum Mittagessen angekündigt, und Hattie mußte dafür einkaufen. Auch trotz der vielen Touristen war es immer wieder reizvoll, durch die engen Straßen zu laufen, in denen sich malerische alte Häuser mit kunstvoll geschnitztem Fachwerk aneinanderdrängten und wo die ausladenden oberen Stockwerke so weit herausragten, daß sie beinahe ihre Gegenüber berührten. Üppige Blumen in hängenden Körben malten bunte Tupfer in die schattenreichen Gassen, und das dunkle Innere der St. Saviours Kirche, das durch das offenstehende Portal zu sehen war, schien kühl und einladend.

Der Duft von frischgebackenem Brot und Kaffee stieg Hattie in die Nase, als sie die Foss Street hinunterschlenderte und ihre Einkäufe fast vergessen hatte. Zur Belohnung würde sie sich einen Snack erlauben, wenn sie alles erledigt hatte. Sie ging durch die Avenue Gardens und lehnte sich eine Weile auf das Geländer, um auf den Fluß zu blicken. Auf dem herrschte jetzt reges Treiben, da die Vergnügungsdampfer regelmäßig zwischen Dartmouth und Totnes flußaufwärts verkehrten oder aufs Meer hinausfuhren, um an der Küste entlang nach Torbay zu gelangen. Hattie bummelte weiter, den Blick auf das Meer jenseits der Flußmündung gerichtet, wo das Schloß unterhalb des als Gallant's Bower bekannten Hügels stand und die kleine Steinkirche St. Patrox sich in seinem Windschatten versteckte.

Nur widerwillig ging Hattie zurück ins Zentrum, wobei sie in der Tasche ihres Segeltuchrockes nach dem Einkaufszettel suchte. Als sie auf der Höhe der Landungsbrücke war, glaubte sie jemanden zu sehen, den sie kannte, und ihre Stirn legte sich in Falten, als sie sich den Kopf zerbrach, woher. Die Frau war groß und schlank und hatte kurze kupferfarbene Locken. Sie hatte ein kleines Mädchen in Shorts und einem weiten Baumwollhemd an der Hand, und beide strahlten die gleiche gespannte Erwartung aus. Während Hattie noch grübelte, erhellte sich das Gesicht der Frau, und sie sah, wie Tobys große schlanke Gestalt sich einen Weg durch die Touristenmenge auf die beiden zu bahnte. Natürlich! Das war die Frau, die er mit zur Mühle gebracht hatte! Hattie sah, wie sie sich begrüßten: die Frau wich Tobys instinktivem Versuch, sie zu umarmen, aus und warf einen warnenden Blick auf das ahnungslose Kind. Toby verstand ihren stummen Tadel, lächelte und neigte sich nach unten, um dem kleinen Mädchen die Hand zu reichen. Sie schüttelte sie herzlich und strahlte ihn an, und Hattie konnte die augenfällige Erleichterung der Erwachsenen förmlich spüren.

Dann wurde ihr bewußt, daß sie spionierte. Sie umging die Landungsbrücke und überquerte die Straße zu Cundells, damit die kleine Versammlung sie nicht sah.

Miggys Magen schlug Purzelbäume, und ihre eiskalte Hand umfaßte die warme ihrer Tochter. Was zum Teufel machte sie eigentlich hier, in diesem winzigen Hafen mit schaukelnden Booten, wo sie sich mit einem Mann treffen wollte, den sie kaum kannte? In den sechs Wochen, seit sie Toby kennengelernt hatte, war sie mal himmelhoch jauchzend, mal zu Tode betrübt gewesen, sie hatte kaum glauben können, was sie empfand: sie liebte ihn und wollte den Rest ihres Lebens mit ihm verbringen. Sie war so glücklich gewesen, als sie zusammen waren, sie hatte sich geborgen gefühlt, war aber gleichzeitig aufgeregt und nervös gewesen. Und als sie voneinander getrennt waren, zehrte sie schwermütig von diesen Erinnerungen – vor allem dann, wenn sie über die Scheidung von Stephen nachdachte, die sie in Angst und Schrecken versetzte.

Obwohl sie innerlich der Überzeugung war, daß ihr Mann sich freuen würde, sie und Daisy loszuwerden, fragte sie sich auf einmal, ob das wirklich stimmte. Sie war das Thema angegangen, indem sie ihm sagte, sie sei in Devon zu der Erkenntnis gelangt, daß es für sie beide möglicherweise das Beste sei, wenn sie sich trennten. Zu ihrem blanken Entsetzen hatte er sich geweigert, sie überhaupt ernst zu nehmen. Er sah nicht einmal beunruhigt aus. Er reagierte, als sei sie so alt wie Daisy und würde sich dumm aufführen, und befand das Thema nicht für wert, darüber vernünftig zu reden. Später hatte sie das Thema wieder angeschnitten, und er war ziemlich ungeduldig geworden. Ihre Telefonate mit Toby gaben ihr Kraft, doch in den langen Stunden dazwischen verließ sie fast der Mut. Wenn sie sich dann aber vorstellte, den Rest ihres Lebens ein Schattendasein in dem großen Haus in Chelsea zu führen, festigte sich ihr Entschluß wieder, ihrem Instinkt zu folgen und auszubrechen.

Der Wendepunkt war ein Gespräch zwischen Stephen und einem guten Freund und Kollegen über Daisy, das Miggy zufällig mithörte, als sie auf der Toilette im Erdgeschoß war.

«Total plemplem», hörte sie ihn in bestem Hochenglisch näseln. «Hat einen riesigen Sprung in der Schüssel. Die Kleine wird ins Internat gesteckt, sobald sie alt genug ist, dafür werde ich schon sorgen. Die ganze Angelegenheit war ein schrecklicher Fehler, dir kann ich es ja sagen, aber ich bin kein Mann, der die Verantwortung scheut und sein Wort bricht.»

«Wir haben ja versucht, dich zu warnen damals. Susan hatte schlaflose Nächte deswegen», hörte Miggy den Freund murmeln. «Nicht ganz dein Typ, was?»

«Ich weiß, alter Freund. Du mußt nicht darauf herumreiten. Na, was soll's. Wir kommen ja miteinander aus ...»

Ihre Stimmen wurden leiser, als sie in den Garten hinausgingen. Miggy – aufgewühlt vor Zorn und Demütigung – blieb vorerst in ihrem Schlupfwinkel. Also bitte. Wenn er das so sah, würden Daisy und sie eben gehen. Sie versuchte sich das Haus ohne Daisy vorzustellen, die sich in einem entlegenen Internat in der Verbannung befand, und starb fast vor Einsamkeit. Sie zögerte nicht weiter, ging zum Telefon und buchte zwei Wochen in einem winzigen Hotel bei Dartmouth für sie beide. Sie würde Daisy Toby vorstellen, und wenn sie immer noch das gleiche empfand, wenn sie ihn wiedersah, würde sie den Sprung wagen.

Und jetzt war sie hier, in Dartmouth, und Daisy strahlte Toby an und fragte ihn, ob er sie in seinem Boot mitnehmen würde, und Toby strahlte zurück und sagte, natürlich würde er das. Miggy sah sie beide voller Liebe und Sehnsucht an. Sollte sie wirklich das Glück haben, einen Mann gefunden zu haben, der ihnen beiden die Liebe gab, die sie brauchten?

«Ich mag das hier», sagte Daisy, die sich mit großen glänzenden Augen umsah. «Nein, ich *liebe* es!»

Seit sie gehört hatte, daß sie in den Ferien hierherkommen würde, hatte sie alle ihre Arthur-Ransome-Bücher wiedergelesen, und in ihrer Phantasie drängten sich auf den Steinstufen die Walkers und die Blacketts und die Callums zu den auf dem Wasser hin- und herschaukelnden Booten hinunter. Toby beobachtete das strahlende kleine Gesicht mit den verträumten goldbraunen Augen.

«Du mußt dir unbedingt mein Cottage unten am Fluß ansehen», schlug er verwegen vor. «Dann lernst du Joss kennen, der wohnt auf einem Boot, und Hattie mit ihrer Mühle und ihrem riesigen schwarzen Hund, dem Admiral, und ich habe ein kleines Dingi, mit dem du herumrudern könntest …»

Er sah zu Miggy, weil er fürchtete, zu weit gegangen zu sein, aber sie lächelte nur über Daisys seliges Gesicht.

«Ich glaube, ich habe sie erobert», murmelte er auf dem Weg zum Auto.

«Glaub bloß nicht, daß es an dir lag», sagte Miggy bestimmt. «Der Hund und das Dingi haben sie überzeugt.»

Überglücklich schloß Toby das Auto auf. Auch er hatte

sich gefragt, wie er empfinden würde, wenn er Miggy wiedersah, doch in dem Moment, in dem er sie gesehen hatte, wie sie ängstlich zwischen den Passanten nach ihm Ausschau hielt, war ihm das Herz aufgegangen, und er hatte gewußt, daß sie die Richtige für ihn war. Das Kind in alten Shorts und Sandalen sah Miggy sehr ähnlich, und ihm gefiel die intensive, aufgeregte Spannung, die es ausstrahlte. Davon überzeugt, daß sie gemeinsam glücklich werden konnten, hatte er sich ihnen selbstbewußt genähert.

Die Tage vergingen, und Toby sah keinen Anlaß, seine Gefühle noch einmal zu überprüfen. Alle drei hatten unter Druck und nervlicher Belastung gelitten, alle drei wußten, was es hieß, einsam zu sein, und alle drei rissen diese magischen Tage an sich und genossen sie in vollen Zügen. Daisy konnte sich nicht erinnern, jemals so glücklich gewesen zu sein. Sowohl bei ihr als auch beim Admiral war es Liebe auf den ersten Blick gewesen, und die Figuren, die ihre Phantasiewelt bevölkerten, begleiteten sie auf ihren Erkundungstouren durch den Wald und den ihr erlaubten kurzen Rudertörns mit dem kleinen Dingi. Nach ein paar Tagen beglich Toby ihre Rechnung im Hotel, und Miggy und Daisy zogen ins Cottage, damit sie mehr Freiheiten hatten. Einen Tag bevor sie nach London zurückkehren sollten, war Daisy zum Tee bei Hattie und dem Admiral, so daß Miggy und Toby zum ersten Mal ganz allein waren. Auf einmal machte Befangenheit sich breit. Die ganze Woche waren sie entspannt und natürlich gewesen, doch nun mied Miggy Tobys Blick und versteifte sich völlig, als er ihre Hand nahm.

«Hör zu.» Er zog sie an sich heran und umarmte sie. «Wir wollen zusammenbleiben, oder? Das wissen wir jetzt.» Er hob ihr Kinn an. «Oder?» Sie nickte. «Ich finde, dann sollten wir den nächsten Schritt schnell hinter uns bringen. Nein!» Er schüttelte den Kopf, verärgert über sich selbst. «Ach, verdammt! Ich habe bloß Angst, daß aus der Mücke ein Elefant wird, verstehst du? Sieh mal, ich liebe dich, und ich will dich heiraten. Aber – meinst du nicht, wir könnten einfach zusammen ins Bett gehen?»

Miggy entwich ein Stoßseufzer. «Und ich habe schon gedacht, du würdest mich nie fragen!» sagte sie. «Nun steh nicht dumm rum, quatschen können wir später. Daisy kommt bald wieder, und hetzen möchte ich mich nicht!»

«Und wie wirst du es Ruth beibringen?» Joss kam zu Toby in das Cockpit der *Westering* und reichte ihm ein Glas Bier. «Die kriegt doch einen Anfall.»

«Warum sollte sie denn?» sagte Toby. «Sie ist schließlich diejenige, die die Scheidung will.»

Joss lachte und schüttelte den Kopf. «Du wirst schon noch rausfinden, daß das damit nichts zu tun hat. Frauen wollen immer alles, soweit ich das beurteilen kann. Sie will zwar frei sein, aber gleichzeitig will sie wissen, daß du weiter zur Verfügung stehst.»

«Was weißt du denn schon davon?» frotzelte Toby. «Junggeselle, der du bist.» Und doch sank ihm das Herz ein wenig. «Solange Georgia nicht darunter leidet, dürfte es kein Problem geben.»

«Und du meinst nicht, daß du die ganze Sache ein bißchen zu schnell angehst?» fragte Joss vorsichtig. «Ich meine, du kennst sie doch kaum.»

«Ich wußte, daß du das sagen würdest.» Toby trank einen Schluck Bier.

«Und Ruth wird das auch sagen. Es *ist* plötzlich, das mußt du zugeben.»

«Ich bin darauf vorbereitet, daß alle Welt mich für verrückt halten wird.» Toby fuhr sich durch das dunkle dichte Haar und blickte über den Fluß. «Ich mache mir keine Hoffnung, daß irgend jemand versteht, was ich empfinde.»

«Na, *das* kann man schon verstehen», sagte Joss. «Man wundert sich nur, daß du so schnell handelst und so ... na ja, so unwiderruflich.»

«Was meinst du denn mit unwiderruflich?»

«Na ja ...» Joss zögerte. Er wußte, daß er ein Spielverderber war, aber er mochte Toby und wollte nicht, daß ihn noch einmal jemand unglücklich machte. «Daß sie bei dir einzieht und so. Bißchen drastisch, oder? Willst du sie nicht lieber erst ein bißchen besser kennenlernen?»

«Während sie in London sitzt und ich hier? Und was ist mit Daisy?»

«Sie könnten doch ein Cottage oder so was mieten. Miggy könnte sich Arbeit suchen, und ihr hättet genug Zeit, euch richtig kennenzulernen.»

«Ich brauche nicht mehr Zeit.» Toby trank sein Bier aus und stellte das Glas ab. «Ich bin mir sicher.»

«Hast du das gleiche empfunden, als du Ruth begegnet bist?» Joss vermutete schon, daß dies hier Zeitverschwendung war, aber er war fest entschlossen, alles zu tun, was in seiner Macht stand, um Toby davon abzuhalten, einen furchtbaren Fehler zu machen.

«Komisch, daß du das fragst.» Toby legte die Füße auf den Sitz gegenüber. «Darüber habe ich auch schon nachgedacht. Wir waren sehr jung. So um die fünfundzwanzig. Ruth ist etwas jünger. Mein Vater hatte mich in die Bank hineingedrängt – der Geschäftsführer war ein Freund von ihm –, obwohl ich gar nicht recht wollte, aber dann stellte sich heraus, daß ich das alles ganz gut konnte. Ich habe gutes Geld verdient, das Leben hat Spaß gemacht, unsere Freunde haben geheiratet und kleine Wohnungen gekauft – das war es eben, was man machte.» Er lächelte über Joss' entsetztes Gesicht – Joss würde niemals etwas tun, nur weil man es eben machte. «Wir waren die ‹schönen Reichen›, sind in Nachtclubs gegangen, mal eben nach Saint-Tropez gedüst und voll auf der Welle der *Swinging Sixties* geschwommen. Ruth war schön und sexy und witzig, und ich fand, sie war eine gute Partie.»

«Aber du warst nicht in sie verliebt?» fragte Joss, als Toby nicht weitersprach.

«Ich glaube nicht, daß ich darüber nachgedacht habe», antwortete er schließlich. «Es ist einfach passiert. Wir konnten und wollten uns gerne in diesen schillernden Rollen sehen. Die Nächte durchtanzen, bei Mondenschein den Strand entlangrennen, mit Lachs und Champagner picknicken, im Jaguar mit hundertsechzig Sachen über die Autobahn brausen. Und dann kam Georgia. Selbst als wir uns entschlossen, hier in Ruhe zu leben, war das, glaube ich, nur ein Teil der Show. Das Haus auf dem Land, an Wochenenden aus London anreisen und so weiter. Aber für mich war es ernst und genau das Richtige. Und genau das habe ich auch gefühlt, als ich Miggy kennengelernt habe. Daß es das Richtige ist. Zum ersten Mal.»

«Glaubst du, daß das der Grund ist, weshalb Ruth zurückgegangen ist? Weil sie ihr Image hier nicht aufrechterhalten konnte?»

Toby dachte darüber nach, und als er antwortete, hoffte er, nicht zu ungerecht zu klingen. «Ich glaube, das war teilweise der Grund. Solange unsere Freunde uns besuchen kamen und uns beneideten und wir unsere Rolle als Gastgeber spielen konnten, war alles in Ordnung. Aber die verregneten Wochen dazwischen wurden einfach zu lang. Und ich habe mich verändert. Wie sie sagt, ich war einmal ehrgeizig, erfolgreich, ein richtiger Londoner eben. Jetzt sehe ich aus wie einer von den hiesigen Fischern und rede ständig von dieser oder jener Vogelart. Ziemlich hart für sie.»

«Und du hast sie nicht genug geliebt, um all das hier aufzugeben und mit ihr zurückzugehen?»

«Nein», sagte Toby sofort. «Nein, das habe ich wohl nicht. Die Show war vorbei, und ich wollte ein langweiliges, ursprüngliches Leben führen. Und das heißt dann wohl, daß ich sie nie richtig geliebt habe.»

«Und du glaubst, daß es mit Miggy anders sein wird?»

«Hier *weiß* ich es.» Toby tippte an seine Brust. «Aber wenn ich *hier* darüber nachdenke ...» – er tippte an seine Stirn – «dann habe ich eine Scheißangst!»

Joss fing schallend an zu lachen. «Ich glaube, ihr seid beide verrückt», sagte er. «Von daher wird vielleicht sogar alles gutgehen. Bleib doch zum Abendessen hier. Ich wollte mir Spaghetti machen.»

«Danke, gern. Wenn es für uns beide reicht.»

Toby verschränkte die Arme hinter dem Kopf und versuchte, Ordnung in seine Gedanken zu bringen. Während er Joss unten in der Kombüse werkeln hörte und über das Ufer ins Leere starrte, fragte er sich, wie er das ganze Thema Georgia gegenüber anschneiden sollte. Nach den Ferien würde sie auf der Canford School in die Oberstufe gehen, und er hoffte, daß eine neue Schule – und vor allem die vielen Jungs – ihre Aufmerksamkeit von ihm ablenken würde. Toby legte die Füße jetzt nebeneinander und verschränkte die Arme vor dem Bauch, um das flaue Gefühl in seinem Magen zu unterdrücken. Wenn es doch einfach nur mit allen klappen würde. Er mußte seinen Gefühlen hundertprozentig vertrauen und durfte sich nicht vom guten Rat besorgter Freunde oder seiner eigenen tiefen Angst abschrecken lassen. Nur weil seine Ehe mit Ruth gescheitert war, war er noch lange nicht unfähig, eine funktionierende Beziehung aufzubauen und zu führen. Er fragte sich, wieviel von alledem er Ruth erzählen sollte, wieviel sie wissen mußte. Sie hatte ihm bisher nie etwas von ihren Beziehungen erzählt, und Georgia hatte er nie dazu befragt.

Toby atmete tief ein, um sich zu beruhigen. In ein paar Tagen würde Georgia kommen, dann würde er ihr alles über Miggy und Daisy erzählen und dann weitersehen. Einen Schritt nach dem anderen – nur so kam man sicher ans Ziel.

6

DER ADMIRAL LAG AUF DER WIESE UND REKELTE sich in der warmen Septembersonne. Er für seinen Teil war höchst zufrieden mit dem Leben. Der Umzug von dem kleinen Cottage in Hampshire mit seinem winzigen, überfüllten Garten – den er immer wieder kunstvoll zu gestalten versucht hatte, ohne dafür die gebührende Anerkennung zu erhalten – in dieses geräumige Haus in unmittelbarer Nähe von Wald und Wasser hatte ihn wunschlos glücklich gemacht. Hier wußten die Menschen seinen Wert zu schätzen … Na ja, die meisten jedenfalls. Leider fehlte es Joss in mancher Hinsicht an der nötigen Sensibilität, aber andere, insbesondere Miggy und Daisy, machten das mehr als wett. Der Admiral streckte sich genüßlich aus, rollte auf den Bauch und setzte sich auf. Er verspürte ein leichtes Hungergefühl. Er sah über den Fluß, auf dem Daisy in Tobys Dingi herumruderte, und beschloß, Mr. Crabtree mit seiner Anwesenheit zu beglücken. Abgesehen von den Leckerchen in Mr. Crabtrees Hosentaschen, stellte die große kühle Küche – in der der Admiral mit Vorliebe schlief – an heißen Tagen eine gewisse Verlockung dar. Er schwang sich auf die Pfoten, trottete über den Hof und durch die offenstehende Tür der Mühle.

Gerade als er in den schattigen Flur verschwand, rollte Sarahs Wagen in die Einfahrt, und Hattie ging hinaus, um sie zu begrüßen. Sarah küßte sie flüchtig auf die Wange und sammelte dann mehrere Päckchen vom Rücksitz des Wagens zusammen.

«Die Flasche ist von Nick», sagte sie, «mit besten Grüßen natürlich. Also hör mal, Hattie!» Sie blieb einen Moment stehen, drückte die Päckchen an die Brust und betrachtete amüsiert ihre Freundin. «Hast du dir eigentlich mal die Haare schneiden lassen, seit du hier bist? Du siehst absolut unmöglich aus!»

«Keine Zeit», entgegnete Hattie fröhlich. «Ich habe so viel zu tun. Komm rein und laß uns etwas trinken, während ich uns was zu essen mache. Wie geht's?»

«Gut.» Sarah machte es sich am Tisch bequem.

Hattie suchte ihren Korkenzieher und kümmerte sich um den Wein. «Alles in Ordnung?»

«Alles in Ordnung. Nun komm schon! Ich kann es kaum erwarten, die neuesten Geschichten zu hören!» Sarah war fasziniert von der kleinen Gemeinschaft am Fluß. «Ist diese Thusnelda Miggy schon hier?»

«Ja, das ist sie.» Hattie ärgerte sich etwas über die Art, wie Sarah Miggy betitelte. Es war erstaunlich, wie schnell sie in dieser Gemeinschaft akzeptiert worden war. «Ich kann gut verstehen, daß Toby sich in sie verliebt hat. Sie ist bezaubernd. Und Daisy ist ein richtiges Püppchen.»

«Na.» Sarah nippte an ihrem Wein und verzog das Gesicht über Hatties Begeisterung. «Die scheinen dich ja schon um den kleinen Finger gewickelt zu haben.»

«Ich teile deine Vorbehalte nicht», sagte sie ehrlich. «Wenn zwei Menschen zusammenleben wollen, sollen sie das von mir aus tun. Ich finde nicht, daß mich die moralische Seite irgend etwas angeht.»

«Das sollte sie aber.» Sarahs Stimme klang scharf. «Wenn jeder so denken würde, würden unsere Werte und Standards bald völlig den Bach runtergehen.»

«Wenn man dieses Argument zu einem logischen Schluß führt, muß ich dir recht geben. Wenn allerdings Miggy einen Mann verlassen will, der sie nicht liebt und der sie unglücklich macht ...»

«Du kennst nur ihre Seite der Geschichte», unterbrach Sarah sie.

«Sicher.» Hattie verlor langsam die Geduld. «Aber wenn sie glücklich gewesen wäre mit ihm, glaube ich kaum, daß sie hierhergekommen wäre, um mit Toby zusammenzuleben.»

«Du tust so, als wäre die Jagd nach dem Glück das einzige, was im Leben zählt. Die jungen Frauen heutzutage haben einfach kein Durchhaltevermögen», diagnostizierte Sarah, und Hattie stand auf, um sich wieder dem Essen zu widmen. Sarahs Ansichten zu den jungen Frauen von heute kannte sie in- und auswendig. «Bei der ersten Schwierigkeit geben sie schon auf. Eine Beziehung ist etwas, woran man arbeiten muß. Aber heute wollen sie ja alles auf einem Silbertablett serviert bekommen.»

Hattie putzte einen Salatkopf und fragte sich, ob Sarah ihre Ablehnung gegenüber jungen Frauen ablegen würde, wenn Nick zur Ruhe kommen und ihnen nicht weiter nachstellen würde. Aber es gab noch einen anderen Grund für Sarahs Vorurteile. Hattie wußte sehr wohl, daß Sarah jedes Mal, wenn sie von einer Frau hörte, die ihren untreuen Mann verlassen hatte, das Gefühl hatte, ihre eigenen Anstrengungen würden verkannt und daß man sie für eine dumme Gans hielt, weil sie sich Nicks Seitensprünge immer wieder gefallen ließ. Hatties Ärger verpuffte, statt dessen empfand sie große Zuneigung zu Sarah und hatte Mitleid mit ihrer Situation. Sie wollte sie gerne aufheitern.

«Kannst du dich noch an den Anästhesisten im *Haslar* erinnern, der so scharf auf dich war?» fragte sie. «Wie hieß er noch mal? Matthew irgendwas, oder?»

«Meine Güte! Das ist doch schon hundert Jahre her!» Aber Sarah schien die Erinnerung daran zu erfreuen, und Hattie war erleichtert.

«Er ist dir die ganze Zeit nachgestiegen, und wir haben alle dauernd gewitzelt, daß er dich gerne mit seiner Spezialinjektion betäuben würde ...!»

Sie fingen schallend an zu lachen.

«Also, ehrlich!» Sarah war ziemlich rot geworden.

«Das waren Zeiten.» Hattie füllte die Gläser auf. «Trink aus. Nach dem Mittagessen zeige ich dir, was für Fortschritte die Mühle macht. Ich müßte noch vor Weihnachten einziehen können. Ich kann es kaum glauben.»

Miggy stand am unteren Ende der Wiese und sah Daisy zu, wie sie mit größter Selbstsicherheit den Fluß hinaufruderte.

Keine Frage, Daisy war glücklich. Nicht einmal Georgia hatte es geschafft, ihr die Freude an dieser Umgebung zu verderben.

Miggy wurde nun klar, daß Daisy nie viel für Stephen übriggehabt hatte, und daß die Aussicht, ihn nie mehr wiederzusehen, sie nicht im geringsten störte. Warum Miggy ihn verlassen wollte, mußte nicht großartig erklärt werden. Es war, als wären die zwei Jahre mit Stephen ein unglücklicher Zwischenfall gewesen, der nun vergessen werden konnte.

Schließlich ist er ja auch nicht Daisys Vater, dachte Miggy, als sie Daisy zuwinkte, und er hat sie kaum je zur Kenntnis genommen, es sei denn, um sie zurechtzuweisen. Warum sollte er ihr fehlen? Und warum zum Himmel habe ich ihn geheiratet?

Angst packte sie. Sie muß geglaubt haben ihn zu lieben, sonst hätte sie ihn nie geheiratet, also könnte es doch sein, daß sie den gleichen Fehler mit Toby beging ... Sie konnte noch immer nicht recht glauben, daß sie diesen großen Schritt gemacht hatte: daß sie nur das Nötigste für sich und Daisy eingepackt und sich mit ihr in den Zug nach Devon gesetzt hatte.

«Wir haben nicht sehr viel», hatte sie zu Toby gesagt, als er sie mit ihrem kläglichen Gepäck am Bahnhof in Totnes abholte. «Ich konnte ja nichts mitnehmen, was Stephen gehört. Wir haben Patricks Bücher mitgenommen und etwas zum Anziehen und Daisys Spielsachen.»

Daisy strahlte ihn an. Sie hatte einen riesigen, unhandlichen Teddy unter den Arm geklemmt und trug ein kleines Köfferchen.

«Wir brauchen nicht viel», versicherte sie ihm. «Wie geht es Admiral Jellicoe?»

«Er kann es kaum erwarten, dich wiederzusehen. Du bist die einzige, die mit ihm schwimmen geht.»

Er nahm Miggy die Koffer ab und lächelte sie beruhigend an. Sie erwiderte das Lächeln, doch stand ihr die Angst in den Augen.

«Ich mußte ihm einen Zettel dalassen», sagte sie unsicher.

Toby nickte und wartete mit einer Antwort, bis Daisy ihnen vorausgegangen war.

«Wollte er immer noch nicht glauben, daß du ihn verläßt?»

Sie schüttelte den Kopf. «Ich glaube nicht, daß er damit rechnet, daß ich ihn wegen eines anderen verlassen könnte. Mir wäre es lieber gewesen, es selbst mit ihm zu besprechen. Ich habe ihm die Adresse von meinem Anwalt dagelassen, wie du es vorgeschlagen hattest.»

Toby hätte am liebsten die Koffer fallengelassen und sie in den Arm genommen. Er spürte, wie Panik in ihr aufstieg, als sie zum Auto hinausgingen und ihr wieder einmal bewußt wurde, daß sie jegliche Verbindung zu ihrer Vergangenheit gekappt hatte. Toby verstaute das Gepäck, ließ Daisy ins Auto und hielt Miggy an den Schultern fest.

«Es wird gutgehen», sagte er fest. «Es ist das Richtige. Du würdest das auch spüren, wenn du nur nicht so panisch wärst.» Er gab ihr einen Kuß. «Komm. Wir fahren nach Hause.»

Miggy stand am Flußufer und steckte die Hände in die Ärmel ihres Pullovers. Es war wirklich wie ein Zuhause, gar keine Frage. Ruth hatte offenbar viele Möbel wieder mit nach London genommen, so daß Toby sich selbst etwas gekauft hatte, wodurch das Haus eher männlich aussah und nicht wie der Wirkungsbereich einer anderen Frau. Wenn sie in Ruhe darüber nachdachte, wußte sie, daß sie Ruth nichts wegnahm, da diese Toby schon verlassen und um die Scheidung gebeten hatte, bevor Miggy ins Bild kam, und sie war inzwischen überzeugt, daß Stephen sie nie wirklich geliebt hatte und daß – wenn sich die Wogen erst einmal geglättet hatten – sein einziger Schmerz der verletzte Stolz sein würde. Sie hatte das Gefühl, daß ihr Glück – und das von Daisy – auf dem Spiel stand, und daß es dumm, wenn nicht gar tragisch wäre, diese Chance zu verspielen.

Mit hochkonzentriertem Gesicht, das Kinn auf der Schulter, ruderte Daisy jetzt zurück. Wie schnell sie die neue Situation akzeptiert hatte! Miggy schüttelte den Kopf. Stephen hatte immer gesagt, Daisy lebe nicht in dieser Welt – und damit hatte er wahrscheinlich recht. So viele Dinge schienen sie überhaupt nicht zu interessieren, und sie hatte keinerlei Probleme damit, Toby als den Mann zu akzeptieren, den ihre Mutter liebte und mit dem sie zusammensein wollte. Miggy hatte ihr behutsam erklärt, daß sie erst warten mußte, bis sie von Stephen geschieden war, um Toby heiraten zu können, und daß sicher eine Menge Leute es als unschicklich ansehen würden, daß sie mit Toby zusammenlebten, bevor die Scheidung durch war und sie und Toby verheiratet waren. Da Daisy sich offenbar nichts aus den Ansichten dieser Leute zu machen gedachte, hatte Miggy sich verpflichtet gefühlt, sie darauf hinzuweisen, daß sie in der Schule deswegen Probleme bekommen könnte.

«Ich trage Stephens Nachnamen», erklärte sie. «Du trägst Patricks und Toby seinen eigenen. Es ist ein bißchen durcheinander, das Ganze. Ich habe der Schulleiterin erklärt, daß Toby und ich so bald wie möglich heiraten werden, aber es könnte sein, daß ein paar von den Kindern … na ja, sie könnten dir blöde Fragen stellen.»

«Das macht doch nichts», sagte Daisy unbekümmert. «An meiner alten Schule hatten wir beide doch auch verschiedene Nachnamen.»

«Ja, aber da war ich mit Stephen verheiratet. Die Kirche mißbilligt das Zusammenleben von Mann und Frau, wenn sie nicht verheiratet sind. Sie nennt das in Sünde leben. Bis wir beide geschieden sind, werden Toby und ich in Sünde leben.»

Daisy sah in Miggys besorgtes Gesicht und legte den Arm um sie. «Ist es so schlimm?»

«Es muß Regeln und Gesetze geben, sonst würde unsere Gesellschaft nicht funktionieren», erklärte Miggy schließlich. «Und wenn erst mal eine Person die Regeln brechen darf, dann tun es alle, und alles fällt in sich zusammen. Ich wäre lieber schon mit Toby verheiratet, und sobald es möglich ist, werde ich das auch sein, aber ich schätze, eigentlich sollten wir getrennt leben bis dahin. Ich finde das nur ziemlich blödsinnig. Ich will hier sein, bei ihm.»

«Ich auch», pflichtete Daisy ihr sofort bei. «Kann Georgia uns deswegen nicht leiden? Weil wir in Sünde leben?»

«Ich glaube nicht, daß Georgia uns nicht mag», sagte Miggy vorsichtig. «Nur hat sie bisher ihren Vater nie mit jemandem teilen müssen, und das macht ihr zu schaffen. Wir dürfen uns nicht in die Beziehung zwischen den beiden einmischen oder uns zwischen sie drängen. Wir haben noch genug Zeit miteinander, wenn Georgia wieder in London ist.»

«Sie fährt bald», wußte Daisy. «Sie muß sich auf die Schule vorbereiten. Sie geht auch auf eine neue Schule, deswegen muß sie noch viel besorgen.»

Den Blick auf Daisy gerichtet, dachte Miggy über Georgia nach. Sie erinnerte sich an ihren Gesichtsausdruck, als

Toby sie einander vorgestellt hatte, und daran, wie ihr Herz vor Angst schneller geschlagen hatte, als sie in Georgias dunkle, feindselige Augen sah. Tobys Tochter fand es offenbar völlig geschmacklos, daß ihr Vater wieder heiraten wollte, und begegnete ihnen daher mit offener Verachtung. Miggy hatte vorgeschlagen, daß sie und Toby getrennte Zimmer haben sollten, bis Georgia abreiste, aber Toby war der Ansicht, daß sie genauso anfangen sollten, wie sie auch weitermachen wollten. In seinen Augen waren sie genau wie ein Ehepaar, und ein Ehepaar teilte sich nun mal ein Zimmer.

Trotzdem war Miggy sich bewußt, daß Georgia sie ständig beobachtete, und konnte deshalb nicht natürlich und locker mit Toby umgehen. Wenn er seinen Arm um sie legte oder ihr sonst irgendwie seine Zuneigung zeigte, wurde sie nervös, es war ihr fast peinlich, und darum bat sie ihn, sie mehr oder weniger zu ignorieren, solange Georgia da war. Nur widerstrebend hatte er eingesehen, daß seine Tochter Zeit brauchte, um sich an die neue Situation zu gewöhnen, und sich sehr über sie aufgeregt. Miggy wußte, daß sechzehn ein schwieriges Alter war für ein Mädchen. Aber wenigstens war sie dann auch bald erwachsen, und vielleicht plagte sie dieses Übergangsalter auch gar nicht so sehr.

Immerhin war es, ein paar Tage bevor Georgia nach London zurückgefahren war, zu einem kleinen Durchbruch gekommen. Toby wurde in der Bootswerft gebraucht und konnte deswegen nicht mit ihnen nach Totnes fahren. Miggy und Daisy hatten sich auf den Markt und den damit verbundenen Trubel in der alten Stadt gefreut.

«Aber ihr könnt doch trotzdem hinfahren», sagte er. «Ich beschreibe euch den Weg. Oder …» Er zögerte und sah kurz zu Georgia, die in ihr Abendessen vertieft war und sich nicht am Gespräch beteiligt hatte. «Vielleicht könnte Georgia ja mit euch fahren. Sie liebt Totnes und kennt es wie ihre Westentasche. Wie wär's, Georgia?»

Georgia sah auf und blickte in Miggys grüne und Daisys braune erwartungsvolle Augen. Sie zögerte einen Moment, während ihr verschiedene vernichtende Bemerkungen durch den Kopf gingen.

«Ich würde mich riesig freuen, wenn du dir die Zeit nehmen würdest», sagte Miggy freundlich. «Ich weiß, es ist albern, aber ich kenne Tobys Auto noch nicht so gut, von den vielen engen Straßen ganz zu schweigen. Ich würde mich bestimmt hoffnungslos verfahren.»

Wieder Schweigen. Georgia berauschte sich einen Moment an dem Gefühl ihrer Macht, durch das sich aber schnell ein dünner Faden der Beschämung über ihr bisheriges Verhalten zog. Daisy sah sie mit flehendem Blick an, und überrascht hörte sie sich selbst locker sagen:

«Wir könnten ja mit dem Schiff hinfahren. Wir können einen von den Dampfern von Dartmouth aus nehmen, dann mußt du dir keine Sorgen machen wegen der Fahrerei und dem Parken. In den Ferien ist an den Markttagen die Hölle los. Und die Flußfahrt macht Spaß. Dann können wir durch die Stadt latschen und nach dem Mittagessen mit dem Schiff wieder zurückkommen.» Sie zuckte mit den Schultern. «Wenn ihr wollt.»

«Das hört sich prima an», sagte Miggy, die Tobys jubelndem Blick auswich und sich ganz auf Georgia konzentrierte.

«Und ich kann mir das Schloß angucken!» sagte Daisy.

«Ich fahre euch nach Dartmouth», sagte Toby, «und dann könnt ihr mich von Totnes aus anrufen, und ich hole euch am Hafen wieder ab. Hängt natürlich alles von der Flut ab. Hoffentlich paßt die zeitlich rein.»

Natürlich paßte sie. Es war einer von jenen magischen Tagen, an denen einfach alles klappte. Georgia war etwas entspannter, weil Toby nicht in der Nähe war, und Miggy achtete darauf, ihr das Gefühl zu geben, daß sie der Mittelpunkt war. Sie aßen im *The Brioche* zu Mittag, und Miggy bestand darauf, Georgia bei Salago ein hübsches indisches Baumwolltuch als Dankeschön zu kaufen. Auf dem riesigen Markt wimmelte es nur so vor Buden, die alles mögliche feilboten: Obst und Gemüse, Brot und Kuchen, antiquarische Bücher und Kleider und die indischen Gewänder, die immer noch modern waren. Miggy war ganz hingerissen, und Georgia freute sich, gewissermaßen die Wohltäterin zu sein.

Als sie wieder zu Hause waren, machte sich bald wieder düstere Stimmung breit, aber Miggy hatte dieser Tag dennoch ermutigt. Für sie war er ein Zeichen der Hoffnung für die Zukunft, und sie war entschlossen, die Dinge ihren natürlichen Lauf nehmen zu lassen. Alles, was sie jetzt noch wollte, war, daß Daisy in ihrer neuen Schule glücklich wurde und daß sie selbst die Zeit mit Toby genießen konnte. Seit Georgia wieder in London war, waren sie unbeschreiblich glücklich gewesen. Ob sich ihr Glück so fortsetzen würde? Das war doch fast schon zu einfach!

Sie sah Daisy dabei zu, wie sie am Bootshaus entlangruderte, und drehte sich um, als sie Tobys Stimme hörte. Er war aus dem Haus gekommen, und sie ging ihm entgegen.

«Was ist los?» Er sah zerknirscht aus, und sie packte die Angst. «Ist was passiert?»

«Ruth.» Er nahm ihre Hand. «Sie hat gerade angerufen. Ich hatte mich schon gewundert, daß sie sich gar nicht gemeldet hatte nach meinem Brief … du weißt schon. Anscheinend wollte sie erst hören, was Georgia zu alldem zu sagen hat, und sie dann ohne weiteres Aufheben zur Schule schicken.» Er schüttelte ratlos den Kopf, und Miggy traute sich kaum, etwas zu sagen. «Sie hat gesagt, sie sei schokkiert über mein Verhalten und verletzt, und sie kommt für ein paar Tage her. Morgen nachmittag ist sie hier.»

7

JOSS VERZICHTETE AUF WEITERE BESUCHE AUF der *Abigail.* Abgesehen davon, daß er sich bemühte, mit den Arbeiten auf der *Westering* vor dem Winter noch ein ganzes Stück weiterzukommen, verlangte es ihn nicht nach einer intensiveren Bekanntschaft mit Evan. Manchmal – in der Regel an feuchten, kühlen Tagen – rauchte der Schornstein der *Abigail*, aber sonst fehlte jedes Anzeichen von Leben an Bord. An ruhigen Abenden konnte man hoch oben im dichten Wald ein Motorrad hören, und Joss vermutete, daß es Evans war, aber er wollte nicht weiter über ihn nachdenken. Er wurde das schaurige Gefühl nicht mehr los, das ihn unter Deck in der dreckigen Kabine beschlichen hatte, und auch an den Schock, als er den stummen Beobachter in der Bugkabine bemerkt hatte, konnte er sich noch sehr lebhaft erinnern. Öde Straßen, graffitibeschmierte Mauern und blinde Fenster waren vor seinem inneren Auge wiederaufgetaucht und hatten sein Herz rasen lassen, und die Angst vor einem versteckten Feind hatte ihn wie üblich in kaltem Schweiß baden lassen, als er schnell davongerudert war.

Für den Fall, daß Toby zu sehr mit Miggy beschäftigt war, um sich an ihr Gespräch über Evan zu erinnern, hatte Joss es selbst in die Hand genommen, Georgia zu warnen. Er fürchtete, daß sie gerade in jenem rebellischen Alter war, in dem man nur vor etwas gewarnt werden mußte, um sofort ein unwiderstehliches Interesse an diesem Etwas zu entwikkeln. Georgia hatte seine Beschreibung des schmuddeligen Evan und seines schmutzigen Bootes aber angewidert, und sie war viel zu anspruchsvoll, als daß sie ihn gerne kennengelernt hätte – nicht einmal aus Protest gegen Miggy und Daisy. Joss war erleichtert. Trotz ihres Babyspecks und ihrer meist finsteren Miene war sie ein hübsches Mädchen, und Joss empfand ihre Gesellschaft als interessant, wenn sie es schaffte, sich selbst so weit zu vergessen, daß sie sich normal benehmen konnte – was selten genug vorkam.

Er rechnete damit, daß Daisy tun würde, was man ihr sagte, und war äußerst beunruhigt, als ihm auffiel, daß ein geheimnisvolles Boot mit einem unangenehmen Bewohner an Bord ihre hyperaktive Phantasie nur noch mehr entfachte.

«Halt dich einfach von ihm fern», befahl er schließlich, nachdem sie laut darüber nachgedacht hatte, ob er wohl ein Schmuggler oder ein verrückter Wissenschaftler sein könnte oder ob vielleicht eine entführte Person in einer der Kabinen festgehalten wurde. «Halt dich von der *Abigail* fern, sonst sage ich Toby, daß er dir das Dingi wegnehmen soll.»

Daisy streckte ihm hinter seinem Rücken die Zunge heraus. «Jetzt sei doch nicht gleich sauer», sagte sie. «Darf ich mit dir auf Jungfernfahrt gehen?»

«Nein», antwortete Joss knapp. «Die wird nämlich ein paar Monate dauern. Vielleicht Jahre.»

«Aber du wirst sie doch vorher mal kurz ausprobieren, oder?» schmeichelte sie. «Darf ich da mitkommen? Ich könnte doch dein Steward sein.»

«Geh jetzt bitte, Daisy, ich habe zu tun», sagte er. «Hier unten ist einfach nicht genug Platz für uns beide, wenn ich arbeite. Jetzt geh schon.»

Daisy streckte noch einmal die Zunge heraus. Sie mochte Joss, aber sie fand, daß seine Vorstellungskraft sehr begrenzt war, und beklagte den Verlust. Vom Deck der *Westering* aus sah sie den Admiral am Ufer herumstreifen. Sie sprang in das Dingi, stieß sich ab und ruderte auf ihn zu. Hattie sah sie kommen und blieb stehen.

«Wir wollen gerade einen Spaziergang machen», sagte sie, als Daisy an Land kam. «Möchtest du mitkommen?»

«Ja, gerne.» Daisy umarmte den riesigen Hals des Admirals und vergrub ihr Gesicht in seinem weichen Fell. «Miggy hat gefragt, ob sie später zu dir kommen darf.»

«Natürlich darf sie. Hast du deine Mutter schon immer Miggy genannt?»

«Ich glaube schon.» Daisy runzelte die Stirn. «Ich fand den Namen so schön, als ich klein war. Und Mami hießen so viele.»

«Hört sich vernünftig an.» Hattie schob die Hände in die Jackentaschen und fragte sich, wie die Stimmung im Cottage war. Alle wußten, daß Ruth kam. «Kommst du mit Miggy rüber?»

«Ja, gerne. Toby und Ruth haben etwas unter vier Augen zu besprechen.»

«Wie wäre es mit einem Picknick im Wald? Ich backe einen Schokoladenkuchen.»

«Mein Lieblingskuchen!» Daisy rannte voraus und rief nach dem Admiral. Hattie folgte ihr langsam. Sie dachte an Ruths Besuch und hoffte, daß sie keinen Ärger machen würde.

Nachdem sie lange und gründlich darüber nachgedacht hatte, hatte Ruth beschlossen, Freitag bei einer Freundin in Dartmouth zu übernachten und Samstag nach dem Mittagessen zum Cottage zu fahren. Bis dahin waren sowohl Toby als auch Miggy so nervös, daß sie kaum noch miteinander reden konnten.

«Sie hat überhaupt kein Recht, schockiert und verletzt zu tun», wiederholte Toby zum hundertsten Mal, während er in der Küche auf- und abging. «Sie hat mich verlassen. Sie wollte die Scheidung. Es ist völlig unlogisch. Joss hat wohl doch recht.»

«Joss?» Miggy lehnte an der Anrichte und konnte seine Angst spüren.

«Joss hat es vorausgesagt. Er hat gesagt, daß sie zwar diejenige gewesen ist, die mich verlassen hat, daß sie mich aber immer noch in der Hinterhand haben will. Ich wollte es ihm nicht glauben. Ich meine, wozu denn?» Toby öffnete die Hände, als bitte er um Erleuchtung. «Sie hat doch jetzt ihr eigenes Leben. Als sie um die Scheidung gebeten und sich geweigert hat, über Versöhnung nachzudenken, haben wir beschlossen, daß sie die Londoner Wohnung kriegen soll. Die Wohnung und das hier sind in etwa gleich viel wert. Sie hat alle ihre Sachen mitgenommen. Und ein paar von meinen. Warum sollte sie jetzt plötzlich ihre Meinung ändern wollen?»

Miggy schwieg. Es war zwar dumm von ihr, aber sie haßte den Satz, «hat sich geweigert, über Versöhnung nachzudenken». Das bedeutete, daß Toby Ruth hatte zurückhaben wollen, daß er nicht glücklich gewesen war, als sie ging. Was, wenn er auf einen Neuanfang mit ihr hoffte, falls sie nun doch zu ihm zurückwollte? Vielleicht liebte er sie immer noch, tief im Innern, vielleicht war er lediglich verletzt gewesen, und sie, Miggy, war nur zweite Wahl. Sie steckte die Fäuste in die Taschen ihres Jeansträgerkleides, das sie über einem schlichten weißen T-Shirt trug, und wußte nicht, was sie sagen sollte. Toby sah sie an und kam dann schnell zu ihr.

«Es wird an unserer Beziehung nichts ändern», sagte er. Er faßte sie bei den Oberarmen und schüttelte sie leicht. «Miggy! Hör mir zu. Ich liebe dich. Die Sache mit Ruth ist vorbei, ich schwöre es!»

Sie wichen jäh auseinander, als die Hintertür aufgestoßen wurde und Ruth in der Küche stand. Ihr prüfender Blick galt zuerst Miggy, die stocksteif vor der walisischen Anrichte verharrte, und wanderte weiter zu Toby, der jetzt neben dem Tisch stand.

«Hallo, Liebling», sagte sie, ging auf ihn zu und küßte ihn auf die Wange.

Er hob instinktiv die Hände, um sie in den Arm zu nehmen, ließ sie aber gleich wieder sinken.

«Hallo, Ruth. Was für eine Überraschung. Miggy, das ist Ruth.»

«Hi.» Ruth machte keine Anstalten, auf Miggy zuzugehen, sie nickte ihr nur knapp zu.

Alles schwieg, während Miggy Ruths langes aschblondes Haar registrierte, ihr Londoner Outfit und ihre schlanke, aber nicht rundungslose Figur. Sie selbst fühlte sich plump und unelegant im Vergleich zu ihr, so daß ihr Selbstvertrauen noch mehr schwand.

Toby war auf den Schock, Ruth in Fleisch und Blut im gleichen Raum mit Miggy zu sehen, nicht vorbereitet gewesen. Er mußte das Gefühl, daß Ruth doch noch Anspruch auf ihn hatte, bekämpfen, und er merkte, daß über achtzehn Jahre Ehe nicht einfach ausgelöscht werden konnten, daß von Gleichgültigkeit noch keine Rede sein konnte. Ruth witterte seine Unsicherheit und reagierte schnell. Sie hatte die ganze Zeit schon gewußt, daß Miggy die schlechteren Karten hatte. Sie, Ruth, war immer noch Tobys rechtmäßige Ehefrau – Miggy dagegen nur seine Mätresse, die ihren Ehemann verlassen hatte und mit ihrem kleinen Kind bei einem verheirateten Mann lebte.

«Tja.» Ruth lachte leise und schüttelte den Kopf. «Da hast du dich aber schnell aus dem Staub gemacht, was, Liebling? Ich konnte es kaum glauben, daß du dir so schnell eine Neue ins Haus geholt hast. Die arme Georgia. Hast du eigentlich mal an ihre Gefühle gedacht?»

«Von wegen schnell. Du hast mich vor zwei Jahren verlassen, schon vergessen?»

«Und vor ein paar Wochen erst warst du in London und hast gebettelt, daß ich zurückkomme.»

«Ein paar Wochen ...?» Toby schnappte nach Luft. Er ließ Ruth alle möglichen Fallen auslegen, und er tapste auch noch hinein! Miggy war totenbleich, und er ging zu ihr, um sich neben sie zu stellen. «Ich weigere mich, das hier zu einer Schlammschlacht ausarten zu lassen. Als du um die Scheidung gebeten hast, kannte ich Miggy noch nicht. Ich wollte die Ehe aus Vernunftgründen aufrechterhalten – Georgia zuliebe.»

«Nur deswegen?» Ruth hob die Augenbrauen und schenkte ihm ein provokatives Lächeln. «So hat sich das in London aber nicht angehört.»

«Vielleicht nicht ...» setzte er an, doch Ruth ging auf ihn zu, zückte eine Zigarette und legte ihre Tasche auf den Tisch.

«Hast du Feuer, Liebling?» fragte sie, und er griff automatisch nach den Streichhölzern. Sie machte eine kleine intime Show aus dem Anzünden der Zigarette, dann warf sie ihr Haar über die Schulter und sah Miggy an, während sie den Rauch ausblies. «Wären Sie wohl so freundlich, meinen Mann und mich einen Moment allein zu lassen?»

Wortlos drehte Miggy sich um, doch Toby war bei ihr, bevor sie die Tür erreicht hatte, und legte den Arm um sie. Er hielt sie fest und lächelte sie an, und ein Stück ihres Selbstvertrauens kehrte in sie zurück. «Ich möchte, daß du hierbleibst», sagte er leise.

Sie lächelte ihn an, wissend, daß Ruth sie beobachtete. Sie hatten sich schon vorher darauf verständigt, daß Miggy die beiden allein lassen würde, und sie wußte, daß Toby ihre Angst bemerkt hatte und sich Sorgen um sie machte.

«Schon in Ordnung», beruhigte sie ihn und konnte sich von ihm küssen lassen, ohne sich zu schämen. «Ich gehe rüber zu Hattie. Ich komme bald wieder.»

Sie ging hinaus, ohne Ruth anzusehen, und hinterließ ein kurzes Schweigen.

«Was sollte das denn jetzt?» fragte Toby.

«Was das?» Ruth pflanzte sich auf die Tischkante und sorgte dafür, daß ein gutes Stück schlankes Bein zu sehen war.

«Ich verstehe dich einfach nicht.» Toby ließ sich auf einen Stuhl fallen und widerstand dem Verlangen, sich an Ruths Zigaretten zu bedienen. Drei Jahre hatte er nicht geraucht, und in einem so entscheidenden Augenblick wollte er nicht wieder damit anfangen. «Du hast mich vor zwei

Jahren verlassen, du hast dich geweigert, zu mir zurückzukommen, du willst die Scheidung. Was zum Teufel soll dieses Drama?»

«Wie lange kennst du sie schon?» Sie antwortete mit einer Gegenfrage.

«Vier Monate. Das habe ich dir doch geschrieben.»

«Das glaube ich dir nicht.»

Toby starrte sie an. «Ich kenne sie seit vier Monaten. Was ist los mit dir, Ruth? Hör zu.» Er schüttelte den Kopf. «Ich mag naiv sein, ein richtig einfältiger alter Trottel, aber würdest du mir bitte erklären, was hier los ist? Du hast kein Recht mehr dazu, hier hereinzuplatzen und mir Fragen über mein Privatleben zu stellen. Wir sind fast geschieden, und wir haben jeder unser eigenes Leben. Ich tauche ja auch nicht in London auf, um herauszufinden, was du mit diesem Alan anstellst.»

Sie wurde rot – er hatte also ins Schwarze getroffen, seine Vermutungen waren richtig.

«Ich glaube, daß du der Scheidung nur deshalb zugestimmt hast, weil du mit dieser Frau eine Affäre hattest und aus der ganzen Sache herauskommen wolltest, ohne etwas zugeben zu müssen. Ich fühle mich betrogen und hintergangen. Du hast kein Wort gesagt, hast mich die ganze Drecksarbeit machen lassen und mir das Gefühl gegeben, ich wäre die treibende Kraft.»

Er starrte sie mit offenem Mund an, riß sich dann aber wieder zusammen.

«Du bist verrückt», sagte er schließlich. «Ich kenne Miggy seit vier Monaten, und vergiß bitte nicht, daß, als du mir von der Scheidung schriebst – was übrigens vor sechs Monaten war, und nicht vor ein paar Wochen! –, ich sofort nach London gefahren bin und dich gebeten habe, es dir noch einmal zu überlegen. Joss hat tatsächlich recht gehabt.»

«Joss?» Sie stand vom Tisch auf und drückte die Zigarette auf einem kleinen Teller neben der Spüle aus. «Was hat der damit zu tun?»

«Als ich ihm von Miggy erzählt habe, hat er gesagt, du würdest dagegen ankämpfen. Du wolltest zwar deine Freiheit, aber mich auch weiter in der Hinterhand haben. Ich habe ihm damals nicht geglaubt, aber eine bessere Erklärung habe ich auch nicht für dein Verhalten.»

«Dann wissen also alle Bescheid. Du redest über mich mit jedem, der bereit ist zuzuhören, und spielst den armen verlassenen Ehemann. Na, dann habe ich meine Meinung eben geändert. Ich will mich nicht scheiden lassen.»

Toby stützte die Ellbogen auf den Tisch, legte den Kopf in die Hände und sah sie dann an.

«Das ist doch auf die Spitze getriebener krankhafter Neid», sagte er leise. «Tut mir leid, aber es interessiert mich nicht im geringsten, was du willst. Ich habe zwei Jahre lang gewartet und gehofft, daß du zurückkommen würdest, und jetzt ist es vorbei. Ich möchte Miggy heiraten. Ganz egal, was du tust oder läßt, daran wird sich nichts ändern.»

Ruth beobachtete ihn. Sie hatte nicht damit gerechnet, so heftig darauf zu reagieren, Miggy regungslos bei der Anrichte stehen zu sehen – *ihrer* Anrichte, gottverdammt!

«Hast du vergessen, daß dieses Haus noch immer in unser beider Namen steht?»

«Wir waren uns einig, daß du die Wohnung in London kriegst», sagte er schnell. «Beides ist etwa gleich viel wert. Wir waren uns einig ...»

«Ich habe meine Meinung geändert. Das hier ist mein Zuhause. Du kannst mich nicht einfach rausschmeißen.»

«Ruth, bitte.» Er biß sich auf die Lippe und versuchte, die Situation unter Kontrolle zu bekommen. «Ich verstehe ja, daß das alles ein bißchen plötzlich kommt für dich. Aber wollen wir nicht versuchen, ruhig zu bleiben und alles vernünftig zu besprechen? Natürlich müssen wir uns rechtlich beraten lassen, aber ich verspreche dir, daß es dir finanziell an nichts fehlen wird. Das wirst du mir doch wohl glauben. Es wird genug für Georgia und dich sein. Und was das hier als dein Zuhause angeht – du hast in den letzten zwei Jahren kaum jemals die Schwelle übertreten.»

«Ich glaube, ich möchte das ändern.»

Toby schloß einen Moment die Augen. «Wie wäre es, wenn du mir in einfachen Worten sagst, was du eigentlich genau willst?» sagte er nach einer Weile.

«Ich glaube, wir beide haben etwas überstürzt gehandelt», sagte sie. Wieder warf sie ihr Haar nach hinten und kam zum Tisch. «Ich glaube, ich möchte mich doch wieder mit dir versöhnen.»

«Ich bin sicher, daß sie das nicht ernst meint.»

Toby hielt Miggys Hände fest zwischen seinen, während Hattie schweigend Drinks einschenkte. Er war so aufgeregt gewesen, daß er ihnen die ganze Geschichte erzählt hatte, sobald er in Hatties Küche stand, um Miggy zu holen. Ruth war zu ihrer Freundin in Dartmouth zurückgefahren, und Toby war zur Mühle hinübergerannt und hatte die beiden Frauen mit seiner Schilderung überrascht. Er war verwirrt und hatte Angst. Miggy machte einen in sich gekehrten und kühlen Eindruck, sie beobachtete ihn wachsam, und er sehnte sich danach, sie in den Arm zu nehmen.

Miggy ging es ähnlich. Ruth aus Fleisch und Blut war eine ganz andere Angelegenheit als Ruth in London, und jetzt, da Miggy sie gesehen hatte, stellte sie sich Ruth und Toby unweigerlich in den intimen Situationen vor, die eine achtzehnjährige Ehe mit sich brachte, und wurde sich bewußt, daß sie eifersüchtig und unsicher war. Hatte sie überhaupt eine Chance gegen jemanden wie Ruth? Toby konnte noch so vehement protestieren und ihr versichern, daß er sie, Miggy, liebte – aber das hatte Stephen am Anfang auch getan. Miggy stand steif und reagierte nicht auf Tobys Umarmung.

Hattie beobachtete sie. Sie war hilflos, die Komplikationen dieser Beziehung machten ihr große Sorge, und sie war dankbar, daß die zerstörerische Kraft, die die Liebe hervorrufen konnte, nie in ihr gewütet hatte.

«Trink das.» Sie drückte Toby ein Glas Brandy in die Hand. «Und keine Panik. Rein rechtlich gesehen, hat sie überhaupt keine Chance. Sie hat dich verlassen und sich jahrelang nicht blicken lassen. Bleib mal schön auf dem Teppich.»

«Ich weiß.» Toby ließ Miggy los und trank das halbe Glas aus. «Es ist nur so verdammt unfair. All die Jahre hat sie gemacht, was ihr paßte, und jetzt will sie mein Leben verpfuschen. Warum?»

Hattie und Miggy tauschten vielsagende Blicke. Sie waren das alles schon durchgegangen, bevor er gekommen war. Hattie wollte unbedingt hören, was los war, und Miggy war völlig derangiert – eine fatale Mischung. Schon wenige Minuten später hatten sie miteinander geschnattert wie alte Freundinnen.

«Ich glaube, Joss hat recht gehabt», sprang Hattie ein, als Miggy offenbar die Worte fehlten. «Sich in London nach Herzenslust zu vergnügen, während der Mann zufrieden in Devon sitzt und das Nest warmhält, ist eine Sache –

ein Mann, der sie plötzlich beim Wort nimmt und seinen eigenen Weg geht, eine andere. Wer weiß, vielleicht hat das Wort ‹Scheidung› ihren Freund in die Flucht geschlagen.»

Toby starrte sie an – das war ihm noch gar nicht in den Sinn gekommen! Hattie wunderte sich wieder einmal darüber, wie ansonsten durchaus intelligente Männer so furchtbar naiv sein konnten, wenn es darum ging, Gefühle zu analysieren. Sie und Miggy hatten diese Möglichkeit jedenfalls schon erschöpfend diskutiert.

«Mein Gott!» sagte er.

«Ist sie weg?» fragte Miggy.

«Ja. Ja, sie ist wieder nach Dartmouth», versicherte Toby ihr. «Keine Sorge.»

«Ich meinte eigentlich, ob sie richtig weg ist. Oder wird sie weiterhin vorbeischauen? Oder will sie gar wieder bei dir einziehen?»

«Das kann sie nicht machen», sagte Toby sofort, klang aber etwas unsicher. Er wußte nicht genau, wie die Rechtslage in bezug auf das gemeinsame Haus aussah. Ob sie wirklich so weit gehen würde? «Ich bin sicher, daß sie weg ist. Schließlich hat sie ja auch noch ihren Job.»

«Vielleicht hat sie den drangegeben», mutmaßte Miggy. Sie fühlte sich wieder etwas sicherer, nachdem sie bemerkt hatte, daß Toby keinerlei Versuche unternahm, Ruth zu verteidigen, und kein Interesse an ihrer Gesellschaft zeigte. «Hat sie einen Schlüssel für das Cottage?»

«Oh, Scheiße!» rief Toby. «Sie wird doch wohl nicht einfach immer mal wiederauftauchen! Ich glaube es nicht! Verdammte Scheiße!»

«Wie bist du mit ihr verblieben?» fragte Hattie. Sie drückte Miggys Arm. «Keine Sorge. Ich leihe dir den Admiral. Der wird sie schon in die Flucht schlagen!»

Miggy versuchte zu lächeln. «Ich habe keine Lust, daß sie hier auftaucht und Daisy in Verlegenheit bringt», sagte sie. «Ich will nicht, daß jemand Daisy einredet, wir täten etwas Schlechtes, Schäbiges. Vielleicht sollten wir von hier wegziehen, bis alles geklärt ist.»

«Nein!» widersprach Toby. «Ihr geht nicht weg. Ihr gehört hierher, zu mir. Beide.»

«Trotzdem.» Hattie dachte nach. «Es ist keine schlechte Idee. Nur bis sie endgültig das Feld geräumt hat, sozusagen.»

«Und was soll das bringen?» fragte Toby aufgeregt. «Miggy lebt im Cottage. Georgia könnte das bezeugen. Warum soll sie jetzt ausziehen?»

«Ich denke dabei nicht an die rechtliche Seite», erklärte Hattie. «Ich versuche nur, logisch zu denken. Wenn Ruth niemanden hat, dem sie Szenen machen kann, gibt sie vielleicht schneller auf, kapiert?»

Miggy und Toby starrten sich an. Er sah so unglücklich aus, daß sie zu ihm ging und den Arm um ihn legte.

«Da hat Hattie gar nicht so unrecht», sagte sie sanft. «Und ich will einfach nicht, daß Daisy da mit hineingezogen wird. Nur bis wir sicher sein können, daß sie aufgegeben hat, und wir uns beraten lassen können.»

Er schloß die Augen und nickte. «Also gut. Aber wo sollst du hin? Ach, wirklich, das ist alles zuviel!»

«Sie kommen natürlich zu mir», bestimmte Hattie freundlich. «Sei doch nicht so schwer von Begriff! Wo sollten sie denn sonst hin? Hier ist doch genug Platz für uns drei für ein paar Tage. Daisy sagen wir, daß du mit Ruth einiges zu besprechen hast und daß es besser ist, euch in Ruhe zu lassen, bis alles erledigt ist.»

«Oh, Hattie!» Miggy herzte sie. «Wäre das möglich?»

«Das wäre phantastisch, Hattie.» Toby fiel ein Stein vom Herzen. «Wenn sie hier bei dir sein können, macht es mir nicht so viel aus. Ich versuche, alles so schnell wie möglich über die Bühne zu kriegen.»

«Ich rufe Nick an», sagte Hattie. «Jetzt, wo wir uns soweit geeinigt haben und verschnaufen können, werde ich ihn um Rat fragen. Er ist ein Freund von mir, Rechtsanwalt. Er kann uns bestimmt weiterhelfen. Und jetzt nehmt ihr den Admiral und macht einen Beruhigungsspaziergang im Wald. Sucht Daisy, ich mache etwas zum Abendessen. Gebt mir eine halbe Stunde. Na los. Verschwindet. Ich habe zu tun.»

8

ENDE OKTOBER ZOG HATTIE IN DIE MÜHLE. ES gab zwar noch ein paar Kleinigkeiten zu tun, doch waren die größten und wichtigsten Arbeiten erledigt, und sie wollte einfach nicht mehr länger warten. Sie war entzückt von allem, was Mr. Crabtree geschaffen hatte, am allermeisten aber von ihrem Wohnzimmer: es war hell und geräumig, und auf dem großen Mühlstein in der Mitte, auf dem früher einmal Getreide gemahlen worden war, stand nun ein riesiger gekachelter Holzofen mit Glastüren auf beiden Seiten, so daß sie das Feuer von fast überall im Raum sehen konnte. Durch eine Glastür gelangte man auf die nach Süden liegende Terrasse, von der aus man den Fluß überblicken konnte. Der Raum erstreckte sich über zwei Etagen bis zum

Dach hinauf, wo die alten Balken zu sehen waren. An der hinteren Wand führte eine schmiedeeiserne Wendeltreppe auf eine Galerie. Hier oben hatte Hattie den antiken Sekretär ihrer Mutter und einen kleinen Bücherschrank plaziert, während sie im darunterliegenden Wohnzimmer diverse üppige Sessel und Sofas auf den riesigen Teppichen verteilt hatte, die ihrerseits auf poliertem Eichenboden lagen.

Hattie wollte ihr neues Zuhause nicht übereilt einrichten, sondern die Dinge nach und nach mit Bedacht auswählen. Sie hatte, was sie brauchte – der Rest würde sich schon finden. In der großen Küche stand ein Ölofen, mit dem sowohl das Wasser erwärmt als auch die Heizkörper im Badezimmer und in den beiden Schlafzimmern betrieben wurden. Ihr Schlafzimmer ging ebenfalls nach Süden hinaus und war enorm. Ursprünglich waren es zwei Zimmer gewesen, aber Hattie liebte große Räume, und da immer noch ein Zimmer als Gästezimmer übrig war, sah sie keinen Grund, sich diesen Luxus nicht zu gönnen. Sie kaufte sich ein riesiges Bett, das sie mit Kissen und Decken belud, bis es eher einem Nest als einem Bett ähnelte. Ein Bücherschrank beherrschte die eine Wand, die gegenüberliegende teilten sich die Mahagonikommode ihrer Mutter und ein hoher viktorianischer Kleiderschrank.

Hattie war gerade dabei, ihre Einweihungsfeier zu planen, als Joss in die Küche kam. Sie sah von ihrer Liste auf und nickte ihm zu, als er sich auf einen der Windsorstühle setzte, die sie zusammen mit dem großen alten Tisch, der einst im Speisesaal eines Klosters gestanden hatte, bei Jolly Pedlars in Dartmouth gefunden hatte.

«Wie läuft es bei dir?» fragte sie. Durch die Wirren ihres Umzugs hatte sie ein bißchen den Anschluß verloren. «Alles in Ordnung?»

«Sieht so aus, als würden die ersten Herbststürme ins Haus stehen», sagte er. «Die Aussichten sind gar nicht gut. Ich würde die *Westering* gerne sturmfest machen und an Land gehen, wenn du nichts dagegen hast.»

«Überhaupt nicht. Das Cottage ist nur leider nicht besonders gemütlich. Es stehen kaum noch Möbel drin, aber genug, um zurechtzukommen.»

«Ich wette, es wird palastartig sein gegen das Leben auf dem Boot», sagte Joss bescheiden. «Danke. Dann werde ich mal ein paar Sachen an Land befördern.»

«Meinst du, es wird so schlimm an einem so kleinen Fluß?» fragte sie ihn. «Liegen wir hier nicht geschützt?»

«Na ja, es wird natürlich nicht so heftig wie auf See, aber doch recht turbulent. Heute nacht haben wir eine der höchsten Springfluten des Jahres, wir können also mit einigem rechnen.» Er lächelte über ihre Miene. «Es würde mich nicht wundern, wenn dein Kai überspült wird.»

«Mein Gott!» Ängstlich starrte sie ihn an. «Meinst du, ich kriege Wasser in die Mühle?»

Er schüttelte den Kopf. «Das ist noch nie passiert. Aber ich halte mich besser ran. Der Wind wird schon stärker.»

Nachdem er gegangen war, saß Hattie da und lauschte. Er hatte recht. Um die Mühle herum brauste und heulte es, und als der Admiral auftauchte, ging er eine Weile ruhelos auf und ab, bevor er sich auf den Schieferboden hinter ihr legte. Sie ging hinaus zum Kai. Joss hantierte mit den Fangleinen der *Westering* und überprüfte, ob auf Deck alles gesichert war. Es war Ebbe, aber an dem Treibholzsaum am Ufer konnte man sehen, daß das Wasser über die übliche Marke gestiegen war. Der starke, böige Wind rauschte durch die Wälder, und aus großen, schweren, grauen Wolken nieselte es vereinzelt. Hattie fröstelte.

Das strahlend schöne Herbstwetter fand ein jähes Ende, und sie war erleichtert, Joss mit seinen Sachen an Land rudern zu sehen. Sie ging zu ihm, um beim Entladen des Dingi zu helfen, und gemeinsam trugen sie alles in das Cottage, das Hattie erst vor kurzem geräumt hatte. Der Admiral kam heraus, um alles zu inspizieren, und war dabei furchtbar im Weg, bis Hattie sagte, sie werde ihn mit hineinnehmen und Wasser aufsetzen, während Joss sich einrichtete.

«Komm rüber, wenn du soweit bist», lud sie ihn ein, als sie mit dem Admiral an ihrer Seite zur Küche ging. Sie erreichte gerade noch das Telefon, bevor Sarah verzweifelt auflegte.

«Ich habe mich gefragt, wo du bist», sagte sie. «Es soll eine Unwetterwarnung geben, und Nick meinte, du solltest das wissen.»

«Wie lieb von ihm», erwiderte Hattie, «aber wir haben gerade eben alle Schotten dichtgemacht und bereiten uns auf das Schlimmste vor.»

«Oh. Dann ist ja alles in Ordnung. Hoffentlich passiert dir nichts.»

«Was soll mir denn passieren? Wenn mir das Wasser bis zum Hals steht, hänge ich mich aus dem Schlafzimmerfenster, und Joss rettet mich mit seinem Dingi.»

«Im Ernst, Hattie, ich finde das nicht lustig. Es kann ganz schön wild werden da unten um diese Jahreszeit.»

«Wie in der *Mühle am Floss*», seufzte Hattie zufrieden. «Ich werde in Joss' Armen den Fluß hinuntertreiben bis nach Dartmouth, wie Maggie und Tom.»

«Ach, hör doch auf!» Sarah wurde böse. «Paß einfach auf dich auf, das ist alles. Und klingel morgen früh eben durch.»

«Mach ich. Danke für deinen Anruf.»

Hattie grinste in sich hinein, als sie den Tee machte. Irgendwie ließ die Dramatik des nahenden Sturmes sie noch mehr mit ihrer Umgebung zusammenwachsen, und sie fragte sich, wie Daisy sich wohl fühlte.

Zur gleichen Zeit fuhr Miggy Daisy durch die schmalen Straßen von der Schule nach Hause. Das üppige Blattwerk des Sommers war abgestorben, aber in den Hecken leuchteten die roten Beeren des Weißdorns und der Zaunrübe zwischen den trockenen braunen Blättern und den Trauben von Haselnüssen. Die schwarzen, von Westen herbeieilenden Wolken rissen kurzzeitig auseinander, um gleißenden Sonnenschein hindurchzulassen, der ein goldenes Stoppelfeld schimmern und die Hügel rot glühen ließ. Ein Starenschwarm fegte dicht über die Landschaft und zerstob vor dem Sturm. Die sich krakelig über die Uferböschungen neigenden Bäume knarrten im zunehmenden Wind, und die gesamte Natur schien sich voller Leben zu bewegen.

Miggy war fasziniert und aufgeregt. Sie war diese Nähe zu den Elementen nicht gewöhnt, doch pulsierte kindliche Freude angesichts der entfesselten Kraft durch ihren Körper. In den letzten Wochen war sie glücklicher gewesen als je zuvor – sogar glücklicher als mit Patrick –, sie fühlte sich wie ein neuer Mensch: jung und lebendig, geliebt und geschätzt. Ihre Erleichterung war grenzenlos gewesen, als sie gemerkt hatte, daß Ruths Intrigen nicht fruchteten. Nick war am Sonntag nach Ruths Besuch mit Sarah herausgekommen und war die rechtliche Situation sehr sorgfältig mit Toby durchgegangen. Miggy hatte sich da herausgehalten, aber es sah wohl so aus, daß Toby – nach alldem, was im Vorfeld passiert war – keine Probleme haben würde, eine gerichtliche Anordnung zu erwirken, die Ruth das Betreten des Cottage untersagte, und daß er sich im Falle eines Falles aufgrund ihres Auszugs oder gar wegen Ehebruchs von ihr scheiden lassen konnte.

Toby hatte ihr einen langen und sehr bedacht formulierten Brief nach London geschrieben, und seitdem hatte er nichts mehr von ihr gehört. Er und Miggy vermuteten, daß Ruth sich nun ihrerseits beraten ließ, und als ihr Stillschweigen weiter andauerte, waren sie sicher, daß man ihr klargemacht hatte, daß ihre Forderungen jeder Grundlage entbehrten. Trotzdem war Miggy immer noch ein wenig nervös. Sie hatte so eine Ahnung, daß Ruth nicht so leicht aufgeben würde, und sie wußte, wie sehr Toby die ganze Sache mitnahm. Er wünschte sich ein freundschaftliches Verhältnis zu Ruth, nicht zuletzt wegen Georgia.

Miggy bog in den Weg, der zum Fluß hinunterführte, und fuhr an der Mühle vorbei auf das feste Ufer.

«Joss ist an Land gegangen», bemerkte Daisy. «Guck mal. Er hat sein Dingi viel weiter als sonst rausgezogen. Hoffentlich wird es nicht weggespült.»

«Er wird schon wissen, was er tut.» Miggy sah zur *Westering*, die bleich und verlassen auf dem steigenden Wasser an ihrem Liegeplatz schaukelte, und war erleichtert, daß Joss in Hatties Cottage Zuflucht gesucht hatte. «Dann wollen wir mal sehen, ob Toby schon von der Werft zurück ist. Und nach dem Abendessen gehst du nicht mehr hinaus, Daisy. Versprochen?»

«Versprochen», sagte Daisy, die fand, daß Joss ein Feigling war, sich bei so aufregenden Aussichten für die Nacht an Land zu verkriechen. Erwachsene waren ja so fade! «Ob der Mann an Bord der *Abigail* wohl auch an Land gegangen ist?»

«Dem kann da oben nicht viel passieren», sagte Miggy, als sie den Wagen parkte. «Guck noch einmal nach, ob du noch irgend etwas draußen herumliegen hast, das weggeweht werden könnte, und dann komm rein zum Abendessen.»

Das Wetter verschlechterte sich mit ansteigendem Wasser. Der Wind jagte nach Osten, und die heftigen Böen, die an der Mühle rüttelten und um die *Westering* heulten, wuchsen sich immer mehr zu einem Sturm aus.

Auf der *Abigail* lag Evan auf seinem Matratzenhaufen und lauschte dem Unwetter. Er war bereits zu dem Schluß gekommen, daß es nicht besonders spaßig sein würde, auf dem Boot zu überwintern. Er hatte keinen Handschlag getan, um sie auf Vordermann zu bringen, obwohl sie es so nötig hatte: Die Farbe blätterte ab, die Beschläge rosteten, die Fugen mußten abgedichtet werden, da jede Flut schlammiges Wasser in den Kielraum drückte, das zwar wieder versickerte, weil die *Abigail* hoch und trocken lag, aber einen Rest muffig riechenden Schlamms hinterließ. Das Deck mußte geteert werden, es leckte bei diesem Wetter an mehreren Stellen. Evan hatte seinen Matratzenhaufen nach ein paar Tagen Regen im Sommer verschieben müssen. Das ganze Boot roch muffig, und es herrschte eine kühle und deprimierende Atmosphäre.

Evan schauderte und verkroch sich noch tiefer in seine Decken. Er hatte vergessen, Feuerholz für den Herd zu besorgen, und Paraffin hatte er auch nicht mehr. Als der Regen stärker wurde und neue Lecks zum Vorschein brachte, stand Evan auf, um sich etwas Warmes zu trinken zu machen. Das Feuer war fast aus, und er verfluchte sich selbst dafür, keinen Holzvorrat angelegt zu haben. Als sein

Kaffee fertig war, tropfte es schon wieder auf seine Schlafstatt, die er nur halbherzig wegzuziehen versuchte, bis er aufgab und sich neben den Herd kauerte. Das Vernünftigste wäre, in das Vorschiff zu ziehen und dort zu schlafen. Die kleine Kabine dort war wenigstens trocken, und das Feuer hier würde ohnehin bald ganz erlöschen. Evan schauderte instinktiv und zog sich einen alten Mantel über die Schultern. Von Anfang an hatte er ein merkwürdiges Gefühl gehabt, was die Kabine betraf. Manchmal stellte er sich sogar vor, daß jemand darin war, auf ihn wartete, ihn beobachtete. Das schaurige Gefühl war stark genug gewesen, um ihn mehr als einmal nachsehen zu lassen. Er hatte auch Geräusche gehört: Schritte über ihm, heisere Schreie und einen schweren dumpfen Aufschlag wie ein zu Boden fallender Körper.

Er trank etwas Kaffee und lachte in sich hinein. Verrückt! Er wurde wohl langsam verrückt! Es war nie jemand außer ihm auf der *Abigail* gewesen, seit er sie für einen Spottpreis von einem Bootsmakler im Landesinneren gekauft hatte. Die Einheimischen wollten nichts mit ihr zu tun haben, das wußte er jetzt. Er hatte es auf Aberglauben und Altweibergeschwätz geschoben, aber jetzt war er sich nicht mehr so sicher. Daß sie in so düsterer Umgebung festgemacht war, war auch keine große Hilfe, obwohl es ihm sehr entgegengekommen war. Die *Abigail* war sein Versteck. Niemand wußte, wo er war, niemand konnte ihn finden, niemand konnte ihm Fragen stellen oder Geld zurückzuverlangen, das er geliehen hatte. Hier war er sicher.

Evan sah zur Kabinentür. War da nicht etwas? Seine letzte Paraffinlampe begann zu flackern, und ihn packte panische Angst. Er war sicher, daß dort jemand war, hinter dem dünnen Schott auf ihn wartete. Er trank noch einen

Schluck Kaffee und versuchte, sich gegen die unsinnige Beklommenheit zu wehren, die ihn zu überwältigen drohte. Wenn er doch nur etwas zu rauchen hätte! Er stellte den Becher ab und fuhr sich mit den Händen über das Gesicht. Sein Blick war auf die Tür zum Vorschiff gerichtet. Er würde verschwinden! Sobald der Sturm vorbei war, würde er dieses verdammte Boot und den düsteren Fluß verlassen und verschwinden. Er würde sich zusammenreißen, wieder ins Landesinnere gehen und sich einen Job suchen.

Eine besonders heftige Bö schüttelte die *Abigail*, so daß Evan vor Schreck laut aufschrie. Die Tür zum Vorschiff war aufgegangen und gab jetzt den Blick frei in das schwarze Innere der kleinen Kabine. Evan hielt die Luft an. Die *Abigail* ritt auf den vom Sturm aufgepeitschten Wellen. Gewaltsam riß sie bald an den vorderen Leinen, bald an den hinteren. Sie fing an zu rollen und zu stampfen. Evans Blick war immer noch auf die Finsternis im Bugraum geheftet, und langsam drang ein dumpfes rhythmisches Dröhnen in sein Bewußtsein, das durch den gesamten Schiffskörper hallte und seine Angst bis ins Unerträgliche steigerte. Er lauschte dem Geräusch, zählte die Sekunden zwischen den einzelnen Schlägen und atmete schnell und flach.

Auf einmal wußte er, daß er es nicht länger ertragen konnte. Ohne die Tür aus den Augen zu lassen, stand er auf, zog seine Lederjacke an und ging rückwärts zur Kajüttreppe. Er mußte hier heraus. Er mußte irgendwie an Land kommen, zurück in die Zivilisation. Schnell kletterte er in das Deckhaus und stürzte auf Deck in die dunkle Nacht, als wenn der Teufel hinter ihm her wäre. Die Kraft des Windes warf ihn zu Boden, der Lärm betäubte ihn, und in Todesangst griff er nach der Reling. Immer wilder wütete der

Sturm, bis die vorderen Leinen der *Abigail* rissen und sie in die Bucht gedrückt wurde, wo sich über ihr die Bäume neigten und ächzten.

Sturzbachartig fiel der Regen, innerhalb weniger Sekunden war Evan klatschnaß. Der Wind heulte durch die Takelage, während das Wasser um das Boot herum toste und die Wellen gegen das Ufer krachten. Evan rappelte sich auf und umklammerte verzweifelt die Reling. Der Wind schlug ihm mit Macht ins Gesicht, so daß er taumelte und nach Luft schnappte. Er verlor das Gleichgewicht und wurde panisch schreiend über Deck geblasen, direkt auf den massiven Baum zu, der sich aus seiner dürftigen Befestigung gelöst hatte und je nach Lage des Bootes bald nach Backbord, bald nach Steuerbord schwang und dort gegen die Spannseile schlug. Evan rutschte auf dem glitschigen Deck aus, als der Baum ihm mit voller Wucht ins Gesicht schlug und ihn gegen die Reling schleuderte. Er fiel zu Boden. Das Blut aus seinem zertrümmerten Schädel lief über das Deck und vermischte sich mit dem sintflutartigen Regen, der auf seinen leblosen Körper prasselte.

Am nächsten Morgen trat Hattie vorsichtig aus der Mühle, begleitet vom Admiral, der den ganzen Sturm ungerührt verschlafen hatte. Hattie hatte die meiste Zeit am Schlafzimmerfenster gesessen und sich das Schauspiel angesehen und sah dementsprechend übernächtigt aus. Gegen Morgengrauen war sie eingenickt, und als sie dann nach unten gegangen war, hatte sie bemerkt, daß der Strom ausgefallen war. Sie dankte Gott für den Ölofen, setzte einen Kessel auf und sah nach, ob Joss schon wach war. Er reagierte nicht auf ihr Klopfen, also schlenderte sie auf den Kai hinaus, während der Admiral vorauseilte.

Der Sturm hatte sich ausgetobt, der Fluß lag still und friedlich unter blaßblauem Himmel. Die Flut der letzten Nacht hatte Trümmer hoch an Land gespült, und abgerissene Blätter und Zweige verteilten sich auf dem Strand. Zwei Schwäne glitten lautlos übers Wasser, und Hattie staunte in der Stille des Morgens über die Komplexität der Natur. Joss' Dingi war bereits längsseits der *Westering* festgemacht, doch war von ihm selbst nichts zu sehen. Sie ging zurück zur Mühle und hoffte, daß nichts Schlimmes passiert war.

Sie frühstückte gerade, als er auftauchte, und hob fragend die Augenbrauen.

«Alles in Ordnung», verkündete er fröhlich. «Ein bißchen Wasser ist eingedrungen, ist aber nichts Ernstes. Ich war schon bei Toby. Ihnen geht es allen gut, aber er hat gesagt, es sieht aus, als habe die *Abigail* auf Grund gesetzt und einen von ihren Stützpfählen verloren. Vielleicht hat der Sturm sie so sehr bewegt, daß der Pfahl in den weichen Schlamm gerutscht ist. Jetzt, mit der Flut, können wir ohnehin nichts ausrichten. Wir müssen sehen können, ob sie beschädigt ist. Rieche ich Kaffee?»

«Das tust du.» Hattie machte eine Kopfbewegung in Richtung Kaffeemaschine. «Bedien dich und füll meine Tasse auf, wenn du schon dabei bist. Was für eine Nacht!»

«Hat Spaß gemacht, was?» Joss grinste. «Mir graut schon vor Daisys vernichtenden Kommentaren zu meiner Feigheit. Sie fand es so memmenhaft von mir, an Land zu gehen.»

«Ich auch», sagte Hattie und strich Honig auf ihren Toast. «Und so was will Soldat sein. Na ja. Es können schließlich nicht alle bei der Marine sein. Einige müssen sich eben mit zweiter Wahl zufriedengeben. Ein Matrose wäre natürlich da draußen geblieben und hätte den Elementen die Stirn geboten …»

«Das hätte er bestimmt», pflichtete Joss bei und spielte das vertraute Spiel mit dem üblichen Vergnügen mit. «Nur jemand, der blöd genug ist, zur Königlichen Marine zu gehen, wäre auch blöd genug, bei diesem Wetter draußen zu bleiben. Du weißt ja, was der Personalausschuß der Marine sagt, nicht? ‹Bewerbungen nur von Hohlköpfen erbeten. Wir möchten sie gerne auf unsere Art mit unserem Stoff füllen!›»

«Ach, komm …», setzte Hattie an, unterbrach sich aber, als das Telefon klingelte. «Das ist bestimmt Sarah. Sie glaubt wahrscheinlich, wir beide würden einen auf Tom und Maggie Tulliver machen.»

«Auf was?» Joss glotzte sie perplex an.

«Siehst du, da haben wir's wieder», seufzte Hattie, als sie abnahm. «Ich hatte es ganz vergessen. Wenn man zur Marine will, muß man lesen können!»

9

BERT CRABTREE ERZÄHLTE IHNEN DIE GEschichte der *Abigail*. Evans Tod hatte sie alle erschüttert, obwohl es sich – wie Joss ganz richtig bemerkte – um einen Unfall gehandelt hatte und sich niemand von ihnen Vorwürfe machen mußte, weil sie den eigenbrötlerischen Nachbarn nicht weiter beachtet hatten. Nur Bert schüttelte zweifelnd den Kopf. Er war fast fertig mit dem zweiten Cottage und kam für sein zweites Frühstück in Hatties Küche, wo diese gerade mit Joss und Miggy über Evans Tod redete.

«'s war kein Unfall», sagte er und bediente sich großzügig des Zuckers. «Is' 'n Unglücksboot. Bringt Unglück.»

Als die anderen ihn bedrängten, sie aufzuklären, machte er es sich am Tisch bequem und erzählte ihnen, wie Unglück, Tod und Gewalt die *Abigail* von Anfang an verfolgt hatten. Auf ihrer letzten Fahrt als Fischerboot hatte sie dann Motorprobleme und mußte in Plymouth einlaufen. Zwei Crewmitglieder beschlossen, sich übers Festland auf den Nachhauseweg zu machen, der Kapitän aber blieb mit seinem Maat während der Reparaturarbeiten an Bord. Der Kapitän wollte außerdem eine schon lange bestehende Liebelei mit einer jungen verheirateten Frau weiter pflegen und suchte sie in ihrem Cottage auf. Nachdem er den letzten Abend auf angenehme Weise mit ihr verbracht hatte, war er zum Boot zurückgekehrt, ohne zu bemerken, daß der eifersüchtige Ehemann der Geliebten, der den Betrug vermutet und beobachtet hatte, ihm schon vorausgegangen war und sich im Bug der *Abigail* versteckt hatte, um eine Gelegenheit zur Rache abzuwarten.

Der Kapitän und der Maat teilten sich die Heckkabine und waren schon auf halber Strecke nach Dartmouth, als der blinde Passagier aus seinem Versteck kam. In dem anschließenden Kampf wurde der Kapitän mit einem Messer verletzt, fiel über Bord und ertrank. Der Maat versuchte einzugreifen und wurde so unglücklich gegen den Flaschenzug geschleudert, daß er sich das Rückgrat brach. Der eifersüchtige Ehemann, der lieber fliehen wollte, als der Justiz ausgeliefert zu werden, versuchte, das am Baum hängende Beiboot zu Wasser zu lassen. Während des Kampfes hatte sich die *Abigail* längsseits zu den Wellen gedreht und angefangen zu rollen. Der Baum samt Ruderboot schwang unkontrolliert hin und her und zertrümmerte dem seeunerfahrenen Mann den Kopf.

Es herrschte Schweigen, als Bert die Geschichte zu Ende erzählt hatte.

«Wenn sie alle dabei draufgegangen sind, woher wissen wir dann, was passiert ist?» fragte Joss zynisch.

«Wer sacht denn, daß alle tot sin'?» konterte Bert. «Der Maat is nich' gestorben. Aber 'n Krüppel is er jetzt. Den ham se gefunden, als se gesehen ham, daß die *Abigail* führerlos rumgetrieben is, und se se abgeschleppt ham. Von den Fischern wollt se hinterher keiner mehr anrührn. Irgend jemand ausm Landesinnern hat se dann gekauft, aber dann hat er kein Geld mehr gehabt, und seine Frau is gestorben, und er hat se nie fertig zurechtgemacht.»

Wieder herrschte Schweigen, während Bert geräuschvoll seinen abgekühlten Kaffee trank.

«Merkwürdig, oder?» sagte Miggy schließlich. «Die Sache mit dem Kopf meine ich.»

Hattie guckte skeptisch, und Joss rollte ungläubig die Augen.

«Interessant, wie sich solche Geschichten entwickeln», sagte er, als Bert sich wieder an die Arbeit gemacht hatte. «Wahrscheinlich gibt es hundert verschiedene Versionen, jede passend für den entsprechenden Anlaß. Laßt euch nicht verrückt machen.»

Trotzdem lief es ihm bei der Erinnerung an den Schatten, der ihn von der Kabine im Bug aus beobachtet hatte, eiskalt den Rücken herunter.

«Erzählt das um Himmels willen bloß nicht Daisy», warnte Hattie, als sie die Becher abräumte. «Es würde sie unendlich faszinieren.»

«O Gott, nein!» Miggy schauderte. «Ich kriege eine Gänsehaut, egal ob die Geschichte wahr ist oder nicht. Was jetzt wohl mit der *Abigail* passieren wird?»

«Jemand anderes wird sie kaufen und zurechtmachen, und sie wird ein wunderschönes Boot werden!» sagte Joss. «Ich glaube kein Wort von der ganzen Geschichte!»

Miggy schlenderte nachdenklich zurück zum Cottage, immer noch aufgewühlt von Berts Geschichte und Evans Tod. Dann aber dachte sie wieder an ihre eigenen Probleme. Sie hatte recht gehabt: Ruths scheinbare Akzeptanz der Situation war zu schön, um wahr zu sein. Sie hatte Toby einen Brief geschrieben, in dem sie mitteilte, daß Georgia über Weihnachten zu ihm kommen werde, und daß sie sie gerne begleiten würde, um zu zeigen, daß sie ihm nichts nachtrage. Sie hoffe, daß er diesen Ölzweig im gleichen Geist annehmen werde, in dem sie ihn überreiche. Es sei wichtig, fügte sie hinzu, daß sie sich alle wie zivilisierte und freundliche Menschen benähmen – Georgia zuliebe.

Toby war entsetzt gewesen, gleichzeitig aber auch bereit, Nachsicht zu üben. Miggy konnte nicht fassen, daß er sich tatsächlich auf Ruths Vorschlag einlassen wollte.

«Aber Toby», rief sie und schwankte dabei zwischen Ärger und Angst, «das ist unser erstes Weihnachten zusammen. Es wird eine Katastrophe!»

«Unsinn, Liebling», wehrte Toby ab. «Warum sollte es? Ich bin sicher, daß Ruth die Situation akzeptiert hat, und ich muß an Georgia denken. Ich möchte sie nicht vor den Kopf stoßen.»

«Natürlich nicht. Aber hattest du nicht mal erzählt, daß Georgia nie zu Weihnachten herkommt? Daß sie immer in

London bei Ruth ist und erst Silvester hierherkommt? Alleine?»

Toby sah sie an. Der Ton, mit dem sie das letzte Wort ausgesprochen hatte, war unmißverständlich. Miggys Gesicht war versteinert, ihre Augen leer. Toby ging zu ihr und nahm sie in den Arm.

«Hör zu», sagte er. «Ich will genausowenig wie du, daß Ruth über Weihnachten hier ist. Das mußt du mir glauben. Ich weiß auch nicht, warum Georgia es sich anders überlegt hat und hierherkommen will, aber ich kann schlecht nein sagen, oder?»

Als Miggy über die Wiese zum Cottage ging, erinnerte sie sich daran, wie sehr sie ihm hatte sagen wollen, daß sicher Ruth hinter Georgias Sinneswandel steckte. Es war doch sehr unwahrscheinlich, daß ein siebzehnjähriges Mädchen Weihnachten an einem Fluß in der Einöde verbringen wollte, wenn sie genausogut in London sein könnte. Es hatte Miggy eine enorme Anstrengung gekostet, Toby nicht zu sagen, daß sie Ruth keinen Millimeter über den Weg traute. Ihr war langsam klargeworden, welch schweres Erbe zweite Ehen antraten. Sie erkannte, daß die Menschen Probleme aus ihrer vorangegangenen, gescheiterten Beziehung mitnahmen und daß diese ihre Ansichten und ihr Verhalten beeinflußten.

Miggy ging in die Küche und wollte sich Gedanken über das Mittagessen machen, mußte aber einsehen, daß sie sich darauf nicht konzentrieren konnte. Sie setzte sich an den Tisch und grübelte. In ihrer Ehe mit Stephen hatte es diese Schwierigkeiten nicht gegeben. Für ihn war es die erste Ehe gewesen, und Patrick war tot. Abgesehen davon war der fünfundzwanzigjährige Patrick – frisch von der Kunstakademie und fest entschlossen, zum neuen William Blake zu avancieren – ein völlig anderer Mensch gewesen als der erfolgreiche, wohlhabende, fünfunddreißigjährige Stephen. Sie entstammten so unterschiedlichen Welten, daß jeder Vergleich gehinkt hätte. Als Toby ihr von seinen jungen Jahren mit Ruth und ihren Schickeriafreunden erzählt hatte, hatte sie sogar Verständnis aufgebracht, da sie ihrerseits an die jungen Jahre mit Patrick und ihren Freunden denken mußte. Sie hatten Wohnungen unter dem Dach oder im Souterrain gemietet, von Curry und Kaffee gelebt und das gleiche vom Leben erwartet wie andere ähnlich gesinnte und ebenso arme Studenten.

Miggy stützte das Kinn auf die Hand und erinnerte sich an den Zauber jener Zeit. Sie fragte sich, wie es wohl weitergegangen wäre mit ihr und Patrick, und dachte an seinen Jubel, als er mit dem Roller losgefahren war zu seiner ersten Auftragsarbeit, einem Wandgemälde in einem Café in Soho.

«Das ist erst der Anfang!» hatte er gerufen, als er die drei Stockwerke von ihrer winzigen Dachwohnung aus hinuntergestürmt war, nachdem er sich überschwenglich mit Küssen von ihr und Daisy verabschiedet hatte. «Du wirst schon sehen!»

Aber es war das Ende gewesen. Ein überholendes Auto hatte die Lenkstange seines alten Rollers herumgerissen, er hatte einen Schlenker gemacht und war von einem Bus zermalmt worden. Miggy stiegen heiße Tränen in die Augen, und ein Kloß im Hals schnürte ihr fast die Luft ab. Wie verzweifelt sie gewesen war! Wie einsam! Daisy allein hatte ihr die Kraft gegeben, jene furchtbare Zeit durchzustehen. Daisy und die Unterstützung ihrer Freunde, die ihr – obwohl selbst mittellos ... aushalfen, bis sie einen Job gefunden hatte, und die alle abwechselnd auf Daisy aufpaßten, damit Miggy gerade so viel arbeiten konnte, wie nötig war, um sich und Daisy zu ernähren. Diese Freunde hatte Stephen später abgelehnt, und obwohl Miggy sich standhaft geweigert hatte, sie aufzugeben, hatte man sich immer mehr voneinander entfernt. Stephen und sein Haus in Chelsea hatte die alten Freunde eingeschüchtert, und bald hörte Miggy nichts mehr von ihnen.

Warum hatte sie Stephen geheiratet? Lag der Grund darin, daß er so völlig anders war als Patrick, daß man sie nicht miteinander vergleichen konnte? Oder hatte sie sein Reichtum gelockt, die Aussicht, all die langweiligen kleinen Jobs aufgeben und viel Zeit mit Daisy in einer herrlichen, friedlichen Umgebung verbringen zu können? Natürlich hatte sie geglaubt, in ihn verliebt zu sein. Sie hatte ihn in der kleinen Galerie kennengelernt, in der sie erst ein paar Wochen gearbeitet hatte – der erste wirklich gute Job! – und in die er zu einer Ausstellung eingeladen war. Sie hatte Programme und Drinks verteilt, und er hatte mit ihr gescherzt und ein bißchen geflirtet, und all das war so aufregend und schillernd gewesen nach fünf Jahren, in denen sie ums Überleben gekämpft und keine Zeit für sich selbst gehabt hatte. Sein Interesse hatte ihr geschmeichelt, und die Affäre war erst außer Rand und Band und dann völlig außer Kontrolle geraten.

«Fast wie König Kophetua und das Bettlermädchen», brummte Miggy und erhob sich mit einem Seufzer. «Wenigstens macht er keine Schwierigkeiten mit der Scheidung.»

Das hatte sie auch nicht anders erwartet. Sie war sicher, daß sich seine Freunde um ihn geschart hatten, nachdem sie und Daisy abgereist waren, und ihm gratuliert hatten, sie endlich los zu sein. Toby hatte darauf bestanden, kein

Geld von Stephen zu fordern, und Miggy stimmte ihm liebend gerne zu.

«Da müssen wir schon fair bleiben», sagte Toby. «Schließlich hast du ihn verlassen, um mit mir zu leben, und Daisy ist nicht seine Tochter. Ich finde nicht, daß man erwarten kann, daß er euch weiterhin unterstützt.»

Stephen, der ebendiese Ansicht in einem Brief an Miggy hatte formulieren wollen, war sehr erleichtert, in diesem Punkt nicht streiten zu müssen, und ihre Beziehung endete ziemlich schmerzlos. Ruth dagegen stellte ein handfestes Problem dar. Die Schwierigkeit lag darin, daß Toby von Natur aus viel zu gut war. Er hatte sich auf die Hinterbeine gestellt und sich geweigert, nach London zurückzugehen, und darum plagten ihn jetzt Schuldgefühle. Er wußte, daß dies der springende Punkt im Scheitern seiner Ehe mit Ruth war, und hatte jetzt, da er Miggy gefunden hatte, das Gefühl, er müsse sich darum bemühen, daß Ruth und Georgia genauso glücklich würden wie er.

Miggy knallte die Kühlschranktür zu und schenkte sich ein Glas Wein ein. Wie konnte man jemandem vorwerfen, daß er zu freundlich war? Hinzu kam, daß seine gutmütige Großzügigkeit ihr das Gefühl gab, eine richtig blöde Kuh zu sein. Toby war überglücklich und dankbar für seine Liebe zu Miggy – und ihre Liebe zu ihm – und könnte niemals verstehen, weshalb sie es nicht einfach akzeptieren und das Beste daraus machen konnte, daß Ruth und Georgia kamen. Sie waren doch so glücklich miteinander, hatte er argumentiert, so glücklich, daß es bestimmt ausreichte, um ein paar andere Menschen damit anzustecken.

«Nein, eben nicht, verdammt noch mal!» brummte Miggy rebellisch, nachdem sie einen zweiten Schluck Wein getrunken hatte. «So einfach ist das nicht. Ich weiß es.»

Ihr Instinkt sagte ihr, daß Ruth darauf aus war, ihre Beziehung zu Toby zu zerstören, aber wie sollte sie ihm das sagen? Miggy fühlte sich sehr verletzlich. Sie wußte, daß Toby sie liebte, aber sie waren nicht verheiratet, und Daisy war nicht sein Kind. Von der Scheidung hatten sie nicht mehr gesprochen, und wenn sie sie erwähnte, verkrampfte Toby sich völlig.

«Ich war ziemlich grausam zu ihr, weißt du», sagte er, «und der Brief, den Nick und ich geschrieben haben, war sehr deutlich. Ich glaube, sie braucht etwas Zeit, um sich umzugewöhnen. Ich werde an Weihnachten mit ihr darüber sprechen.»

«Das glaube ich erst, wenn ich es sehe!» sagte Miggy jetzt und füllte ihr Glas auf.

«Selbstgespräche?» fragte Toby hinter ihr. «Oh-oh! Das ist gar nicht gut.»

Miggy schrie erschrocken auf, verschüttete etwas Wein und erwiderte dann seine Umarmung und seinen Kuß.

«Was glaubst du erst, wenn du es siehst?» murmelte er ihr ins Ohr.

«Nichts», wiegelte sie ab. «Bloß etwas, das Hattie vorhin gesagt hat. Bleibst du zum Mittagessen? Möchtest du einen Drink?»

«Nur einen Quickie», sagte er und küßte sie weiter.

«Oh, gut. Ich habe auch Lust.» Miggy stellte ihr Glas ab und zog ihn entschlossen aus der Küche und die Treppe hinauf. Sie grinste in sein erstauntes Gesicht. «Du kennst ja den alten Spruch, oder?» fragte sie, als sie auf das Bett fielen. «Man wird alt, wenn der Quickie vor dem Essen ein Drink sein soll.»

Sarah war auf dem Nachhauseweg von einem Wohltätigkeitslunch in Plymouth. Sie schaltete die Scheibenwischer ein und fragte sich, wie sie Hattie davon überzeugen konnte, an Weihnachten zu ihr und Nick zu kommen. Sie war hartnäckig in ihrem Wunsch, in der Mühle zu bleiben.

«Ich mache eine Weihnachtsparty an Heiligabend», hatte sie Sarah erzählt, «und Miggy hat mich zum Mittagessen am ersten Feiertag eingeladen. Ich hoffe doch, daß du mit Nick zu meiner Party kommst.»

Sarah hatte gebrummt, daß Hattie ihre neuen Freunde offenbar den alten vorzog, aber Hattie hatte nur liebevoll gelächelt und gesagt, sie solle nicht albern sein. Sie sah es ja selbst ein, daß sie etwas albern war, und es überraschte sie selbst, wie neidisch sie auf Hatties neues Glück war und daß sie es wurmte, daß sie sie gar nicht mehr recht brauchte. Natürlich freute sie sich für sie, aber trotzdem ... Und Nick hatte gesagt, daß sie selbstverständlich zu Hatties Weihnachtsparty gehen würden.

Einer Gewohnheit folgend, ging Sarah im Geiste die Gästeliste auf der Suche nach jungen attraktiven Frauen durch.

Nur diese Miggy, dachte sie, als sie durch Crapstone fuhr, und die ist gar nicht Nicks Typ.

Altbekannte Angst ergriff sie. Woher wollte sie denn wissen, was genau Nicks Typ war? Wenn sie zusammen waren, schienen es die weltklugen, wohlinformierten Frauen zu sein, die ihn anzogen, weil sie intelligente Konversation und Schönheit zugleich boten. Miggy war weder besonders weltklug, noch zeichnete sie sich durch hohe Intelligenz aus, dachte Sarah giftig und schüttelte mißbilligend den Kopf. Hattie konnte sagen, was sie wollte – diese Frau hatte nicht das Recht, ihren Mann zu verlassen, nur weil sie einen anderen kennengelernt hatte, der ihr besser gefiel. Was für ein Beispiel war das denn für das Kind?

Sarah entspannte sich etwas. Wenigstens würde sie die Party genießen können, ohne Angst haben zu müssen, daß Nick dort jemanden kennenlernen und eine seiner Affären anfangen könnte. Es war Monate her, seit er sich zum letzten Mal mit einer anderen eingelassen hatte. Sie wußte das ganz genau. Sein Verhaltensmuster änderte sich jedesmal auf die gleiche Weise. Wenn man bedachte, was für ein intelligenter Mann Nick eigentlich war, war das doch ziemlich dumm.

Sarah verachtete Nick für seine Schwäche, aber ihre grenzenlose Liebe für ihn verschlang jedes negative Gefühl. Sie waren zwei idyllische Wochen in dem kleinen Häuschen in Shropshire gewesen, das sie ein Jahr zuvor gekauft hatten. Es war ein einfaches, abgelegenes Haus, aber Sarah fand es entzückend und hatte dafür gesorgt, daß es gemütlich, warm und einladend war – wenn auch kein Ort, um im Winter dorthin zu fahren. Für ein paar Tage Ende September war es ideal gewesen, und Sarah war so glücklich dort, daß sie am liebsten nicht mehr nach Hause gefahren wäre. Ihre Freunde hätten Nick in dieser Wildnis nicht wiedererkannt; locker, natürlich und liebevoll. Sie waren durch die Berge gewandert, hatten im *The Bear* in Ludlow zu Abend gegessen, stundenlang geredet – und sich geliebt.

Sarahs Lippen formten sich bebend zu einem Lächeln, als sie in die Einfahrt bog. Es war so wunderschön gewesen, so perfekt, nur sie beide zusammen und keine Befürchtungen, daß er eine Affäre mit einer anderen haben könnte. Er hatte sie oft geliebt, und sie hatte sich wieder jung und hübsch und begehrenswert gefühlt. Ach, es war so schön gewesen! Sarah parkte den Wagen und ging hinein. Langsam wagte sie zu hoffen, daß Nick nun endlich erwachsen und zur Ruhe kommen würde. Wenn sie ihm doch nur genügen würde! Wenn sie doch nur alle seine Bedürfnisse befriedigen und ihm das sein könnte, was er für sie immer gewesen war.

Sie ging in die Küche, um sich eine Tasse Tee zu machen, und beschloß, Hattie anzurufen, während das Wasser heiß wurde.

«Nick ist einverstanden mit Heiligabend», sagte sie. «Kennst du denn überhaupt genug Leute für eine Party?»

«Na ja, eine große Party wird es nicht», räumte Hattie ein. «Leg das sofort wieder hin, Jellicoe! Entschuldigung. Ja. Du und Nick. Toby und Miggy. Joss. Tobys Partner von der Werft, Jerry, und seine Freundin. Ach, und Tobys Nochehefrau, Ruth. Und Georgia, wenn sie möchte, was heißt, daß Daisy auch kommen würde, wenn Miggy sie nicht allein lassen will. Sie kann ja oben fernsehen oder so.»

«Komische Mischung.» Sarahs Seelenruhe löste sich in Luft auf. Sie hatte schon gehört, daß Ruth sehr hübsch war – und offenbar ungebunden. «Etwas peinlich für alle, daß die Nochfrau kommt, oder?»

«Ziemlich», sagte Hattie fröhlich. «Deswegen dachte ich, eine Party wäre genau das Richtige. Und deswegen gehe ich auch am 25. zum Mittagessen rüber. Die arme Miggy ist völlig am Ende.»

«Also, ich finde, das ist alles ein bißchen viel», sagte die arme Sarah, die nun mit einer Nochehefrau, einem siebzehnjährigen Mädchen und der Freundin eines Partners zu kämpfen hatte. «Im Ernst, Hattie ...»

«Ich muß auflegen», unterbrach Hattie sie schamlos. «Der Admiral hat soeben meine Einkaufstasche nach draußen verschleppt, und da sind noch die Würstchen drin. Wir sprechen uns bald wieder. Danke für deinen Anruf.»

Sie legte auf, und Sarah knallte den Hörer wütend auf die Gabel. Also wirklich, Hattie benahm sich in letzter Zeit wie ein ungezogenes Kind! Sarah machte ihren Tee, dachte leicht verzweifelt an die Party und versuchte sich zusammenzureißen. Es war sehr unwahrscheinlich, daß diese Ruth und Nick sich vertragen würden. Und selbst wenn, lebte sie nicht in London? Sarah ging es gleich ein bißchen besser. Natürlich! Damit war Ruth schon so gut wie aus dem Rennen, und ihre Tochter schied auch aus. Vielleicht würde es doch ein ganz netter Abend. Einen winzigen Augenblick überlegte Sarah, ob sie sich etwas zum Anziehen kaufen sollte, entschied sich aber sofort dagegen. Ihre Garderobe war teuer, klassisch und ihrem Alter entsprechend, sie brauchte ganz sicher nichts Neues. Und niemals würde sie sich dazu herablassen, zu versuchen, mit jenen eleganten jungen Frauen zu konkurrieren, niemals! Sie hatte Frauen über fünfzig gesehen, kurz vor dem Verhungern, mit Miniröcken, gebleichtem Haar und Make-up-Krümeln in den Falten. Niemals würde sie eine von ihnen sein und bis zum Exzeß einen auf jung machen.

Sarah schenkte sich noch eine Tasse Tee ein. Sie mußte daran glauben, daß Nick zur Ruhe kam und daß ihre Persönlichkeit ihn an ihrer Seite halten würde. Schließlich hatte es noch nie Anzeichen dafür gegeben, daß er sie möglicherweise verlassen wollte. Sie schob den Gedanken an ihr Bankkonto und die vielen schönen Sachen, die sie ihm geschenkt hatte, resolut beiseite. Nick liebte sie, die zwei Wochen in Shropshire hatten das zweifellos bewiesen. Sie mußte von diesen Erinnerungen zehren und Geduld haben.

10

WEIHNACHTEN VERLIEF GENAUSO KATASTROphal, wie Miggy es befürchtet hatte. Sie hatte sofort erkannt, daß Ruth Georgia lediglich als Schachfigur benutzte und – was noch schlimmer war – daß Georgia ihr das übelnahm. Daher schoß sie auch quer, indem sie sich weigerte, zu Hatties Party zu gehen, und erklärte, daß sie sich bereits mit einer Freundin in Dartmouth verabredet hätte. Ruth legte die Stirn in Falten, sah, daß Toby sie beobachtete, und lächelte schnell.

«Na ja, wenn du das wirklich möchtest ...» Sie sah ihn hilflos an. «Sie hat sich nicht verändert, was? Vom ersten Tag an hatte sie ihren eigenen Willen. Weißt du noch ...?»

Es war das erste einer ganzen Serie von «Weißt du nochs», die Miggy und Daisy sehr wirksam ausschlossen und Toby in ihre gemeinsame Vergangenheit entführten. Miggy kochte vor Wut, Ruth frohlockte und Toby versuchte verzweifelt, beiden gegenüber loyal zu bleiben. Glücklicherweise ergaben sich nicht viele Gelegenheiten, in Erinnerungen zu schwelgen. Sobald Georgias Abendprogramm stand, bat Daisy darum, allein im Cottage bleiben zu dürfen. Insgeheim hatte sie schon immer einmal nachts in einem Haus allein sein wollen, um auszuprobieren, wie es war, sich selbst Angst einzujagen, und dies schien die perfekte Gelegenheit. Sie wollte sich partout nicht davon abbringen lassen, und als Miggy verzweifelt bei Hattie anrief, präsentierte diese die Lösung des Problems.

«Jellicoe kann doch auf sie aufpassen», schlug sie vor. «Hier wird er sowieso nur stören, denk nur an die vielen Leckereien, die hier rumstehen. Er hat zwar gelernt, unser

Essen in Ruhe zu lassen, aber jetzt, wo sein Kopf auf gleicher Höhe mit der Tischplatte ist, wäre es doch eine gnadenlose Versuchung für ihn. Sag Toby, er soll herkommen und ihn abholen.»

Daisy war mehr als zufrieden mit dieser Lösung, und Miggy sowieso. Der Admiral war ein gutmütiges Tier, aber schon beim geringsten Geräusch bellte er tief und einschüchternd, und außerdem war er so groß wie ein kleines Pony. Miggy wußte, daß niemand Daisy anrühren würde, solange er in ihrer Nähe war. Also machten Miggy und Toby sich allein auf den Weg hinüber zur Mühle. Ruth hatte sich geärgert, daß Toby den Admiral gerade in dem Moment abholte, in dem sie ihn nach Dartmouth schicken wollte, um Georgia zu ihrer Freundin zu fahren – nun war sie selbst unterwegs.

Die Party war das einleitende Vorspiel für das Weihnachtsdrama, in dem Ruth die mitleidheischende «Ich bin ganz allein auf der Welt»-Rolle spielte, die bei Sarah Mitgefühl, bei Nick Interesse, bei Joss Erheiterung und bei Miggy Zorn weckte. Selbst Toby ließ sich nicht beeindrukken, doch war er zu weichherzig, um etwas gegen Ruths Theater zu unternehmen.

Der erste Weihnachtsfeiertag mit Ruths ständigen «Weißt du nochs» und ihrer Fähigkeit, das Gefühl zu vermitteln, das Cottage sei immer noch ihr Zuhause, war ein Alptraum für Miggy. Ruth erzählte von vergangenen Weihnachtsfesten, animierte Toby, über gemeinsame Freunde zu sprechen, und schaffte es, mädchenhaft, ausgelassen und bezaubernd zu sein. Unendlich erleichtert begrüßte Miggy um die Mittagszeit Hattie und Joss – ihr kam es vor, als dauerte Weihnachten schon Wochen … Da Hattie und Joss sich nicht auf Ruths Ränkespiele einließen, verlief das Mittagessen relativ friedlich, aber gegen Abend dachte Miggy, sie müsse laut losschreien, wenn Ruth auch nur noch einmal «Liebling» zu Toby sagte. Miggy sah die beiden engumschlungen, glücklich und verliebt vor ihrem geistigen Auge, und wenn Toby Ruth auch nur anlächelte, kamen Miggy schon Mordgelüste.

Als sie ins Bett gingen, stritten sie und Toby sich heftig flüsternd, bis Miggy aus Angst, Toby könnte sich nach unten flüchten, wo Ruth ihn hören und sich zu ihm gesellen könnte, wieder vernünftig wurde und sich kleinlaut bei ihm entschuldigte. Sie saß auf der Bettkante mit dem Rücken zu ihm, und er schnappte sie und zog sie an sich. Sie spürte, wie das Verlangen nach ihm ihre Eifersucht erstickte, und alles war wieder gut – bis zum nächsten Nachmittag, als Ruth vorschlug, daß sie und Toby die alten Fotos durchgehen sollten, um sie untereinander aufzuteilen.

Als Miggy das «Oh, Liebling, sieh doch nur, mein Hut!»- und «In dem Kleid hast du mich immer gern gesehen»-Gequietsche nicht mehr ertragen konnte, war sie zu einem langen einsamen Spaziergang aufgebrochen und hinterher bei Hattie eingekehrt. «Laß sie nur so weitermachen», riet diese ihr. «Sie betrügt sich doch nur selbst. Toby spielt vielleicht ein Stück weit mit, aber er wird sich nicht wieder auf sie einlassen nach all den Jahren.»

«Wenn ich das doch nur glauben könnte», sagte Miggy und streichelte den Admiral, der schwer auf ihren Füßen saß und ihr gestattete, ihn zu umarmen, während sie Dampf abließ. «Er ist so verdammt nachsichtig mit ihr!»

«Armer alter Toby.» Hattie schüttelte den Kopf. «Er steckt in einer bösen Zwickmühle, was? Wovor hast du eigentlich Angst?»

Miggy sah aus ihrer Umarmung des Admirals auf und guckte sie überrascht an. «Wie meinst du das?»

Hattie zuckte mit den Schultern. «Vor irgend etwas hast du doch Angst. Glaubst du, daß er dich doch nicht liebt und zu ihr zurück will?»

«Na ja», sagte Miggy, der es beinahe die Sprache verschlug, als ihre Ängste so schonungslos in Worte gepackt wurden, «jetzt, wo du es sagst ... Ja, wahrscheinlich schon.»

«Dann bist du ziemlich dumm», sagte Hattie freundlich. «Das sieht doch jeder, daß er ganz verrückt nach dir ist. Miggy, hör zu. Du darfst sie nicht ungeschoren davonkommen lassen. Geh zum Gegenangriff über! Frag sie, warum sie von hier weggezogen ist. Oder wie lange sie ihren Chef schon kennt. Bring sie aus dem Konzept. Wenn du sie schon nicht ignorieren kannst, dann kämpfe wenigstens mit ihr.»

«Hattie», Miggy stand auf, um zu gehen, und küßte Hattie auf die Wange, «du bist einfach klasse! Danke.»

«Puuuh!» machte Hattie. «Und nächstes Mal, wenn du einen langen Spaziergang machst, komm *vorher* her und hole Jellicoe ab! Mir ist das heute zu naß da draußen, und so haben wir ihn um eine Stunde Auslauf gebracht.»

Miggy ging zurück zum Cottage. Toby saß im Wohnzimmer und las ein Buch, lächelte sie aber an, als sie hereinkam. Er sah besorgt aus, doch lächelte sie ihm aufmunternd zu. Ruth, die unnötig nah neben ihm saß, zog die Augenbrauen hoch und sah sie an, als wenn sie der Eindringling wäre.

«Wie verbringt denn Ihr Ehemann eigentlich das Weihnachtsfest?» fragte sie Miggy, die ein Buch in die Hand nahm und sich ihnen gegenüber setzen wollte.

«Keine Ahnung.» Miggy blieb stehen. «Vielleicht bin ich da etwas altmodisch, aber ich finde, wenn man seinen Ehemann verlassen hat, dann hat man kein Recht, sich hinterher noch in sein Leben einzumischen. Meiner Meinung nach zeugt das von Geschmacklosigkeit.»

Ruths Wangen röteten sich. «Das müssen Sie gerade sagen», zischte sie bösartig. «Geschmacklos ist, ein kleines Kind bei einem Mann leben zu lassen, mit dem man nicht verheiratet ist, und es damit dem Klatsch der Leute auszusetzen. In das Haus einer anderen Frau einzuziehen und sich von deren Ehemann aushalten zu lassen …»

«Das reicht, Ruth.» Toby warf seinen O'Brien zur Seite und stand auf. «Das war mehr als genug. Vergiß nicht, daß du dich für Weihnachten selbst eingeladen hast, und Georgia zuliebe haben wir zugestimmt. Haben *wir* zugestimmt, Ruth. Miggy und ich. Das hier ist ihr Zuhause, nicht deines, und ich schlage vor, daß du es so bald nur irgend möglich verläßt. Georgia kann mit dem Zug zurückfahren.»

«Wir waren uns einig, daß wir Georgia zuliebe …»

«Ganz genau», unterbrach Toby sie. «Georgia zuliebe. Georgia hat mir schon erzählt, daß es deine Idee war, herzukommen, anstatt sie Silvester herzuschicken, und ich kann mir beim besten Willen nicht vorstellen, daß sie von all diesen Verleumdungen profitiert. Weihnachten ist so gut wie vorbei, und ich schlage vor, daß du deine Sachen packst und gleich morgen früh abreist. Joss hat Miggy und mich zum Abendessen nach Dartmouth eingeladen, du hast also den ganzen Abend Zeit, deine Abreise vorzubereiten.»

Er ging hinaus. Schweigen. Miggy überlegte, ob sie ihm folgen sollte, entschloß sich dann aber, sich mit ihrem Buch hinzusetzen. Bevor Ruth irgend etwas sagen konnte, kam Daisy herein und schmiß sich auf das Sofa. Ruth sah sie geradezu angeekelt an und stand auf.

«Georgia ist in meinem Zimmer, falls Sie sie suchen», sagte Daisy. «Hört sich meine Käpt'n-Blaubär-Kassette an. Sie hat gesagt, daß sie sich zu Tode langweilt.»

Wortlos ging Ruth hinaus, und Miggy lächelte Daisy an. «Hattest du schöne Weihnachten?» fragte sie und hoffte, daß sie Ruths Kälte nicht bemerkt hatte.

«Ganz okay. Ich fände es schöner, wenn wir allein wären. Meinst du, Toby geht morgen mit mir segeln, wenn ich ihn darum bitte?»

«Bestimmt», sagte Miggy und stand auf. «Komm, wir gehen ihn suchen.»

Am Silvesterabend spazierte Hattie am Ufer entlang, hochzufrieden mit dem, was sie in diesem Jahr erreicht hatte. Die dünne, flache Mondscheibe sah aus wie eine Silbermünze und schien vom frostigen Himmel auf das über den Schlamm spülende Wasser, dessen Oberfläche glitzerte. Der Admiral rannte voraus und schreckte eine Ente auf, deren aufgeregtes, ulkiges Schnattern über den Fluß hallte. Hattie sah zu dem Cottage hinüber, in dem sie später bei einem Drink das neue Jahr begrüßen würde. Die Wogen hatten sich wieder geglättet, nachdem Ruth abgereist war, und sie hoffte, daß es nicht zu mehr Störungen kommen würde. Sie hatte sich gefragt, ob Nick sich wohl für Ruth interessieren würde. Natürlich hatte er sich bei der Party mit ihr unterhalten, aber das war zu erwarten gewesen – schließlich unterhielt sich Nick bei jeder größeren Versammlung immer mit der attraktivsten Frau. Da Sarah auch dabei war, hatte er aber keinen Versuch unternommen, mehr als nur freundlich zur Ruth zu sein, und Hattie glaubte kaum, daß er ihr bis nach London folgen würde.

Hattie war jetzt an der Bucht angekommen, in der die *Abigail* lag. Joss und Toby hatten sie mit vereinten Kräften wieder an ihren Liegeplatz gebracht, so daß sie wieder gerade auf ihren Pfählen stand – dunkel und verlassen. Hattie lief ein Schauer über den Rücken, sie drehte sich um und rief den Admiral. Obwohl sie eigentlich eine Frohnatur war, wurde ihr doch mulmig beim Gedanken an das alte Boot und Evans schrecklichen Unfall. Das war die einzige dunkle Wolke am ansonsten strahlendblauen Himmel der letzten Monate gewesen. Sie schüttelte die Erinnerung ab und dachte an ihre eigenen Pläne. Das zweite Cottage würde sie im Frühjahr vermieten können, und sie malte sich aus, wie sie annoncieren sollte und wer sich wohl vorstellen würde.

Sie umrundete den Obstgarten neben dem Mühlteich, dessen algenbedeckte Oberfläche im unirdischen Mondlicht grünlich schimmerte, und berührte die alten, flechtenüberzogenen Zweige der kahlen Apfelbäume. Sie erinnerte sich daran, wie sie den Obstgarten mit seinem Teppich aus Osterglocken zum ersten Mal gesehen hatte, wie die Bäume später Blüten getragen hatten, rosa und weiß, wie Zuckerwatte – und sehnte sich nach dem Frühling. Als sie die wackelige kleine Brücke überquerte, dachte sie an Sarahs ständige Kritteleien. Zwar hatte sie stets darüber gelacht, doch merkte sie jetzt, daß die Wahl des richtigen – nämlich zuverlässigen und freundlichen – Mieters tatsächlich eine Herausforderung war. Das Problem mit einer so kleinen Gemeinschaft war, daß es entscheidend darauf ankam, daß alle miteinander harmonierten. Vielleicht sollten potentielle Mieter nicht nur dem Admiral-Jellicoe-Test unterzogen, sondern auch von Toby und Joss unter die Lupe genommen werden.

Sie hatte den Admiral gerade versorgt, als Joss kam, um sie abzuholen.

«Fertig?» fragte er. «Ich habe Daisy versprochen, um Mitternacht eine Leuchtrakete abzufeuern. Sie darf so lange aufbleiben.»

«Und dann kommt die Küstenwache», warnte Hattie. «Und was machst du dann?»

«Ich kenne die, die hier patrouillieren», sagte Joss gelassen. «Ich segle mit ihnen. Und außerdem kommt bei einer Leuchtrakete das Rettungsboot, nicht die Küstenwache. Ich glaube nicht, daß sie uns von Salcombe aus sehen und hierhergeschippert kommen.»

Hattie lachte, als sie losgingen. «Warum um alles in der Welt warst du bei der Armee?» fragte sie. «Wollte die Marine dich nicht haben? Du bist doch viel mehr Seemann als Soldat.»

«Familientradition», sagte Joss zurückhaltend. «Das Regiment meines Vaters und so. Hält viel von Traditionen, meine Familie. Haben einen Anfall gekriegt, als ich den Vertrag nicht verlängert habe und mit der *Westering* anfing.»

Im Gehen sah Hattie seitwärts zu ihm auf. «Ich schätze, sie halten nicht viel von deinem Plan, allein die Welt zu umsegeln?»

«Richtig», antwortete er kurz.

Sie überlegte, was sie sagen könnte, um die Spannung zu lockern, aber da überquerten sie auch schon die Wiese vor dem Cottage, die Tür sprang auf, und Miggy, Toby und Daisy kamen ihnen entgegen.

«Auf uns, Liebes.» Nick prostete Sarah zu, die in Schals und Decken gewickelt auf dem Sofa im Wohnzimmer saß. «Vielen Dank für ein weiteres Jahr mit dir, und alles Gute für das kommende.»

«Ach, Liebling, tut mir leid, daß ich so eine Spielverderberin bin.» Sie prostete ihm zu und trank einen Schluck. «Blöder Zeitpunkt für eine Erkältung.»

«Du kannst doch nichts dafür.» Liebevoll legte er einen heruntergerutschten Schal wieder um sie. «Sei nicht albern.»

«Ich weiß doch, wie gerne du zu den Hope-Latymers-Parties gehst.» Sie lächelte ihn an. «Aber ich feue mich, daß du ohne mich nicht gegangen bist.»

«Auf den Gedanken bin ich nie gekommen. Du hattest diese Schnapsidee. Wir feiern gemeinsam in das neue Jahr, wie wir es immer getan haben.»

«Oh, Nick.» Sie drückte seine Hand und schluckte die aufkommenden Tränen hinunter. «Ich hoffe, wir werden es auch in Zukunft immer tun.» Sie nieste heftig, putzte sich die Nase und fühlte sich krank und schwach.

«Warum sollten wir auch nicht?» Seine haselnußbraunen Augen strahlten sie an. «Hast du etwa vor, mich zu verlassen?»

Sie schüttelte lediglich den Kopf, da sie diese lächerliche Unterstellung keiner Antwort für würdig befand. Er lächelte und legte den Arm um sie, so daß sie mit dem Rücken gegen ihn lehnte. «Ich liebe dich», sagte sie schwach und fürchtete, sie werde nun doch noch in Tränen ausbrechen.

Er stellte sein Glas ab und zog sie sanft so an sich heran, daß sie ihn ansah.

«Oh, nein, nicht mich angucken», rutschte es ihr heraus. «Ich sehe furchtbar aus. So farblos.»

Sie wischte sich mit dem Taschentuch über das Gesicht und versuchte, sich zu lösen, aber er hielt sie fest und hob ihr Kinn. Sie kniff die Augen zu und sah ihn wieder an.

«Ich liebe dich», sagte er leise. «Ich liebe dich, Sarah. Und daran wird sich nie etwas ändern, auch wenn [illegible] wenn es manchmal anders aussieht.»

Sie merkte, daß sie die Luft angehalten hatte. Sie hatten noch nie über Nicks Affären gesprochen. Sie hatten einfach immer so getan, als existierten sie nicht. Sarah war entsetzt. Wollte er jetzt etwa seine Seitensprünge beichten, ihr von ihnen erzählen? Das würde sie nicht aushalten.

«Ich weiß», sagte sie schnell. «Ich weiß. Kümmer dich nicht um mich. Ich bin bloß weinerlich und alt und albern.»

«Weißt du noch – Shropshire?» fragte er, und sie sah gleich viel glücklicher aus und hielt ihn fest.

«Oh, Nick. Es war so schön», flüsterte sie.

«Das finde ich auch», stimmte er zu. «So schön. Ich habe eine Idee. Eigentlich habe ich gar keine Lust, aufzubleiben, bis das neue Jahr anfängt. Sollen wir nicht ins Bett gehen und uns gemeinsam an Shropshire erinnern?»

«Oh, Nick», sagte sie noch einmal, und er küßte sie kurz und zog sie vom Sofa.

«Geh schon hoch», sagte er. «Ich mache hier unten alles fertig und komme gleich nach. Nimm dein Glas mit.»

Er sah ihr nach und lächelte ihr zu, als sie sich nach ihm umdrehte. Dann pfiff er fröhlich vor sich hin, räumte auf und stellte das Gitter vor den Kamin. Einen Moment blieb er vor dem Feuer stehen und sah in die Flammen, dann drehte er sich um und folgte Sarah nach oben.

Hoch hing der Mond über dem Fluß, einen atemlosen Moment lang, bevor die Gezeiten wechselten. Die *Westering* schaukelte friedlich an ihrem Liegeplatz, und oben im Wald bellte ein Fuchs. Schwarz beugten die Bäume sich über das Ufer, eine leichte Brise kräuselte das Wasser, und die dunklen Schatten auf dem Deck der *Abigail* sahen aus wie getrocknetes Blut. Der Mond verschwand hinter den Bäumen, die Ebbe setzte ein, und im Osten empfing ein geisterhaft erleuchteter Himmel das neue Jahr.

11

DAS JAHR VERGING SCHNELL – ZUMINDEST KAM es Hattie so vor. Im März zog Joss wieder auf die *Westering*. Er hatte schon einige trockene Frühlingstage an Bord verbracht, und obwohl er wußte, daß noch mit Regen gerechnet werden mußte, wollte er lieber wieder in seinem eigenen Reich sein. Er wußte, daß er das Cottage jederzeit als Schlupfloch benutzen konnte, wenn es nötig werden sollte, und war froh, wieder auf dem Wasser zu sein, zu spüren, wie der Kiel sich mit der Flut hob, und den Wind in der Takelage singen zu hören.

Hattie bereitete sich indessen auf ihre erste Mieterin vor. Das zweite Cottage war sauber und wohnlich, und Bert Crabtree machte sich nun an das erste Cottage, aus dem Joss gerade ausgezogen war. Alle kamen mit guten Ratschlägen, wie sie die Annonce formulieren sollte, und warnten Hattie vor allerlei Problemen, mit denen sie zu rechnen hatte. Nick hielt ihr einen ausführlichen Vortrag über das Thema «Vermietung». Deshalb verspürte Hattie eine Mischung aus Erleichterung und Enttäuschung, als sie im Mai einen Brief von einer alten Schwesternfreundin erhielt, die sich gerade zur Ruhe gesetzt hatte, darauf wartete, daß ein kleiner Bungalow für sie fertig gebaut wurde, und für diese Wartezeit eine Unterkunft suchte.

Natürlich war es schön, einer alten Freundin helfen zu können – vor allem einer, die nicht an der Miete herumnörgeln würde –, aber trotzdem ging durch diese Reibungslosigkeit einiges an aufregender Spannung verloren.

«Was soll's», tröstete Miggy sie, als sie die Nachricht hörte. «Vielleicht ist es gar nicht so schlecht. So kannst du dich an jemandem, den du kennst, schon mal als Vermieterin üben und lernen, worauf du achten mußt.»

«Da hast du auch wieder recht.» Hattie verzog das Gesicht. «Und Monica ist ja eine nette und vernünftige Frau. Sie wird keinerlei Schwierigkeiten machen.»

Miggy fing an zu lachen. «Das hört sich aber vernichtend an, Hattie! Ist sie wirklich so schlimm?»

«Nein, nein.» Hattie riß sich zusammen, grinste aber doch auch ein wenig. «Sie ist eine sehr gute Freundin. Nur ... na ja, ein kleines bißchen fade, könnte man sagen.»

«Was hast du dir denn vorgestellt? Ein paar Popstars? Prinz Andrew, dem in der Marineschule zu eng ist?»

«Ach, sei still», sagte Hattie gutmütig. «Kümmer dich um deinen eigenen Kram. Stehst hier rum und klatschst und stiehlst mir meine Zeit. Wie geht es Toby?»

«Gut.» Miggys Miene verdunkelte sich etwas. «Kleines Problem mit Georgia.»

«Oje. Was denn nun? Ich dachte, seit Weihnachten hätte sich alles beruhigt?»

Miggy setzte sich seitlich auf die kleine Mauer an Hatties Kai und starrte aufs Wasser.

«Hat es ja auch. Ein bißchen zuviel, das ist das Problem. Georgia schreibt nicht sehr oft, was völlig normal ist in ihrem Alter, aber sie ist im Februar nicht hergekommen und über Ostern auch nicht. Ruth hat geschrieben, daß sie mit ein paar Schulfreunden Ski fahren sei. Toby war ganz schön enttäuscht.»

«Aha.» Hattie steckte die Hände in die Taschen ihrer alten Tweedjacke und schürzte die Lippen. «Na, ich schätze, das ist ganz einfach das nächste, das Ruth probiert.»

«Was meinst du?» Miggy sah zu ihr auf.

Hattie zuckte mit den Schultern. «Na ja, sich zwischen dich und Toby zu stellen, hat nicht funktioniert, also versucht sie ihn dadurch zu bestrafen, daß er Georgia seltener sieht.»

«Glaubst du, das ist der Grund? Toby denkt, sie hätte Georgia gegen ihn aufgehetzt.»

«Blödsinn!» Hattie klang ungeduldig. «Das Mädchen hat doch seinen eigenen Willen. Wenn sie jünger gewesen wäre, hätte sie euch vielleicht Probleme bereitet. Aber so, wie die Dinge liegen, habt ihr großes Glück gehabt, daß sie gerade auf eine neue Schule ging und angefangen hat, sich für Jungen zu interessieren. Da hatte sie ihre Gedanken ganz woanders.»

«Ja, das sehe ich auch so. Am Anfang war sie etwas schwierig, aber an Weihnachten hatte ich den Eindruck, daß ihr das alles ziemlich egal ist. Ihr war viel wichtiger, Zeit mit ihren Freunden zu verbringen.»

«Natürlich war es das. Und so soll es auch sein. Ich vermute, daß Ruth es ihr schwermacht, hierherzukommen, und um es ganz offen und brutal zu sagen: Georgia ist es nicht so wichtig. Seien wir doch ehrlich! Sie ist daran gewöhnt, ohne ihren Vater auszukommen.»

«Ich glaube, du hast recht.» Miggy stand auf und schob die Locken aus dem Gesicht. «Das Problem ist, daß es Toby weh tut, und ich weiß nicht, wie ich ihm helfen soll.»

«Er muß nur mal ganz rational darüber nachdenken, dann versteht er auch, was in einer Siebzehnjährigen vor sich geht. Der totale Tunnelblick. Klamotten, Jungs und Parties. Im Sommer ist sie wieder hier.»

Miggy lächelte sie dankbar an. «Vielen Dank, Hattie. Du schaffst es immer wieder, mir den Kopf zurechtzurücken.»

«Puuuh!» Hattie wandte sich der Mühle zu.

«Ich komme wieder. Bis dann.»

Miggy schlenderte am Ufer entlang und genoß die Wärme der Maisonne auf ihrem Gesicht. Was ihr mehr Sorge bereitete als Georgias scheinbare Abtrünnigkeit, war die Tatsache, daß von Scheidung keine Rede mehr war. Nach langen Gesprächen mit Nick hatte Toby ihr versichert, daß er sich – wenn Ruth den Prozeß, den sie in Gang gesetzt hatte, aufhalten wollte – aufgrund von Ehebruch oder Verlassen des gemeinsamen Hausstandes von ihr scheiden lassen konnte.

Miggy ging über die Wiese und setzte sich auf die Bank. Ein Brandenterich schwamm einsam auf einem Rinnsal in der Nähe seines Nestes, wo seine Gefährtin auf dem Gelege saß. Dann watschelte der Erpel auf den soeben vom Wasser freigegebenen Schlamm und fing an, mit seinen roten Schwimmfüßen zu stampfen. Toby hatte ihr erzählt, daß sie dies taten, um Beutetiere an die Oberfläche zu locken, und sie beobachtete den dunkelgrünen Kopf mit seinem signalroten Schnabel, der immer wieder in den Schlamm stieß. Sie liebte den Fluß genauso sehr wie Toby und war genauso fasziniert von der Natur rundherum. Bald war sie schon ein Jahr hier und konnte die ihr vertraute Umgebung im Wechsel der Jahreszeiten beobachten. Weiter flußabwärts hatten die Schwäne ihr riesiges Nest hoch über dem Wasser gebaut, und Toby hatte Miggy im Boot mitgenommen, um ihr die Reiherkolonie am Ufer des Dart, etwas flußaufwärts auf dem Weg nach Totnes, zu zeigen und die Weibchen zu bewundern, die auf ihren mächtigen Nestern aus Zweigen brüteten.

Und genau das ist mein Problem, dachte Miggy. Ich möchte auch brüten.

Sie hätte nie gedacht, daß sie sich so danach sehnen würde, ein Kind von Toby zu bekommen. Als sie mit Stephen zusammen war, hatte sie nicht die geringste Neigung verspürt, mit ihm ein Kind zu haben, und er hatte deutlich gemacht, daß Daisy völlig ausreichte. Es hatte sie überrascht, daß ein so ehrgeiziger Mann keine eigenen Kinder haben wollte, aber er hatte ihr schon sehr früh gesagt, daß es ihn nicht danach verlangte, Vater zu sein. Später hatte Miggy sich gefragt, ob ihm möglicherweise bewußt war, was für ein gleichgültiger Vater er sein würde, und ob er deshalb so weise gewesen war, seinen Instinkten zu folgen.

Oder vielleicht hatte Daisy ihn abgeschreckt. Miggy lächelte in sich hinein. Was sie an ihrer Beziehung zu Toby mit am meisten freute, war, daß er und Daisy sich so gut verstanden. Es war eine solche Erleichterung, und sie war Toby unendlich dankbar, daß er Patricks Kind so liebevoll annahm. Sie war so dankbar, daß sie sich vor sich selbst schämte, als sie merkte, daß es sie ärgerte, wenn Toby Georgia vermißte und sich Sorgen um sie machte, weil sie glaubte, sie und Daisy seien ihm nicht genug. Sie war erschrocken, daß sie solch unlautere Gefühle hegen konnte, und hatte ein schlechtes Gewissen, aber dennoch konnte sie nicht dagegen an, sich zu wünschen, Georgia und Ruth würden für immer und ganz aus ihrem Leben verschwinden. Vielleicht wäre es etwas anderes, wenn Georgia sie und Daisy als die neue Familie ihres Vaters akzeptieren könnte, denn dann könnte auch Miggy sich mehr entspannen.

Sie seufzte und schüttelte den Kopf. Vermutlich würde sie sich nie ganz sicher fühlen, solange Toby und sie nicht verheiratet waren. Das und ihr Wunsch nach einem Kind lastete ihr am meisten auf der Seele. Würde Toby es jemals wagen, die Scheidung einzureichen? Ruth war schließlich ungemein clever. Miggy vermutete, daß Toby sich nicht wegen Ehebruchs von Ruth scheiden lassen würde, solange er sich nicht sicher war, wo Georgia in der Sache stand. Er wußte sehr wohl, wie leicht Ruth sich in Georgias Leben einmischen konnte, selbst wenn sie es nicht schaffte, ihre Gedanken zu manipulieren. Miggy verstand Tobys Dilemma und hatte Mitleid mit ihm. Die Sache war nur, daß sie sich nicht vorstellen konnte, schwanger zu werden, solange sie und Toby nicht verheiratet waren. Trotz seiner unerschütterlichen Liebe zu ihr war sie nicht bereit, dieses Risiko einzugehen. Es war schon schlimm genug, als seine Geliebte mit ihm zusammenzuleben. Sie haßte es, in Geschäften mit ihrem Namen zu unterschreiben oder sich am Telefon mit ihrem Namen zu melden und damit jedes Mal für Verwirrung zu sorgen. Es mochte altmodisch und dumm von ihr sein, aber so war sie nun einmal.

Miggy sah auf die Uhr und stand auf. Es war Zeit, Daisy von der Schule abzuholen. Gott sei Dank kümmerte sich ihre Tochter gar nicht um die Welt um sie herum und war so unbeschwert, daß ihr bisheriges chaotisches Leben ihr keinen Schaden zugefügt hatte. Sie schien im Gegenteil prächtig zu gedeihen. Miggy fuhr die kleine Straße hinauf, und ihre Sorgen zerstreuten sich beim Anblick der inzwischen vertrauten, doch immer wieder aufs neue entzükkenden Glockenblumen in den Hecken. Bald würden Geißblatt und Heckenrosen zwischen den Blättern leuchten, die jetzt aufbrachen und die schwarzen Zweige mit einem sanftgrünen Schleier überzogen. Miggy verlangsamte die Fahrt, um ein Kaninchen über die Straße hoppeln zu lassen, und merkte, wie ihre Sorgen nachließen und unbändige Freude sie erfüllte. Sie hatte ein solches Glück, ein solch unglaubliches Glück.

Aber trotzdem, dachte sie, als sie an der Abzweigung hielt, um einen Traktor vorbeizulassen, ich hätte so gerne ein Baby.

Die *Westering* tuckerte mit Joss am Ruder langsam den Fluß hinunter. Er hätte ja lieber die braunen Segel auf die nackten Masten gezogen, aber für die kurze Strecke nach Dartmouth lohnte sich das wirklich nicht. Es war einiges an Wasser in die *Westering* eingedrungen, deshalb wollte Joss sie jetzt, bei Flut, auf das Gitter am Hafen setzen und sie sich später bei Ebbe von unten ansehen. Er fürchtete das Ergebnis seiner Untersuchung und hatte schon beschlossen, daß, wenn Arbeiten erforderlich waren, die er selbst nicht ausführen konnte, er Toby fragen würde, ob die *Westenring* in der Bootswerft gedockt und repariert werden könnte, wenn er dafür andere Arbeiten übernahm. Er hoffte, daß es in der Werft genug zu tun gab und sie ihn brauchen konnten. Joss seufzte, als ihm klar wurde, daß seine Abreise sich um ein ganzes Stück verzögern würde.

Es war wunderbar, wieder draußen zu sein, das Wasser

unter dem Kiel und die Brise im Gesicht zu spüren. Er hatte von Anfang an gewußt, daß die Instandsetzung der *Westering* lange dauern würde. Obwohl er sie zu einem äußerst günstigen Preis gekauft hatte, war nicht mehr viel Geld übrig, und er wußte, daß er fast alles selbst machen mußte. Jetzt mußte er einfach hoffen, daß Toby bereit war, sich auf den Tauschhandel einzulassen.

Joss lenkte die *Westering* auf den Dart und tuckerte an der Mündung des Old Mill Creek und an Sandquay mit der Königlichen Marineschule auf dem Hügel vorbei flußabwärts. Er beobachtete ein paar Offiziersanwärter in Beibooten dabei, wie sie übten, längsseits beizudrehen, und dachte an Hattie. Er hatte so manchen langen Winterabend in den dunklen Monaten in ihrer Küche verbracht und – ermutigt durch ihren gesunden Menschenverstand und ihren Humor – angefangen, von seinen Erfahrungen in Nordirland zu sprechen. Da es ihm noch nicht möglich gewesen war, restlos offen und ehrlich zu sein, hatte er seine Alpträume und Schuldgefühle einem Kameraden zugeschrieben, einem guten Freund, dessen Erfahrungen sich noch immer auf sein Leben auswirkten und an seinem Selbstvertrauen nagten. Hattie hörte ihm nachdenklich zu und zeigte weder Hohn noch Verachtung für dieses unmännliche Verhalten.

«Ich kann das gut verstehen», hatte sie gesagt. «Terroristische Kriegführung ist eine ganz gemeine Sache. Man weiß nicht, wer der Feind ist, kann nicht einmal kleinen Kindern trauen. Und man darf nicht zurückschlagen. Furchtbar, wirklich. Kein Wunder, daß es zu Nachwirkungen kommt. Das traurige ist nur, daß diese seelischen Verletzungen nicht sichtbar sind und kaum behandelt werden.»

Joss freute sich über diese Haltung, murmelte aber dennoch, daß ein Soldat in der Lage sein sollte, Angst und Blutvergießen zu ertragen, ohne zimperlich zu sein. Hatties Antwort war unmißverständlich.

«Ich finde, zu viele Menschen sind schon viel zu gleichgültig geworden. Tagtäglich sehen wir die schrecklichsten Bilder im Fernsehen und lesen alles mögliche in den Zeitungen – wir sind ja schon immun. Mir persönlich ist ein Mann lieber, der sensibel genug ist, sich um andere Menschen, um Menschen in Not, zu kümmern. Und die Männer, mit denen man gemeinsam Dienst tut, müssen erst recht so sein. Oder sollten es zumindest.»

Joss war unglaublich erleichtert gewesen. Langsam kehrten ein bißchen Selbstwertgefühl in ihn zurück, und ihm dämmerte, daß er sehr traurig sein würde, wenn er den Fluß verließ. Er war Teil dieser kleinen Gemeinschaft geworden und fragte sich, wie es ihm wohl gehen würde, wenn er schließlich die Segel hißte und sich von allen verabschiedete: von Hattie und ihrem scheußlichen Jellicoe, von Miggy und der Nervensäge Daisy, von Toby und seinen Kumpels von der Werft.

Joss behielt das Fährschiff im Auge, das den Dart überquerte, und dachte an seine Familie. Sein Gesicht verschloß sich. Er hörte regelmäßig von seiner Schwester – vorwurfsvolle Briefe, in denen sie ihn daran erinnerte, wie sehr es seine Mutter verletzte, daß er ihrem Elend gegenüber so gleichgültig war, in denen sie außerdem von freiwerdenden Posten berichtete, die ihm ohne weiteres beschafft werden könnten, und in denen sie anmerkte, wie enttäuscht sein Vater gewesen wäre, würde er noch leben. Seine Schwester war der Ansicht, Joss solle die Lücke, die sein verblichener Vater hinterlassen hatte, schließen, indem er seinen unkonventionellen Lebensstil aufgab und einen Beruf ergriff, der wieder Anlaß gäbe, stolz auf ihn zu sein. Ab und zu besuchte Joss sie, doch wurde dieses Ab und Zu immer seltener. Er machte sich große Vorwürfe, daß er sie alle so enttäuscht hatte, wußte aber auch, daß er noch nicht so weit war, ihren Erwartungen zu entsprechen. Außerdem wäre seine Schwester ohnehin beleidigt gewesen, wenn er ihr ihre Rolle als Hauptstütze ihrer Mutter streitig gemacht hätte. Warum sollte er sein Leben verschwenden, es nutzlos auf dem Altar eines nicht existenten Gottes opfern? Erst wenn er mit sich selbst ins reine gekommen war, würde er auch ihnen von Nutzen sein können. Bis dahin mußten sie weiter getrennte Wege gehen.

Joss näherte sich dem Anlegeplatz mit dem Gitter, und einige interessierte Passanten auf dem Damm wollten ihn dabei beobachten, wie er das schwierige Manöver ausführte, die *Westering* präzise in die richtige Position zu bringen. Er schüttelte die sorgenvollen Gedanken ab, wie er es bei der Armee gelernt hatte, und konzentrierte sich auf die bevorstehende Aufgabe.

Es war Daisy, die die neuen Leute an Bord der *Abigail* als erste sah. Das Cottage lag der kleinen Bucht fast direkt gegenüber, und in Daisys Fenster prangte seit neuestem ein Teleskop, durch das sie das Kommen und Gehen auf dem Wasser beobachtete.

«Meint ihr, sie werden auf ihr wohnen?» fragte sie, als sie sich an den Küchentisch setzte. Toby und Miggy wechselten besorgte Blicke. «Darf ich rüberrudern und ihnen guten Tag sagen?»

«Nein!» vernahm sie unisono und sah die beiden überrascht an.

«Dieses Mal ist es kein komischer Mann allein», ereiferte sie sich. «Es ist ein Mann und eine Frau.»

«Trotzdem», sagte Miggy schnell. «Wir lassen sie erst mal in Ruhe. Wahrscheinlich sehen sie sie sich bloß an. Wir hätten bestimmt davon gehört, wenn sie verkauft worden wäre. Wir können die Leute nicht so überfallen.»

Daisy zuckte mit den Schultern. Der merkwürdige Code, an den Erwachsene sich immer hielten, war ihr wieder einmal ein Rätsel. Großzügig verteilte sie Ketchup auf ihrer Pizza. «Okay. Aber ich werde sie im Auge behalten. Wenn sie eingezogen sind, ist es nur höflich, hinüberzugehen und sie willkommen zu heißen. Man muß höflich sein zu neuen Nachbarn. Damit sie sich zu Hause fühlen.»

«Diese noble Uneigennützigkeit ist mir gar nicht aufgefallen, als Monica eingezogen ist», bemerkte Toby und zwinkerte Miggy zu. «Ob sie sich zu Hause fühlt, scheint dich nicht sonderlich zu interessieren.»

Daisy verzog das Gesicht. «Sie ist ein bißchen langweilig», gab sie zu. «Quatscht ständig davon, wie gut ich es habe, hier zu wohnen. Und außerdem hat sie ja Hattie.»

«Du hättest doch davon gehört, wenn jemand die *Abigail* gekauft hätte, oder?» fragte Miggy, nachdem Daisy fertig war und sich entschuldigt hatte. «Wir hätten sie doch sicher bei der Besichtigung gesehen.»

«Es kann natürlich sein, daß jemand sie unbesehen gekauft hat.» Toby guckte nachdenklich. «Vielleicht kommen sie zu uns, wenn etwas gemacht werden soll. Und Daisy werden wir sowieso nicht auf ewig fernhalten können. Sie werden sich auch um gute Nachbarschaft bemühen. Wir können ihnen doch nicht sagen, daß sie ein Unglücksboot gekauft haben und daß wir alle eine Scheißangst haben und ihr nicht zu nahe kommen wollen.»

«Das stimmt schon.» Miggy biß sich auf die Lippe. «Oh, Toby, ich habe ein furchtbares Gefühl, was das Boot angeht.»

Toby streckte den Arm über den Tisch aus und nahm ihre Hand. «Wir dürfen uns nicht verrückt machen», beruhigte er sie. «Das sind bestimmt alles nur eine Menge Gerüchte. Seemannsgarn.»

Sie schüttelte den Kopf. «Ich habe versucht, daran zu glauben, aber es graut mir einfach beim leisesten Gedanken an sie.»

Toby drückte ihre Hand noch einmal und ließ sie dann los.

«Ich mache uns einen Kaffee», sagte er.

Als er den Kessel auffüllte, dachte er erfreut und erleichtert an den Brief von Georgia, in dem sie ihm mitteilte, daß sie in den Sommerferien für ein paar Wochen kommen wollte. Er wollte dann ernsthaft mit ihr über die Scheidung sprechen. Er war inzwischen der Ansicht, daß sie alt genug war, um die Sachlage zu verstehen, und er wollte, daß sie es von ihm hörte und nicht eine zurechtgebogene Version von Ruth. Sobald er ihr alles erklärt hatte, würde er die Scheidung einreichen. Bis dahin wollte er das Thema Miggy gegenüber nicht erwähnen, damit es nicht zu unnötigen Mißverständnissen und Unruhe in ihrer Beziehung kam. Toby war noch nie so glücklich gewesen, und er war fest entschlossen, dieses Hochgefühl nicht zu gefährden.

«Kaffee», sagte er und gab ihr einen Kuß. «Mach dir keine Sorgen. Wir behalten Daisy im Auge, und wenn es nötig sein sollte, werden wir überlegen, wie wir sie von der *Abigail* fernhalten können.»

Sie lächelte zu ihm hinauf und nickte.

«Ich weiß, ich übertreibe», sagte sie. «Kannst du dir ein

Stündchen freinehmen? Ich dachte an einen kleinen Törn flußabwärts. Damit wir wieder einen klaren Kopf kriegen.»

«Hervorragende Idee.» Er freute sich, daß er ihr eine Freude machen konnte. «Hol Daisy, ich rufe Jerry an und sage ihm, daß ich heute nachmittag nicht mehr komme.»

12

DER SOMMER VERGING, OHNE DASS MAN NOCH etwas von dem Paar an Bord der *Abigail* sah oder hörte. Keiner der Bootsmakler in der Gegend wußte etwas von ihnen, und so ging man davon aus, daß die beiden Angehörige von Evan gewesen waren, die beschlossen hatten, die *Abigail* verfallen zu lassen oder einem Maklerbüro im Landesinneren anzuvertrauen. Miggy fand, daß jeder, der die *Abigail* eventuell kaufen wollte, ihre Geschichte kennen und gewarnt werden sollte, aber die anderen waren vorsichtig. Nicht einmal Hattie ließ sich davon überzeugen, daß man einem potentiellen Käufer die alten Geschichten erzählen sollte, und im Grunde waren alle insgeheim erleichtert, daß diese Entscheidung ohnehin nicht bei ihnen lag und sie keine Verantwortung trugen.

Noch größere Erleichterung verspürte Hattie, als Monica ihr sagte, der Zeitplan für den Bau ihres Bungalows werde so gut eingehalten, daß sie schon einige Wochen vor Weihnachten dort einziehen könne. Hattie hatte ein schlechtes Gewissen, weil sie dem Auszug ihrer Freundin geradezu fröhlich entgegensah, und versicherte Monica daher sehr überzeugend, daß sie sie sehr vermissen würde. Sie war so überzeugend, daß Monica sich überlegte, doch noch bis Neujahr im Cottage zu bleiben, und Hattie gezwungen war, einen Rückzieher zu machen. Monicas Anwesenheit war ein kleiner Dämpfer gewesen und machte Hattie – die jetzt noch unsicherer war als vorher – wieder bewußt, wie wichtig es war, die richtigen Mieter zu finden. Die monatelange Nähe ihrer Freundin war kein makelloser Segen gewesen.

Miggy dagegen war mit Georgias Besuch zufriedener, als sie es sich vorgestellt hatte. Zweifellos war ein Jahr Oberstufe an einer privaten Jungenschule genau das Richtige gewesen, um aus der übergewichtigen, schmollenden Heranwachsenden eine ansehnlich schlanke, offene junge Frau zu machen.

«Ich kann es kaum glauben», sagte Toby ein Dutzend Male am Tag zu Miggy. «Eine komplette Metamorphose.»

«Sie hat einen Freund», erzählte Miggy ihm. «Ein Justin Dangerfield. Scheint fast überall Vorsitzender oder Leiter oder sonstwas zu sein. Es ist schön, sie über ihn reden zu hören. Ich würde ihn gerne kennenlernen.»

Diese Gelegenheit sollte sich ihnen bald bieten. Georgia freute sich über Miggys ehrliches Interesse an ihrem Leben. Sie schnüffelte nicht herum, kritisierte nicht und gab keine guten Ratschläge. Sie hörte einfach nur zu, als wenn Georgia genauso alt wäre wie sie. Das Mädchen fühlte sich geschmeichelt – diese Art des Umgangs war sie von Ruth nicht gewöhnt – und entspannte sich bald völlig und genoß die Zeit am Fluß. Miggy schlug vor, daß Georgia Auto fahren lernen sollte, und von dem Moment an waren sie Freundinnen. Schon nach ein paar Stunden erlaubte Miggy ihr wagemutig, mit ihr und dem «Learner»-Schild am Auto auf den ruhigen Straßen und sogar zum Markt nach Totnes zu fahren.

«Sie fährt wirklich gut», versicherte sie Toby, der nervös war, weil er zwei Drittel seiner geliebten Familie bei einem Unfall ums Leben kommen sah. «Sie ist ein Naturtalent.»

Wenn sie erst einmal in Totnes waren, stöberten sie ausgiebig auf dem Markt, tranken in einem der bezaubernden alten Cafés Kaffee und landeten immer zuletzt bei Salago. Georgia konnte Stunden in diesem wunderbaren Laden verbringen und war für gewöhnlich nur unter dem Hinweis auf die ablaufende Parkuhr hinauszulocken. Gegen Ende der ersten Woche, nach einem Anruf von jenem vielbesprochenen Justin Dangerfield, fragte Georgia ziemlich unvermittelt, ob es möglich wäre, daß er sie im Cottage besuchte.

«Kein Problem. Ich habe nichts dagegen», sagte Toby locker und warf Miggy einen kurzen Blick zu. «Warum nicht?»

Miggy nickte. Sie hatte gerade Wein eingeschenkt und schob ein Glas quer über den Tisch zu Georgia. «Gute Idee. Wann kommt er?»

«Jederzeit.» Georgia guckte so lässig wie möglich und trank dankbar einen Schluck Wein. Ruth würde einen Anfall kriegen, wenn sie wüßte, daß Miggy hier großzügig Alkohol verteilte! «Er wohnt in Dorset, kann also innerhalb von zwei Stunden hier sein. Er hat den Führerschein bestanden und darf das Auto seiner Mutter leihen.»

«Dann mach doch etwas aus, das dir paßt, Liebes.» Toby lächelte sie an. «Er kann auch gerne über Nacht bleiben, wenn er will.» Wieder sah er zu Miggy. «Das ist doch kein Problem, oder?»

«Überhaupt nicht. Es dauert nur zwei Minuten, das Gästezimmer herzurichten.» Sie sah Georgia mit hochgezogenen Augenbrauen an. «Willst du ihn nicht zurückrufen und etwas verabreden?»

Als Georgia hinausgegangen war, streckte Toby seine Hände nach Miggy aus, und sie nahmen sich glücklich in den Arm. Jetzt hatte er keine Bedenken mehr, mit Georgia über die Scheidung zu sprechen. Er wußte, daß sie nicht nur reif genug war, um damit fertig zu werden, sondern ihnen auch genügend zugeneigt war, um es ihm nicht zu schwer zu machen. Nach einigem Überlegen beschloß er, das Thema anzupacken, wenn Justin wieder abgereist war. Erstens würde Georgia sich dann besser konzentrieren können, und zweitens war sie dann vielleicht sogar empfänglicher. Sein taktisches Denken machte ihm zwar ein schlechtes Gewissen, doch war er sicher, daß diese Vorgehensweise die vernünftigste war.

Justins Besuch verlief mehr als zufriedenstellend. Er war ein großer, dunkelhaariger Junge, hatte eine angenehme Art und gute Manieren. Miggy und Daisy waren begeistert von ihm. Wieder einmal fühlte Georgia sich geschmeichelt, als Miggy ihr zu verstehen gab, daß sie zu beneiden war, so einen tollen Mann gefunden zu haben, und Justin ebenfalls wie einen Erwachsenen behandelte. Und das war nicht gekünstelt. Miggy behandelte alle Menschen jeden Alters ganz einfach wie Menschen. Für sie spielte Alter keine Rolle, darum empfanden die anderen sie stets als umgängliche, ja, ungewöhnliche Gesellschaft. Justin erwies Toby ehrwürdigen Respekt, was dieser zunächst kommentarlos akzeptierte. Später gestand er Miggy, daß er sich dadurch uralt vorgekommen sei.

Die beiden jungen Leute waren sehr aufmerksam Daisy gegenüber, die auf einem kleinen Dingi, das die Werft verkaufen wollte, segeln lernte. Sie nahmen sie sogar mit auf ihre Ausflüge, doch war Daisy die Gegenwart der beiden frisch Verliebten unangenehm, und sie zog es vor, andere Dinge, die sie interessierten, allein zu tun. Die Tage mit Justin vergingen schnell, und als er abgereist war, ging Toby hämmernden Herzens mit Georgia im Wald spazieren und erklärte ihr sein Dilemma.

«Alles könnte so einfach und schmerzlos ablaufen», sagte er. «Wir leben seit drei Jahren getrennt und wollen beide die Scheidung. Zumindest dachte ich das. Ich will mich auf keine Schlammschlacht einlassen und niemandem die Schuld geben. Aber es sieht aus, als ob deine Mutter einen Rückzieher gemacht hat, und jetzt weiß ich nicht, was ich tun soll.»

Sie gingen langsam nebeneinanderher, Georgia sah stur geradeaus.

«Mum ist eifersüchtig auf Miggy», sagte sie schließlich. «Und Alan ist wohl etwas abgekühlt.»

«Ah.» Toby seufzte und nickte. «Das mit Alan habe ich mir schon gedacht, muß ich zugeben. Aber das mit der Eifersucht verstehe ich einfach nicht. Schließlich hat sie mich doch verlassen.»

«Jetzt vereinfachst du die Dinge aber etwas, Dad.» Georgia sah ihn mitfühlend an und überraschte ihn wieder mit ihrer plötzlichen Reife. «Ich glaube, sie fand es ganz nett, daß du hier unten gesessen hast und ihr noch treu warst und so. Verstehst du? Sie langweilt sich zwar und hat andere Männer, aber sie mag den Gedanken, daß du immer noch für sie da bist. Das baut sie auf.»

Toby sah sie überrascht an, und Georgia lachte und drückte seinen Arm. Einen Moment später lachte er mit ihr. «Frauen!» sagte er. «Was meinst du, wie sie reagieren wird, wenn ich ihr schreibe, daß ich die Scheidung einreiche?» Er betete, daß sie nicht nach den juristischen Gründen fragen würde. Trotz der neuen, offeneren Qualität ihrer Beziehung fühlte er sich einem Gespräch mit seiner Tochter über Ehebruch nicht gewachsen.

«Sie wird explodieren, schätze ich.» Georgia schien das nichts auszumachen. «Aber es bleibt dir ja nichts anderes übrig, oder? Es ist nicht fair, Miggy in der Luft hängenzulassen. Kein schöner Zustand für sie, oder?»

«Nein, ganz bestimmt nicht.» Toby wurde fast schwindelig vor Erleichterung – sie hatte Verständnis für die Situation! «Na gut. Ich wollte nur, daß du Bescheid weißt. Du wirst die Explosion schließlich abkriegen.»

«Mach dir um mich keine Sorgen. Ich werde schon fertig mit Mum. Ich hoffe aber trotzdem, daß es nicht allzu schlimm wird. Für keinen von uns.»

Als Georgia abgefahren war, erzählte Toby Miggy von seinem Entschluß, und er konnte förmlich sehen, wie ihr ein Stein vom Herzen fiel. Wieder plagte ihn ein schlechtes Gewissen. Es war ihm nicht bewußt gewesen, wie sehr sie das alles belastete.

«Bald», sagte er. «Bald ist alles vorbei.»

Im September bekam Toby einen Brief von Georgia, die inzwischen wieder im Internat war.

«Als dein Brief ankam», schrieb sie, «war Mum sehr still. Ich konnte mir denken, warum, und habe mich darauf vorbereitet, dich zu verteidigen, aber sie hat mir gegenüber kein Wort über die Sache verloren. Zum Glück war das alles, kurz bevor ich wieder zur Schule mußte, ich bin froh, daß ich mich so raushalten kann ...»

Ein paar Wochen später startete Ruth einen letzten Angriff. Sie rief eines Abends an, als Toby im Bad war, und sprach mit Miggy.

«Ich habe erfahren, daß Sie einen Jungen bei sich beherbergt haben, als Georgia diesen Sommer bei Ihnen war», legte sie ohne Begrüßung oder sonstige Einleitung los. «Sie wissen ja, was ich von Ihren moralischen Prinzipien halte, aber befanden Sie es wirklich für nötig, zwei junge Menschen unter einem Dach zu haben und sie alleine losziehen zu lassen?»

«Das ist doch wohl nicht Ihr Ernst?» forschte Miggy, nachdem sie die Sprache wiedergefunden hatte.

«Und ob das mein Ernst ist. Ist es Ihnen überhaupt in den Sinn gekommen, vorher Erkundigungen über diesen Jungen anzustellen? Hatten Sie auch nur die geringste Ahnung, was für einen Ruf er hat?»

«Nein», sagte Miggy langsam. «Nein, hatte ich nicht. Ich habe Georgias Urteil vertraut.»

«Ich bitte Sie!» Ruth schnaubte verächtlich. «Ein siebzehnjähriges, bis über beide Ohren verknalltes Mädchen! Nun ja, von Ihnen habe ich ja nichts anderes erwartet, aber ich hatte wirklich geglaubt, Georgias Vater sei intelligenter und vor allem um das Wohl seiner Tochter besorgt.»

Miggy umklammerte den Hörer. «Ist Georgia etwas passiert?»

«Bißchen spät, sich jetzt Sorgen darum zu machen, nicht wahr? Ich möchte mit meinem Mann sprechen.»

«Wer ist es?»

Tobys leise Stimme direkt neben ihrem Ohr ließ Miggy vor Schreck zur Seite springen. Überrascht sah er ihre erhitzten Wangen und vor Zorn funkelnden Augen. «Es ist Ruth», flüsterte sie wütend, während sie den Hörer fest zuhielt, damit Ruth sie nicht hören konnte. «Sie ist sauer, weil Justin hier war, und kommt mit den gemeinsten Unterstellungen!»

Toby nahm ihr den Hörer aus der Hand und sprach ganz ruhig. «Hallo, Ruth. Wie geht es dir? Was ist mit Georgia?»

«Oh, endlich! Wirklich, Toby! Ich wollte es gar nicht glauben, als Jackie Sutherland mir erzählte, daß Justin Dangerfield diesen Sommer bei euch war. Miggy hat mir gesagt, daß ihr euch überhaupt nicht über ihn informiert habt, daß ihr alles geglaubt habt, was Georgia gesagt hat. Ich muß schon sagen, Toby! Dein Zusammenleben mit Miggy ist deiner Moral wohl eher abträglich!»

«Willst du damit sagen, daß es meiner Moral zuträglicher war, mit einer Frau zusammenzuleben, die mit jedem einigermaßen vorzeigbaren Mann flirtete, eine Affäre mit ihrem Chef und ständig Schulden hatte?» Gefährliches Schweigen. Toby sprach weiter. «Kann ich aus dieser Hetzrede schließen, daß etwas nicht in Ordnung ist? Eilt diesem jungen Mann, den ich im übrigen ausgesprochen sympathisch fand, irgendein zweifelhafter Ruf voraus?»

«In der Tat, ja. Er flirtet wie ein Weltmeister, trinkt zuviel und rennt von einer Party zur nächsten.»

«Hört sich wie ein ganz normaler Achtzehnjähriger an», sinnierte Toby. «Es gibt doch sicher einen triftigen Grund für diesen Ausbruch, Ruth? Ist Georgia schwanger?»

Er hörte, wie Ruth nach Luft schnappte, und zwinkerte Miggy zu, als sie sich ängstlich nach ihm umdrehte.

«Wenn sie schwanger wäre», zischte Ruth bösartig, «wäre das einzig und allein deine Schuld.»

«Nein, nein.» Toby fing an zu lachen. «Nicht ganz. Inzest gehört dann doch nicht zu meinen Lastern. Komm schon, Ruth. Du kannst mich mit diesem Auftritt nicht beeindrucken. Ich habe gerade erst einen Brief von Georgia bekommen, der es offenbar sehr gutgeht und die glücklich ist, und wenn Justin tatsächlich ein gefährlicher Wüstling wäre, dann bin ich doch kein so guter Menschenkenner, wie ich dachte. Er und Georgia haben nicht mehr Zeit allein verbracht als jedes andere Paar in ihrem Alter. Meistens hatten sie außerdem Daisy dabei. Wir haben uns sehr gefreut, ihn hier zu haben. Er ist wohlerzogen, in Georgia verliebt und ein amüsanter Zeitgenosse. Vielleicht hat Miggys guter Einfluß ihn dazu veranlaßt, uns seine Schokoladenseite zu zeigen.»

«Du Scheißkerl!»

Sie legte auf, und Tobys Miene veränderte sich. Er sah wütend aus, und Miggy beobachtete ihn, ohne sich zu trauen, etwas zu sagen.

«Alles in Ordnung.» Er lächelte, aber es fiel ihm schwer, und sie ging zu ihm und nahm ihn in den Arm.

«Was sollte das alles?»

«Das war Ruths letzter Versuch. Sie hat meinen Brief bekommen und weiß, daß sie nachgeben muß. Die Scheidung wird schnell über die Bühne gehen. Das war die einzige Möglichkeit, uns noch weh zu tun.»

«Aber ist mit Georgia alles in Ordnung?»

«Natürlich.» Toby dachte nach. «Könnte sein, daß wir uns noch mit ein paar solcher Attacken abfinden müssen, aber wenn wir dafür am Ende das bekommen, was wir wollen, ist es das wohl wert.»

«Ich mache mir Vorwürfe. Wir hätten uns wirklich vorher über Justin informieren sollen. Georgia ist doch noch ziemlich jung.»

«Sie ist siebzehn», sagte Toby ungeduldig. «Sie darf bald wählen. Ich weigere mich, sie auszufragen und zu belästigen. Dann wird sie noch viel eher irgendwelche Dummheiten machen. Man sollte den Menschen vertrauen, bis sie sich dieses Vertrauens als nicht würdig erweisen.»

«Schöne Einstellung.» Miggy sah immer noch besorgt aus. «Sie hat es so hingestellt, als wäre es uns egal, was mit Georgia passiert.»

«Natürlich. Das ist Teil der Strategie. Sie versucht uns zu überrumpeln. Aber es funktioniert nicht. Ich liebe Georgia genausosehr, wie sie es tut, und ihr Wohl liegt mir am Herzen wie ihr. Nun guck doch nicht so. Vergiß Ruth!»

Sie sah ihn an und lächelte. Sie liebte ihn so sehr, daß es weh tat, und sie haßte Ruth dafür, daß sie ihn immer wieder angriff und versuchte, seine Zuneigung zu seiner Tochter zu untergraben. Etwas in ihr hatte jubiliert bei den Worten «sie weiß, daß sie nachgeben muß». Anscheinend würde die Scheidung durchkommen, sonst hätte Ruth sich nicht einer solch niederträchtigen Taktik bedient.

Die *Westering* lag den Großteil des Sommers auf Dock in der Werft, und als sie endlich wieder an ihrem Liegeplatz festgemacht war, war es schon Zeit, die Luken für den Winter dichtzumachen. Aufgrund der unvorhergesehenen Reparaturarbeiten hinkte Joss nun seinem Zeitplan hinterher, und er mußte Hattie fragen, ob er noch einmal eins ihrer Cottages bewohnen durfte. Monica war ausgezogen, und beide Cottages waren bezugsbereit, aber Joss war nicht ganz wohl dabei, eines von ihnen zu okkupieren.

«Ich kann dir nicht so viel Miete zahlen, wie du von Feriengästen kriegen würdest», sagte er ganz offen. «Ich habe einen Vertrag mit einer Segelzeitschrift, für die ich jeden Monat einen Artikel darüber schreibe, wie man ein Boot renoviert und flottmacht. Viel Geld bekomme ich nicht dafür, aber ich könnte immerhin ein bißchen mehr zahlen als letzten Winter. Aber von anderen würdest du viel mehr bekommen.»

«Laß uns sehen, wie es läuft», schlug Hattie vor. «Im Winter will ich die Cottages gar nicht unbedingt vermieten. Bert hat mich schon ganz kirre gemacht. Was ich möchte, sind nette Langzeitmieter. Kein ständiges Kommen und Gehen. Jetzt, wo Monica weg und Nummer eins fertig ist, werde ich noch einmal annoncieren, aber vielleicht meldet sich ja niemand darauf. Zieh doch einfach ein, und dann sehen wir weiter.»

«Aber was ist mit der Miete?»

Hattie zuckte mit den Schultern. «Bezahl das, was du letzten Winter bezahlt hast.»

«Aber letztes Jahr habe ich den größten Teil der Miete gar nicht bezahlt und statt dessen an dem anderen Cottage gearbeitet», protestierte Joss. «Was ich bezahlt habe, war Kleckerkram. Das kann ich nicht mit meinem Gewissen vereinbaren.»

«Und ob du das kannst.» Hattie lächelte ihn süß und listig an. «Diesen Winter habe ich andere Aufgaben für dich. Im Obstgarten muß eine Menge getan werden, und außerdem will ich den Mühlteich säubern.»

Joss fing schallend an zu lachen. «Ich nehme alles zurück. Du bist ein schlimmerer Sklaventreiber als ein Sergeant, den ich in Sandhurst kennengelernt habe. Und das will was heißen! Das war vielleicht einer, sag ich dir! Ich weiß noch, als ich ganz neu war, habe ich ihn vor lauter Angst und Unwissenheit mit ‹Sir› angeredet. ‹Nennen Sie mich nicht Sir, Mann!› hat er gebellt. ‹Ich *arbeite* für meinen Lebensunterhalt!›»

Sie lachten beide und tauschten noch ein paar ähnliche Anekdoten aus, bis der Admiral hereinkam und sich neben die Anrichte setzte. Hattie machte ihm sein Mittagessen zurecht, und Joss verschwand nach draußen, um damit anzufangen, die *Westering* winterfest zu machen. Während Hattie vor sich hin werkelte, ließ sie das vergangene Jahr Revue passieren. Nach all der Aufregung, die der Kauf der Mühle und der Einzug mit sich gebracht hatten, war dieses Jahr geradezu enttäuschend ruhig gewesen. Die Sache mit Monica war nicht die beste Idee gewesen, obgleich sie selbst nicht wußte, wie sie ihr eine Absage hätte erteilen können, aber jetzt waren beide Cottages fertig, und sie hoffte auf etwas mehr Trubel im nächsten Jahr. Sie konnte sich einfach nicht entscheiden, was für Mieter ihr am liebsten wären, und war sicher, daß letztendlich wieder einmal der Zufall entscheiden würde.

Sie stellte den Freßnapf auf den Boden, und der Admiral glotzte ihn – ganz der Gewohnheit entsprechend – traurig an. Er seufzte schwer und rollte vorwurfsvoll die Augen.

«An diesem Mittagessen gibt es überhaupt nichts auszusetzen!» sagte sie ärgerlich. «Du brauchst gar nicht zu versuchen, mir ein schlechtes Gewissen zu machen.»

Er schlug eine Weile mit dem Schwanz auf den Boden, während sie herumwuselte, ihre Suppe aufwärmte und Brot toastete. Dann stand er plötzlich auf und aß alles mit gesundem Appetit und unter genüßlichem Schmatzen auf.

«Altes Schlitzohr», sagte Hattie nur, schob den Topf vom Herd und ging ans Telefon.

Es war Sarah. Hattie hatte seit ihrem alljährlichen Shropshire-Urlaub nicht mehr viel von ihr und Nick gehört und setzte sich daher bequem an den Tisch, um ausgiebig zu plaudern. Sarah hörte sich beschwingt und glücklich an, und Hattie merkte, wie Sarahs gute Laune sie ansteckte – sie lächelte vor sich hin. Der Urlaub war wieder ein voller Erfolg gewesen, Nick ging es gut, sie war sehr eingespannt …

Hattie ließ sie reden, sie wußte sehr wohl, warum Sarah so glücklich war. Es war jetzt schon so lange her, seit Nick sich das letzte Mal danebenbenommen hatte, und Sarah wagte daran zu glauben, daß seine Untreue der Vergangenheit angehörte und sie endlich entspannen und sich sicher fühlen konnte. Nachdem sie sich verabredet hatten, legte Hattie auf und ging zurück zu ihrem Suppentopf. In dem Moment schaute Joss zur Tür herein.

«Tut mir leid, wenn ich dich noch einmal störe. Habe ich meine Mütze hiergelassen?

Beide ließen ihre Blicke durch die Küche schweifen, bis sie den Admiral entdeckten, der – eingekeilt zwischen Tisch und Anrichte – gierig auf Joss' Mütze herumkaute.

«Ich bringe ihn um», murmelte Joss, als er nach einer kleinen Rauferei das etwas in Mitleidenschaft gezogene Objekt der Begierde wieder in den Händen hielt.

Dem Admiral hatte das Spiel Spaß gemacht. Er machte es sich wieder gemütlich und legte den Kopf auf die Pfoten, während Hattie Joss' Mütze grapschte, mit ihrem Ärmel darüberrieb und sie ihm zurückgab.

«Nichts passiert», stellte sie energisch fest. «Du solltest deine Sachen nicht so achtlos herumliegen lassen.»

Joss holte tief Luft, starrte auf den ziemlich großen Riß in der Mütze und setzte sie wütend auf.

«Steht dir prima.» Hattie grinste ihn an. «Mittagessen?»

«Nein, danke.»

Mit vorwurfsvollem Blick marschierte er hinaus, und Hattie setzte sich – immer noch grinsend – an den einsamen Mittagstisch. In den letzten Monaten hatte Joss sich verändert. Sie vermutete, daß er sein Selbstvertrauen und seine Selbstachtung zurückgewann. Sie hatte nur wenige Sekunden gebraucht, um zu durchschauen, daß der

Freund, von dem Joss erzählt hatte, daß er seit seinem Einsatz in Nordirland noch immer unter Alpträumen und einem Schuldkomplex litt, gar nicht existierte, und daß es Joss selbst war, der versuchte, den schrecklichen Anblick seiner sterbenden Kameraden zu verarbeiten. Nach und nach, mit viel Fingerspitzengefühl, war es ihr gelungen, seinen Schmerz zu lindern, ohne ihn merken zu lassen, daß sie die Wahrheit kannte, und ihre Freundschaft war intensiver und fester geworden. Der Tag, an dem Joss auf seine große Fahrt ging und die kleine Gemeinschaft verließ, würde ein trauriger Tag.

13

MIGGY KAM AUS DER ARZTPRAXIS IN DER VICTORIA Road und ging zurück zum Auto, das sie am Hafen geparkt hatte. Es war ein kalter Apriltag, Graupeln wirbelten aus dem bleiernen Himmel. Sie ging an der Landungsbrücke entlang, überquerte die Straße und blieb dann einen Moment neben dem Wagen stehen. Der Wind peitschte das trübe graue Wasser zu kleinen schaumgekrönten Wellen auf, und die Passagiere an Bord der Fähre nach Kingswear drängten sich in der schützenden Kabine unter Deck. Miggy erinnerte sich daran, wie sie Toby vor fast zwei Jahren im Royal Castle kennengelernt hatte, an das merkwürdige Gefühl, ihn schon seit Jahren zu kennen, und die gleichzeitige prickelnde Aufregung. Als sie wieder in London gewesen war, hatte sie eine solche Angst gehabt, einen furchtbaren Fehler zu machen, und als sie hier mit Daisy an der Landungsbrücke stand, um Toby wiederzusehen, hatte sich diese Angst zu Panik vor dem entscheidenden Schritt gesteigert.

Miggy stieß einen Seufzer der Zufriedenheit aus und stieg ins Auto. Sie schüttelte sich die Graupeln aus dem Kupferhaar, verstellte den Rückspiegel so, daß sie sich darin betrachten konnte, und sah ihre strahlenden Augen, ihre geröteten Wangen. Das Wunder war geschehen: Sie war schwanger. Die Scheidung war kurz vor Weihnachten ausgesprochen worden, und Toby und sie hatten sofort in kleinem Kreis – nur Hattie, Joss, Daisy und Georgia waren dabei – standesamtlich geheiratet. Hinterher hatten sie ganz schlicht im Royal Castle gefeiert, und dann waren sie alle wieder nach Hause an den Fluß gefahren.

Nach Hause! dachte Miggy. Jetzt konnte sie es wirklich als ihr Zuhause betrachten. Sie und Toby hatten sich immer wieder in den Arm genommen und waren um den Küchentisch getanzt, während Daisy den Champagner hervorzauberte, den Hattie ihr heimlich gegeben hatte, damit der Tag ihnen auf keinen Fall langweilig würde, wenn die erste Aufregung abgeflaut war. Miggy lächelte, als sie daran dachte, wie der Korken geknallt und eine Tasse auf der Anrichte zerschossen hatte, wie Daisy einen Schwips bekommen hatte und wie sie, Miggy, und Toby viel später am Abend ins Bett gegangen waren und sich geliebt hatten, als wenn es das erste Mal gewesen wäre. Oder das letzte!

Und jetzt war sie schwanger. Ein Oktoberkind. Ein warmer, goldener, schöner Monat, um ein Kind zu bekommen. Den ganzen Sommer konnte sie sich entspannen und ihr Glück genießen. Miggy fuhr um die Landungsbrücke und machte sich auf den Weg nach Hause. Wie Toby wohl auf diese Nachricht reagieren würde? Über ein Baby hatten sie nie gesprochen. Sie ging davon aus, daß er einfühlsam genug war, um sie so einzuschätzen, daß sie kein Kind haben wollte, solange sie sich nicht hundertprozentig sicher fühlen konnte, aber vielleicht hatte er auch angenommen, daß eine Tochter und eine Stieftochter genug waren. Zweifel beschlichen sie. Vielleicht wollte er sich nicht noch einmal auf das Abenteuer Vaterschaft einlassen, schließlich war er schon fast zweiundvierzig und sie erst vierunddreißig. Acht Jahre machten schon einen gewaltigen Unterschied.

Bis sie endlich zu Hause ankam, hatte sie sich schon selbst davon überzeugt, daß Toby kein weiteres Kind wollte, und hatte sich den Ausdruck nur mühsam überspielten Entsetzens auf seinem Gesicht bereits lebhaft vorgestellt. Sie überquerte die Wiese, ging ins Haus und holte sofort den Wein aus dem Kühlschrank. Wie hatte sie bloß eine solch folgenschwere Entscheidung treffen können, ohne sich mit ihm zu beraten?

«Ah!» Toby stand in der Tür und lächelte sie an. «Du bist zurück.» Er sah sie genauer an. «Alles in Ordnung?»

«Hmmm.» Sie nickte und fürchtete, ihre Stimme würde versagen. Sie trank noch einen Schluck Wein, und er kam zu ihr in die Küche und sah sie forschend an. «Wirklich, es ist alles in Ordnung!»

«Nein, das ist es nicht», bemerkte er treffend. «Was ist los? Spuck's aus.»

«Ich bin schwanger.» Sie sagte das sehr schnell, hielt sich an ihrem Glas fest und sah ihn über den Rand an. «Es kommt im Oktober. Ich hätte dich vorher fragen sollen.»

«Oh, Miggy, das ist ja wunderbar!» Er machte kurz die Augen zu, und sein Lächeln hätte ungezwungener, natürlicher und ehrlicher nicht sein können. «Das ist großartig!

Ach, Liebling, es ist phantastisch! Dann haben wir eins von dir, eins von mir, und eins gemeinsam!»

«Oh, Toby!» Ihr wurde ganz schwach in den Knien vor Erleichterung. Sie stellte ihr Glas ab und reichte ihm die Hände. «Ich hatte plötzlich solche Angst, daß du vielleicht gar keine Kinder mehr wolltest. Ich hätte das mit dir besprechen sollen!»

«Blödsinn!» Er hielt ihre Hände ganz fest. «Dein Instinkt hat dir gesagt, daß ich noch welche will. Ich wollte immer viele Kinder haben. Ich war unglaublich traurig, als Ruth sich geweigert hat, noch mehr zu bekommen. Das ist die beste Nachricht des Jahres!»

«Was glaubst du, wie Georgia reagieren wird? Mädchen in ihrem Alter können etwas komisch sein, was das angeht.»

«Sie wird sich freuen», sagte Toby überzeugt. «Und Daisy auch. Wollen wir bloß hoffen, daß sie ihm nicht schwimmen oder segeln oder sonst etwas beibringen will, bevor er überhaupt laufen kann!»

«Und was, wenn es noch ein Mädchen wird?»

«Drei Töchter.» Toby grinste und küßte sie. «Mit vier Frauen unter einem Dach! Freude, schöner Götterfunken! Komm schon, zieh deinen Mantel an. Wir gehen rüber zu Hattie und erzählen es ihr. Sie kann Patentante sein und Joss Patenonkel. Das erste Flußbaby, Miggy! Ganz egal, ob Junge oder Mädchen – es wird ein ganz besonderes Baby!»

Sarah fuhr langsam übers Moor. Der Ginster stand in voller Blüte, und die neuen Triebe des Farns brachen wie winzige Bäumchen hellgrün durch die torfige Erde. Der Weißdorn schien sich unter seiner Blütenpracht zu neigen, und die von wochenlangem ausgiebigem Regen aufgefüllten Bäche und Teiche glitzerten in der warmen, späten Maisonne. Lämmer schmiegten sich an die Flanken ihrer Mütter, und Regenschauer jagten in der Ferne über die für Dartmoor typischen bizarren Felsformationen.

Sarah fuhr weiter – ihre Augen waren blind für diese Schönheit. Sie war sicher, daß Nick wieder eine Affäre hatte, und es brach ihr das Herz und drehte ihr den Magen um. Dieses Mal war der Schmerz doppelt, nein, dreimal so groß. Sie war so sicher gewesen, so sicher … Sarah preßte die Lippen aufeinander und schluckte. Wie konnte er nur? Sie waren doch so lange so glücklich gewesen! So lange war sie noch nie so glücklich gewesen mit ihm! Sie hatte sich von seinem liebevollen, umsorgenden Bemühen einlullen lassen, weil sie sich danach gesehnt hatte, daran glauben zu können, daß er endlich soweit war, daß er endlich zur Ruhe kam.

An Weihnachten hatte sie bereits ein Hauch von Befürchtung gestreift. Sie waren zu Abby und William Hope-Latymers Party eingeladen, und da sie dieses Jahr keine Grippe verhinderte, waren sie hingegangen. Nick war die Gegenwart der außergewöhnlich attraktiven Cassandra Wivenhoe scheinbar gar nicht aufgefallen, und es war gerade dieser Umstand gewesen, der Sarah stutzig gemacht hatte. Cass war genau der Typ Frau, dem Nick unmöglich widerstehen konnte, und doch sprach er kaum ein Wort mit ihr. Das kam Sarah verdächtig vor, doch als keine der üblichen Anzeichen von heimlichen Treffen und auffälliger Zurückhaltung auszumachen waren, schlug sie sich den Verdacht aus dem Kopf, mehr noch, sie sah ihren Glauben an Nicks Läuterung in diesem Verhalten bestätigt. In letzter Zeit aber hatte sich zu ihrem Entsetzen das alte Muster zu wiederholen begonnen: unvorhergesehene Abendtermine, ausgedehnte Geschäftsessen, gelegentliche Wochenenden mit Mandanten.

Sarah ersparte es sich, diese Dinge zu überprüfen. Sie hatte in den ersten Jahren mit Nick genug Demütigung bei der Entdeckung schmerzhafter Wahrheiten erfahren. Sie zog es vor, die Lügen zu akzeptieren und so zu tun, als würde sie ihm glauben. So konnten sie beide ihr Gesicht wahren und ein gewisses Maß an Würde aufrechterhalten. Dieses Mal war sie sich allerdings nicht sicher, ob sie es ertragen konnte. Sie fragte sich, ob es Cass war. Das war immer ihr erster Gedanke: Wer ist es? Wie alt ist sie? Wie sieht sie aus? Sie hatte sich bereits das Hirn zermartert und sich daran erinnern können, daß Nick im letzten Herbst ein Wochenende bei William Hope-Latymer verbracht hatte, um eine Grenzlinienangelegenheit oder ähnliches zu besprechen. Sarah fragte sich jetzt, ob er Cass – die mit ihrem Mann, einem Marineoffizier, im gleichen Ort wohnte – an jenem Wochenende kennengelernt hatte. Wenn dem so war, würde sie Stein und Bein darauf schwören, daß er keinen Versuch unternommen hatte, die Bekanntschaft zu vertiefen. Vielleicht hatte er gegen die Anziehung angekämpft, bei der Party jedoch gemerkt, daß seine Gefühle stärker waren als er.

Sarah schluchzte leise vor Schmerz und Demütigung und wünschte, Cass nie gesehen zu haben. Jetzt würde ihre Phantasie ihr keine Ruhe mehr lassen. Andererseits war auch Cass an Nick scheinbar nicht interessiert gewesen, obwohl eine gemeinsame Freundin doch verraten hatte, daß Cass dafür bekannt war, daß sie gern flirtete, und daß sie in den Marinekreisen, in denen die Wivenhoes sich bewegten, schon diverse Affären gehabt hatte. Das auf der Party zur Schau gestellte Desinteresse sprach also Bände. Tief im Innern wußte Sarah es. Irgendein sechster Sinn sagte ihr, daß Nick und Cass Geliebte waren. Sarahs Glück und innerer Friede waren dahin.

Warum liebe ich ihn bloß immer noch? fragte sie sich selbst, als sie durch Ivybridge in Richtung Dartmouth fuhr.

Eine dunkle, unangenehme Stimme sagte ihr, daß sie ihn deshalb noch liebte, weil dies der einzige Bereich in ihrem gemeinsamen Leben war, in dem Nick die volle Kontrolle besaß, und weil irgendein inneres Bedürfnis nach einem dominanten, anmaßenden Mann auf dieses gefühllose Verhalten ansprach. Sarahs Wohlstand hatte ihn der Versorgungspflicht enthoben, und Sarah selbst war viel zu dominant, als daß sie ihm gestattet hätte, bei der Haushaltsführung und bei ihrem eigenen gesellschaftlichen Leben mitzureden. Nur in dieser einen Hinsicht mißachtete Nick weiterhin ihre Macht und befriedigte rücksichtslos seine Bedürfnisse. Irgend etwas in ihr ließ sich davon einschüchtern, und – was noch schlimmer war – erregen. Sarah beschämte diese Erkenntnis. Es war eine dunkle, kranke Erregung, aber sie war stark genug, es Sarah unmöglich zu machen, Nick zu widerstehen – auch wenn sie wußte, daß er sie betrog.

Und trotz allem war sie so glücklich gewesen mit ihm im vergangenen Jahr. Als Sarah um Totnes herumfuhr und sich auf die schmalen Straßen um Ashprington begab, packte sie wieder das heulende Elend. Sie war sicher, daß sie gemeinsam glücklich sein könnten, wenn er nur mit seinen Affären aufhören würde. Sie fuhr in die Einfahrt zur Mühle und schaltete den Motor ab. Hattie – in einem uralten, zerschlissenen Wollpullover und einem ebenso schäbigen Tweedrock – betrieb Fellpflege an ihrem Hund, der sich zuvorkommend auf die Seite gelegt hatte, damit sie die

Knoten an der Unterseite seines mächtigen Körpers herauskämmen konnte.

«Zu blöd, daß er so gerne schwimmt», schnaufte Hattie, als Sarah näher kam. «Eine Scheißarbeit, die ganzen Knoten herauszubekommen!»

Sie sah Sarah kurz an und stand sofort auf. Die Tierpflege war vergessen.

«Hallo.» Sarah gab ihrer alten Freundin einen Kuß und drückte ihr einen Strauß Gartenblumen in die Hand. «Wie geht es dir?»

«Wie geht es *dir*? Das ist doch viel interessanter. Du siehst völlig fertig aus.» Ihre Sorge mündete in Begreifen. «Oh, Sarah. Doch nicht Nick? Hat er ...?»

«Ich glaube schon.» Gemeinsam gingen sie zum Haus.

Der Admiral streckte sich genüßlich und setzte sich dann auf. Der Hundekuchen, den er sonst immer nach der Coiffure bekam, blieb aus, und er fürchtete, daß er vergessen worden war. Lust- und erfolglos schnappte er nach einer vorbeisummenden Fliege. Seit Bert Crabtree nicht mehr an der Mühle arbeitete, war seine Versorgung mit Leckerchen deutlich zurückgegangen. Der Admiral gähnte und grübelte über das Leben nach. Die Menschen ließen sich in zwei Arten einteilen: in diejenigen, die sich von ihm um den Finger wickeln ließen, und in diejenigen, die sich nicht von ihm um den Finger wickeln ließen. Joss gehörte definitiv zu der unangenehmen letzteren Art. Miggy, na ja ... Der Admiral stand auf und spitzte die Ohren für den Fall, daß man sich seiner doch noch erinnerte und er das vertraute Geräusch des Öffnens der Dose mit den Leckerchen sowie zu ihm hinauseilende Schritte vernehmen konnte. Stille. Dann Stimmen, Geschniefe, Stuhlbeine, die über den Boden gezogen wurden, noch mehr Stimmen ... Einer von den Tagen! Der Admiral seufzte und setzte sich nicht ohne Hintergedanken in Richtung Fischercottage in Bewegung.

«Tut mir leid.» Sarah wischte sich über die geröteten Augen. «Ich bin nicht hergekommen, um dich mit alldem zuzuschütten.»

«Puuuh», sagte Hattie. «Dafür sind Freundinnen doch da. Es tut mir bloß so leid ...»

«Komm, laß es uns für einen Moment vergessen.» Sarah richtete sich auf und wurde wieder etwas lebhafter. «Es war dumm von mir, mich in falscher Sicherheit zu wiegen. Übrigens habe ich eine Nachricht von Nick für dich, wegen des Cottages.»

Hattie guckte erstaunt und setzte sich ihr gegenüber hin. «Wirklich?»

«Er hat einen Mieter für dich, wenn du ihn willst. Ein junger Kerl namens James Barrington. Er hat gerade in Jura Examen gemacht und wird sein Referendariat in einer Kanzlei in Dartmouth absolvieren. Sein Pflichtpraktikum hat er bei Murchison & Marriott gemacht, und Nick hat ihm dabei geholfen, die Stelle in Dartmouth zu bekommen. Er möchte für die zwei Jahre gerne ein Cottage mieten. Er hat Nick gesagt, daß er lieber ein bißchen außerhalb wohnen würde, wo er segeln kann und unabhängig ist.»

«Den Jungen schickt der Himmel!» Hattie starrte sie an, Sarahs Probleme hatte sie vorläufig vergessen. «Kennst du ihn?»

«Flüchtig. Er war bei John Marriotts sechzigstem Geburtstag letzten Sommer. Ein unglaublich netter Junge. Zweiundzwanzig etwa. Umgänglich und natürlich. Ich glaube, er würde sehr gut hierherpassen.»

«Das ist ja phantastisch!» Hattie prostete ihr zu. «Darauf trinke ich. Bisher ist noch niemand aufgetaucht, der ernsthaft in Frage käme. Ein Paar mit drei kreischenden Kindern, von denen eins den Admiral getreten hat, und ein Mann mittleren Alters, dessen Frau ihn verlassen hat, der arbeitslos ist und mir einfach unheimlich war. Und ein junges Marinepaar, denen ein Quartier für Eheleute in der Marineschule angeboten wurde, das sie dann doch angenommen haben. Es ist noch schwieriger, als ich dachte.»

«Na ja, wenn du direkt gegenüber wohnst, ist es aber auch ausgesprochen wichtig.» Sarah schob ein Stück Papier über den Tisch. «Hier ist seine Telefonnummer. Nick hat ihm deine nicht gegeben, für den Fall, daß du nicht interessiert bist.»

Hattie nahm den Zettel und zögerte. «Macht es dir etwas aus, wenn ich gleich anrufe? So einen Traummieter will ich mir auf keinen Fall entgehen lassen!»

Sarah lachte. «Mach schon», sagte sie. «Ach, und Nick hat gesagt, ich soll dir sagen, daß seine Eltern Geld haben, du brauchst dir also keine Sorgen zu machen, daß er mit der Miete in Rückstand kommt.»

Vom Deck der *Westering* aus beobachtete Joss, wie der Admiral forsch am Ufer entlangmarschierte und sich Miggy näherte, die im Garten arbeitete und lächelte, als sie mit ihm ins Haus ging. Einen Augenblick lang beneidete er Toby. Das Cottage war einmalig, Miggy war hinreißend, und selbst Daisy und Georgia waren für Kinder ganz gut zu ertragen. Und jetzt kam noch ein Baby. Joss saß mit einem Becher Kaffee in der Hand im Cockpit und versuchte, sich selbst in Tobys Rolle auszumalen. Er schüttelte den Kopf. Dafür war er wohl nicht gemacht. Er hatte Spaß an Sex, verspürte aber kein Verlangen danach, sich fest zu binden und die Bevölkerung dieser ohnehin schon überladenen Welt zu vergrößern. Außerdem stand eine feste Beziehung sowieso nicht zur Debatte, solange ihn noch diese Alpträume quälten. Welche Frau, die etwas auf sich hielt, wäre wohl dazu bereit, mit einem Mann zu leben, der mitten in der Nacht wie am Spieß schreiend und schweißgebadet aus dem Schlaf hochfuhr? Zwar bemerkte er einen Ansatz von Heilung, doch würde es noch eine ganze Weile dauern, bis er irgend etwas riskierte. Eine von Miggys Freundinnen, die am Fluß zu Besuch gewesen war, hatte ihm sehr gut gefallen, aber er hatte seine Gefühle nicht gezeigt. Es gab eine Zeit, da hätte er nicht gezögert, die Bekanntschaft zu vertiefen, aber Hester war nach London zurückgekehrt, und Joss hatte sie sich sehr bewußt aus dem Kopf geschlagen. Er sah zu den hohen Masten der *Westering* hinauf und stellte sich vor, wie die Segel sich aufblähten, wenn der Wind sie vor sich hertrieb.

Joss trank den Kaffee aus, sah Daisy auf die Wiese hinausschlendern und duckte sich schnell. Er hatte keine Zeit, mit ihr segeln zu gehen oder sie auf der *Westering* sitzen zu haben und sich die Ohren vollplappern zu lassen. Den ganzen letzten Sommer, während die *Westering* gedockt war und es in der Werft nicht viel zu tun gab, hatte er ihr das Segeln beigebracht. Mit der für ihn typischen Großzügigkeit hatte Toby darauf bestanden, Joss für diesen Unterricht zu bezahlen, und dieses Geld von der Rechnung für die *Westering* abgezogen. Joss war gerührt gewesen und hatte Daisy mit Hingabe so viel beigebracht, wie er nur konnte. Sie war sehr geschickt und liebte das Segeln, doch nun war das

Boot verkauft worden, und Daisy wußte nicht, was sie mit sich anfangen sollte. Zwar ruderte sie immer noch allein mit dem Dingi herum, aber die Segelei hatte sie Blut lecken lassen. Manchmal richtete er den Mast in seinem eigenen Dingi auf und nahm sie mit auf einen Törn flußabwärts und auf den Dart.

Er war überrascht gewesen, daß Toby das Boot nicht für sie gekauft hatte, aber Miggy hatte ihm erklärt, daß sie sie für zu jung hielten, um ein eigenes Segelboot zu haben, mit dem sie hauptsächlich allein unterwegs sein würde, und Joss hatte ihr voll und ganz zugestimmt. Die Vorstellung, daß Daisy lossegeln würde, ohne jemanden dabeizuhaben, der ihre Phantasie zügeln und ihre verrückten Ideen beschwichtigen konnte, war außerordentlich beunruhigend. Trotzdem war Joss selbst zu sehr Seemann, als daß er nicht mit ihr fühlen könnte. Er stellte den Becher in die Spüle und beschloß, einen Abendtörn mit ihr zu machen, wenn er alles erledigt hatte.

Daisy saß auf der Bank und sah unverwandt auf den Fluß. Der Admiral hatte sein Leckerchen bekommen und lehnte sich jetzt gegen ihre Beine, während sie sein weiches schwarzes Fell kraulte.

«Ich hätte so gerne mein eigenes Boot», erzählte sie ihm, und er spitzte die Ohren. «Eine ganze Woche Ferien, und ich kann nicht segeln.»

Sehnsüchtig sah sie zur *Westering*, hütete sich aber, Joss bei der Arbeit zu stören. Miggy kam heraus und sah die kleine Person mitfühlend an. Mit einem Ausflug nach Dartmouth oder Totnes konnte sie sie nicht locken. Geschäfte fand sie todlangweilig, und zum Schwimmen war es noch zu kalt. Miggy spazierte die Wiese hinunter und setzte sich neben ihre Tochter auf die Bank.

«Wie wär's mit einem Ausflug nach Torcross?» schlug sie vor. «Wir könnten einen Strandspaziergang machen und hinterher im *Sea Breezes* Tee trinken. Oder würdest du lieber nach Dartmouth oder Totnes fahren? Du darfst bestimmen.»

«Torcross», sagte Daisy sofort. «Kann Jellicoe mit?»

«Ich frage Hattie», sagte Miggy und stand auf. «Ich rufe sie an, und wenn sie ja sagt, darf er mit.»

Sie ging ins Haus, während Daisy auf der Bank sitzenblieb und einen Kormoran beobachtete, der auf einer Boje in der Fahrrinne saß und seine Flügel zum Trocknen in der kühlen Brise ausstreckte. Sie war glücklich. Die Nachricht von dem Baby ließ sie sich noch sicherer fühlen. Es hatte ihr Gefühl, endlich ein Zuhause gefunden zu haben, besiegelt. Miggys und Tobys Glück hatte auf ihr eigenes Leben abgefärbt und gab ihr ein Gefühl der Sicherheit. Und das Baby machte die ganze Sache perfekt.

Daisy streichelte dem Admiral über die Ohren und vergrub ihr Gesicht in seinem Fell. Er wedelte mit dem Schwanz und versuchte, ihr die Wange abzulecken. Ihr einziger unerfüllter Wunsch war ein eigenes Segelboot, aber selbst dieser Mangel konnte ihre Zufriedenheit nicht wirklich trüben. Eine Wolke schob sich vor die Sonne, als Daisys Blick auf die *Abigail* fiel, die dunkel in ihrer Bucht lag. Sie schauderte beklommen und war froh, Miggy rufen zu hören. Daisy sprang auf und rannte ihrer Mutter entgegen.

14

JAMES BARRINGTON FUHR MIT SEINEM GEbrauchten Citroën zügig über die engen Straßen Devons. James war in Dorset geboren und aufgewachsen und daher vertraut mit hohen Hecken, eingeschränkter Sicht und unnützen Ausweichbuchten. Er fuhr zwar zügig, doch bedeutete ihm das erst kürzlich erworbene Auto sehr viel, und er war sehr darauf bedacht, daß der Lack nicht beschädigt wurde. Seine Mutter hatte ihm geraten, Miss Wetherall einen Antrittsbesuch abzustatten, bevor er den Mietvertrag für ihr Cottage unterschrieb, hatte aber sein Angebot, mit ihm zu kommen, um alles selbst in Augenschein zu nehmen, abgelehnt. Sie wußte, daß James sich verpflichtet fühlte, ihre mütterlichen Ängste zu beschwichtigen. Sie freute sich über sein Angebot, vermutete aber, daß er diesen Schritt lieber allein machen wollte.

Und sie hatte recht. Insgeheim war James erleichtert, daß sie auf sein Angebot nicht eingegangen war, und genoß das Gefühl, sich endlich in der Welt der Erwachsenen zu bewegen, in vollen Zügen: Er konnte ein Auto und ein Segeldingi sein eigen nennen, hatte einen Job und bald seinen eigenen Haushalt. Da James' Vater ein Landpfarrer gewesen war und seinen Sohn im anglikanischen Glauben erzogen hatte, pfiff dieser eine melodiöse Zeile des *Te Deum*, als er ein Schild zu lesen versuchte, das fast vollständig hinter Bärenklau und Winden verschwand: *Abbot's Mill Creek 2 Meilen*. Er bog ab in die schmale Straße. Die üppige Vegetation des Sommers neigte sich von beiden Seiten in die Fahrbahn und streifte den Wagen, und als er etwas langsamer fuhr, konnte er den Duft des Geißblattes ausmachen.

Er kam um eine Kurve, hielt die Luft an und bremste jäh. Dort unten lag der Fluß, geheimnisvoll und ruhig. Seine steilen bewaldeten Ufer ähnelten grünem Patchwork, und die goldenen oder von Schafen gepunkteten Felder darüber schwollen sanft dem dunstigen Horizont entgegen. Ein leichter Nebelschleier verwischte trotz Sonnenscheins den Blick in die Ferne, aber er konnte erkennen, wie ein kleines Segelboot sich im Zickzack unter größtmöglicher Ausnutzung der leichten Brise flußaufwärts mühte. James bekam Herzklopfen vor Aufregung, trat die Kupplung und folgte der gewundenen Straße zum Fluß hinunter.

Hattie, die schon nach ihm Ausschau gehalten hatte, ging hinaus, um ihn zu begrüßen. Ihr gefiel der erste Eindruck, als er aus dem Auto stieg und man ihm die Begeisterung ansehen konnte. Er war nicht übergroß, aber gut gebaut, und sein Hals und seine Arme hoben sich braun ab von dem cremefarbenen Hemd, dessen Kragen offenstand und dessen Ärmel hochgekrempelt waren. Das dunkelblonde Haar trug er an den Seiten und hinten kurz, ansonsten jedoch etwas länger, so daß es ihm ziemlich weit in den Stirn fiel, und er fuhr sich schnell mit den Fingern hindurch, bevor er Hattie die Hand gab.

«Sind Sie zufällig Miss Wetherall?» fragte er und stellte sich vor, nachdem sie genickt hatte. Entzückt sah er sich um. «Wahnsinnig schön hier. Sind das die Cottages?»

Hattie lächelte. Seine Begeisterung glich der von Daisy. «Ja, das sind sie. Möchten Sie sich erst umsehen oder erst einen Kaffee trinken?»

«Erst umsehen», sagte James sofort. Er ertappte sich selbst bei dieser seiner neuen Situation nicht unbedingt angemessenen kindlichen Aufregung. «Das heißt ... das hängt natürlich ganz von Ihnen ab. Wie es Ihnen lieber ist.» Doch sein Blick wanderte sehnsüchtig zu den beiden weißgetünchten Cottages, die sich unter dem goldenen Reet duckten.

«Also erst umsehen», bestimmte Hattie. «Hinterher können wir dann beim Kaffee die Konditionen besprechen.» Sie ging ihm voraus und redete weiter. «Beide sind genau gleich. Ein großes Wohnzimmer und eine geräumige Küche unten. Zwei Schlafzimmer und ein Badezimmer oben. Massenweise Platz für einen Junggesellen ...»

James warf einen anerkennenden Blick auf die Mühle und folgte Hattie ins Cottage.

«Sieht ganz so aus, als wenn Hatties neuer Mieter sich vorstellen würde», bemerkte Joss. «Ree!»

Daisy duckte sich unter dem Baum und spähte zum Ufer hinüber. Neben Hatties kurzer, runder Figur ging eine schlankere, größere, und Daisy konnte erkennen, wie Hattie gestikulierte, während sie ihrem Begleiter die Umgebung zeigte.

«Konzentrier dich.» Joss' Stimme holte ihre Aufmerksamkeit auf die Jolle zurück, und sie rollte die Segelleine ab, so daß sich das Vorsegel aufblähte und sie anmutig über das Wasser glitten.

Hattie winkte ihnen zu, und sie winkten zurück. Für verbale Kommunikation war der Abstand zu groß. Auch der junge Mann winkte, und Daisy, die sich sehr über diese freundliche Geste freute, konnte ihn auf Anhieb gut leiden.

«Jellicoe ist der Test», murmelte sie und zog die Leine etwas an, als eine stärkere Brise sich über das Wasser näherte. «Das hat Hattie gesagt.»

Joss behielt die sich heranpirschenden Flecken gekräuselter Wasseroberfläche im Auge. «Es ist natürlich absolut undenkbar, daß jemand, der mit dem Riesenvieh nicht zurechtkommt, ein anständiger, aufrichtiger Mensch sein könnte», sagte er sarkastisch. «Da kommt sie! Halt gut fest!»

«Bin gespannt, ob Jellicoe ihn mag», sinnierte Daisy besorgt. Hatties mutmaßlicher Mieter hatte sich schon in ihr Herz geschlichen.

«Ich bin viel gespannter», konterte Joss noch sarkastischer, «ob er Jellicoe mag! Aber das ist natürlich nicht mal halb so wichtig. Ree!»

«Kaffee?» Hattie schob den Kessel auf die Herdplatte.

«Gerne.» Ein glückliches Lächeln breitete sich unaufhaltsam über James' Gesicht. «Es ist herrlich. Ich kann mein Glück kaum fassen. Das Cottage ist wunderbar. Und dann noch ein Liegeplatz für mein Boot.» Er seufzte selig, und Hattie lächelte in sich hinein. «Wie weit ist es von hier nach Dartmouth?»

«Oh.» Hattie kräuselte die Nase. «Schwer zu sagen in Kilometern. Die Straßen sind so verschlungen. Zehn Minuten, um es in Zeit auszudrücken. Verdammt! Ich habe vergessen, die Milch rauszuholen.»

James sah sie fragend an, und sie antwortete ohne Nachzudenken. «Admiral Jellicoe schläft in der Speisekammer, und er wird ganz schön ungemütlich, wenn man ihn weckt.»

James' Gesichtsausdruck änderte sich vorsichtig: höfliches Interesse vermischte sich mit dem Versuch, Wohlwollen zu zeigen und damit seine Besorgnis zu überspielen. «Ah», äußerte er nichtssagend.

Hattie fing an zu lachen. «Ach, egal», sagte sie, «ich muß ihn ja sowieso wecken. Er ist nämlich der letzte Test. All die anderen haben Sie ja schon bestanden!»

James guckte verwirrt, als Hattie sich gegen die Tür zur Speisekammer stemmte, die kaum nachgab. «Raus mit dir, Jellicoe», sagte sie. «Wach auf, komm raus und sieh dir James Barrington an.»

Hattie beobachtete James' Gesicht, als der Admiral gähnend und sich streckend langsam aus der Speisekammer trottete. Er setzte sich einen Moment hin – diese Strapazen! – und seufzte über die Ungerechtigkeit des Lebens. James sah ihn mit ungläubigem Entzücken an.

«Wow!» stieß er hervor. «Ich glaube es nicht!» Er ging quer durch die Küche und hockte sich so vor den riesigen Hund, daß ihre Köpfe sich auf gleicher Höhe befanden. «Hallo, Kumpel», sagte er leise und streichelte den großen Kopf. «Junge, Junge. Du bist ja eine richtige Schönheit.»

Der Admiral schielte zu Hattie, um sicherzugehen, daß sie diese wohlverdiente Schmeichelei zur Kenntnis nahm, gähnte noch einmal und klopfte träge mit dem Schwanz auf den Boden.

James lachte. «Er ist großartig», sagte er. «Wie heißt er? Admiral Jellicoe? Und was für eine Rasse ist das?»

«Neufundländer.» Hattie packte die Gelegenheit beim Schopf und holte die Milch. «Er ist drei.»

James schüttelte ungläubig den Kopf und schaukelte auf den Fersen, als der Admiral seine schwere Pfote auf sein Knie legte.

«Na, du», sagte er und schüttelte dem Admiral die Pfote. «Na, du, Jellybaby.»

Als James die Nummer eins der Cottages bezogen hatte, konzentrierte Hattie sich darauf, einen Mieter für das zweite Cottage zu finden. Sie wußte jetzt, wie viele Leute auf einmal schon immer beste Freunde gewesen sein wollten, wenn man erst einmal in einer so schönen Umgebung wie dieser lebte, und sie hätte das Cottage ununterbrochen mit Feriengästen besetzen können. Leider wären die meisten dieser sogenannten Freunde beleidigt gewesen, wenn sie sie um einen Mietbeitrag gebeten hätte, und sie hatte sich gezwungen gesehen, öfter einmal nein zu sagen und nur ihre engsten Freunde einzuladen, die dann bei ihr in der Mühle wohnten. Sie wollte gerade schon darüber verzweifeln, daß sie wohl niemanden finden würde, der so gut geeignet war wie James, als eines Morgens, ein paar Wochen nachdem James eingezogen war, Miggy zur Mühle herunterschlenderte und Hattie fragte, ob sie das Cottage eventuell an ihre alte Freundin Hester Strange vermieten würde.

«Ich glaube, sie würde sehr gut hierherpassen», sagte Miggy. «Kannst du dich an sie erinnern? Sie war letzten Herbst mal für ein verlängertes Wochenende hier. Blond und sehr hübsch. Und Ned ist ein kleiner Schatz. Sie hat mich gebeten, dich zu fragen, ob du sie in Betracht ziehen würdest. Ich hoffe doch! Sie hat nämlich eine ziemlich harte Zeit hinter sich.»

Hester war von ihrem neuseeländischen Freund, Phil Strange, am Ende ihres zweiten Semesters an der Kunstakademie geschwängert worden. Er hatte sich vor seiner herrischen Mutter nach England geflüchtet und arbeitete als Repräsentant für eine Firma, die Agrochemikalien verkaufte, als er und Hester heirateten. Seine Familie betrieb Landwirtschaft, und als sein Vater starb, lastete ein enormer Druck auf ihm, da erwartet wurde, daß er zurückkam. Zu diesem Zeitpunkt hatte er Hester schon regelmäßig betrogen, und schließlich kehrte er mit ihrem älteren Sohn Jeremy – damals fünf Jahre alt – nach Neuseeland zurück. Phil hatte Hester und das Baby, das nach seiner Abreise geboren wurde, weiterhin unterstützt, aber jetzt hatte sie sich von ihm scheiden lassen und wollte das gemeinsame Haus verkaufen. Obwohl sie von ihrem Anteil an dem Verkauf etwas zur Seite legen konnte, wollte sie einen Job suchen und mit ihrem zweiten Sohn ein neues Leben anfangen.

Hattie war gerührt von dieser ungeschminkten Zusammenfassung ihrer Geschichte und konnte sich sehr gut an Hester erinnern. Sie war sehr freundlich gewesen, anpassungsfähig und -willig, und Hattie wußte keinen Grund, weshalb sie sie ablehnen sollte – schließlich wäre damit auch ihr eigenes Problem gelöst. Langsam erkannte sie, daß sie wohl immer durch Freunde an ihre Mieter kommen würde. Sie sagte Miggy, daß Hester gerne die Nummer zwei der Cottages mieten dürfe, und erhielt kurze Zeit später einen Brief von ihr. Hester wartete nur darauf, daß das Haus verkauft wurde, und da sie Angst hatte, Hattie könnte das Cottage an jemand anderes vermieten, versicherte sie ihr, daß es eine Menge Interessenten für ihr Haus gäbe, daß sie aber nicht so mir nichts, dir nichts ausziehen könne. Sie fragte, ob Hattie als Zeichen ihres ernsthaften Interesses eine Kaution begrüßen würde.

Hattie schrieb zurück, daß sie das Cottage in jedem Fall für sie reservieren würde, und schlug vor, daß Hester für ein Wochenende herkommen sollte, um es sich genau anzusehen und um über die Miete zu sprechen. Eine Kaution sei nicht nötig, da sie das Cottage im Sommer ein paar Wochen an diverse Leute vermieten würde, die für Ferien an einem so idyllischen Flecken Erde gerne bezahlten. Sie sollte Hattie aber Bescheid geben, sobald sich mit dem Verkauf des Hauses etwas tun sollte. Hester stimmte sofort zu und meldete sich für ein Wochenende im Spätsommer bei

Miggy an. Hattie seufzte erleichtert, als sie endlich zwei langfristige Mieter gefunden hatte, schob ihre Problemchen beiseite und konzentrierte sich auf Sarah.

Als sie sich das zweite Mal begegneten, verliebte Daisy sich rettungslos in James. Drei Tage nachdem die Sommerferien angefangen hatten, zog er in das Cottage, und Daisy blieb auf ihrem Weg zur Mühle – das heißt zum Admiral – stehen, als sie sah, wie er sein Dingi an einem der Liegeplätze festmachte. James – in alten Jeans und einem Sweatshirt – konnte sich gleich denken, wer sie war. Er richtete sich auf und lächelte sie an.

«Hi. Gehe ich recht in der Annahme, daß du Daisy bist? Ich bin James Barrington.»

Sie kam langsam näher, nickte und wurde plötzlich rot. «Hallo», sagte sie atemlos, glotzte ihn verzaubert an und war unerklärlich und ungewöhnlich schüchtern. «Ist das Ihr Boot?»

«Ja.» Er sah stolz aus, und Daisy konnte sich mit diesem Gefühl identifizieren.

«Sie ist schön», sagte sie ehrlich – und wurde neidisch. «Ich möchte so gerne ein Segeldingi haben, aber Miggy sagt, ich bin zu jung.»

James schwieg. Er wollte sich nicht in irgendwelche Familienprobleme hineinziehen lassen und fummelte weiter mit den Leinen. Sie guckte so sehnsüchtig, daß er sie wieder anlächelte. «Wenn deine Eltern nichts dagegen haben, nehme ich dich nachher mit auf einen Törn», schlug er vor. «Miggy ist deine Mum, nicht? Willst du sie fragen? Oder» – er war vorsichtig – «vielleicht sollte ich mich erst vorstellen?»

«Kommen Sie, jetzt gleich», drängte Daisy sofort. «Es

ist ihr etwas zu heiß, darum sitzt sie in der Gartenlaube. Ach, bitte, kommen Sie!»

«Okay.» James warf einen letzten Blick auf sein Boot und machte sich mit Daisy auf den Weg. «Ist das nicht wahnsinnig schön hier? Ich wünschte, ich hätte als Kind so gewohnt.»

«Wahnsinnig schön!» pflichtete Daisy ihm bei und sprang eifrig neben ihm her, um mit seinem Tempo mitzuhalten. «Ich liebe es.»

Er folgte ihr durch die Lücke in der Hecke auf die Wiese und näherte sich der Laube. Hattie hatte ihm einen kurzen, aber gründlichen Überblick über die Identität und Geschichte der einzelnen Mitglieder der kleinen Gemeinschaft am Fluß verschafft, aber dennoch war er wie vom Donner gerührt, als er Miggy sah. Sie hatte gelesen, das Buch aber zur Seite gelegt, als sie sie kommen hörte, und wartete. Sie war jetzt im siebten Monat und trug nur noch weite, knöchellange Baumwollkleider. Ihr Gesicht strahlte Gesundheit und Zufriedenheit aus, und ihr rotes, länger gewordenes Haar fiel auf ihre Schultern und umschmeichelte ihren hellen Hals. Sie saß auf einem Gartenstuhl, dessen Rückenlehne sie fast ganz heruntergeklappt hatte, in der schattigen Laube und lächelte ihn mit ihren grünen Augen neugierig an. Sprachlos erwiderte James ihren Blick.

«Das ist James», erklärte Daisy. «Er hat ein Segeldingi, und er sagt, er nimmt mich mit Segeln, wenn du nichts dagegen hast.»

«Hallo, James.» Sie richtete sich mühsam auf und reichte ihm die Hand. «Ich bin Miggy Dakers.»

«Ja.» Sein Mund war ganz trocken. «Guten Tag.»

«Wir waren alle so gespannt darauf, Sie kennenzulernen.

Setzen Sie sich doch einen Moment. Oder haben Sie genug zu tun mit dem Einzug?»

«Nein, nein, es geht schon.» Er setzte sich in einen alten Korbsessel und mußte sie immer weiter anstarren. «Ich habe nicht sehr viel.»

«Aber Sie haben ein Boot?»

James lächte, und auf einmal ging alles etwas leichter. «Ich habe ein Boot», bestätigte er. «Und ich würde Daisy gerne darin mitnehmen, wenn das in Ordnung ist. Ich bin schon in meiner Schulzeit eine Menge gesegelt. Ich war hier in Devon auf der Allhallows, direkt an der Küste, habe also ausreichend Erfahrung.»

«Bitte, Miggy», bettelte Daisy. «Wir bleiben auch auf unserem Fluß.»

«Das wird am Anfang wohl das beste sein.» Miggy lächelte James an. «Sind Sie schon auf dem Dart gesegelt?»

James schüttelte den Kopf. «Joss will mir mir raussegeln, mir alles zeigen und so. Bis dahin bleiben Daisy und ich hübsch in der Nähe.»

«Sie müssen unbedingt Toby kennenlernen», sagte Miggy. «Haben Sie Lust, heute bei uns zu Abend zu essen?»

«Au, ja!» rief Daisy. «Wir machen einen kleinen Törn und sind rechtzeitig zum Essen wieder da. Das paßt genau mit der Flut. Bitte!!»

«Na ja.» James sah angenehm überrumpelt aus. «Danke. Sehr gerne. Am Montag fange ich an zu arbeiten, und ich wollte gerne vorher schon etwas segeln ...»

«Also abgemacht.» Miggy wollte aufstehen, und James beeilte sich, ihr zu helfen. Kühl lag ihre Hand in seiner. «Wie wäre es mit einer Tasse Tee? Danach müßte das Wasser gerade richtig sein.»

Gemeinsam gingen sie über die Wiese zum Haus: Daisy eilte voraus, während James versuchte, Miggy nicht dauernd anzustarren. Sie bewegte sich mit einer trägen Würde, die ihn bezauberte, und er glaubte, noch nie eine so liebliche und wunderbare Frau gesehen zu haben. Miggy war sich der Gefühle, die sie hervorgerufen hatte, gänzlich unbewußt und machte sich ganz pragmatisch Gedanken über das Abendessen und darüber, ob die Einladung vielleicht etwas überstürzt gewesen war. Egal! Notfalls konnte sie zu Hattie hinübergehen, wenn ihre Vorräte nicht ausreichten. Hatties Speisekammer war immer so voll, daß die ganze Marine verköstigt werden könnte, wenn sie den Fluß hinaufkäme.

«Ist Hattie nicht wunderbar?» fragte sie, ganz in ihre eigenen Gedanken versunken.

«Unschlagbar», pflichtete James ihr bei. «Und Admiral Jellicoe erst! Ich wollte meinen Augen nicht trauen, als ich ihn gesehen habe!»

Sie machten Tee und plauderten angeregt, während Daisy unruhig hin und her hüpfte, dann trugen sie alles in die Laube und tranken den Tee im Schatten. Daisy ließ das Wasser nicht aus den Augen und sprang unerbittlich auf, als der rechte Moment gekommen war.

«Jetzt müssen wir los», sagte sie zu James, der sich nur widerwillig erhob, sich aber freute, daß er schon bald wieder hier sein würde.

15

DER ZUFALL WOLLTE ES, DASS KEINER DER BEwohner von Abbot's Mill Creek sah, wie die neuen Eigentümer an jenem heißen, stillen Nachmittag Ende August an Bord der *Abigail* gingen. Die Sonne brannte unbarmherzig auf den angeschwollenen Fluß, und in den dunklen Schatten der Bäume regte sich kein Lüftchen. Abgesehen von einer Möwe, die mit ihrem schroffen Kreischen über die *Westering* hinwegsauste, und dem Reiher, der aufmerksam und unbeweglich im seichten Wasser stand, war das Tal verlassen. Miggy hatte sich im Schlafzimmer hingelegt, und Toby war in der Werft. Joss war in Dartmouth einkaufen, Daisy mit dem Admiral im Wald, und Hattie saß im Obstgarten und war über der Zeitung, die jetzt zerfleddert auf ihrer breiten Brust lag, eingeschlafen und schnarchte mit nach hinten gekipptem Kopf. So kam es, daß sich das Paar in einem offenen Motorboot von Dartmouth aus der *Abigail* näherte und an Bord ging, ohne von irgend jemandem bemerkt zu werden. Erst zwei Stunden später, als das Motorboot am Kai festmachte und die beiden an Land kamen, erfuhr Hattie, daß sie neue Nachbarn hatte.

Sie hatte einen trockenen Mund und rasende Kopfschmerzen, als sie aufwachte – die Sonne hatte ihr direkt ins Gesicht geschienen, da der Schatten, in dem sie anfangs gesessen hatte, gewandert war. Sie sammelte ihre Sachen zusammen und ging ins Haus, um sich Tee zu machen, den sie jetzt dringend brauchte. Sie fühlte sich schon etwas besser, als sie die zweite Tasse genoß und das Motorboot und laute Rufe hörte. Bis Hattie nach draußen gelangt war, waren die beiden schon an Land, standen auf dem Kai und sahen sich um. Sie strahlten Hattie an, als sie sie entdeckten, kamen auf sie zu, um sich vorzustellen, und ließen sich begeistert über die Mühle, dieses Idyll und den Dart im allgemeinen aus.

Hatties Kopfschmerzen wurden wieder schlimmer, und auch ihre schlechte Laune nahm wieder zu. Diese herzlichen, entschlossenen Leute drohten sie zu überwältigen, aber ihr wurde bewußt, daß sie albern war, und sie versuchte, sich zusammenzureißen. Erst jetzt begriff sie, daß es sich bei ihnen nicht um die üblichen Sommerurlauber handelte, die in Motor- oder Segelbooten diesen stillen Seitenarm erforschten, Anker warfen und ein Stündchen blieben. Hattie waren diese Touristen inzwischen unsympathisch, die trotz der Hinweisschilder, daß es sich um Privateigentum handelte, über ihren Kai spazierten und deren Kinder lautstark am Ufer spielten, aber sie bemühte sich dennoch, stets höflich und ausgeglichen zu bleiben. Doch jetzt, da sie den Inhalt der Rede dieses ausgelassenen, laut schwatzenden Paares erfaßte, klappte ihre Kinnlade herunter, und sie starrte sie entsetzt an. Sie redete, ohne nachzudenken.

«Die *Abigail* gekauft? Sagten Sie, Sie haben sie *gekauft*? Oh, mein Gott!»

Janice Parker schenkte ihr ein nachsichtiges Lächeln. «Wir wissen schon alles über das Boot», beruhigte sie Hattie.

«Diverse Einheimische haben uns von seiner Vergangenheit erzählt.» Sie lachte und schüttelte den Kopf. «Nun, haben wir gesagt – nicht wahr, Brian? –, welches alte Boot hat wohl keine wechselvolle Geschichte? Abergläubischer Unsinn, aber was kann man von solchen Leuten auch anderes erwarten?» Sie hielt inne und sah Hattie etwas besorgt an. «Sind Sie auch von hier?»

In Hattie wallte wieder Wut auf. Wenn man nicht wie irgendein blöder Bauerntrampel im Fernsehen sprach, glaubte einem kein Tourist, daß man aus der Gegend stammte.

«Ich bin in der Nähe von Exeter geboren», antwortete sie knapp.

Janice und Brian Parker wechselten Blicke.

«Natürlich ist uns bewußt, daß in den meisten Legenden ein Körnchen Wahrheit steckt ...», hob Brian schulmeisterhaft an.

«Möchten Sie eine Tasse Tee?» Hattie war an einem Vortrag über Folklore nicht interessiert. «Ich habe welchen gemacht. Kommen Sie doch herein.»

«Oh, das ist nett. Dann müssen wir aber unsere Stiefel ausziehen. Brian! Deine Stiefel!»

«Ach, keine Umstände, um Gottes willen.» Hattie warf einen kurzen Blick auf die makellos sauberen gelben Gummistiefel und fragte sich, wie Joss wohl reagieren würde. «Aber legen Sie doch Ihre Schwimmwesten ab, dann haben Sie es bequemer.»

«Nein, nein», sagte Janice, umklammerte ihre Rettungsweste und studierte die Küche. «Wie wunderbar gemütlich Sie es haben, Hattie.»

Hattie sog die Wangen ein, um zu verhindern, daß ihr eine unbedachte Bemerkung herausrutschte. Es mochte absurd sein, aber es ärgerte sie, daß diese wildfremde Frau sie so vertraut mit ihrem Vornamen anredete, und sie versuchte, sich zu beruhigen. Sie schenkte zwei Becher Tee ein und stellte sie mit dem Zuckertopf auf den Tisch.

«Bedienen Sie sich», begann Hattie, wurde aber von Janice – die auf einen Punkt hinter Hattie starrte – mit einem spitzen Schrei unterbrochen.

«Oh, mein Gott! Oh, Brian!»

Hattie drehte sich schnell um und sah den Admiral und Daisy zur Tür hereinkommen.

«Ooooh!» Janice schrie noch einmal, und der Admiral stellte verwundert die Ohren auf. «Was ist *das* denn?»

«Das ist ein Hund», sagte Hattie ärgerlich. «*Mein* Hund, um genau zu sein. Er wird Ihnen nichts tun.»

«Halten Sie ihn mir bloß fern», flehte Janice. «Ich kann Hunde nicht ausstehen. Oooh!»

Sie kletterte von ihrem Stuhl und flüchtete sich hinter den Tisch, als der Admiral sich vorsichtig schwanzwedelnd näherte, um sich dieses merkwürdige Phänomen genauer zu betrachten.

«Halt still, Janice!» mahnte Brian. «Er wird dich nicht beißen, wenn du nur stillhältst!»

«Er wird Sie so oder so nicht beißen», erläuterte Daisy, der dieser unfreundliche Umgang mit dem Admiral überhaupt nicht gefiel. «Nicht, solange Sie Hatties Gäste sind.»

Angewidert erspähte sie die gelben Gummistiefel und die Schwimmwesten und sah Hattie erstaunt an. Hattie zwinkerte ihr zu.

«Janice und Brian Parker», stellte sie die beiden vor. «Das ist Daisy, sie wohnt auch hier am Fluß. Und das ist Admiral Jellicoe.»

«Er sieht aus wie ein Bär», fürchtete Janice sich.

«Sie haben die *Abigail* gekauft», erzählte Hattie Daisy, die überrascht die Augen aufriß und die Parkers daraufhin noch durchdringender anstarrte: «Ziehen Sie sofort an Bord?»

«Ganz genau.» Brian entspannte sich sichtbar, als der Admiral, den dieses kindische Verhalten langweilte, sich in die Speisekammer verzog. Die Tür fiel zu, als er sich hinter sie plumpsen ließ. «Es muß noch einiges getan werden, bis es wohnlich ist, aber wir sehen das als eine Herausforderung. Nicht wahr, Janice?»

«Sie», murmelte Daisy. «Ein Boot ist eine Sie, kein Es.»

«Ja, sicher.» Janice hatte ebenfalls teilweise ihre Fassung wiedergewonnen, konnte sich aber eine Frage nicht verkneifen. «Läuft er frei hier herum?» Sie machte eine Kopfbewegung in Richtung Speisekammer. «Der Hund, meine ich.»

«Oh, ja», beeilt Hattie sich zu versichern, da ihr dies eine wirksame Methode schien, diese neuen Nachbarn davon abzuhalten, alle naslang einfach so hereinzuschneien. Ihr Instinkt sagte ihr, daß Janice so eine Hereinschneierin war. «Immer auf den Beinen. Ein hervorragender Wachhund.»

«Wo kommen Sie her?» fragte Daisy, während die Parkers diese unerfreuliche Neuigkeit verdauten. Wieder warf sie einen Blick auf die gelben Stiefel und die Rettungswesten. «Sind Sie so von der *Abigail* herübergekommen?»

«Ganz recht, mein Kind.» Janice lächelte gönnerhaft. «Man kann sich gar nicht genug absichern auf dem Wasser, nicht wahr, Brian? Aber das weißt du sicher, Liebes, schließlich wohnst du ja nah an einem Fluß. Man muß dem Wasser Respekt zollen.»

«Hatten Sie vorher schon einmal ein Boot?» fragte Hattie schnell, bevor Daisy etwas sagen konnte.

«Nein, hatten wir nicht.» Brian schüttelte den Kopf. «Wir haben in den Ferien nur mal kleinere Boote gemietet. Aber die *Abigail* ist doch eigentlich nur ein besseres Hausboot, oder?»

«Brian war ein wenig überarbeitet», erklärte Janice schnell. «Darum haben wir beschlossen, mal etwas abzuschalten. Unser kleines Haus in den Midlands haben wir vermietet, und jetzt wollen wir wie die Zigeuner auf dem Wasser herumgondeln.»

Die Parkers wechselten Blicke, während Hattie und Daisy sie ehrfürchtig ansahen.

«Wie ... wie nett», piepste Hattie. «Aber ist sie nicht in einem ziemlich schlechten Zustand?»

«Nun, dies wurde im Kaufpreis natürlich berücksichtigt», räumte Brian klug ein. «Wir haben aber darauf bestanden, daß sie drinnen gesäubert wurde.»

«Unter Deck», korrigierte Daisy leise.

«Brian wird es im Handumdrehen auf Vordermann bringen.» Janice lächelte ihn aufmunternd an. «Er ist ja so geschickt mit den Händen, nicht wahr, Liebling?»

Hattie hätte am liebsten hysterisch aufgeschrien, hielt dieses nervöse Verlangen aber zurück und verschluckte sich daran.

«Entschuldigung», keuchte sie zwischen zwei Hustern. «Tut mir leid. Oh, verdammter Mist!»

Die Parkers wechselten noch einmal Blicke und erhoben sich synchron.

«Wir müssen weiter», sagte Janice, die ein nervöses Auge auf die Tür zur Speisekammer warf, da sie fürchtete, der Admiral würde wieder herauskommen. «Vielen Dank für den Tee. Und kommen Sie doch einmal rüber, wenn wir uns eingerichtet haben.»

Sie eilten hinaus. Hattie und Daisy folgten ihnen zum Boot und sahen ihnen nach.

«Mein Gott!» stieß Hattie aus tiefstem Herzen hervor.

«Warte nur ab, bis Joss sie sieht, dann ist alles aus», prophezeite Daisy genüßlich. «Der kriegt einen Anfall. Also wirklich! Der arme Jellicoe!»

«Er wird sie schon fernhalten.» Hattie grinste sie an.

«Komm mit rein, wir trinken einen Tee zusammen. Ich muß mich erst mal stärken nach dieser Heimsuchung.»

«Äh …» Daisy zögerte und sah auf die Uhr, die Toby ihr zum Geburtstag geschenkt hatte. Dann hielt sie sich das Handgelenk ans Ohr. «Wie spät ist es bei dir?» fragte sie besorgt.

Hattie schaute auf ihre große Herrenarmbanduhr. «Viertel nach fünf», verkündete sie. «Mußt du nach Hause?»

«Nein …» Sie zögerte noch immer. «James will mit mir segeln gehen, wenn er wiederkommt», sagte sie schließlich. «Dann paßt es genau mit der Flut. Ich warte hier auf ihn.»

Hattie zuckte mit den Schultern. «Wie du willst, aber er kommt eigentlich nie viel früher als sechs nach Hause. Genug Zeit für einen Orangensaft und ein Stück Kuchen. Wir können das Auto ja hören.»

«Okay.» Daisy gab nach.

Punkt Viertel vor sechs war sie wieder draußen, und um zwanzig nach sechs saß sie immer noch auf dem kleinen Schiffsanleger, als endlich der Citroën die Straße herunterrumpelte. Ein paar Minuten später kam James auf sie zu, während er sich noch ein altes Sweatshirt überzog.

«Oh, James!» Ihre Stimme klang wehleidig. «Du bist zu spät. Die Flut ist fast schon wieder vorbei.»

«Kann nichts dafür.» Er blieb kurz stehen, um sich die Turnschuhe zuzubinden. «Den ganzen Tag haben sie mir wieder zugesetzt.»

«Die Herren Nörgel, Nörgel, Bauchweh und Stöhn.» Diesen Spaßnamen hatte er der Kanzlei gegeben, und er grinste sie an, als sie ihn aussprach.

«Alle Hände voll zu tun – und die Füße noch dazu! Was soll's, jetzt bin ich ja hier! Komm schon, los geht's!»

Sarah stand am Schlafzimmerfenster und beobachtete den Sonnenuntergang. Die Sonne war zwar schon längst verschwunden, doch flammte der Himmel im Westen immer noch karminrot mit goldenen Bändern. Am dunklen Himmel im Osten schob sich langsam und würdevoll der riesige, aprikosenfarbene Mond über den Horizont und ließ verstohlen lange Schatten auf das silbrige Gras fallen. Sarah packte das heulende Elend. Es stieg in ihr auf und trieb ihr heiße Tränen in die Augen. Den ganzen Sommer hindurch hatte Nicks Affäre mit Cass Wivenhoe angehalten, obgleich Sarah gebetet hatte, daß es Cass in den Sommerferien mit vier Kindern zu Hause nicht gelingen würde, sich freizumachen. Sarah hatte gehofft, daß die Leidenschaft angesichts solcher Schwierigkeiten abkühlen würde.

Statt dessen hatten diese Umstände das Feuer nur noch angefacht. Nick war niedergeschlagen und still, geistesabwesend und distanziert, und Sarah erkannte die Anzeichen für ernsthafte Zuneigung. Das war keine flüchtige Liebelei. Sie lehnte sich ein bißchen nach vorne und kühlte die Stirn an der Fensterscheibe. Jetzt, da Nick wieder in sein altes Verhaltensmuster verfallen war, wünschte sie sich fast, nie so lange so glücklich mit ihm gewesen zu sein. Sie war so sicher gewesen, daß er sich verändert hatte, daß er erwachsen geworden war. Es war schwieriger und grausamer als je zuvor, die Situation zu ertragen, und sie fragte sich, wie sie das überleben sollte. Zu ihrer eigenen Überraschung schaffte sie es, eine ruhige Fassade zu bewahren, die über den Widerstreit der Gefühle, der in ihrer Brust tobte, hinwegtäuschte.

Nick schien all das gar nicht zu bemerken. Er war höflich und zuvorkommend – und ganz weit weg. Er erklärte ihr, daß er an ein paar sehr komplizierten Fällen arbeitete, die höchste Konzentration und einiges an Gedankenarbeit erforderten, und verschanzte sich frühmorgens und spätabends in seinem Arbeitszimmer. Er war dazu übergegangen, in seinem Ankleidezimmer zu schlafen, um sie nicht zu stören, wenn er schließlich ins Bett ging, und sie verabscheute sich selbst für die Sehnsucht, die sie nach ihm empfand, und die Einsamkeit, die sie zerfraß, wenn sie allein in den kühlen Leinenlaken lag.

Sarah spürte die Tränen über ihr Gesicht laufen, war aber zu erschöpft, zu unglücklich, um sie wegzuwischen.

Ich liebe ihn, dachte sie. Ich liebe ihn so sehr. Die Tränen liefen schneller, und sie weinte hemmungslos. Sie hatte Angst. Nachdem sie gesehen hatte, was für eine Schönheit Cass war, und sich vorstellen konnte, wie Nick und sie sich in den Armen lagen, erschien es ihr hoffnungslos, ihn jemals zurückgewinnen zu können. Irgend etwas an dieser Affäre war anders als sonst, und ihr wurde kalt vor Angst bei dem Gedanken an eine Zukunft ohne ihn. Ihr Geld brauchte er schließlich wirklich nicht. Wenn er nun …?

Sarah wischte sich die Tränen aus dem Gesicht und versuchte, ihre düsteren Gedanken unter Kontrolle zu bringen. Es war höchst unwahrscheinlich, daß Cass ihre vier Kinder und ihren Mann verlassen würde, und doch war da diesmal etwas, das Nicks frühere Affären nicht gehabt hatten. Es gab Momente, da konnte sie schwören, daß er richtig litt, daß er Cass vermißte und sich danach sehnte, bei ihr zu sein. Sie erinnerte sich an ihre Vermutung, daß Nick Cass schon einige Monate, bevor die Affäre anfing, kennengelernt hatte, und glaubte nun, daß Nick sich tatsächlich davor gefürchtet hatte, sich mit ihr einzulassen; daß die Intensität seiner Gefühle ihm solche Angst gemacht hatte, daß er sich bewußt dagegen gesträubt hatte, Cass näher kennenzulernen. Wenn dem so war, waren seine Gefühle inzwischen offenbar stärker als er selbst.

Sarah wandte sich vom Fenster ab und betrachtete sich im Spiegel, der über der Mahagonikommode hing. Unwillkürlich schnitt sie sich selbst eine Grimasse, dem abgespannten, welken Gesicht, dem kurzen grauen Haar, den einfallenden Wangen. Einen Moment lang sah sie Cass' schönes Gesicht wie eingraviert neben ihrem Spiegelbild. Sarah brach schluchzend am Fußende des Bettes zusammen und schlug die Hände vors Gesicht.

Sie erschrak, als das Telefon klingelte, atmete ein paarmal tief durch und langte über das Bett, um abzunehmen.

«Hallo, Liebes. Hattest du einen schönen Tag?»

Sie riß sich zusammen. «Nick. Ja. Einen sehr schönen Tag, danke. Ein erfolgreiches Treffen, eine Menge Unterstützung.»

«Wunderbar. Bei mir läuft es leider nicht so gut. Bei diesem Alptraum von einem Fall sind unerwartet Probleme aufgetaucht. John und ich sind noch im Büro, wir werden das noch gemeinsam durchgehen. Keine Ahnung, wann ich nach Hause komme.»

«Ich muß zugeben, daß ich angefangen habe, mir Sorgen zu machen. Was ist mit Abendessen?»

Eine winzige Pause. «Ja. Oh, ja. Wir werden zum Pub runtergehen und uns etwas holen. Du brauchst dich nicht zu kümmern.»

«Gut. Bis später dann.»

«Warte nicht auf mich. Nacht, Liebes.»

Sarah legte bedächtig auf und saß ganz still da, die Hände in ihrem Schoß. Das rote Glühen des Himmels im Westen war jetzt ganz verschwunden, und das Zimmer war in sanftes Mondlicht getaucht. Zunächst blieb Sarah sitzen und focht einen aussichtslosen Kampf aus. Dann erhob sie sich steif und ging nach unten. In dem winzigen Raum, den sie als ihr Arbeitszimmer benutzte, nahm sie ein Adreßbuch vom Schreibtisch. Sie schlug es beim Buchstaben M auf, zögerte noch einmal und wählte dann eine Nummer. Es klingelte recht lange, aber gerade, als sie begann, sich Hoffnungen zu machen, klickte es in der Leitung, und sie hörte eine gereizte Stimme.

«Ja, Marriott.»

Sarah legte leise wieder auf und starrte ein paar Sekunden das Telefon an. Sie wußte, daß sie alle ihre selbstaufgestellten Regeln brach, als sie das Telefonbuch nahm und die Ws studierte. Sie wählte noch einmal und wartete. Eine junge Stimme meldete sich.

«Hallo.» Sie sprach sehr schnell. «Könnte ich wohl Mrs. Wivenhoe sprechen, bitte?»

«Sie ist nicht da. Zumindest ... Kleinen Augenblick.» Der Hörer wurde zugehalten, doch konnte sie hören, wie die Stimme rief: «Charlotte! Char! Ist Ma schon weg? Okay. Hallo?» Die Stimme sprach wieder zu ihr. «Tut mir leid. Sie ist etwa vor einer halben Stunde ausgegangen. Eine Freundin hat überraschend angerufen. Kann ich ihr etwas ausrichten?»

«Nein, nein. Ich versuche es morgen vormittag noch einmal. Danke.»

Das war also das. Frustriert, unglücklich und ärgerlich über sich selbst, weil sie ihre ungeschriebenen Gesetze gebrochen hatte, ging sie in die Küche und machte sich einen starken Gin Tonic. Sie nahm das Glas mit zur Terrassentür, blieb stehen und starrte in die mondhelle Nacht. Sie fragte sich, wo sie wohl waren, und versuchte, sie sich nicht zusammen vorzustellen. Sie nippte so ruhig wie irgend möglich an ihrem Drink und fragte sich, wie Nick reagieren würde, wenn sie ihn zur Rede stellte. Sie wußte, daß sie das nie tun würde. Sie würde alles tun, damit er bei ihr blieb. Sie lenkte ihre Gedanken auf den nahenden Urlaub in Shropshire. Wenigstens das blieb ihr, sie konnte sich darauf freuen, und vielleicht war es eine Gelegenheit, ihn zurückzugewinnen. Sie dachte an die beiden letzten Male, die sie in ihrem kleinen Nest verbracht hatten, und es wurde ihr wieder etwas wärmer ums Herz, und ihre Laune besserte sich ein kleines bißchen. Sie durfte einfach nicht aufgeben. Vielleicht war dies sein allerletztes Abenteuer, die letzte Leidenschaft seiner verblühten Jugend.

16

ES WAR EIN MILDER OKTOBER MIT EINIGEN AUSgesprochen warmen Tagen, an denen die Sonne golden durch Dunstschleier schien, und mit empfindlich kalten Nächten, in denen der Nebel in Schwaden über dem Wasser schwebte und sich kniehoch auf das Tal hinter der Mühle legte.

«Wir sind sicher, daß es noch ein Mädchen wird», verriet Miggy, als sie in Hatties Küche saß und dieser dabei zusah, wie sie einen Auflauf vorbereitete. «Toby möchte unbedingt, daß wir bei den Blumennamen bleiben, aber ich dachte, daß es vielleicht Zeit wäre, mit solchen verstaubten Traditionen zu brechen. Ach, ich weiß nicht.»

«Oh, nein, das dürft ihr nicht!» schaltete James sich ein,

der heute nicht in der Kanzlei war, da er zu Hause an einem Fall arbeiten sollte. Als er Miggy am Fenster vorbeigehen sah, hatte es ihn magnetisch in Hatties Küche gezogen: «Ich finde, das ist eine schöne Tradition. Namen sind so wichtig. Schau dir nur den alten Jellicoe an. Kannst du ihn dir auch nur im entferntesten mit einem anderen Namen vorstellen? Was meinst du, Jellybaby?»

«Nenn ihn nicht so!» schalt Hattie ihn wie gewohnt, während sie Fleisch schnitt und dabei ungewöhnlich aufmerksam vom Admiral beobachtet wurde. «Wie würdest *du* sie denn nennen? Mal angenommen, es wird eine Sie.»

«Na ja.» James zögerte und sah Miggy etwas schüchtern an. «Wenn sie die gleiche Haarfarbe hat wie du und Daisy, finde ich, solltet ihr sie Marigold nennen.»

«Marigold? *Ringelblume*??? Oh, mein Gott!» Miggy fing an zu lachen, sah dann aber, daß James dies verletzte, und beschloß, ihn ernst zu nehmen. «Meinst du nicht, das wäre ein bißchen arg dick aufgetragen?»

«Nein», antwortete er fest. «Es ist eine wunderschöne Farbe!»

Miggy lächelte ihn an, langsam durchschaute sie seine heimliche Leidenschaft für sie. «Wir werden darüber nachdenken», versprach sie. «Hattie wird Patentante.»

«Der arme kleine Wurm», seufzte Hattie, die in rasendem Tempo Karotten schälte. Sie war schon für ein Dutzend Kinder ihrer Freunde Patentante und wußte, daß deren Mütter glaubten, sie könnten Hattie so auf latente Weise für ihre eigene Kinderlosigkeit entschädigen. «Ich gehe nie in die Kirche und habe keine Ahnung, was eine Patentante eigentlich zu tun hat.»

«Bist du etwa Atheistin?» James spielte den Schockierten.

«Natürlich nicht!» gab sie beleidigt zurück. «Ich halte nur nichts davon, Gott in kleine Schachteln zu packen und ihm ein Dogma zu verpassen, das ist alles. Dafür ist er viel zu groß.»

«Du wirst eine wunderbare Patentante», sagte Miggy und seufzte leicht. «Ich muß zugeben, ich hätte nichts dagegen, wenn es jetzt bald endlich soweit wäre. Janice kam gestern nachmittag rüber, und ich war völlig erledigt, als sie wieder weg war.»

«Man muß nicht kurz vor der Niederkunft stehen, um Janice Parker anstrengend zu finden», bemerkte Hattie scharf, knallte einen Deckel auf die Auflaufform und stellte sie in den Ofen. «Gott sei Dank habe ich Jellicoe! Ich kann es nicht anders sagen. So kommt sie niemals auch nur in die Nähe der Mühle.»

«Joss nennt sie die Neugierigen Parkers», verriet James. «Sie statten ihm ständig spontane Besuche ab, schauen sich die *Westering* an und machen sich Notizen. Er dreht bald durch.»

«Ja, sicher, sie sind ziemlich neugierig», pflichtete Miggy ihr zögernd bei. «Aber ehrlich gesagt, tun sie mir leid.»

«Dir tut jeder leid», warf Hattie ihr vor, lächelte sie aber dabei an. «Mir tun sie übrigens auch leid. Muß furchtbar sein, sie zu sein!»

«Brian hat ein Problem», sagte Miggy, als würde sie einen Vertrauensbruch begehen.

Hattie machte den Mund auf, um zu sagen, daß sie das in dem Moment ahnte, in dem sie Janice kennenlernte, sah Miggys Gesicht und schloß den Mund wieder.

«Wie meinst du das?» James sah die Schatten unter Miggys Augen und fürchtete, sie sei zu schwach für ihre schwere Last. «Was für ein Problem?»

«Er trinkt», sagte Miggy schnell. «Aber ihr wißt von nichts. Er ist Quartalssäufer, hat irgendwelche Klausuren an der FH vermasselt und wurde deswegen gefeuert. Deswegen haben sie sich abgesetzt. Um Gras über die Sache wachsen zu lassen.»

«Ach, im Ernst», sagte Hattie ärgerlich. «Warum mußtest du mir das erzählen? Jetzt hast du mir alles verdorben. Es hat solchen Spaß gemacht, über die Neugierigen Parkers zu lästern, und jetzt kriege ich ein schlechtes Gewissen! Verdammt noch mal!»

Miggy und James fingen an zu lachen, doch besann Miggy sich schnell wieder.

«Es ist wirklich schlimm», sagte sie. «Sie war ganz schön pathetisch, als sie es mir erzählt hat. Hat es so hingestellt, als sei er völlig überlastet gewesen. Angeblich ist er ein solches As, daß ihm alle Arbeit aufgehalst wird.»

«Ach, puuuh!» Hattie wurde ungeduldig. «Wenn er ein solches As wäre, würde er in Oxford lehren.»

«Na ja, aber ich schätze, sie muß ihn wohl in Schutz nehmen, oder?» fragte Miggy zaghaft. «Ich würde es jedenfalls tun, wenn es um Toby ginge.»

Hattie sah sie an, und Güte kehrte auf ihr Gesicht zurück. Sie bemerkte, daß auch James Miggy ansah – in seinem Blick lag so viel Liebe, daß sie Gott dafür dankte, selbst nie in komplizierte Gefühlsduseleien verwickelt worden zu sein.

«Da hast du wohl recht», seufzte sie und heiterte dann etwas auf. «Wie wär's mit einem Drink? Ich könnte einen gebrauchen!»

«Um diese Zeit schon Alkohol?» James zwinkerte Miggy zu, und Hattie verpaßte ihm einen freundlichen Klaps auf den Hinterkopf. «Aua!»

«Hol die Gläser!» bestimmte Hattie. «Und beeil dich, sonst bekommst du heute abend keinen Auflauf.»

Nachdem James Miggy zum Cottage zurückbegleitet hatte, dachte Hattie über die Parkers nach. Sie fragte sich, ob sie den langen feuchten Winter in der düsteren Bucht wohl gut überstehen würden und ob sie selbst vielleicht doch etwas freundlicher zu ihnen sein sollte. Sie ärgerte sich, daß sie sich jetzt auf einmal Sorgen um sie machte, zog ihre Jacke an, zerrte den widerborstigen Admiral aus der Speisekammer und machte einen ausgiebigen Waldspaziergang.

Janice Parker machte es sich in der großen Kabine so gemütlich wie möglich und sinnierte darüber, daß das Leben an Bord im nahenden Winter ausgesprochen ungemütlich werden würde. Schon jetzt bekamen sie in ihrer Bucht die Sonne gar nicht mehr zu Gesicht, und sie empfand es als doppelt deprimierend, am gegenüberliegenden Ufer die Sonne scheinen zu sehen, während sie selbst im tiefsten Schatten lagen. Die Atmosphäre an Bord der *Abigail* war kalt und feucht, und manchmal hatte sie das Gefühl, sie seien nicht allein an Bord, vor allem abends, wenn sie in der Kabine im Vorschiff zu Bett gingen. Brian zeigte sie diese Gefühle nicht. Es war schwer genug, ihn bei Laune zu halten, ohne selbst niedergeschlagen zu sein. Friede, Freude, Eierkuchen – nur so konnte es funktionieren.

Sie bewegte sich, wünschte, sie wäre mit Brian nach Dartmouth gefahren, und wurde auf einmal von panischer Angst gepackt. Instinktiv sah sie hinter sich zu der offenen Tür der Schlafkabine und meinte, einen Schatten gesehen zu haben. Das Gefühl von Isolation und extremer Dunkelheit spitzte sich zu. Janice witterte Gefahr und stand schnell auf. Sie verspürte einen sogartigen Drang, einen Blick in ihren Schlafraum zu werfen, um sich davon zu überzeugen, daß nichts fehlte, und dieser Drang trieb sie zur Tür. Ein kurzer Blick verriet ihr, daß alles in Ordnung war, doch als sie die Tür mit einem Seufzer der Erleichterung zuschlug, verspürte sie das unwiderstehliche Bedürfnis, das Boot zu verlassen. Sie erinnerte sich, daß sie versprochen hatte, bei Ebbe Feuerholz zu holen, und noch während sie sich in Anorak und Stiefel zwängte, kletterte sie die Leiter hinunter und marschierte über das schlammige Ufer.

Joss lag auf seiner Tagkoje und genoß eine Zigarette nach dem Mittagessen. Der mittlere Längsbalken des Rumpfes – gewissermaßen die Wirbelsäule – teilte die Hauptkabine der *Westering* in zwei Hälften auf. Die Backbordseite hatte Joss sich mit Kissen auf der Bank und einem Klapptisch so kuschelig wie möglich eingerichtet, die Steuerbordseite – die auch als Durchgang zu seiner Schlafstatt in der vorderen Kabine diente – verfügte über eine lange Koje. Hier konnte er sich ausstrecken und an der Kombüse vorbei und durch die Luke nach oben sehen.

Er zog langsam an der Zigarette – inzwischen ein teurer Luxus – und dachte an Hester Strange. Als er bei Miggy und Toby zum Abendessen war und sie dort wiedergesehen hatte, hatte er die gleiche Anziehung empfunden wie beim ersten Mal. Trotz einiger amouröser Abenteuer hatte Joss – ebenso wie Hattie – beschlossen, ungebunden zu bleiben, und war einigermaßen schockiert von seinen Gefühlen. Er wollte das nicht, redete er sich ein. Er war wunschlos glücklich so, wie er jetzt lebte – frei, ohne Verantwortung, sein eigener Herr. Und dennoch hatte sich Hesters Gesicht unter dem dichten blonden Pony mit den graublauen Augen hinter einer runden Großmutterbrille und den zarten Lippen, in sein Gedächtnis gebrannt. Ihr kleiner Sohn Edwin, der mit Spitznamen Ned hieß, war ihr unglaublich ähnlich: der gleiche dichte Pony, die gleiche blonde Mähne, die gleichen graublauen Augen, die gleiche Blässe. Mit seiner Hornbrille – sicher ein Kassengestell – sah er aus wie eine junge, ernste, sehr verletzliche Eule.

Joss stellte fest, daß er sich auf Hesters Einzug in Hatties Cottage freute. Der Verkauf ihres eigenen Hauses war leider vorerst mißglückt, und obwohl sie einen anderen Interessenten hatte, mußte Hester den Umzug um mindestens einen Monat verschieben. Sie fürchtete, Hattie würde sich einen anderen Mieter suchen, doch Hattie mochte Hester und Ned und versprach, noch etwas länger zu warten. Miggy hatte Joss eine noch kürzere Zusammenfassung von Hesters Vergangenheit angedeihen lassen als Hattie. Hester hatte mit Miggy und Patrick Kunst studiert, war aber im zweiten Semester schwanger geworden und hatte ihren Freund geheiratet. Dieser hatte sie fast von Anfang an betrogen, und Hester hatte oft daran gedacht, ihn zu verlassen. Ned war der letzte verzweifelte Versuch gewesen, die Beziehung zu retten, und er war fehlgeschlagen. Hesters inzwischen geschiedener Mann war mit dem älteren Sohn in seine Heimat Neuseeland zurückgekehrt.

«Der Mann muß verrückt sein», hatte Joss unvorsichtigerweise gemurmelt und sich, als er Miggys aufhorchenden Blick sah, wieder in sein Schneckenhaus zurückgezogen. Er hatte keine Lust, übermäßiges Interesse der Nachbarn auf sich zu ziehen oder zur Zielscheibe von Hatties Spott zu werden. Er wünschte, er hätte sich nicht so ausschweifend über Menschen mit Liebeskummer lustig gemacht und die Ehe nicht immer wieder als überholte Einrichtung verhöhnt – aber jetzt war es zu spät.

Er zog ein letztes Mal ausgiebig an der Zigarette und drückte sie dann in einem Aschenbecher neben sich aus. Im gleichen Moment spürte er den vertrauten Bums eines Bootes, das längsseits beidrehte, und verzagte. Er war nicht in der Stimmung für Besuch, und da Toby in der Werft war, Daisy in der Schule und James in der Kanzlei, blieb nur eine Möglichkeit übrig. Er erhob sich von der Koje, stieg die Stufen zum Cockpit hinauf und sah sich Janice Parkers erwartungsvollem Gesicht gegenüber.

«Hallo», sagte sie sehr eifrig und hoffnungsvoll. «Ich bin gerade auf dem Weg zum Ufer drüben, um Brian abzuholen, und dachte mir, ich könnte Sie wohl eben etwas fragen.»

Er nickte wenig begeistert und hielt die Leine, während sie an Bord kletterte. Sie hatten sich ein wunderbares kleines Dingi gekauft, mit dem sie ungeschickt auf dem Fluß herumruderten. Das Motorboot nutzten sie nur für größere Ausflüge. Joss sah das Dingi neidisch an, als er die Leine festmachte. Janice hatte sich auf die Bank im Cockpit plumpsen lassen, und Joss seufzte innerlich.

«Kaffee?» fragte er weiterhin wenig begeistert, doch Janice schüttelte den Kopf.

«Brian wird jeden Moment hier sein», sagte sie. «Trotzdem danke. Ich habe mich nur gefragt ... Ich weiß ja, daß das alles eigentlich völliger Unsinn ist, aber ich habe mir doch Gedanken gemacht über die *Abigail*. Wissen Sie? Diese Gerüchte über sie. Was genau soll passiert sein?»

«Sie hat den Ruf, ein Unglücksboot zu sein», sagte Joss gleichgültig. «Das übliche eben. In der Vergangenheit der meisten alten Schiffe finden sich Gewalt und Unglück, wie Sie selbst schon sagten.»

«Aber da war doch auch vor kurzem etwas, oder nicht?» Sie sah ihn konzentriert an, und in ihm stieg dieser unerklärliche Ärger auf, den sie immer wieder provozierte.

«Vor zwei Jahren ist ein Mann auf ihr zu Tode gekommen», sagte er gefühllos und bereute es im gleichen Moment, da er den Schrecken in ihren Augen sah.

«Tot?» Sie flüsterte fast, und er fluchte leise.

«Es war ein Unfall», sagte er ungeduldig. «Eine schreckliche Nacht. Sturm. Er ist an Deck gegangen und wurde vom Baum erschlagen. Sein Schädel war zertrümmert. Gar nichts Unheimliches. Hätte jedem passieren können.»

«Verstehe.» Janice sah erleichtert aus. «Sicher. Wir haben uns mit ein paar Leuten im *Dartmouth Arms* unterhalten, und die sagten …»

«Die Leute versuchen immer, aus jedem Zwischenfall eine gute Story zu machen», unterbrach Joss sie. Er hatte keine Lust, Evans Tod in Einzelheiten durchzukauen und ihre makabre Sensationsgier mit Bert Crabtees Version der Geschichte zu nähren. «Kümmern Sie sich nicht darum. Ah!» Er seufzte erleichtert. «Da ist Brian.»

Die Parkers stellten ihr Auto immer am Ufer auf der Sonnenseite ab und ruderten ihre Einkäufe hinüber. Sie verzichteten auf den Marsch durch den Wald, den Evan seinerzeit vorgezogen hatte. Janice war schon aufgestanden, um von Bord zu gehen, und Joss half ihr die Leiter hinunter.

«Danke», sagte sie, als sie in ihrem Dingi saß und die Ruder ins Wasser senkte. «Sie haben mich ganz schön erleichtert, muß ich sagen.»

«Das freut mich.»

Joss winkte ihr nach und pustete laut aus, als sie davonruderte. Er wußte auch nicht, wieso die Parkers ihn immer so irritierten, aber jetzt war er schon wieder gereizt und nicht in der Stimmung, die Arbeiten zu erledigen, die er sich vorgenommen hatte. Obwohl er sich darauf einrichtete, zum ersten Mal den Winter an Bord zu verbringen, gab es noch unglaublich viel zu tun, wenn er Ende des kommenden Sommers ablegen wollte. Er war rastlos. Inzwischen wurde es wieder immer früher dunkel, und Joss fragte sich, wie lang die Nächte wohl sein würden, wenn die Luken der *Westering* erst dichtgemacht waren. Im Cottage zu wohnen war da schon etwas anderes gewesen. Jederzeit hatte er Hattie besuchen können, wenn er sich langweilte. Er wußte, daß es an kurzen, nassen Wintertagen eng und dunkel sein würde auf der *Westering*, aber wenn er nicht einmal ein paar solcher Tage hier am Fluß in unmittelbarer Nähe seiner Freunde durchstehen konnte, wie sollte er es dann erst monatelang auf hoher See aushalten?

Joss ging unter Deck und sah sich um. Tausend Kleinigkeiten hatte er zu erledigen, aber er dachte statt dessen an Hester und daran, daß Hattie gesagt hatte, er könne jederzeit auf James' Gästezimmer zurückgreifen, wenn das Wetter zu schlecht wurde. Er mußte grinsen, als er James' geschürzte Lippen und sein Kopfschütteln wieder vor sich sah.

«Untervermietung», hatte er zu bedenken gegeben. «Das würde ganz klar gegen den Mietvertrag verstoßen. Aber wenn dabei etwas für mich herausspringen würde ...»

Joss ging zurück an Deck. Die Parkers eilten hin und her und beluden das Dingi. Miggy fuhr los, um Daisy von der Schule abzuholen. Jetzt, da es um sieben bereits dunkel war, sah er Daisy nur noch selten am Ufer auf James warten, um mit ihm zu segeln, doch an den Wochenenden waren sie immer auf dem Wasser. Joss wurde merkwürdig melancholisch und sehnte sich ungewöhnlicherweise nach Gesellschaft. Die Parkers saßen jetzt in ihrem Dingi und waren auf dem Weg zur *Abigail*, doch Joss verschwand unter Deck. Zwar stand ihm der Sinn nach Plaudern, aber ganz sicher nicht mit den Parkers. Er gab sich einen Ruck, überwand seine trübe Laune und machte sich an die Arbeit.

Als Miggy Daisy durch die schmalen Straßen nach Hause fuhr, dachte sie ein Jahr zurück und erinnerte sich, wie sie sich gefühlt hatte, als sie nicht sicher war, ob Toby es jemals schaffen würde, sich von Ruth scheiden zu lassen, und niemand wußte, wie Georgia reagieren würde. Letztere studierte mittlerweile im ersten Semester an der Durham University und hatte weit weniger Schwierigkeiten gemacht, als Miggy seinerzeit befürchtet hatte. Sie hatte die Nachricht von Miggys Schwangerschaft mit der gebotenen Zurückhaltung aufgenommen. Als sie im Sommer wieder bei ihnen gewesen war, war sie – sehr zu Miggys Erleichterung – viel zu aufgeregt gewesen angesichts ihres neuen Lebens als Studentin, als daß sie sich übermäßige Gedanken über ein Halbgeschwisterchen gemacht hätte. Georgia hatte ihnen erzählt, daß Ruth einen neuen Freund habe, diesmal jemanden aus der Werbebranche, und daß Ruth darüber nachdachte, den Job zu wechseln. Auch dieser Umstand bedeutete eine gewisse Erleichterung.

Miggy seufzte zufrieden und betrachtete glücklich die Landschaft, die sie nun immer besser kannte. Der Himmel verlor langsam an Farbe, und der Nebel, der weiß und trübe über das stille Land kroch, dämpfte die sanften Herbsttöne. Sie warf einen kurzen Blick auf Daisy, die schweigend neben ihr saß, und nahm kurz eine Hand vom Steuer, um sie ihrer Tochter auf das Knie zu legen.

«Alles in Ordnung?»

Daisy nickte und starrte weiter geradeaus. Miggy vermutete, daß sie ihre allabendlichen Törns mit James vermißte. Ihre Leidenschaft für ihn hatte keinen Deut nachgelassen, und Miggy hatte liebevoll amüsiert beobachtet, wie erleichtert sie gewesen war, als James Georgia keines eingehenderen Blickes gewürdigt hatte.

«James meint, wir sollten das Baby Marigold nennen, wenn es ein Mädchen wird. Was sagst du dazu?»

«Wegen unserer Haarfarbe», sagte Daisy sofort. «Er hat gesagt, daß ich eigentlich so hätte heißen sollen.»

«Oh.» Miggy dachte darüber nach. «Na, dann. Und du findest nicht, daß es zu sehr auf der Haarfarbe herumreitet?»

«Nein», sagte Daisy verächtlich. «Es ist ein schöner Name.»

«Na gut, abgemacht.» Miggy vermutete, daß Daisy selbst Nieswurz oder Stinkwort als Namen für das Baby gutgeheißen hätte, wenn der Vorschlag nur von James gewesen wäre.

«Ich dachte, du würdest mich heute nicht abholen.» Da sie nun ohnehin aus ihren Träumen gerissen war, konnte Daisy sich genausogut unterhalten. «Ich dachte, das Baby würde kommen.»

«Noch keine Anzeichen», sagte Miggy fröhlich, als sie in die Straße zum Fluß abbog. «Es muß ein Mädchen sein. Frauen lassen immer auf sich warten.»

«Ich auch?»

«Und wie. Fast drei Wochen.»

«Bald paßt du nicht mehr hinter das Steuer», bemerkte

Daisy und streichelte zärtlich den dicken Bauch ihrer Mutter.

«Ja, es wird immer schwieriger», gab Miggy zu. «Vielleicht sollte Toby dich von jetzt an abholen. Für alle Fälle.»

Als sie den Wagen parkte, sah sie Joss im Cockpit der *Westering* stehen und ein paar Enten beobachten, die eifrig in Richtung Mühle paddelten. Er ließ die Schultern ungewohnt mutlos hängen, und Miggy winkte ihm zu.

«Komm doch nachher auf einen Drink vorbei», rief sie. «Und bleib zum Abendessen.»

Selbst auf diese Entfernung konnte sie sehen, wie sein Gesicht sich erhellte, und sie erwiderte sein fröhliches, zusagendes Winken, während sie sich fragte, was den ansonsten nicht aus der Ruhe zu bringenden Joss wohl bedrückte. Sie schloß das Auto ab und folgte Daisy durch die Hecke. Sie empfand tiefe Dankbarkeit, als sie das Licht durch die vorhanglosen Fenster scheinen sah und Toby in der Küche fand, wo er Tee machte.

17

EINES MORGENS, ALS DAS WETTER NOCH ANGENEHM war, schlenderte Sarah rastlos und müde durch den Garten. Obwohl die Sonne schien, war der Glanz aus der Luft verschwunden, und es herrschte eine drückende Schwüle. An einem strahlenden, windigen Tag waren einige Blätter von den Bäumen geweht worden, und Sarah begann, sie zu einem Haufen zusammenzuharken. Sie bewegte sich langsam und planlos, hörte dann auf und setzte sich auf die Gartenbank. Gerade als sie darüber nachdachte, ob sie früh zu Mittag essen sollte – nur, um etwas zu tun zu haben –, hörte sie das Telefon klingeln.

Mit einer merkwürdigen, ängstlichen Vorahnung eilte sie ins Haus und nahm ab.

«Sarah? Hier ist Nick.»

«Ja.» Sie atmete tief ein. «Hallo. Was ist los?»

«Ich habe da ein kleines Problem. Ich möchte gerne nach Hause kommen und es mit dir besprechen. Bist du da? Ißt du heute zu Hause?»

«Ja.» Panische Angst ließ sie kaum Luft holen, doch war Sarah zu kontrolliert, um ihm jetzt schon Fragen zu stellen. «Ja, ich bin hier.»

«Ich komme sofort.»

Er legte auf, und nach einer Weile tat Sarah das gleiche und ging zurück in den Garten. Sie saß noch immer auf der Bank, als Nick vorfuhr, parkte und über den Rasen zu ihr kam. Er setzte sich neben sie und nahm ihre Hände in seine. Sie starrte auf seine Hände, stellte sie sich unter anderen Umständen vor und wartete darauf, daß er ihr sagte, daß er sie wegen Cass Wivenhoe verlassen wollte.

«Ich muß dir etwas beichten», sagte er mit gefaßter, ruhiger Stimme. «Ich fürchte, es ist ziemlich schmutzig und gemein, und ich hoffe, daß du Nachsicht und Verständnis zeigen kannst, obwohl du keinen Grund dazu hast.» Er hielt ihre Hände noch fester. «Seit dem Frühjahr habe ich eine Affäre mit Cass Wivenhoe. Es hat als alberne Liebelei angefangen, ist aber leider irgendwie außer Kontrolle geraten, und jetzt brauche ich deine Hilfe.»

Sie konnte ihn nicht ansehen. Er erwartete doch nicht etwa von ihr, daß sie ihn so einfach aufgab, nur weil er sie darum bat? Sie sah in den Garten und wußte, daß er seine Gedanken ordnete und die Sätze wohl formulierte.

«Ich möchte dich um etwas bitten, das du unverzeihlich finden wirst, Sarah. Cass benimmt sich unmöglich. Sie hat das alles viel zu ernst genommen und macht jetzt Schwierigkeiten. Ich möchte, daß du mit ihr redest.»

Jetzt starrte Sarah ihn ungläubig an, während sich die Gedanken in ihrem Kopf überschlugen und sie versuchte, die neue Lage zu erfassen.

«Ich soll mit ihr *reden*?»

Nun war es an Nick wegzusehen, jedoch ohne ihre teilnahmslose Hand loszulassen.

«Ich habe gründlich darüber nachgedacht. Sie akzeptiert einfach kein Nein, und langsam wird sie im Büro zu einer Plage.»

Verachtung durchzuckte Sarah. Natürlich, das heilige Büro und Nicks Ruf mußten unbefleckt bleiben! Heuchler! dachte sie, doch verspürte sie grenzenlose – wenn auch beschämende – Erleichterung. Er gehörte immer noch ihr. Trotzdem war sie verärgert, mit welcher Selbstverständlichkeit er auf ihre Loyalität zählte, und hatte nicht die Absicht, es ihm leichtzumachen.

«Warum sollte ich denn mit ihr reden? Ich kenne sie doch kaum.» Sie klang kühl.

«Ich weiß.» Er machte eine Pause, in der er sich auf die Lippe biß und ihrem Blick noch immer nicht begegnen konnte. «Glaub mir, ich habe gründlich darüber nachgedacht.»

Und ob ich dir das glaube! dachte Sarah, die fest entschlossen war, sich nicht aus deplazierter Dankbarkeit oder Erleichterung zu irgend etwas überreden zu lassen.

Nick stand auf, stopfte die Hände in die Taschen und

entfernte sich ein wenig. Sie behielt ihn im Auge, während er das Gras um seine Füße anstarrte. Dann kam er zurück und setzte sich wieder neben sie.

«Hör zu», sagte er, «es ist die einzige Möglichkeit, aus diesem Schlamassel herauszukommen. Ich muß dich darum bitten. Wenn du zu ihr gehen und ihr sagen würdest, daß ich dich darum gebeten habe, mit ihr zu sprechen, daß sie ihre Zeit verschwendet ...» Er schluckte und sah Sarah an. «Daß sie nur eine von vielen ist.»

Sie starrte ihn an. «Na, bis hierher stimmt ja alles.» Er blickte nach unten, um nicht die Verachtung – oder den Schmerz – in ihren Augen sehen zu müssen.

«Sie sieht das aber nicht so.» Er sprach ganz leise, und Sarah beugte sich zu ihm.

«Was noch?» fragte sie scharf.

«Ich habe da ein paar Sachen gesagt ... Ach», er schüttelte den Kopf und gestikulierte wild, «... was man eben so sagt in solchen Situationen ...»

«Tut man das?» unterbrach sie ihn bissig und brachte ihn damit zum Schweigen.

«Weiter», sagte sie schließlich. «Was war noch anders, so daß Cass Wivenhoe glaubt, sie sei etwas Besonderes?»

«Ich war in Shropshire mit ihr», sagte er. «In unserem Cottage.»

Das Blut rauschte Sarah nur so durch die Ohren, der Garten begann sich zu drehen. Ihr Herz hämmerte, und sie verkrampfte ihre eiskalten Hände.

«Es ist unverzeihlich», räumte er schnell ein. «Ich war verrückt. Es war an dem Wochenende, als du bei deiner Mutter warst. Ich ... ich habe keine Entschuldigungen, ich kann nur auf deine unendliche Geduld hoffen. Oh, Sarah, ich verspreche dir ...»

«Nein!» Sie stand auf und schaffte es irgendwie, sich aufrecht zu halten, obwohl ihre Knie zitterten und sich in ihrem Kopf immer noch alles drehte. «Keine Versprechungen! Du willst also, daß ich zu Cass Wivenhoe gehe und ihr sage, daß du alle deine schmutzigen kleinen Liebschaften dorthin mitnimmst, zu unserem kleinen Nest, wo wir beide so glücklich waren ...»

Sie fing an zu weinen, und er sprang auf und faßte sie bei den Armen.

«Faß mich nicht an!» schrie sie. «Wie konntest du nur!» Sie schlug die Hände vor die Augen. «Wie konntest du nur mit ihr dorthin fahren und ... Oh, Gott!»

Mit sanfter Gewalt zwang er sie auf die Bank zurück und drückte ihr sein Taschentuch in die Hand.

«Es tut mir mehr leid, als du jemals glauben wirst. Warum solltest du es überhaupt glauben? Oder sonst irgend etwas, das ich in Zukunft sagen werde?» Er seufzte schwer, und sie konnte doch tatsächlich einen Hauch von Selbstmitleid ausmachen! «Ich bin ein schrecklicher Dummkopf, ich weiß, daß ich alles kaputtgemacht habe ...»

«Ja!» rief sie, als ihre Gesichter sich sehr nahe waren. «Alles! Und jetzt erwarte bloß kein Mitleid!»

Er setzte sich auf, und sie wischte sich die Tränen aus den Augen. Sarah versuchte, die Schluchzer, die in ihr aufwallten, herunterzuschlucken, und raste vor Wut, weil ein Teil von ihr – selbst in dieser Situation – sich bereits auf dieses unsägliche Gespräch vorbereitete und sich damit abfand, daß sie Nick unterstützen mußte.

«Weiter», sagte sie schließlich. «Was soll ich ihr noch sagen?»

Sie hörte, wie er schluckte, doch als er sprach, geschah das mit einer Leidenschaftslosigkeit, mit der er eine Angestellte einweisen würde. «Ich vermute, daß das, was Cass am ehesten zur Vernunft bringen wird, die Tatsache ist, daß sie nur eine von vielen ist, eine vorübergehende Laune. Du müßtest deutlich machen, daß du die ganze Zeit von der Affäre gewußt hast, und auch davon, daß wir in Shropshire waren und …» er machte eine winzige Pause, «im *The Bear.* Die Tatsache, daß wir darüber gesprochen haben, wird untermauern, daß sie mir nichts bedeutet. Wenn …» – wieder zögerte er – «Wenn du es irgendwie über dich bringen könntest, dich ganz locker zu geben, als wäre die ganze Angelegenheit eine Art … Scherz. Es tut mir leid!» rief er, als sie vor Schmerz nach Luft schnappte. «Bitte, versuche, mir zu verzeihen, Sarah. Es ist die einzige Möglichkeit, sie zu bremsen.» Er nahm ihre Hand, die schlaff und teilnahmslos in seiner lag. «Ich liebe dich», sagte er. «So unglaublich es sich auch anhört. Ich liebe dich wirklich.»

Es war ihr unmöglich zu antworten, und so saßen sie eine Weile eisig schweigend nebeneinander.

«Na gut», sagte sie schließlich. «Heute nachmittag fahre ich zu ihr. Möchtest du etwas essen? Ich mache mir eine Tasse Kaffee. Mehr kriege ich nicht herunter.»

«Ich mache den Kaffee», sagte er schnell, froh, etwas tun zu können, ihr einen Moment zu entkommen und entspannen zu können.

Sarah nickte. Sie wußte genau, was er dachte, und verachtete ihn und sich selbst gleichermaßen. Aber was blieb ihr anderes übrig? Sollte sie zulassen, daß Cass Nicks Ruf zerstörte und ihre Ehe zum Gespött der Leute machte? Sollte sie ihn verlassen? Sie wußte, daß keine dieser Alternativen wirklich in Frage kam, und aus diesem Grund mußte sie Nick recht geben, daß dies die einzige Möglichkeit war, die Sache zu beenden.

Sarah trug immer noch ihre alte Kordhose, den Wollpullover und ein Tuch um den Hals, als sie später über Dousland und Meavy durch das Moor zu dem Pfarrhaus fuhr, in dem die Wivenhoes wohnten. Sie fuhr langsam zwischen den Rhododendronbüschen die Einfahrt hinauf und hielt die Luft an, als sie Cass auf dem Rasen stehen sah. Auch sie hatte Blätter zusammengeharkt, stützte sich nun auf der Harke ab und beobachtete einen Golden Retriever, der sich in den Blätterhaufen stürzte und ihn aufwirbelte. Sarah hatte Zeit, Cass' schlanke, graziöse Sinnlichkeit zu registrieren, ihr dickes goldenes Haar, das liebliche Gesicht. Als sie das Auto hörte, drehte Cass sich um. Das Lächeln auf ihrem Gesicht erstarb und machte einem Ausdruck ungläubigen Entsetzens Platz, als Sarah über den Rasen auf sie zuging.

Mit trockenem Mund und zitternden Händen fuhr Sarah wieder weg und schlug instinktiv den Weg zur Mühle ein. Sie konnte einfach nicht nach Hause fahren und dort sitzen und warten, bis Nick wiederkam, um dann sein gespanntes, neugieriges Gesicht zu sehen, das er erfolglos zu verstecken versuchte, und ihm von dem Gespräch und Cass' Reaktion zu berichten. Sie hatte die Drecksarbeit für ihn erledigt und brauchte jetzt Zeit, um sich davon zu erholen. Sie würde ihre Verachtung für ihn nicht verbergen können und wollte erst ihre Selbstachtung wiederherstellen und sich ihre Liebe für ihn in Erinnerung rufen, bevor sie sich ihm stellte. Während sie fuhr, spielte sich die Szene auf dem Rasen des Pfarrhauses wieder und wieder in ihrem Kopf ab, und das Echo ihrer eigenen Stimme – locker, leicht, sicher –

und der von Cass – verzweifelt, schockiert, ungläubig – hallte in ihr wider …

«… Nick hat ein Problem … sehr schwierig, meine Liebe … möchte Sie nicht mehr sehen … meistens enden diese Dinge ganz friedlich …»

«Meistens?»

«… waren nicht die erste … werden nicht die letzte gewesen sein … alles ganz harmlos … dachte, Sie würden das verstehen … schließlich haben Sie selbst einen gewissen Ruf.»

«Ich glaube Ihnen nicht … Nick würde niemals … Sie bluffen!»

«Ach, meine Liebe … muß grausam sein … hat mir erzählt, daß er mit Ihnen in unserem kleinen Häuschen in Shropshire war … sicher waren Sie auch im *The Bear* … da geht er mit jeder hin …»

«Das glaube ich nicht!»

«… im Büro gewesen … sehr dumm von Ihnen … würde mich nie verlassen … privates Einkommen … meine Familie … Luxus … ein sehr egoistischer Mann, und eitel dazu …»

«Er hat Sie zu mir geschickt?»

«… schwacher Charakter … bittet mich, ihm aus der Patsche zu helfen … bin seine kleinen Abenteuer gewöhnt.»

«Aber wie können Sie bloß damit leben? Ich verstehe das nicht!»

«Wirklich nicht, Cass? Wie erträgt es denn Ihr Mann?»

Eisiges Schweigen. Schließlich nahm Cass sich wieder zusammen und bat sie zu gehen.

«Sagen Sie Nick, er hat nichts zu befürchten … Ich werde nie wieder mit ihm reden.»

«... hoffe, wir können Freunde bleiben ... so viele gemeinsame Bekannte ... wollen doch sicher nicht, daß getratscht wird ... muß jetzt los. Auf Wiedersehen.»

Sarah merkte, daß sie das Steuer mit tauben Fingern umklammerte und die Schultern verkrampfte. Sie hielt mitten im Moor am Straßenrand an und versuchte, sich zu entspannen. Das Schlimme war, daß sie während dieser erniedrigenden Szene ehrliches Mitleid für Cass empfunden hatte. Nick hatte sie ganz offensichtlich glauben lassen, daß sie viel, viel mehr war als nur ein weiterer Flirt. Sie hatte das Entsetzen und den Schmerz in Cass' Gesicht gesehen, aber immer weitergemacht, um sie zu überzeugen, um sie das Unglaubliche glauben zu machen.

Blicklos starrte Sarah auf das Moor, unbewußt knetete sie ihre steifen Hände und bog ihre Finger. Das ganze Ausmaß dieser Angelegenheit brach über sie herein: Die Ungeheuerlichkeit, gebeten zu werden, mit der Geliebten ihres Ehemannes zu sprechen, die Unausweichlichkeit, zu lügen und ihn in seiner Untreue zu unterstützen. Sarah ließ den Kopf in die Hände fallen, sie war zu erschöpft von dieser Zerreißprobe, sie konnte nicht einmal weinen. Ob sie die Fäden ihres Lebens und ihrer Ehe jemals wieder in die Hand nehmen und weitermachen konnte? Sie dachte an Nick, empfand dabei nichts als Ekel, Verachtung, Ablehnung und – Entsetzen. War es möglich, daß er dieses Mal zu weit gegangen war und ihre Liebe zu ihm zerstört hatte?

Entgeistert kreiste sie um diesen Gedanken. Selbst in den schwersten Zeiten ihrer Beziehung hatte sie niemals an ihrer Liebe für ihn gezweifelt, war sie stets sicher gewesen, daß sie unsterblich war. Vielleicht stimmte das gar nicht, vielleicht hatte selbst ihre sture, entschlossene Leidenschaft Grenzen. Sie dachte an Cass' Gesicht und ihren Aufschrei

«Das glaube ich nicht!», nach dem sie das verrückte Verlangen verspürt hatte, sie in den Arm zu nehmen und zu rufen: «Ich auch nicht!»

«Aber wenn ich ihn nicht mehr liebe», murmelte Sarah, «was bleibt mir dann noch?»

Sie fühlte sich unendlich einsam, startete den Motor und fuhr weiter die wohlbekannte Strecke zu Hattie.

Es dämmerte bereits, als sie bei der Mühle ankam und ausstieg. Sie fühlte sich alt und krank und blieb einen Moment stehen, weil sie nicht genügend Energie aufbringen konnte, um zur Tür zu gelangen. Während sie so da stand, ging die Haustür auf, und Hattie erschien in dem warmen Licht, das aus dem Flur nach draußen strahlte.

«Sarah?» hörte sie sie verwundert fragen. «Bist du das? Was ist los? Bist du in Ordnung?»

Der Klang ihrer Stimme brachte Sarah zum Weinen, und Hattie ging zu ihr, legte einen Arm um sie und führte sie hinein.

Nick ging nervös auf und ab und sah zum hundertsten Mal auf die Uhr. Krank vor Sorge war er nach Hause gekommen und hatte das Haus dunkel und leer vorgefunden, ohne Sarah oder auch nur eine Nachricht von ihr. Er wollte unbedingt wissen, ob sie mit Cass geredet hatte und wie das Gespräch verlaufen war, und verspürte eine merkwürdige Mischung aus Erleichterung und Enttäuschung, als ihm bewußt wurde, daß seine Spannung vorerst nicht gelöst würde. Er hatte sich einen großzügigen Scotch eingeschenkt, den Kamin im Wohnzimmer angezündet und versucht, sich zu entspannen. Es war unmöglich. Düstere Gedanken zogen auf. Wenn Cass nun eine lebhafte Schilderung ihrer Affäre abgegeben hatte? Er stellte sich vor, wie die beiden Frauen sich anschrien, sich vielleicht sogar schlugen ... Schlimmer? Nick verzog bei dem Gedanken das Gesicht. Vielleicht hatten sie über ihn geredet, Freundschaft geschlossen, Erfahrungen ausgetauscht ...!

Unwillkürlich war ihm ein Laut der Mißbilligung, der Demütigung entwichen, und er war aufgesprungen, um auf und ab zu gehen, als könne er solch unerwünschte Vorstellungen mit körperlicher Aktivität abschütteln. Dann hatte er sich noch einen Drink eingeschenkt und war in die Küche gegangen. Trotz seiner Nöte hatte er Hunger und sah im Kühlschrank nach, was wohl als Abendessen geplant war. Sarah hatte offensichtlich nichts vorbereitet, also nahm er sich etwas Käse und ein paar Kräcker und aß im Stehen neben dem Küchentisch, ohne die Wanduhr aus den Augen zu lassen. Was war wohl passiert? Er weigerte sich, sich irgend etwas Melodramatisches auszumalen. Dazu war Sarah einfach nicht der Typ, ganz egal, wie aufgewühlt sie sein mochte. Nick vermied den Gedanken an die Ungeheuerlichkeit seiner Bitte und blieb pragmatisch. Natürlich konnte sie einen Unfall gehabt haben. Es war zu erwarten, daß sie nach dem Gespräch aufgelöst war und sich nicht richtig auf das Fahren konzentrieren konnte.

Nick verlangsamte seine Schritte. Er könnte die Krankenhäuser im Umkreis anrufen und fragen, ob irgendwelche Unfallopfer eingeliefert worden waren, aber das könnte peinlich werden ... Unvermittelt trank er das Glas in einem Zug aus und tat, was er schon tun wollte, seit er nach Hause gekommen war und Sarah nicht dagewesen war. Er ging in ihr Arbeitszimmer, studierte ihr Adreßbuch und rief in der Mühle an.

Hatties Stimme war beherrscht wie immer, und Nick

wand sich ein wenig, als er seine Frage stellte und versuchte, möglichst leicht und unbeschwert zu klingen.

«Guten Abend, Hattie. Ist Sarah zufällig bei dir? Ich glaube, wir haben aneinander vorbei telefoniert, und ich bin mir nicht sicher, wann sie nach Hause kommt.»

«Hallo, Nick. Ja, sie ist hier. Und sie bleibt auch über Nacht. Es geht ihr nicht besonders gut.»

«Oh, das tut mir leid.» Er hörte sich wirklich besorgt an. «Kann ich sie mal eben sprechen?»

«Sie sagt, sie fühlte sich nicht danach.» Bedauern klang aus Hatties Stimme, doch Nick biß die Zähne aufeinander, er fühlte sich erniedrigt dadurch, daß Sarah Hattie anscheinend alles erzählt hatte.

«Verstehe.» Er klang leicht verstimmt.

«Sie sagt, du sollst dir keine Sorgen machen. Wie es aussieht, hat sie das, was sie heute nachmittag erreichen wollte, erreicht, und du kannst dich entspannen. Okay? Macht das Sinn?»

«Oh, ja, vielen Dank.» Seine Stimme war jetzt kalt. Tatsächlich hielt er Sarahs Verschwörung mit Hattie gegen ihn für viel schlimmer als seine eigene mit Cass gegen Sarah. Hattie war schließlich ihre gemeinsame Freundin, und Sarah hatte kein Recht, eine so persönliche Angelegenheit mit ihr zu besprechen, ohne ihn zu fragen. «Vielleicht wäre es ihr möglich, mich morgen früh anzurufen? Gute Nacht.»

Er legte unvermittelt auf und konnte nun seine eigene Schuld vergessen und sich über Sarahs Verhalten ärgern. Er schenkte sich einen dritten Drink ein, nahm ihn mit ins Wohnzimmer und griff nach der Zeitung. Es schien alles in Ordnung zu sein, er konnte sich entspannen, und wenn Sarah nach Hause kam, würde er alles wiedergutmachen. Das

Problem war, daß die Frauen dazu tendierten, die Dinge so schrecklich zu verkomplizieren. Er seufzte, tat sich selbst ziemlich leid, setzte sich mit ausgestreckten Beinen ans Feuer und vertiefte sich in seine Zeitung.

18

MIGGY WAR ERLEICHTERT, DASS SARAH NICHT mehr in der Mühle war, als sie und Toby Daisy auf dem Weg zum Krankenhaus dort ablieferten. Es war schon vor langer Zeit vereinbart worden, daß Daisy zu Hattie kommen sollte, wenn die Wehen nachmittags oder abends einsetzten, und Miggy war froh, daß Sarah am gleichen Morgen nach Hause zurückgekehrt war, weil sie wußte, daß Sarah sie dafür verurteilte, daß sie Stephen verlassen hatte. In der Ferne rollte Donner, und über dem Meer waren Blitze zu sehen, und bis Hattie und Daisy soweit waren, ins Bett zu gehen, regnete es bereits in Strömen, so daß man kaum über den Fluß sehen konnte.

Hattie packte Daisy in das kleine Schlafzimmer und fragte sich, wie es den Parkers wohl erging. Eins war jedenfalls sicher: da sie Evans Geschichte gehört hatten, würden sie sich während des Sturmes ganz bestimmt nicht an Deck wagen. Hattie ging wieder nach unten und schloß ab für die Nacht. Sie hatte Daisy erlaubt, recht lange aufzubleiben, und fand, daß es ihr selbst nicht schaden konnte, früh schlafen zu gehen. Admiral Jellicoe – der Stürme offenbar gerne mochte und es genoß, draußen im Regen zu sitzen –

kam nur widerwillig herein und machte es sich mit seinem allabendlichen Gute-Nacht-Leckerchen bequem. Hattie nahm ihr Glas Wasser, ihr Buch und ihre Brille, machte das Licht aus und ging langsam nach oben in ihr Schlafzimmer.

Der große Raum sah einladend und gemütlich aus. Das lag teilweise daran, daß Mr. Crabtree auf Hatties Geheiß den Kamin wieder aufgemacht hatte, in dem nun im Winter die ganze Nacht hindurch ein Feuer brannte. Sie zündete es für gewöhnlich gegen neun Uhr an, so daß es ordentlich brannte und das Zimmer angenehm warm war, wenn sie ins Bett ging.

«Ich gebe zu, daß es ein Luxus ist», gestand sie reuelos der neidischen Miggy. «Genaugenommen ist es sogar ekelhaft dekadent. Aber du kannst dir nicht vorstellen, wie schön es ist, im Bett zu liegen und die tanzenden Schatten an der Decke zu beobachten! Es versetzt mich zurück in meine Kindheit.»

Hattie räumte noch etwas auf und hielt jedesmal inne, wenn eine außergewöhnlich heftige Bö gegen die dicken Mauern schlug. Sie zog die braunen Samtvorhänge zur Seite und blickte über den Fluß. Sie wünschte, Joss hätte sich in das Cottage geflüchtet, doch konnte sie durch die Bullaugen Licht sehen und wußte, daß er sicher war. Nach und nach akzeptierte sie die schmerzhafte Tatsache, daß Joss in ihr die mütterlichen Gefühle weckte, die ihr seit der Abtreibung verwehrt geblieben waren, doch sie war fest entschlossen, ihm damit nicht auf die Nerven zu gehen. Hattie zog den Vorhang wieder zu und setzte sich in ihrem riesigen, langen Herrennachthemd in den Schaukelstuhl am Feuer. Dies war für sie die schönste Zeit des Tages: das Zimmer war nur von einer Nachttischlampe erhellt, das Licht des Feuers züngelte an den cremefarbenen

Wänden empor, und das brennende Holz zischte und knisterte. Die schwarzen Scheite glühten und warfen goldenes Licht, und Hatties Stuhl knarrte leise, während sie sanft schaukelte und in ihrem Buch blätterte. Hinter ihr wartete einladend das riesige Bett, auf dem sich Decken und Kissen türmten, und die Porzellanfiguren auf der Kommode erwachten im Flackerlicht zum Leben und bewegten sich an der Wand.

Eine besonders heftige Bö schüttelte die Mühle. Sie tobte ums Haus, das zu beben schien, als der Regen gegen das Fenster schlug, und heulte im Schornstein. Hattie streckte die Hand nach einem weiteren Stück Holz aus, als die Tür aufging und ein goldener Schopf hereinsah.

«Geht es dir gut, Hattie?» fragte Daisy besorgt. «Ich dachte, ich sehe mal nach, um sicherzugehen, daß du keine Angst hast. Oh!» Sie machte ganz große Augen. «Ist das gemütlich hier!»

«Kannst du nicht schlafen?» Hattie schob den Schemel, auf dem sie ihre Füße abgelegt hatte, hinüber. «Komm, setz dich ans Feuer. Ganz schöner Lärm da draußen, was?»

Daisy setzte sich auf den Schemel und streckte ihre schmalen Hände dem Feuer entgegen. Hatties Zimmer sah verzaubert aus, wie aus einem Märchen, und Hattie selbst mit dem blauen Nachthemd und einer roten Stola um ihre Schultern wirkte wie eine ganz andere Person. Daisy war überrascht und freute sich. Nach einer Weile stand sie auf, strich durch das Zimmer und schaute sich alles ganz genau an. Das Bett war enorm groß und glich eher einem überdimensionalen, bunten Nest. Sie berührte die Porzellanfiguren auf der Kommode und blieb schließlich vor dem Bücherregal stehen, um im Dämmerlicht mit zusammengekniffenen Augen die Titel zu entziffern.

«Mann!» sagte sie ehrfürchtig. «Du hast ja *Alice* und *Pu* und Beatrix Potter!»

«Natürlich!» gab Hattie knapp zurück. «Die Bücher sind jetzt richtig alt. Aber egal. Sind noch genauso schön zu lesen wie damals, wenn nicht noch besser.»

«Du hast so viele Bücher, Hattie», staunte Daisy.

«Eigentlich zu viele.» Hattie seufzte. «Aber ich kann mich von keinem einzigen trennen. Wie wäre es mit einem Kakao?»

«Au, ja!» Daisys Augen glänzten. «Können wir hier am Feuer eine Mitternachtsparty feiern?»

«Warum nicht?» Hattie schwang sich aus dem Schaukelstuhl und schlüpfte in die Lammfellpuschen. «Ich gehe runter und schaue nach, was ich habe.»

«Soll ich dir helfen?»

«Nein», lehnte Hattie ab, die nicht wollte, daß der Admiral gestört wurde. «Du bleibst hier, wo es warm ist, und kümmerst dich ums Feuer.»

Als sie hinausgegangen war, probierte Daisy den Schaukelstuhl aus und legte dann vorsichtig ein Stück Holz aus dem Weidenkorb ins Feuer. Sie stand am Fenster, sah zu, wie der Regen die Scheiben hinunterlief, und warf kurze Blicke auf die wild schaukelnde *Westering*, als Hattie wiederkam.

Gesellig saßen sie vor dem Kamin und aßen Schokoladenkekse und tranken Kakao, bis Daisy schließlich mehrmals einnickte und Hattie verkündete, daß es Zeit sei, ins Bett zu gehen. Als sie Daisys sehnsüchtigen Blick sah, brachte sie es nicht übers Herz, sie diese lärmende Nacht allein in einem fremden Bett verbringen zu lassen.

«Na, komm schon», sagte sie zu Daisys Entzücken. «Hier ist genug Platz für dich.»

Bevor Hattie es sich anders überlegen konnte, krabbelte Daisy schon zwischen die Decken und Kissen dieses wunderbaren Bettes und kuschelte sich selig hinein. Hattie stocherte noch einmal im Feuer, stellte das Funkengitter davor, kletterte ins Bett und machte das Licht aus.

«Träum süß», sagte sie und stopfte sich ein paar Kissen in den Rücken. Sie deckte sich zu und schloß die Augen, doch Daisy lag noch immer wach, sie glaubte zu schweben und beobachtete die Flammen, die an der Decke tanzten. Die Schatten streckten und verschoben sich und faszinierten sie, bis ihr die Augen zufielen und sie einschlief.

Der Sturm tobte drei Tage, bis er endlich an Kraft verlor. Mehrere Bäume lagen jetzt kreuz und quer im Schlamm, und zwischen ihnen Treibgut, das angeschwemmt worden war. Als die Parkers sich wieder blicken ließen, sahen sie ziemlich blaß aus. Mit derart ungezügelter Naturgewalt hatten sie nicht gerechnet, und jetzt fragten sie sich, wie sie jemals auf die Idee gekommen waren, daß es ein Vergnügen sein könnte, auf einem Boot zu wohnen.

Joss dagegen war guter Laune. Die *Westering* hatte den Sturm trotz einiger neuer Schäden gut überstanden, und im großen und ganzen war er zufrieden.

Miggy und das Baby, Marigold, kamen nach Hause, und langsam kehrte wieder Normalität ein. Toby war ganz vernarrt in seine kleine Tochter und schrieb sofort an Georgia. Nicht nur, um ihr von der Geburt zu berichten, sondern auch, um ihr zu versichern – für alle Fälle –, daß sie seine Erstgeborene war und blieb und daß kein Baby ihr diesen Rang je strittig machen würde. Sollte Georgia diese Versicherung gebraucht haben, so war es aus ihrem Antwortbrief, in dem sie sich vor Beglückwünschungen förmlich überschlug, nicht ersichtlich. Ein paar Tage später erhielt Toby dann einen Brief von Ruth. Sehr gespannt öffnete er ihn und las ihn überrascht. Sie gratulierte ihm zu seiner kleinen Tochter, erkundigte sich nach Miggy und bemerkte leicht sehnsüchtig, wie gerne sie sie alle besuchen würde. Sie sei überrascht, schrieb sie, wie einsam sie sich fühle, und bereue viele ihrer vergangenen Entscheidungen. Sie wisse, daß es nun zu spät sei, die Zeit zurückzudrehen, aber sie hoffe, sie würden darüber nachdenken, ob sie für ein paar Tage zu ihnen kommen dürfe. Sie würde so gerne Georgias kleine Schwester sehen.

Toby las den Brief noch einmal und wunderte sich. Das sah Ruth so gar nicht ähnlich. Er wagte es nicht, den Brief in diesem Moment Miggy zu zeigen, da er wußte, daß sie zunächst mit Mißtrauen und dann mit Angst reagieren würde, aber er konnte ihn auch noch nicht zur Seite legen. Er las ihn ein drittes Mal und empfand Mitleid. Er hatte ein solches Glück gehabt. Er hatte eine vollständige neue Familie und Georgia dazu, während Ruth fast gar nichts hatte. Sie erklärte in ihrem Brief, daß aus dem neuen Job nichts geworden sei, und er vermutete, zwischen den Zeilen lesend, daß auch ihre neue Beziehung gescheitert war.

Toby grübelte ein paar Tage. Seine Schwäche war, daß er immer alle glücklich sehen wollte, und er verbrachte Stunden damit, darüber nachzudenken, wie dies zu erreichen sei. Es konnte schließlich nicht schaden, mit Ruth befreundet zu sein. Miggy und er liebten sich so sehr, daß doch sicher ein kleines bißchen Liebe für Ruth abfallen konnte. Es wäre doch schade, wenn eine Beziehung, die in Liebe begonnen hatte, in Feindschaft endete. Und doch hielt ihn irgend etwas davon ab, mit Miggy hierüber zu sprechen. Jedesmal, wenn er sie sah – blaß, aber strahlend nach der langwierigen Geburt –, fühlte er sich nicht in der Lage, ihr den Brief zu zeigen oder ihr seine Hoffnung zu erklären. So vergingen die Wochen, ohne daß er zu einer Entscheidung gelangte.

Erst als Georgia schrieb, um zu fragen, ob sie Silvester bei ihnen verbringen durfte, sah Toby eine Gelegenheit, das Thema Ruth anzupacken. Er schrieb Georgia, daß sie so lange kommen konnte, wie sie wollte, und schlug ganz nebenbei vor, daß Ruth doch auch für ein, zwei Tage herkommen könne. Ein paar Tage später rief Georgia an.

«Hi, Dad», sagte sie. «Danke für deinen Brief. Meinst du das ernst, das mit Mum und Silvester?»

«Na ja», Toby sah durch die offene Tür und schloß sie mit dem Fuß. «Ich habe einen sehr netten Brief von ihr bekommen, wegen des Babys. Sie schrieb, daß sie einsam sei und gerne für ein paar Tage herkommen würde.»

«Na ja, das ist deine Sache.» Georgia war skeptisch. «Sie ist etwas down im Moment, aber ich will nicht, daß es wieder Probleme gibt. Nicht mit der kleinen Marigold und so.»

«Ich bin sicher, daß Ruth sich zu benehmen weiß. Ich war letztes Mal schließlich deutlich genug.»

«Okay.» Er konnte geradezu sehen, wie sie mit den Schultern zuckte. «Aber nicht so lange.»

Etwas später schnitt er das Thema Miggy gegenüber an.

«Oh, nein, nicht auch noch Ruth!» Sie starrte ihn entsetzt an. «Was zum Teufel will sie denn hier?»

«Ich glaube, sie hat ein schlechtes Gewissen, und sie würde gern das Baby sehen.»

«Ach, verdammt!» Miggy sah so verzweifelt aus, daß Toby etwas bang wurde.

«Regt dich das wirklich so auf?» fragte er.

«Natürlich tut es das!» rief sie. «Sie war so gemein zu mir von Anfang an. Sie macht nur Ärger, ich traue ihr nicht für fünf Pfennig über den Weg!»

Sie sah ihn an und bereute sofort, was sie gesagt hatte. Er sah so traurig aus, daß sie versuchte, ihre eigenen Vorbehalte zu unterdrücken und Nachsicht zu üben.

«Ich kann dich ja verstehen», sagte er. «Ich hatte nur gehofft, daß all diese Bitterkeit irgendwann einmal vorbei sein würde. Es wäre schöner für Georgia, wenn wir alle freundlich miteinander umgehen könnten. Ich möchte sie nicht vor den Kopf stoßen.»

Miggy schluckte ihre Wut herunter und rief sich in Erinnerung, daß Georgia viel schwieriger hätte sein können. Es war sicher nicht einfach für sie gewesen, Miggy und Daisy und jetzt auch noch Marigold zu akzeptieren.

«Das möchte ich auch nicht», sagte sie. «Natürlich nicht. Aber ich verstehe nicht, was Ruth damit zu tun hat. Aber gut», sie zuckte resignierend mit den Schultern, «wenn Georgia möchte, daß sie mitkommt, können wir wohl nichts machen.»

Toby zögerte. Dies war der Moment, in dem er ihr sagen sollte, daß all das gar nichts mit Georgia zu tun hatte, sondern daß Ruth selbst sich eingeladen hatte, doch es war einfacher, es so zu belassen, wie es war, und darum ließ er den Moment ungenutzt verstreichen.

Weihnachten rückte näher. Daisy war enttäuscht, daß James zu seinen Eltern nach Dorset fuhr, aber Hattie und Joss wurden zum Mittagessen am ersten Feiertag eingeladen, und Miggy machte sich Gedanken über die Parkers.

«Ich habe ein schlechtes Gewissen, wenn ich sie nicht einlade», sagte sie zu Toby. «Ich habe wirklich keine Lust auf sie, aber wir können sie wohl auch schlecht ganz allein da drüben sitzen lassen, oder?»

Er nahm sie in den Arm und drückte sie. «Lad sie ein», riet er. «Wir können sie doch nicht ignorieren. Nur zum Mittagessen. Joss und Hattie helfen schon mit. Schließlich ist Weihnachten.»

Die Parkers freuten sich überschwenglich über die Einladung. Beide waren etwas stiller als früher, und selbst Hattie gelang es, ihnen mit Gleichmut zu begegnen. Das Essen verlief friedlich, aber dennoch war Miggy froh, als alles vorbei war.

«Schade, daß du an Silvester nicht hier bist», gestand sie Hattie, als sie zusammen abwuschen. «Ich fürchte mich schon davor.»

«Hmmm. Paß einfach auf.» Hattie guckte unschlüssig. «Ich bin bei Sarah und Nick eingeladen, das kann ich nicht absagen. Aber behalt sie im Auge.»

Als Ruth und Georgia ankamen, sah es allerdings ganz so aus, als wären solche Vorsichtsmaßnahmen nicht nötig. Ruth war still, benahm sich, war ganz Gast. Sie säuselte dem Baby die Ohren voll und hatte Daisy ein paar Rollschuhe als nachträgliches Weihnachtsgeschenk mitgebracht. Miggy vermutete, daß Georgia ihr diesen Tip gegeben hatte, sagte aber nichts, da sie Daisys strahlende Augen sah. Toby freute sich, daß seine Familie – die alte und die neue – sich so zivilisiert aufführte, und sorgte dafür, daß Ruth sich wohl fühlte. Als sie allein waren, während Miggy sich um Marigold kümmerte, betonte Ruth artig ihre Dankbarkeit.

«Es war so lieb von dir, mich herkommen zu lassen», sagte sie, als sie auf dem Küchentisch saß und Toby Tee und Kaffee machte. «Weißt du, ich vermisse dich wirklich.»

«Oh, Ruth.» Er versuchte, sich nicht becircen zu lassen. «Es tut mir leid, daß es schiefgelaufen ist.»

«Ich weiß.» Sie beobachtete seinen Rücken und dachte zurück. «Ich war dumm.»

«Laß uns nicht darüber reden, Zucker?»

«Ja, leider.» Sie kicherte glucksend. «Du kennst mich. Und alle meine Laster.»

Er witterte Gefahr und versuchte, das Gespräch auf sichereres Terrain zu lenken. «Tut mir leid, daß das mit dem Job nicht geklappt hat.»

«Ach, na ja.» Sie sah sich in der Küche um. «Wie vertraut das hier alles ist. Genau wie damals, nicht? Ich sitze hier, und du machst Tee. Gott, ich vermisse dich wirklich!»

«Ruth», warnte er. «Bitte hör auf.»

«Vermißt du mich nicht mal ein kleines bißchen?» Sie löste sich vom Tisch, ging zu ihm und legte die Hände auf seine Arme. «Ach, Liebling. Bestimmt. Du warst so lieb zu mir. Du hast es gemocht, wenn ich verdorben war. Konntest gar nicht genug bekommen. Das kann doch nicht alles vorbei sein?» Er war so still, daß sie dachte, sie hätte gewonnen. Stoßweise atmend, streichelte sie ihm den Bauch. «Das ganze Wochenende bin ich schon scharf auf dich. Ach, Toby, es muß sich hier doch gar nichts ändern. Du könntest jederzeit mal nach London kommen. Wie in guten alten Zeiten.»

«Was höre ich da?» Miggy stand hocherhobenen Hauptes in der Tür.

Toby fuhr herum, doch Ruth blieb neben ihm stehen und zog die Augenbrauen hoch. Sie dachte, Miggy hätte nur den letzten Satz gehört, und sprach schnell, bevor Toby etwas tun konnte.

«Ich habe gesagt, wie lieb es war von Toby, mich wie in

alten Zeiten hierher einzuladen», sagte sie aalglatt. «Vergeben und vergessen. Das war schon immer unser Motto, nicht wahr, Liebling?»

«Nicht immer.» Toby schüttelte ihre Hand ab und ging zu Miggy. «Kein Grund zur Sorge. Wie geht es Marigold?»

«Sehr gut. Was soll das heißen, daß du Ruth eingeladen hast? Du hast gesagt, Georgia hätte gefragt, ob sie mitkommen kann.»

«Oh, Liebling», kicherte Ruth. «Jetzt hat sie uns ertappt.»

Miggy starrte Toby an, der sich selbst dafür verfluchte, nicht hundertprozentig bei der Wahrheit geblieben zu sein. Wie dumm war er gewesen, zu glauben, daß er Ruth vertrauen konnte! Wie naiv, zu glauben, daß die Liebe Berge versetzen konnte!

«Ruth hat geschrieben und gefragt, ob sie kommen könne», erklärte er steif. «Sie hörte sich so elend und einsam an, und nachdem ich mit Georgia darüber gesprochen hatte, schien es mir eine gute Idee zu sein, zu versuchen, uns alle zusammenzuführen und die Vergangenheit hinter uns zu lassen. Es war dumm von mir, zu glauben, daß es funktionieren würde.»

«Oh, nein, Liebling.» Ruth machte einen letzten Versuch. «Eifersucht ist eine furchtbare Krankheit …»

«Vergiß es, Ruth.» Toby drehte ihr den Rücken zu und lächelte Miggy an. Es dauerte einen Moment, doch dann erwiderte sie zögerlich sein Lächeln. «Ich habe Tee für dich gemacht», sagte er. «Sollen wir ihn mit nach oben nehmen und ein bißchen mit dem Baby plaudern?»

Ruth sah ihnen mit finsterer Miene nach und gab sich keine Mühe, freundlicher auszusehen, als Georgia in die Küche kam.

«Ist das mein Kaffee?» fragte sie und bemerkte dann Ruths Gesichtsausdruck. «Ist was?»

«Nein.» Ruth zuckte mit den Schultern. «Die gute alte Langeweile. Hier ändert sich ja doch nichts.»

«Warum sollte es auch? Komm schon, Mum. Vergiß es. Trink deinen Kaffee, und dann fahren wir zu Sue. Du kannst dich doch noch an sie erinnern, oder? War mit mir auf der St. Margaret's. Du hast dich immer gut mit ihrer Mutter verstanden. Hat doch keinen Zweck, hier rumzusitzen und zu grübeln.»

Oben legte Toby den Arm um Miggy, die auf die schlafende Marigold hinunterstarrte.

«Ich habe mich geirrt», gab er zu. «Und zwar gründlich. Ich war dumm. Es kommt nie wieder vor. Ehrlich.»

Miggy lächelte ein wenig. All ihre alten Ängste waren wieder hochgekommen, trotz der neuen Sicherheit. Sie sah auf das Baby hinab und beruhigte sich wieder etwas.

«Versprochen?» fragte sie schließlich, und er nahm sie in den Arm und küßte sie.

19

BRIAN PARKER SAH JANICE DABEI ZU, WIE SIE IN das Motorboot hinabkletterte, den Motor startete und in Richtung Fischercottage davonschaukelte. Sie wollte mit Miggy nach Totnes fahren, um dort einen Schaufensterbummel zu machen und zu Mittag zu essen, und hinterher im Cider Press Centre in Dartington Tee trinken. Sie winkte ihm zum Abschied, wobei sich auf ihrem Gesicht kindliche Aufregung angesichts einer Auszeit vom Boot mit Besorgnis um ihn, der ganz allein auf dem Boot zurückblieb, vermischte. Brian erwiderte ihren Gruß und war froh, daß sie wegfuhr. Er hatte sich ja keine Vorstellung gemacht, wie klaustrophobisch es sein würde, mit ihr in derart beengten Verhältnissen zu leben. Sie konnten sich einfach nicht aus dem Weg gehen. Er wußte, daß die *Abigail* – verglichen mit anderen Hausbooten – recht groß war, aber er begriff einfach nicht, wie andere Leute das aushielten und überlebten, ohne sich gegenseitig umzubringen.

Er beobachtete Janice dabei, wie sie das Boot in Tobys Bootshaus bugsierte, und ließ den Blick über den Fluß schweifen. Es war einer der üblichen dunklen, nebligen Tage. Zwar regnete es nicht, aber dennoch merkte Brian, wie die depressive Stimmung, die ihn nun schon seit fast einem Jahr ständig begleitete, ihn übermannte. Er wußte, daß es ungerecht war, Janice die Schuld an Dingen zu geben, die ihren Ursprung in seiner eigenen Unzulänglichkeit hatten, aber mußte sie denn immer so verdammt fröhlich sein, so betont gut gelaunt! Wenn sie doch nur verstehen könnte, daß es ihm manchmal lieber wäre, wenn sie in Tränen ausbrechen oder die Beherrschung verlieren würde. Herrgott, das Leben an Bord brachte doch genug Ärgernisse mit sich, um selbst die Geduld eines Heiligen auf die Probe zu stellen! Brian sah zu der Steilwand aus Bäumen hinauf, die das Boot überragte. Die Hügel hier waren so dicht bewaldet, daß die zahllosen Äste und Zweige selbst in kahlem Zustand kein Licht hindurchließen und das bißchen Sonne, das diese feuchten Februartage boten, effektiv verbargen.

Brian unterdrückte einen Schrei und ging unter Deck.

Dort war es so dunkel, daß die Paraffinlampen den ganzen Tag brennen mußten, und während die gleichen Lampen den Kabinen der *Westering* eine schöne, heimelige Atmosphäre verliehen, schienen sie auf der *Abigail* nur noch mehr Düsterkeit zu verbreiten. Brian dachte an den hellen, geräumigen Bungalow mit seinem gepflegten Garten und hätte am liebsten geweint. Wie hatten sie nach ein paar Wochen Urlaub auf einem engen Boot auf den Wasserwegen der Midlands bloß glauben können, daß es Spaß machen würde, auf Dauer auf einem Boot zu leben? Brian sah lustlos zur Kombüse. Er wußte, daß es eine Menge Dinge gab, die er tun konnte, um das Boot etwas wohnlicher zu machen, aber konnte sich einfach nie dazu aufraffen. Er dachte daran zurück, wie er hingebungsvoll an dem Bungalow gearbeitet hatte, jede Minute davon hatte er genossen und immer wieder neue Aufgaben gefunden, da ihn nichts glücklicher gemacht hatte, als das Haus zu verschönern.

Er ließ die Idee, sich einen Tee zu machen, fallen und schlenderte in den Salon. Und wer war letztlich daran schuld, daß sie nicht mehr glücklich in dem Bungalow wohnten? Er hatte nur zu gerne zugestimmt, als Janice vorschlug, ihn an Freunde zu vermieten und dem Getuschel und Gerede zu entkommen. Janice war überzeugt, daß es nur ein Jahr dauern würde, bis der Tratsch nachließ, aber was dann? Brian warf ein paar Stücke feuchtes Holz auf das trübe qualmende Feuer und wäre wieder am liebsten in Tränen ausgebrochen. Wie grausam das Leben war, daß es ihn derart gnadenlos strafte! Tausende von Menschen hatten viel Schlimmeres getan als er, ohne daß sie dafür zur Verantwortung gezogen wurden. Er fragte sich, ob er jemals wieder Arbeit finden würde und wie lange ihre Ersparnisse wohl reichten. Die Mieteinnahme vom Bungalow half natürlich, und hier hatten sie keine großen Ausgaben. Die *Abigail* war ein solches Schnäppchen gewesen, und am Anfang hatte er sich vorgestellt, wie gemütlich sie sein könnte, wenn man ein wenig Zeit und Mühe investierte. Toby hatte vorgeschlagen, sie zu einem etwas freundlicheren Liegeplatz zu schleppen – sie hatte keinen Motor –, aber bisher hatten sie keinen Platz finden können, wo es ihnen gestattet gewesen wäre, an Bord zu leben.

Brian kauerte sich einen Moment vor das Feuer. Es gab genug, das er tun konnte, solange Janice weg war, aber wie immer beschlich ihn diese grenzenlose Lethargie. Irgend etwas an diesem Boot untergrub seinen Willen; etwas Brütendes, Unseliges. Janice hatte fröhlich gelacht, als er es vorsichtig angemerkt hatte.

«Einbildung, Schatz», tröstete sie ihn schelmisch, als hätte sie es mit einem Sechsjährigen zu tun. «Die Gerüchte steigen dir zu Kopf. Jemand hat hier einen Unfall gehabt, das ist alles. Das hätte jedem passieren können. Und jetzt Schluß mit der Trübsal! Trübsal ist nicht erlaubt auf der guten alten *Abigail*! Du mußt versuchen, es zu vergessen.»

Und trotzdem war er sicher, daß auch sie es manchmal spürte. Er hatte sie dabei beobachtet, wie sie bleich dasaß, das Kinn in die Hand gestützt, und sich lauschend umschaute. Er war eines Nachts plötzlich aufgewacht und sicher gewesen, daß jemand neben ihrer Koje stand. Ein anderes Mal hatte er jemanden über Deck rennen hören, dann heisere Rufe und den dumpfen Aufprall von etwas, das fiel. Als er ihr das erzählte, sah er eine Sekunde lang die Angst in ihrem Gesicht, bevor sie sich unter Kontrolle hatte und die fröhliche Maske wieder aufsetzte. Manchmal wünschte er sich, sie ängstlich zu sehen, und wenn es nur war, damit er einmal die Gelegenheit hatte, ihr Trost und

Zuspruch zu spenden, statt daß es immer nur umgekehrt war.

Brian stand auf, ging in die vordere Kabine und warf sich auf die Koje. Er verschränkte die Hände hinter dem Kopf und starrte die Wand an. Niemand hatte sie vor dem Kondenswasser gewarnt, das ihr Bettzeug nie richtig trocken werden ließ, oder davor, wie ermüdend es war, für jedes einzelne Brot, das sie brauchten, über einen nassen, windigen Fluß zu rudern. Sie hatten es aufgegeben, stets für frische Milch zu sorgen, und sich jetzt mit der Pulvervariante arrangiert, und er konnte den Schimmel überall nicht mehr sehen: an Kleidung, auf dem Essen und jeder Art von Polster. Und doch versuchte Brian wieder, die Schluchzer zu unterdrücken, die seinem heißen, unglücklichen Herzen voller Groll entsprangen. Ein winziger Gedanke huschte durch seinen Kopf, er schluckte ein paarmal und leckte sich die Lippen. Er hatte ein Geheimnis. In dieser gottverlassenen, verdammt engen, schwimmenden Hölle hatte er es tatsächlich geschafft, ein Geheimnis zu bewahren, das Janices neugierigen, blitzschnellen, stets wachsamen Augen entgangen war.

Brians Finger krümmten sich in der Hand, und er schloß ganz fest die Augen. Inmitten all der Weihnachtsfeierlichkeiten hatte er eine Flasche Whisky aus Tobys Bestand mitgehen lassen. Es hatten so viele Flaschen herumgestanden, und dann hatte diese furchtbare Hattie aus der Mühle noch eine dazugestellt und «nur eine Kleinigkeit, um das neue Jahr zu begrüßen» oder ähnlichen Blödsinn gesagt, und keiner hatte es richtig zur Kenntnis genommen. Keiner außer Brian. Als sie verabschiedet wurden, war er unter dem Vorwand, er habe etwas vergessen, noch einmal hineingegangen und hatte die Flasche in die Innentasche seines Mantels gesteckt. Joss und Hattie gingen zur gleichen Zeit, so daß alle sich albern küßten und affektiert umarmten – was er unerträglich fand – und er die Möglichkeit hatte, sich ins Motorboot zu setzen, ohne daß irgend jemand irgend etwas mitbekam. Und jetzt lag die Flasche – eingewickelt in seine Sommerhemden – ganz hinten in seinem Spind.

Brian kicherte leise. Janice hatte keine blasse Ahnung. Wie aufmerksam sie ihn beobachtete, wenn sie gemeinsam einkaufen gingen, wie sehr sie sich beeilte, alles auszupacken, wenn er allein ging! Sie stellte sicher, daß nicht ein Tropfen Alkohol an Bord geschmuggelt wurde, und wenn sie auswärts aßen, achtete sie peinlich auf seinen Konsum.

«Verdammte Scheiße!» schrie er auf einmal, da ihn der blanke Haß packte. Mit beiden Fäusten schlug er auf das Laken. «Scheiße! Scheiße!»

Er schrie und schluchzte und wurde sich dunkel nicht nur dieses Hasses bewußt, sondern auch anderer aggressiver Energien, die die Luft um ihn herum und in der ganzen Kabine vergifteten. Er stolperte von der Koje und fiel auf die Knie, um den Spind nach der Flasche abzutasten. Einen Augenblick lang konnte er sie nicht finden und durchwühlte hektisch, kurzatmig, Verwünschungen ausstoßend und mit vor Angst und Anstrengung verzerrtem Gesicht die Kleider. Dieses Miststück hatte sie gefunden und weggenommen! Aber nein! Nein! Seine fieberhaft suchenden Finger ertasteten glattes, kühles Glas! Triumphierend schrie er auf, holte die Flasche heraus und drückte sie – ganz schwach vor Erleichterung – an seine Brust. Er hatte sich so erschrocken, daß er nun sofort den Deckel abschraubte und einen kleinen Schluck trank, nur einen winzigen, um zu probieren, ihn über die Zunge laufen zu lassen, ja, anzubeten. Brian ließ sich – erschöpft von diesem Ausbruch –

wieder auf die Koje fallen und trank einen zweiten Schluck. Die weiche, wohlschmeckende, goldene Flüssigkeit schien ihm direkt ins Blut zu gehen, seinen Ärger zu dämpfen, ihn zu trösten und zu beruhigen. Brian stopfte sich einen Haufen Kissen in den Rücken und streckte sich mit der Flasche in beiden Händen auf der Koje aus. Einen Schluck noch, vielleicht zwei, nur eben so viel, daß seine Laune sich besserte und er etwas arbeiten konnte. Er mußte sich diese Kostbarkeit sorgfältig einteilen, in der Hoffnung, daß dies nicht das letzte Mal war, daß er allein an Bord sein durfte.

«Die Sache ist», erklärte Janice, während sie ihren Tee ohne Unterlaß umrührte, «daß ich nicht möchte, daß er denkt, ich würde mir Sorgen machen. Das würde es nur noch schlimmer machen. Also muß ich immer schön fröhlich sein.»

Miggy beobachtete, wie der Löffel endlose Runden drehte, riß sich los und sah in Janices besorgtes Gesicht. «Das muß ganz schön anstrengend sein», vermutete sie. «Aber Sie können sich doch bestimmt von Zeit zu Zeit mal eine ganz normale, menschliche Reaktion erlauben?»

«Nein.» Janice schüttelte den Kopf. «Sie kennen Brian nicht. Er läßt sich unglaublich hängen, wenn man ihn läßt. Ganz am Anfang habe ich mir gesagt: ‹Janice›, habe ich gesagt, ‹es hängt ganz von dir ab, meine Liebe.› Ich darf keine Schwäche zeigen.»

«Hört sich ziemlich einsam ein», äußerte Miggy. «Und anstrengend.»

«Es zehrt ganz schön», gab Janice zu. Sie trank etwas Tee und strahlte Miggy an. «Das war so ein schöner Tag heute! Es hat mir richtig gutgetan.»

«Dann müssen wir das demnächst mal wiederholen.»

Miggy versteckte ihre eigene Erschöpfung hinter einem Lächeln. Janice hatte ununterbrochen geredet, seit sie Miggy abgeholt hatte. «Es wird Ihnen sicher bald bessergehen, jetzt, wo es bald Frühling wird.»

«Es ist nicht ganz, wie wir es uns vorgestellt hatten.» Janice seufzte und verzog das Gesicht. «Wir dachten, es würde so romantisch. Aber er hat die ganze Zeit schlechte Laune. Es gibt so vieles, das er tun könnte, aber er bläst nur Trübsal.»

«Es ist so strapaziös, mit jemanden zusammenzuleben, der depressiv ist. Ich weiß nicht, wie Sie das aushalten, so ganz allein da drüben, ohne jemanden zum Reden.»

«Wir gehen viel spazieren.» Janice fühlte sich schon viel besser. Daß sie über alles geredet hatte, hatte sie ihre Probleme in einem anderen Licht sehen lassen und ihr wieder Mut gemacht. «So kommen wir mal vom Boot runter. Und es wird sicher besser im Frühling. Da haben Sie recht.»

«Sie sollten unbedingt versuchen, einen besseren Liegeplatz zu finden.» Miggy griff nach der Teekanne. «Es macht einen solchen Unterschied, wenn man die Sonne ab und zu sehen kann. Noch eine Tasse?»

«Warum nicht? Wenn schon, denn schon. Danke. Sie sind wohl auch froh, sich mal nicht um das Baby kümmern zu müssen?»

Nein, dachte Miggy. Nein, bin ich nicht. Ich bin müde und langweile mich und wäre viel lieber bei Marigold.

Sie lächelte. «Es war sehr schön», sagte sie. «Aber ich will nicht allzu spät nach Hause kommen. Die arme Hattie ist bestimmt schon ganz fertig. Sie ist Babys nicht gewöhnt.»

«Ich kann ihren Hund nicht ausstehen.» Janice schüttelte sich. «Riesenvieh. Manchmal habe ich Angst, zum

Auto zu gehen. Ich finde, er sollte nicht so frei herumlaufen dürfen.»

«Jellicoe tut Ihnen nichts», sagte Miggy und bemühte sich, mitfühlend zu klingen.

«Das sagen die Leute immer, und dann plötzlich beißen die Köter doch. Noch ein kleines Stückchen Kuchen? Wir gönnen uns doch sonst nichts ...»

Brian schnarchte leise, wurde halb wach und legte sich bequemer hin. Friede erfüllte ihn, er war selig und entspannt. Als er ein Geräusch hörte, wachte er ganz auf, hob den benebelten Kopf und spitzte die Ohren. Nichts. Er ließ sich wieder auf das Kissen fallen und gähnte ausgiebig, während er die fast leere Flasche immer noch festhielt. Dann machte er die Augen auf. Da war es wieder, ein Geräusch, als würde jemand übers Deck rennen, direkt über ihm, Rufe, ein heftiger Bums. Brian legte die Stirn in Falten, machte Anstalten aufzustehen und fragte sich stöhnend, ob die Anstrengung sich überhaupt lohnte. Er war ganz einfach zu müde. Er hob die Flasche hoch, um sich den letzten Zentimeter Flüssigkeit anzusehen, und lächelte. Noch bevor die Flasche ganz leer war, hörte er wieder diese Geräusche. Jemand mußte an Deck sein, und zwar mehr als nur eine Person. Da, wieder die Rufe und der Plumps, als ob jemand hingefallen wäre.

Brian schwang die Beine von der Koje und stand unter Schmerzen auf. Wer zum Teufel konnte um diese Zeit an einem dunklen, nassen Tag im Februar auf der *Abigail* sein? Wer auch immer es war, sie gingen ihm gehörig auf die Nerven, und er würde ihnen jetzt ordentlich den Marsch blasen! Dann ernüchterte ihn ein ganz klarer, entsetzlicher Gedanke: Vielleicht war Janice schon zurück!

Schnell stand er auf, stieß sich den Kopf an einem Balken und torkelte leise fluchend in den Salon. So spät konnte es doch noch gar nicht sein? Er hielt sich noch immer an der Flasche fest, als er sich an das untere Ende der Kajüttreppe stellte und ins Ruderhaus hinaufstarrte. Er glaubte, einen Schatten zu sehen, und kletterte ungeschickt die Treppe hinauf, wobei er die Flasche weiter festhielt und sich in seinem Kopf alles drehte. Die leiterähnliche Treppe gab etwas nach und löste sich aus der Verankerung, als er sich schwankend und ruckartig auf ihr bewegte. Er war fast ganz oben angelangt, als sie sich vollends gelöst hatte. Er verlor das Gleichgewicht, versuchte, sich selbst und die Flasche zu retten, und stürzte rückwärts nach unten in den Salon.

«Es war so schön», beteuerte Janice zum zehnten Mal, als sie in das Motorboot kletterte. «Ich kann Ihnen gar nicht genug danken. Wir machen das bald noch einmal, ja?»

«Bald», versprach Miggy tapfer. «Natürlich. Wenn Brian nichts dagegen hat.»

«Der freut sich doch, mich mal nicht sehen zu müssen», sagte Janice fröhlich. «Also, Wiedersehen!»

Sie winkte Miggy zu und machte sich auf den Weg über den Fluß. Insgeheim hatte sie den ganzen Tag befürchtet, daß Brian sich vielleicht langweilen würde so allein und nach Dartmouth gefahren war. Sie hatte es geschafft, diesen Gedanken zu verdrängen, so sehr hatte sie den kleinen Ausflug und Miggys Verständnis für ihre Probleme genossen, doch nun rückte diese Sorge wieder bedrohlich näher und machte ihr Angst. Brian war so bedrückt gewesen in letzter Zeit, vor allem seit Weihnachten, und sie fragte sich, ob es leichtsinnig gewesen war, ihn sich selbst zu überlassen. Während sie über den Fluß tuckerte, kniff sie die

Augen zusammen und sah nach dem Auto. Es stand noch genauso da wie heute morgen. Wenn er weg gewesen wäre, könnte man sicher einen kleinen Unterschied sehen.

Sie wußte, daß sie sich an Strohhalme klammerte. Janice drehte mit nur wenigen Zusammenstößen längsseits bei und machte die Leine fest. Ihre Besorgnis wuchs, als es kein Anzeichen dafür gab, daß Brian herauskam, um ihr an Bord zu helfen oder zu fragen, ob sie einen schönen Tag gehabt hatte.

«Hallo-ho!» rief sie, als sie an Bord war. «Ich bin wieder da!»

Die Tür zum Ruderhaus stand offen, sie ging hinein und rief noch einmal, als sie an der Kajüttreppe angelangt war.

«Brian! Wo bist du, Liebling?»

Erst als sie unter Deck klettern wollte, bemerkte sie, daß die Leiter sich gelöst hatte, und fast im gleichen Augenblick entdeckte sie die verkrümmte Gestalt unter ihr.

«Oh mein Gott!»

Sie flüsterte kaum hörbar. Brian lag auf dem Rücken neben der Leiter, die Beine seltsam verdreht. Panik stieg in ihr auf, und das ausgeprägte Verlangen, so schnell wie möglich von Bord zu kommen. Sie unterdrückte beides und rief mehrmals nachdrücklich seinen Namen. Seine Augen öffneten sich langsam, und sie keuchte vor Erleichterung.

«Oh, Brian. Was ist passiert? Bist du schwer verletzt?»

«Mein Rücken.» Seine Lippen bewegten sich kaum, und sie mußte sich anstrengen, um ihn zu verstehen. «Ich kann mich nicht bewegen, Jan.»

«Oh, Brian.» Sie schluchzte. «Warte, Liebling. Ich hole Hilfe.»

«Jan!» Er versuchte, sich zu bewegen, und keuchte vor Schmerz. «Laß mich nicht allein. Geh nicht weg, Jan!»

«Aber Liebling. Ich muß. Du brauchst Hilfe. Ich bin gleich wieder hier. Ich rufe den Notarzt von Miggy aus an und komme sofort wieder. Oh, Liebling.»

Tränen strömten über ihr Gesicht, als sie über das Boot stürzte und die Leine mit zitternden Händen losmachte. Es war so schrecklich, ihn mit seinem Schmerz allein zu lassen, und während sie die Leiter zum Motorboot fast herunterrutschte, fragte sie sich, ob sie ihn nicht wenigstens bequemer hätte hinlegen oder ihm ein paar Schmerztabletten hätte geben sollen. Als sie den Motor anließ, tröstete sie sich selbst damit, daß sie womöglich nur noch mehr Schaden angerichtet hätte und daß er professionelle medizinische Hilfe brauchte. Wie lange er wohl schon da gelegen hatte, hilflos in seinem Schmerz, in dieser unheimlichen Atmosphäre, die das ganze Boot durchdrang? Er hatte sich so verzweifelt angehört, als er sie bat, ihn nicht allein zu lassen.

Janice schluchzte wieder, als sie über den Fluß tuckerte. Sie hätte ihn nicht allein lassen sollen. Er hatte schon immer ein merkwürdiges Gefühl gehabt mit der *Abigail*, und jetzt sah es ganz so aus, als hätte er recht gehabt. Irgend etwas Böses haftete dem Boot an, sie hatte es selbst bemerkt, aber immer wieder verdrängt. Und jetzt war da noch etwas anderes, etwas, das ganz tief in ihrem Gedächtnis schlummerte, ein Geruch, den sie wahrgenommen hatte, als sie von oben in den Salon hinuntergespäht hatte. Erst als sie über die Wiese rannte und gegen Miggys Tür hämmerte, identifizierte sie ihn als den Geruch von Whisky.

20

NOCH BEVOR HESTER UND NED IN DIE NUMMER zwei der Cottages einzogen, waren die Parkers wieder in ihrem Bungalow in den Midlands.

«Gott sei Dank, daß es ein Bungalow ist», sagte Hattie. «Das macht es doch viel einfacher mit dem Rollstuhl.»

«Ich kann es immer noch nicht fassen.» Miggy hatte sich noch nicht von dem Schock erholt. «Bricht sich das Rückgrat. Oh, Hattie, es ist so furchtbar. Janice sagt, es ist passiert, weil er betrunken war, aber ich weiß ganz genau, daß es etwas mit dem Boot zu tun hat. Weißt du noch, Bert Crabtree hat uns doch erzählt, daß der Maat sich das Rückgrat gebrochen hat und gelähmt war.»

«Puuuh!» machte Hattie, klang allerdings nicht vollständig überzeugt. «Purer Zufall!»

«Zweimal?» Miggy zog die Augenbrauen hoch. «Evan und jetzt Brian. Janice besteht darauf, daß es der Whisky war und daß alles andere reine Einbildung war, weil sie beide so deprimiert waren. Besonders peinlich finde ich, daß Toby sicher ist, daß es sein Whisky war. Weißt du noch, du hast uns doch zu Weihnachten eine Flasche mitgebracht? Toby hat sie nie gefunden und vermutet, daß Brian sie mitgenommen hat. Aber wie dem auch sei, sie wollen das Boot verkaufen. Sie brauchen dringend Geld, und Janice hat uns gebeten, niemandem von der Geschichte der *Abigail* zu erzählen.»

Hattie schwieg, sie war hin- und hergerissen zwischen ihrer lautstark vertretenen Ansicht, daß alles bloß Aberglaube sei, und der Mißbilligung des Vorhabens, die Tragödien der *Abigail* des Geldes wegen zu verheimlichen.

«Ich bezweifle, daß sie überhaupt einer der hiesigen Makler annehmen wird», sagte sie schließlich. «Mit ein bißchen Glück werden wir mit der Sache gar nichts zu tun haben. Ich wünschte, jemand würde das verdammte Ding hier wegschleppen und im Dart versenken.»

«Keine schlechte Idee.» Miggy sah nachdenklich aus. «Aber wie auch immer, sag Hester nichts von alledem. Wäre nicht der schönste Start in ihr neues Leben hier.»

«An Ostern zieht sie ein.» Hattie wurde etwas munterer. «Ich habe schon langsam befürchtet, sie würde nie mehr kommen.»

Hesters Einzug war genau das Richtige, um die anderen von der tragischen Parker-Geschichte abzulenken. Auch sie war unendlich erleichtert, daß sie und Ned es nun endlich geschafft hatten.

«Da sind wir also», sagte sie, als sie Miggy am Abend ihres ersten Tages liebevoll umarmte. «Ach, es ist so schön, dich zu sehen und zu wissen, daß du in der Nähe bist.»

«Es ist wunderbar, daß du jetzt hier wohnst! Ich kann es noch gar nicht glauben.» Miggy sah sich im Wohnzimmer um, in dem diverse Teekisten darauf warteten, ausgepackt zu werden. «Du hast ja schon alles unter Kontrolle.»

«Das habe ich nur deiner Hilfe zu verdanken.» Hester sank auf den nächstgelegenen Sessel und fuhr sich mit beiden Händen durch den dichten Pony. «Mann, bin ich kaputt!»

«Das wundert mich nicht. Du bist ja ganz schön früh aufgestanden. Bist du sicher, daß du nicht bei uns übernachten willst?»

Hester schüttelte den Kopf. «Trotzdem danke. Es wird ganz schön merkwürdig sein, nach all den Jahren in London. Seit ich geheiratet habe, habe ich in dem gleichen Haus gewohnt. Da war ich neunzehn, ist dir das klar?»

«Meine Güte! Ist das so lange her?» Miggy dachte über die vergangenen Jahre nach. «Ist es nicht verrückt, Hes? Patrick tot, Phil in Neuseeland. Ich mit einer zweiten Tochter.»

Hester lehnte den Kopf zurück gegen den Sessel und schloß die Augen. «Toby ist wunderbar», sagte sie. «Ich beneide dich wirklich.»

«Oh, Hester ...»

«Nein, nein. Achte nicht auf mich.» Sie setzte sich auf und grinste Miggy an. «Ich habe mir vorgenommen, jegliches Selbstmitleid zu vermeiden. Wo ist Ned?»

«Bei Hattie und dem Admiral», sagte Miggy sofort. «Jellicoe hat ihn vollkommen umgehauen.»

«Körperlich oder emotional?» fragte Hester. «Ich habe noch nie so ein riesiges Tier gesehen. Da paßt Ned ja zweimal rein.»

«Er tut ihm nichts. Also, ich an deiner Stelle würde jetzt baden und dann früh ins Bett gehen. Morgen früh machen wir weiter. Dann bist du bald fertig.»

«Hört sich gut an.» Hester gähnte herzhaft. «Ich suche Ned und werde dann deinem ausgezeichneten Rat folgen.»

Doch als Hester Ned in seinem neuen Zimmer ins Bett gepackt hatte, zog es sie hinaus auf den Kai. Es war ein strahlender, aber windiger Apriltag gewesen, und obwohl der Wind nachgelassen hatte, war es immer noch recht kalt. Ein kleiner Schwarm Alpenstrandläufer rannte vor der Flut davon, die über den Schlamm kroch, und in Hatties Obstgarten sang ein Rotkehlchen. Hester schlang die große Stola enger um sich und schlenderte zum einsamen Ufer hinüber. Für jemanden, der zwölf Jahre lang in London gelebt hatte, war der Frieden hier fast unerträglich, und sie schauderte in der kalten Abendluft. Langsam drang ein sachtes Plätschern in ihr Bewußtsein, und dann sah sie Joss, der in seinem Dingi langsam und ruhig flußaufwärts ruderte. Sie sah, wie das Wasser kleine Wellen schlug, wenn die Ruder hineintauchten, war fasziniert davon, wie mühelos das Boot vorwärts glitt, und bemerkte, daß er kurz zögerte, als er sich umblickte und sie an der Mauer lehnen sah.

Als er auf gleicher Höhe mit der *Westering* war, winkte er ihr zu. «Willkommen in Abbot's Mill Creek.» Seine Stimme hallte klar über das Wasser.

«Danke.»

Es herrschte kurzes Schweigen, während Joss versuchte, das Dingi stillzuhalten. Er sah ihr zu und bemerkte, daß sie ihn beobachtete.

«Wie wäre es mit einem kleinen Ausflug auf dem Fluß?»

«Oh, Gott!» Sie klang überrascht, aber erfreut. «Ich habe noch nie in einem Boot gesessen.»

Joss ruderte zu ihr hinüber. «Noch nie in einem Boot gesessen! Eine Schande! Du weißt ja nicht, was du versäumt hast!»

«Also, wenn ich dich jetzt fragen würde, ob es wirklich so toll ist, dann kannst du weiter Ratty spielen und mir erzählen, daß es nichts Schöneres gibt, als mit dem Boot herumzugondeln.»

Sie lehnte immer noch an der Mauer und bedachte ihn mit einem schelmischen Lächeln, bis er an Land gesprungen war.

«Na, dann, komm schon, Moly», sagte er. «Es ist Zeit, mit der Ausbildung anzufangen. Für heute hast du doch wohl genug Frühjahrsputz veranstaltet.»

Sie lachte, als sie zum kleinen Anlegeplatz hinunterging.

«Aber nur ganz kurz. Ned könnte aufwachen und nicht wissen, wo er ist.»

Joss half ihr behutsam ins Dingi, stieß das Boot ab, kletterte hinein und griff zu den Rudern. «Er kann uns von seinem Fenster aus sehen», beruhigte er sie. «Klappt alles mit dem Einzug?»

Hester nickte und kuschelte sich in ihre Stola. «Es ist traumhaft», schwärmte sie. «Wir lieben das Cottage. Und du? Gehst du diesen Sommer auf große Fahrt?»

«Schwer zu sagen», wich Joss aus. «Ich habe noch eine Menge zu tun. Müßte mich ganz schön ins Zeug legen, wenn ich noch vor dem schlechten Wetter hier wegkommen will.»

Hester sah sich um und genoß die Stille und Schönheit. «Wirst du das hier nicht furchtbar vermissen?» fragte sie.

«Ja», sagte Joss nach kurzem Schweigen. «Ja, das werde ich wohl.»

Der Abend war so kalt, daß Sarah den Kamin im Wohnzimmer anzündete, sich dann Nick gegenüber hinsetzte und vorgab, ein Buch zu lesen. Seit ihrem Zusammentreffen mit Cass im Herbst schienen ihre Gefühle erstarrt zu sein wie eine Fliege in Bernstein. Als sie von der Mühle nach Hause gekommen war, waren sie beide so verkrampft gewesen, daß sie Abstand voneinander gehalten hatten. Sarah wußte ganz genau, was Nick von ihrer Flucht zu Hattie hielt, von ihrer Weigerung, am Telefon mit ihm zu sprechen, und davon, daß sie Hattie alles erzählt hatte. Ihrer Ansicht nach hatte er allerdings überhaupt kein Recht, deswegen Groll zu hegen und sich selbst zu bemitleiden, und darum erreichte er mit seinem kühlen, leicht gekränkten Gehabe bei ihr gar nichts.

Als Sarah bemerkte, daß sie den gleichen Absatz bereits dreimal gelesen hatte, blätterte sie um. Nick, in die *Times* vertieft, räusperte sich. Sie sah sich in diesem vertrauten Zimmer mit seinen eleganten Möbeln, teuren Vorhängen und Teppichen, Originalaquarellen und kühlen Farbskalen um. Ihr Nähkasten, auf dem die neuesten Dekorationsstoffe lagen, stand auf einem niedrigen Schemel neben ihrem Sessel, während Nicks Zeitschriften und Bücher in einem ordentlichen Stapel auf dem kleinen Tisch neben seinem etwas größeren Sessel lagen. Alles in allem war der Raum friedlich, wenn auch nicht ausgesprochen gemütlich, und er gefiel ihr. Sie betrachtete ihn als eine Errungenschaft – die perfekte Vereinigung von Geld und Geschmack –, aber heute abend ertappte sie sich selbst dabei, wie sie darüber nachdachte, ob die Dinge sich anders entwickelt hätten, wenn sie Kinder gehabt hätten. Wäre Nick dann auch so oft fremdgegangen? Hätten Kinder ihn gehalten, wo sie es nicht konnte? Sie dachte an klebrige Finger auf den Polstern, schmutzige Schuhe auf den Stühlen, Spielzeug auf dem Boden und schüttelte den Kopf. Tief im Innern wußte sie, daß sie keine gute Mutter abgegeben hätte. Nick hatte immer alle ihre Bedürfnisse gestillt, ihr alles gegeben, was sie brauchte – sie brauchte sonst niemanden. Selbst jetzt, da diese Wand des Schweigens zwischen ihnen stand, bereute sie nichts.

Nick blätterte geräuschvoll in der Zeitung. Sarah starrte auf die Papierwand, hinter der sie sich sein Gesicht vorstellte, und versuchte, ein wenig Gefühl in die Gleichgültigkeit zu zwingen, die sie beherrschte. Als ihm klargeworden war, daß seine gekränkte, mißbilligende Haltung sie nicht dazu veranlaßte, irgendwelche Versuche zu unternehmen, ihn zu versöhnen, war ihm mulmig geworden. Aber da war es schon zu spät gewesen. Eis hatte die kochende Wut und die brennende Verachtung, die sie zu Hattie getrieben hatten, abgekühlt und ihren Schmerz betäubt. Sie reagierte nicht auf seine Besorgnis. Das einzige Mal, daß sie überhaupt Gefühle gezeigt hatte, war, als sie ihm mitgeteilt hatte, daß sie das Cottage in Shropshire verkaufen wollte.

«Aber warum?» Er stellte die Frage, bevor die Verwirrung ihn übermannte.

«*Warum?*» Sarah starrte ihn ungläubig an. «Du fragst mich tatsächlich, *warum?*»

Dunkle, unkleidsame Röte war ihm ins Gesicht gestiegen, und sie hatte ihn weiter angestarrt, mit einer Verachtung im Blick, wie er sie noch nie vorher an ihr gesehen hatte. Er wußte sofort, daß jegliche Provokation fehl am Platz war.

«Es tut mir leid», sagte er. «Es war eine dumme, unsensible Frage.»

«Allerdings.» Sie starrte ihn immer noch an. «Hast du wirklich geglaubt, ich könnte jemals wieder dort hinfahren?»

In ihrer Stimme schwang eine Art amüsierte Geringschätzung mit, die viel bedrohlicher wirkte als einfacher Ärger, und Nick wurde langsam angst und bange. War er dieses Mal möglicherweise wirklich zu weit gegangen? Sein Ärger über Sarahs Indiskretion Hattie gegenüber hatte es ihm ermöglicht, sein eigenes schockierendes Verhalten zu verdrängen, aber jetzt war er gezwungen, der Ungeheuerlichkeit seiner Bitte ins Auge zu sehen. Um seinen Ruf zu retten, war er mehr als bereit gewesen, Sarahs Gefühle aufs empfindlichste zu verletzen. Aber ihr war doch wohl auch klar, daß sie als ein Team arbeiten mußten, daß die Affäre zu ihrer beider Wohl beendet werden mußte?

«Ich weiß», setzte er an, zögerte und sprach dann schnell weiter. «Ich weiß, wie sehr ich dich verletzt habe ...»

«Ach, so?» Ihre Stimme klang immer noch äußerst unangenehm. «Tust du das wirklich, Nick?» Sie lachte auf. «Das glaube ich kaum.»

Er blickte sie an und bekam Angst, als er das Funkeln in ihren bleigrauen Augen sah.

«Ich habe nur an uns gedacht», flehte er und warf seinen Stolz über Bord. «Kannst du das denn nicht verstehen? Nichts auf der Welt darf zwischen uns kommen.»

Sie lachte noch einmal, und wieder war es der Klang echter Amüsiertheit, der ihn frösteln ließ. «Und woran hast du gedacht, als du in unserem Cottage mit Cass geschlafen hast? In unserem Bett? War das etwa nicht etwas, das zwischen uns kommen könnte?»

Er wurde wieder rot, aber sie starrte ihn weiter an. So leicht kam er ihr nicht davon.

«Bitte.» Er schloß eine Sekunde die Augen, als würde ihn die Taktlosigkeit ihrer Frage verletzen, doch sie schnaubte nur spöttisch.

«Werd endlich erwachsen, Nick!» herrschte sie ihn voller Verachtung an, und er sah erstaunt zu ihr, da er seinen Ohren nicht traute. «Mir reicht's!» schrie sie als Antwort auf seinen Blick. «Verstehst du? Ich habe genug von deiner Schürzenjägerei und deinen Lügen und deiner Untreue! All die Jahre habe ich die Augen verschlossen davor, doch jetzt hast du sie mir geöffnet, du hast mich dich sehen lassen, wie du wirklich bist. *Du* hast mir die Augen geöffnet, Nick, und was ich sehe, gefällt mir gar nicht.»

«Aber Sarah, bitte.» Die Angst stand ihm ins Gesicht geschrieben, und zum ersten Mal in seinem Leben vergaß er sich völlig. «Bitte, bitte sei doch nicht so. Ich weiß, daß ich mich schlecht benommen habe, aber es ist außer Kontrolle geraten. Ich will doch nur dich, das weißt du, die anderen bedeuten mir gar nichts.»

Mit einem Ausruf des Ekels wandte sie sich von ihm ab. Panische Angst befiel ihn. Er ging zu ihr und packte sie am Arm. «Halt!» rief er. «Hör mir zu! Laß mich erklären.»

«Kein Interesse.» Sie riß sich los. «Keine Angst, ich werde dich nicht verlassen oder sonstige Unannehmlichkeiten machen. Ich will nur zur Zeit absolut nicht an dich denken müssen.»

«Liebst du mich denn nicht mehr?» Er sah immer noch ängstlich aus.

«Nein», erwiderte sie nach einem Moment gleichgültig. «Nein, ich glaube nicht.» Dann war sie hinausgegangen und hatte ihn entgeistert zurückgelassen.

Jetzt, da sie am Kamin saß und sich nicht auf ihr Buch konzentrieren konnte, fragte sie sich, ob es wahr war. Diese abgestumpfte Kälte ihren Gefühlen gegenüber, sein sorgloses Vertrauen darauf, daß ihre Liebe zu ihm sie alles verzeihen lassen würde, hatten sie maßlos entsetzt. Ihre Selbsttäuschung war unwiederbringlich dahin, und sie konnte nicht länger die Augen verschließen vor seinen Schwächen. Liebte sie ihn noch? Das Gefühl unendlicher Einsamkeit erfüllte sie. Sie lebten weiter zusammen, teilten das Haus, aber sonst kaum noch etwas. Sie waren schweigend übereingekommen, daß Nick in seinem Ankleidezimmer schlafen sollte, und bei den Mahlzeiten ähnelten sie zwei Fremden, die im Hotel zufällig am gleichen Tisch saßen. Sarah starrte ins Feuer. Wollte sie wirklich so weitermachen, Monat für Monat? Sie dachte an die glückliche Zeit, die sie hatten, bevor Nick Cass kennenlernte, und wurde von Sehnsucht gequält. War es nicht möglich, daß

Nick jetzt, nach dieser harten Lektion, endlich soweit war, daß er endlich zur Ruhe kommen konnte? Und wenn dem so war, lag ihr überhaupt noch etwas daran? Wieder dachte sie an jene idyllischen Monate und wurde schwach vor Einsamkeit.

Sie blickte zu ihm auf und sah, daß er die Zeitung hatte sinken lassen und sie beobachtete. Er sah so unglücklich aus, daß sie ihm, ohne nachzudenken, die Hand entgegenstreckte. Er warf die Zeitung zur Seite, griff nach der Hand, rutschte vom Sessel und kniete sich neben sie. Er beugte den Kopf über ihre Hand und hielt sie gegen die Wange, und sie hob die andere Hand und berührte sachte sein Haar.

«Verzeih mir, Sarah. Bitte, verzeih mir», sagte er schnell, ohne sie anzusehen. «Ich habe mich unmöglich benommen, aber ich schwöre dir, ich werde es nie wieder tun. Ich bin so einsam, Sarah.»

Er sah zu ihr auf und fand Tränen in ihren Augen. Ein Teil von ihr beobachtete die Szene zynisch mit Distanz und warnte sie, aber ein anderer Teil, der einsame, schwache, hungrige Teil, lächelte ihn an und nickte und gestattete ihm, sie in den Arm zu nehmen.

Hattie las Sarahs Brief mit je einer Portion Zynismus und Wohlwollen und wußte genau, warum Sarah ihr schrieb, statt sie wie üblich anzurufen. Jetzt, da sie das Haus in Shropshire verkauft hatten – schrieb Sarah –, wollten sie sich ein kleines Cottage an der Nordküste Devons kaufen und deswegen zwei Wochen wegfahren, um sich umzusehen und den Markt zu prüfen …

Hattie las zu Ende und zuckte mit den Schultern. Na ja, warum auch nicht? Sarah würde Nick niemals verlassen, also warum sollten sie nicht die Vergangenheit vergessen und neu anfangen? Etwas Beschwichtigendes, Sehnsüchtiges klang aus dem Brief, als ob Sarah sich Hatties Segen wünschte – Hattie wußte, daß Sarah glaube, sie würde sie dafür verachten, daß sie nachgegeben hatte –, aber Hattie sah keinen Sinn darin, daß die beiden den Rest ihres Lebens unglücklich miteinander waren. Nick hatte sich nicht verändert. Sarah war lediglich gezwungen worden, sich seinem wahren Ich zu stellen. Wenn sich die Wogen erst einmal geglättet hatten, würde sie vielleicht herausfinden, daß sich nur sehr wenig geändert hatte. Wenn diese zweiten Flitterwochen in Lynton oder wo auch immer ihnen zu einem neuen *Modus vivendi* verhalfen, dann viel Glück! Hattie faltete die Seiten zusammen und steckte sie wieder in den Umschlag. Sie würde Sarah später anrufen und ihr sagen, daß sie nicht albern sein und die Zeit genießen sollte. Was für ein Aufhebens um einen simplen biologischen Drang!

Gott sei Dank, dachte Hattie, als sie ihr Frühstück abräumte, Gott sei Dank habe ich von der Liebe keine Ahnung!

21

AN EINEM HEISSEN JUNINACHMITTAG FUHR James von Dartmouth nach Hause. Einerseits konnte er kaum glauben, daß er nun schon fast ein Jahr in dem Cottage bei der Mühle gewohnt hatte, doch andererseits hatte er manchmal das Gefühl, schon immer dort gelebt zu haben. Seine romantische Leidenschaft für Miggy dauerte an. Sie entsprach seinem Ideal der perfekten Frau: hübsch, humorvoll, sanft. Während ihrer Schwangerschaft hatte er sich in der Laube auf der abschüssigen Wiese mehrmals länger mit ihr unterhalten, und sie hatte ihm von ihrem Leben mit Patrick und den schweren Jahren nach seinem Tod erzählt. Zwischen den Zeilen hatte er sich ein Bild von der Zeit mit Stephen machen können und erkannt, welche Stärke sich hinter Miggys verletzlichem Äußeren verbarg. Die wenigen Frauen, die er seitdem kennengelernt hatte, waren alle weit entfernt gewesen von dieser Vorstellung von Perfektion, aber James war vorläufig ohnehin mit seinem Leben, so wie es war, zufrieden.

Er fühlte sich wie in einer großen Familie und mochte alle ihre Mitglieder. Hattie und Joss waren in letzter Zeit sehr mit dem Falklandkrieg beschäftigt gewesen, sie hatten Stunden damit verbracht, Nachrichten zu hören, Zeitung zu lesen und die ganze Angelegenheit immer wieder zu diskutieren. Er hatte das Gefühl, daß beide etwas enttäuscht waren, als ein Waffenstillstand vereinbart wurde – obwohl auch sie die Verluste beklagten. Ihren ewig währenden Zank darüber, ob nun die Marine oder die Armee die bessere Streitkraft war, hatten sie für die Dauer des Krieges zurückgestellt.

Am *Sportsman's Arms* bog James ab und dachte an Hester. Es war schön, eine Nachbarin zu haben, vor allem, da sie eine Freundin von Miggy war, und den kleinen, ernsthaften Ned hatte er auch schon liebgewonnen. Er hatte ihn ein paarmal mit zum Segeln genommen, und Daisy hatte stets gut auf ihn aufgepaßt, aber er war ein sehr nervöser kleiner Junge, und jetzt wartete James lieber darauf, daß

Ned ihn selbst fragte, ob er mitdürfe, statt es ihm von sich aus vorzuschlagen. Er wollte nicht, daß der Junge sich verpflichtet fühlte, zuzusagen, vor allem, da James sich nicht ganz sicher war, ob Ned das Segeln überhaupt solchen Spaß machte. Daisy begleitete ihn weiterhin mit schöner Regelmäßigkeit. Da es James überhaupt nicht in den Sinn kam, daß ein dreizehnjähriges Mädchen in einen dreiundzwanzigjährigen Mann verliebt sein könnte, empfand er keinerlei Spannung oder Verlegenheit, wenn sie zusammen waren.

Sie war aufrichtig und natürlich, und wenn er überhaupt jemals darüber nachdachte, dann schrieb er den Umstand, daß sie ihre Zeit so gerne mit ihm verbrachte, der Tatsache zu, daß er ihr im Alter am nächsten war und – was noch wahrscheinlicher war – daß er ein Segeldingi besaß.

Sollten irgendwo in dieser kleinen Gemeinschaft romantische Gefühle aufkeimen, so war das ohne Frage zwischen Joss und Hester, meinte James. Sie sahen sich unglaublich vor, doch James hatte seinen Verdacht. Diesen sah er bestätigt, als Joss verkündete, die *Westering* würde vor dem Winter nicht mehr fertig. Joss hatte eine äußerst selbstsichere Miene aufgesetzt, als Hattie ihn deswegen neckte.

«In der Zeit hättest du ja ein Boot *bauen* können!» rief sie. «Was kann denn an ihr noch zu machen sein?»

Und als Joss etwas von diversen Arbeiten gemurmelt hatte und davon, daß sie in einem Ia Zustand sein sollte, hatte sie unhöflich und spöttisch geschnaubt.

«Puuuh!» sagte sie. «Du bist wie ein pedantischer alter Mann mit dem Boot. Wenn du sie noch mehr putzt und polierst, ist bald kein Holz mehr übrig. Na ja, es bestätigt nur die alte Weisheit: ‹Die Marine regiert die Welt, die Armee putzt sie.› Wir würden heute alle Deutsch sprechen, wenn wir uns auf euren Haufen verlassen hätten.»

Und doch – wußte James – freute Hattie sich mitnichten auf den Tag, an dem Joss abreisen würde, und er wußte auch, daß Joss das wußte. Sie mochten sich zanken und foppen, doch James spürte eine tiefe Zuneigung zwischen ihnen und fragte sich, ob Joss tatsächlich jemals in See stechen würde. Jetzt, da Hester die Szene betreten hatte, verstärkten sich seine Zweifel. Er konnte sich vorstellen, wie hart der Abschied für Joss sein würde. James fragte sich manchmal, wie es ihm wohl gehen würde, wenn er selbst wegzog.

Er bog ab in die Straße, die zum Fluß hinunterführte, und verlangsamte das Tempo in Erwartung des Blickes, der ihn jedes Mal wieder faszinierte. Dann gab er Gas und beeilte sich, zur Mühle zu kommen. Er parkte im Hof, stürzte ins Cottage und kam wenige Minuten später in Shorts und T-Shirt herausgerannt, nachdem er Anzug und Krawatte achtlos auf sein Bett geworfen hatte.

Sie wartete auf ihn, geduldig wie immer, und beobachtete das Wasser. Ihr Gesicht hellte sich auf, als sie ihn kommen sah, doch klang ihre Stimme vorwurfsvoll.

«Ich dachte schon, du würdest gar nicht mehr kommen! Beeil dich! Gleich fließt das Wasser wieder ab.»

«Kann nichts dafür! Die Herren Nörgel, Nörgel, Bauchweh und Stöhn haben mir wieder den ganzen Tag zugesetzt.»

«Ich weiß. Alle Hände voll zu tun.»

«Wie recht du hast. Alle Hände und Füße sogar. Aber jetzt bin ich ja hier.»

Als sie flußabwärts segelten, winkten sie Miggy zu, die mit Marigold auf dem Arm über die Wiese ging, und James fragte sich, wie es wohl war, nach Hause zu kommen zu einer hübschen, liebenden Frau und einem Baby mit kupferfarbenen Locken.

Hester betrachtete sich eingehend im Spiegel. Sie strich sich den Pony aus dem Gesicht, sog die Wangen ein und stellte sich vor, wie sie mit einer anderen Brille aussehen würde. Sie war gereizt und unzufrieden mit ihrem Äußeren. Seit sie hier am Fluß wohnte, hatte sie zugenommen, und obwohl sie nicht dick war, war sie sich dieser paar Extrakilos heute sehr bewußt. Sie seufzte schwer, schlenderte zum Schlafzimmerfenster und sah zur *Westering*. Es war der glücklichste Sommer ihres Lebens. Sie hatte ganz vergessen, wie es war, sich zu entspannen und im Frieden mit sich selbst zu sein. Die dunklen Zeiten lagen jetzt hinter ihr, und sie war dankbar, daß sie den Mut gehabt hatte, neu anzufangen. Und genau deshalb durfte sie sich jetzt auf gar keinen Fall schon wieder auf jemanden einlassen! Sie war noch nicht bereit für eine neue Beziehung, ganz gleich, wie groß die Versuchung war. Hester seufzte, heiterte dann aber auf, als sie Miggy über den Kai kommen sah.

Hester beeilte sich, nach unten zu kommen, und riß die Tür auf, um sie zu begrüßen.

«Hi!» Miggy legte einen Arm um sie und drückte sie kurz an sich. «Ich dachte, du langweilst dich vielleicht so allein an Neds erstem Schultag.»

«Ich stehe etwas neben mir.» Hester kräuselte die Nase. «Ich vermisse Ned immer, vor allem nach den großen Ferien, aber ich glaube, heute ist einfach sowieso nur mal wieder so ein Tag. Wie wirst du das bloß aushalten, wenn Daisy immer die ganze Woche weg ist?»

«Das wird ganz schön ungewohnt sein.» Sie gingen in Hesters Küche, wo Miggy sich auf die Tischkante setzte. «Es ist ja nur von montags bis freitags, aber sie wollte es unbedingt, und Georgia hat sich damals sehr wohl gefühlt dort. Ich werde sie bestimmt furchtbar vermissen, natürlich, aber wahrscheinlich ist es das Beste für uns alle.»

Hester legte die Stirn in Falten, als sie den Kessel füllte. «Das hört sich ja an, als gäbe es Probleme.»

«Keine Probleme» sagte Miggy langsam. «Aber ich schätze, zweite Ehen sind immer etwas schwierig. Die Erblast der ersten ist nicht zu unterschätzen.»

«Mag sein.» Hester setzte sich ihr gegenüber. «Aber du und Toby, ihr seht so glücklich aus.»

«Sind wir auch», pflichtete Miggy bei. «Aber das heißt nicht, daß wir nicht daran arbeiten müssen. Mir ist bewußt, daß Daisy nicht seine richtige Tochter ist, und ich muß mich manchmal selbst zur Vernunft rufen, wenn ich finde, daß er Georgia bevorzugt. Und immer muß ich daran denken, was ihn an Ruth gestört hat, und versuche, nicht das gleiche zu tun. Und umgekehrt natürlich.»

«Mein Gott!» Hester verzog das Gesicht. «Hört sich komplizierter an, als ich dachte.»

«Man muß darüber nachdenken. Schließlich will man nicht die gleichen Fehler machen wie beim ersten Mal.»

«Aber Toby findet Daisy doch nicht schwierig, oder? Sie machen den Eindruck, sich gern zu mögen.»

«Tun sie auch. Aber ein dreizehnjähriges Mädchen kann ganz schön ...» Miggy zögerte. «Ablenken», sagte sie schließlich. «Wir sind fast nie ungestört.»

Hester zuckte mit den Schultern. «So geht es doch wohl jedem Ehepaar mit Kindern», behauptete sie.

«Ja, sicher», räumte Miggy schnell ein. «Aber es ist weniger anstrengend, wenn beide die Eltern des Kindes sind. Daisy hatte es nicht leicht mit Stephen, und meine Angst, sie und Toby könnten sich nicht vertragen, ist schon fast neurotisch. Jedesmal mache ich mir Sorgen, wenn sie frech zu ihm ist oder er sich über sie ärgert, obwohl ich genau weiß, daß das nicht zu vermeiden ist.»

«Aber das kommt doch in jeder Familie ständig vor», tröstete Hester.

«Ich weiß. Aber Blutsverwandtschaft ist einfach etwas anderes. Der Stiefelternteil kann jederzeit die Verantwortung für die Gene, die ein Kind schwierig oder sonstwas werden lassen, von sich weisen. Und das Kind kann ablehnen, sich von jemandem etwas sagen zu lassen, der oder die dazu kein Recht hat. Es fehlt die hundertprozentige gegenseitige Anerkennung, wenn du verstehst, was ich meine.»

«Ich hätte nie gedacht, daß das alles so schwierig ist.» Hester stand auf, um Kaffee zu machen. «Arme Miggy. Hört sich wahnsinnig kompliziert an.»

«Nein, eigentlich habe ich ganz großes Glück», widersprach Miggy sofort. «Toby ist großartig, und Daisy ist so lieb. Ich sage nur, daß die Problematik existiert. Man muß gut aufpassen und darauf achten, daß alles im Gleichgewicht bleibt.»

«Und deswegen geht Daisy jetzt zur St. Margaret's?»

«Daisy geht, weil sie das so will», beharrte Miggy. «Sie glaubt, daß sich so all ihre *Hanni und Nanni*- und sonstigen Bücher erfüllen. Und ich werde nicht versuchen, sie davon abzubringen, weil ich glaube, daß es Toby und mir sehr guttun wird, einmal etwas mehr Zeit füreinander zu haben. Ich weiß, da ist auch noch Marigold, aber sie ist noch so klein, daß sie kein echtes Problem darstellt.»

«Na, es wird sehr schön für euch sein, mal allein zu sein.» Hester schob ihr einen Becher Kaffee zu.

«Ja, das wird es», gab Miggy offen zu. «Denk nur, ich war nie richtig allein mit Toby. Die meisten Paare sind erst mal ein paar Jahre für sich, bevor Kinder kommen, und haben dann noch einige Jahre Zeit, die Beziehung zu festigen, bevor die Kinder in das schwierige Alter kommen. Toby und ich haben das nie gehabt. Wir haben keine gemeinsame Vergangenheit. Wenn wir mit anderen zusammen sind und über die Vergangenheit geredet wird, spielen in unseren Anekdoten und Erinnerungen immer andere Partner die zweite Hauptrolle.»

«Das ist sicher nicht einfach.» Hester sah sie mitfühlend an. «Darüber habe ich noch nie nachgedacht.»

«Ich hasse es», gestand Miggy. «Ich werde ganz unsicher, wenn ich daran denke, daß ich so viele Jahre nicht Teil von Tobys Leben war. Und genau das meine ich. Zweite Ehen sind voller Probleme, die in den ersten Ehen nicht da waren.»

«Bist du denn wenigstens Ruth los jetzt?»

«Ja, ich glaube schon. Und Georgia ist auch kein Problem. Wir haben wirklich Glück gehabt. Jetzt wird es interessant, Marigold aufwachsen zu sehen. Also.» Miggy trank etwas Kaffee. «Erzähl mir von deinem Job.»

«Ich habe auch Glück gehabt. Ich helfe in einem Café aus, das gleichzeitig ein Antiquitätenladen ist. Die Besitzerin hat sich gerade von ihrem Mann getrennt und schafft es nicht allein, obwohl ihre Tochter ihr nach der Schule, an Wochenenden und in den Ferien unter die Arme greift. Das bedeutet, daß ich von halb zehn bis drei arbeiten kann, und das paßt perfekt, um Ned zur Schule zu bringen und abzuholen. Wochenenden und Ferien frei.»

«Na, das ist ja wirklich super.»

«Ich hoffe nur, daß ich das alles schaffe.»

«Antiquitätenladen und Café in einem», sinnierte Miggy. «Gute Idee.»

«Ich habe ihr gesagt, daß ich Kunst und Design studiert habe, vom Studienabbruch wegen der Schwangerschaft weiß sie aber nichts. Sie war ganz schön beeindruckt.»

«Hast du was von ihnen gehört?» Miggy sah kurz zu Hester, deren Gesicht sich verdunkelte.

«Länger nicht», gab sie knapp zurück. «Es geht ihnen gut, und das war's, was mich angeht.»

Beklommenes Schweigen.

«Tut mir leid, Hes», sagte Miggy. «Das war taktlos von mir.»

«Schon gut.»

«Ich muß gehen.» Miggy stand auf. «Toby paßt auf Marigold auf, aber ich will nicht zu lange wegbleiben. Möchtest du mit uns Mittag essen?»

«Nein danke. Ich will hier alles absolut in Ordnung haben, wenn ich am Montag anfange zu arbeiten. Wird eine ziemliche Umstellung sein.»

«Okay. Du weißt, wo wir sind, falls du dich einsam fühlst.»

«Danke.»

Hester sah Miggy eine Weile nach, bevor sie sich wieder dem Cottage zuwandte. Der Admiral kam aus Hatties Haustür und setzte sich davor. Hester lächelte, als sie ihn erblickte – er sah so riesig und tröstlich aus.

«Hallo, Jellybaby.» Murmelnd verwendete sie James' Spitznamen für ihn.

Sie setzte sich auf die Stufe neben ihm und legte einen Arm um seinen mächtigen Hals. Er seufzte schwer, und sie lehnte sich gegen seinen enormen Körper und fühlte sich wieder einmal von ihm getröstet. Sie ärgerte sich über sich selbst, weil sie so überempfindlich war und Miggy angefahren hatte. Die üblichen Schuldgefühle stiegen in ihr auf, und sie wäre am liebsten in Tränen ausgebrochen. Wenn sie doch nur nicht immer von dieser grausamen Schuld gequält würde! Nicht einmal Miggy kannte die ganze Wahrheit, ihr ganzes, beschämendes Geheimnis, und Hester fragte sich oft, ob eine Beichte ihr Erleichterung verschaffen würde. Aber wie konnte sie es jemals beichten! Sie nahm die Brille ab und vergrub ihr Gesicht im dichten Fell des Admirals, umarmte ihn verzweifelt, während er wie ein Fels in der Brandung dasaß und ihr tröstend die Wange leckte.

Sie bemerkte Joss erst, als er fast direkt neben ihr stand, und sie sah blind vor Tränen zu ihm auf, während sie gleichzeitig ihre Brille wieder hervorholte.

«Welch eine Leidenschaft, und das am hellichten Tag!» scherzte Joss. «Der Hund kennt wirklich keinen Anstand.»

Hester lächelte unsicher und stand auf. «Er ist wunderbar», stellte sie in ebenso lockerem Ton fest. «Ich hätte gern genauso einen.»

«Gott bewahre!» entsetzte Joss sich. «An unserem Flüßchen ist nicht genug Platz für zwei Monster von Jellicoes Format!»

«Wer treibt Schindluder mit dem Namen meines Hundes?» empörte sich Hattie, die aus dem Hausflur auftauchte. Sie hatte Hester mit dem Admiral gesehen, aber vermutet, daß sie allein sein wollte. «Was wollt ihr beiden denn hier? Ihr seht ja aus wie eine Abordnung.»

«Ich wollte eben nach Dartmouth», sagte Joss, etwas peinlich berührt, und versuchte, weiter locker zu klingen. «Ich wollte fragen, ob jemand etwas braucht.»

«Fahrt ihr beide?» fragte Hattie mit gespielter Arglosigkeit. «Hester würde ich schon zutrauen, mir das eine oder andere mitzubringen.»

«Na ja, eigentlich …» Hester wurde hochrot.

«Prima, dann mache ich eine Liste. Das ist lieb. Kleinen Moment nur.»

Sie eilte ins Haus, und Hester sah Joss an.

«Großartig», sagte dieser und lächelte sie an. «Dann können wir im Castle einen Sandwich essen.»

«Oh.» Sie sah verwirrt und ziemlich schüchtern aus. «Na, okay. Ich hole meine Tasche.»

Sie verschwand durch ihre eigene Haustür, so daß Joss allein war, als Hattie mit ihrer Liste wiederkam.

«Du bist eine alte, sich ewig einmischende Gewitterhexe», schimpfte er.

«Ach, im Ernst», brummte Hattie. «Dauernd dieses Gerede um den heißen Brei. Das ist genau das Problem der Kerle bei der Armee. Sind so damit beschäftigt, ihre Lippen zu versiegeln, daß sie ganz vergessen, was sie sonst noch damit tun könnten!»

«Diese äußerst vulgäre Bemerkung will ich überhört haben», sagte er, faltete die Liste zusammen und steckte sie in die Hosentasche. «Und ich würde es begrüßen, wenn du dich in Zukunft um deinen eigenen Kram kümmerst.»

«Ich finde es nur unerträglich pathetisch, daß eine hübsche junge Frau sich mit einem Hund trösten muß, weil die jungen Männer in ihrem Umfeld solche Weicheier sind. Und außerdem …»

«Halt die Klappe, Hattie!» zischte Joss zornig, als Hester sich näherte. «Oder ich bring dich um und werfe deine Leiche in den Fluß!»

«Puuuh!» machte Hattie verächtlich. «Wenn du dazu groß genug bist, bist du auch schon zu alt dafür!» Sie strahlte Hester an. «Laßt euch Zeit. Macht euch einen schönen Tag.»

Sie gingen über den Kai zu Joss' Wagen, und er hielt die Tür für sie auf und lächelte sie schwach an. Hester erwiderte sein Lächeln, zitterte aber innerlich und versuchte, sich zusammenzureißen. Sie fuhren los und schwiegen. Joss dachte darüber nach, was er sagen könnte, kam aber zu keinem Schluß, und Hester hatte es vor Schüchternheit die Sprache verschlagen. Die Unbeschwertheit früherer Tage war verschwunden, und beide waren sich der Nähe des jeweils anderen übermächtig bewußt.

«Es ist so wunderschön hier», flüchtete Hester sich schließlich in Banalitäten. «Nach London ist das hier wie ein endloser Urlaub.»

«Kann ich mir vorstellen.» Joss dachte blitzartig nach. «Warst du schon mal an der Küste bei Torcross?»

Hester zog die Stirn in Falten. «Ich glaube, Miggy war schon einmal mit uns da», sagte sie. «Wir sind auf einer Küstenstraße gefahren, von der man einen sagenhaften Blick hatte. Wir konnten irgendeinen Leuchtturm sehen.»

«Hast du Lust, noch einmal hinzufahren? Wir könnten doch die Einkäufe schnell erledigen und dann nach Start Point hinausfahren. Das ist der Leuchtturm.»

«Hört sich gut an», freute Hester sich. «Warum nicht? Aber ich muß rechtzeitig zurück sein, um Ned abzuholen.»

«Keine Sorge. Wir können ihn auf dem Rückweg abholen. Wir kommen nicht zu spät, versprochen.»

«Er kriegt sonst Angst, weißt du.» Sie klang auf einmal so ängstlich, und ihre Augen unterstrichen ihre Verletzlichkeit. «Ich kann einfach nichts dagegen machen.»

Joss durchzuckte ein völlig untypisches Verlangen, anzuhalten, sie in den Arm zu nehmen und ihr zu sagen, daß er gerne den Rest seines Lebens auf die beiden aufpassen würde. Statt dessen klammerte er sich am Steuer fest.

«Das vergeht», sagte er überzeugt. «Laß ihn neue Erfahrungen sammeln, wenn er soweit ist, aber unterstütze ihn dabei, neue Sachen auszuprobieren.»

Hester sah ihn dankbar an, schien etwas sagen zu wollen und tat es dann aber doch nicht. Statt dessen machte sie es sich auf ihrem Sitz etwas bequemer. Jetzt war das Schweigen entspannt und nicht mehr unangenehm.

22

TOBY SPAZIERTE DURCH DEN WALD VON DER Werft nach Hause und war hochzufrieden mit seinem Los. Sosehr er Daisy liebte, die wenigen Tage in der Woche, an denen er Miggy nun für sich hatte, waren kostbar, und er freute sich, Marigold aufwachsen zu sehen, ohne ständig befürchten zu müssen, es könne sich jemand ausgeschlossen fühlen. Genau wie Miggy war er sich der Schwierigkeiten zweiter Ehen sehr wohl bewußt, und obwohl er nun eingesehen hatte, daß Ruth unmöglich wieder Teil des Familienschoßes sein konnte, wollte er doch wenigstens, daß die vier Frauen, die jetzt noch zu seinem Leben gehörten, alle glücklich waren. Er wußte, daß sowohl Hattie als auch Joss ihn für einen alten Softie hielten, doch dieses Verlangen, alle Menschen glücklich zu machen, war ihm nun einmal angeboren, und er hatte den Eindruck, daß er seinen Wunsch recht gut erfüllte, was Miggy und die Mädchen anging.

Am höchsten Punkt der Straße blieb er stehen, um auf

den Fluß hinunterzusehen. Es war ein diesiger Herbsttag, und das Wasser zog sich langsam vom schlammigen Uferbereich zurück, wo ein paar anmutige Austernfischer nach Nahrung suchten, nachdem ein Schwarm Alpenstrandläufer mit ihren unzähligen Schnäbeln den Schlick bereits perforiert hatte. Die *Westering* trieb ruhig an ihrem Liegeplatz, und ihr Spiegelbild zierte fast ungestört die zinnfarbene Wasseroberfläche. Der Fluß würde merkwürdig aussehen, wenn die Segeljacht einmal nicht mehr in der Fahrrinne festgemacht war.

Eine Assoziation ließ Toby den Blick zur *Abigail* wenden, die kaum sichtbar auf ihren Pfählen stand. Die Parkers hatten sie gebeten, ab und zu mal nach ihr zu sehen, bis sie verkauft wurde, doch weder Toby noch Joss hatten große Lust, an Bord zu gehen. Bisher hatte sich offenbar noch niemand für sie interessiert, und eigentlich wünschte Toby sich, daß das Boot an Ort und Stelle versinken möge oder daß irgend etwas anderes passierte, das dafür sorgte, daß niemand es kaufte. Er beobachtete den langsamen, trägen Flug des Reihers flußaufwärts, bevor er sich wieder in Richtung Cottage in Bewegung setzte und darüber nachdachte, wie sehr es ihn freuen würde, wenn Joss und Hester ein Paar würden. Sie könnten in der Nummer zwei der Cottages wohnen und fester Teil der Gemeinschaft werden.

«Und was ist mit Joss' großer Fahrt?» hatte Miggy gefragt, als Toby ihr offenbart hatte, was er sich für die beiden vorstellte.

«Er könnte doch kürzere Reisen unternehmen», sagte Toby. «Und Hester könnte mitfahren. Irgendwann muß er schließlich sowieso seßhaft werden.»

«Du bist ein alter Kuppler», zog sie ihn auf. «Erst reservierst du James für Georgia, und jetzt sind Joss und Hester dran. Was ist mit Daisy? Oder mit Hattie?»

«Um Hattie mache ich mir keine Sorgen», erklärte er ernsthaft. «Hattie wird nicht hier wegziehen. Ich möchte bloß so gerne, daß alle hier bleiben, das ist alles.»

Sie hatte liebevoll gelacht, und er hatte die Tatsache akzeptiert, daß er wie eine Glucke versuchte, seine Küken möglichst alle im Nest zu behalten. Georgia hatte es natürlich schon verlassen, aber sie kam regelmäßig wieder und brachte oft Freunde mit. Toby freute sich darüber. Sie war zur Regatta hier gewesen, und er hatte sie alle in die *Lysander* gestopft und war mit ihnen nach Dartmouth getuckert, um das Feuerwerk anzusehen. Es hatte einen ganz besonderen Zauber gehabt, im Dunkeln auf dem Fluß zu treiben, mit all den kleinen Booten um sie herum, die für diesen besonderen Anlaß geschmückt waren, und dem Boot der Küstenwache, das in der Fahrrinne festgemacht war und in Festbeleuchtung erstrahlte. Miggy und Georgia hatten ein Picknick vorbereitet, Toby hatte eine Flasche Sekt aufgemacht, und sie hatten im Halbdunkeln gegessen und mit endlosen Oooohs und Aaaahs das Feuerwerk über ihren Köpfen kommentiert. Auch der Damm war voller feiernder Menschen gewesen, und es hatte solchen Spaß gemacht, sich mit den Leuten auf anderen Booten zu unterhalten und heißen Kaffee zu trinken, als es kälter wurde.

Georgia hatte sich neben ihn gesetzt, als sie zurückfuhren und Miggy unter Deck ging, um nach Marigold zu sehen.

«Das war super, Dad», hatte sie gesagt, und er hatte sie angelächelt, als ihr das Haar über die glühenden Wangen wehte. «Es war wirklich toll!» Und dann hatte sie den Arm um ihn gelegt und ihn ganz fest gedrückt.

Toby ging das Herz auf beim Gedanken daran, und er lächelte immer noch, als er in die Küche kam, wo Miggy ein Kochbuch durchblätterte.

«Du siehst glücklich aus!» Sie lächelte ihn an. «Ich habe dich gar nicht so früh erwartet. Sollen wir schon essen?»

«Na ja ...» Er gab vor zu zögern. «Ich kann mich erinnern, daß du mir einmal etwas über Quickies vor dem Essen gesagt hast. – Ich bin noch nicht so alt, daß ich einen Drink meine.» Fragend zog er die Augenbrauen hoch, und sie lachte, als er die Arme um sie schlang und sie von ihrem Stuhl zog.

Sarah bügelte. Obwohl der Novembermorgen feucht und trist war, herrschte im Bügelzimmer dank eines fröhlich flackernden Kohlefeuers in dem kleinen viktorianischen Kamin und dank des kirschroten Glanzes der Samtvorhänge neben den in warmem Creme gestrichenen Wänden eine freundliche Atmosphäre. Sarah, die überraschenderweise die Lieder der großen Musicals aus den Vierzigern und Fünfzigern liebte, hatte ihre *Oklahoma*-Platte aufgelegt, hörte den wohlbekannten Melodien aber schon lange nicht mehr richtig zu. Sie war in Gedanken sehr weit weg, als sie Nicks Hemd vom Bügelbrett zog und es sorgfältig auf einen Bügel hängte. Sie nahm ein weiteres Hemd aus dem Wäschekorb und legte es auf das Brett. Während das Bügeleisen mühelos hin und her glitt und das Wasser zischte, wenn sie das Eisen kräftig auf die Falten drückte, grübelte Sarah.

Die grausame Wahrheit war, daß sich ihre alte Liebe zu Nick einfach nicht mehr zum Leben erwecken ließ. Mit einem neuen Cottage hatte es bisher noch nicht geklappt, obwohl sie sich schon einiges angesehen hatten. Ihr gemeinsamer Urlaub sollte die alte Harmonie zwischen ihnen wiederherstellen, aber es hatte nicht funktioniert. Es war, als sei seit ihrem Gespräch mit Cass etwas Grundlegendes in ihrer Beziehung mit Nick abgestorben. Sie dachte an die Taubheit und Lähmung in den Wochen nach jener Unterredung zurück und daran, wie sie beschlossen hatte, daß etwas geschehen mußte. Die Idee mit dem Cottage war eine Rettungsleine gewesen, von der sie beide gehofft hatten, daß sie sie zurückziehen würde in die ruhigen Gewässer ihres Lebens vor jenem erschütternden Tag im Oktober.

Sarah legte das Baumwollhemd auf das Brett und füllte das Bügeleisen mit Wasser aus einem kleinen Behälter auf. Der Plan hatte nicht funktioniert. Sie war mit Nick zur Nordküste hinaufgefahren, entschlossen, sich einige Cottages anzusehen und einen Neuanfang zu wagen, doch dann, am zweiten oder dritten Morgen bereits, als sie in der warmen Maisonne auf der Terrasse des kleinen Hotels saß, war ihr bewußt geworden, daß sie keine Lust mehr hatte. Ihr fiel auf, daß ihr jetzt gleichgültig war, was sie früher mit Spannung erfüllte: sie interessierte sich nicht dafür, was er empfand oder was er tat. Und selbst diese Erkenntnis hatte sie nicht besonders schockiert.

Mir reicht es, dachte sie bei sich. Er hat es zu weit getrieben, und jetzt will ich nicht mehr.

Sie hatte ihn mit einem ganzen Stapel Hausangebote in der Hand die schmale Straße zurückkommen sehen und bemerkt, daß sein Anblick sie nicht im geringsten berührte. Bis dahin hatte sie stets Stolz und Liebe empfunden, wenn sie seiner großen, eleganten Figur und seiner auffallenden Attraktivität gewahr wurde. Sein Haar war grau, aber noch voll, er war schlank und aufrecht und kleidete sich teuer, aber salopp, und zog so, wo immer er war, die Aufmerksamkeit auf sich. Und doch empfand sie an diesem Morgen, als er auf sie zukam, mit den Papieren winkte und in seiner Begeisterung wie ein großer Junge wirkte, nichts als tödliche Langeweile. Was auch immer sie so lange an ihn gebunden hatte, sie von seiner Liebe abhängig gemacht und dafür gesorgt hatte, daß seine Untreue ihr so unerträglich weh tat, war tot. Sie betrachtete ihn mit anderen, zynischen Augen und erwiderte sein Winken schwach und nur noch aus Höflichkeit.

Was für ein Betrüger, dachte sie. Ständig spielt er eine Rolle. Oh, ich habe die Nase so voll!

Sie sah dabei zu, wie eine Frau aus einem Geschäft kam und ihn anrempelte, und hatte nichts als Verachtung übrig für seinen völlig übertriebenen Diener, mit dem er sich entschuldigte, und sein pathologisches Bedürfnis, selbst in diesem kurzen Augenblick von dieser Fremden für schön befunden zu werden. Er versuchte, Sarah durch eine komische Grimasse zu seiner Verbündeten zu machen, als die Frau – über sein Gekasper und seine Schlagfertigkeit lachend – weiterging, und zuckte mit den Schultern ob der lästigen Notwendigkeit, sich immer wieder mit anderen Leuten auseinandersetzen zu müssen.

Was für ein Arsch, dachte sie leidenschaftslos und schenkte sich absichtlich den letzten Rest Kaffee ein, so daß keiner mehr da war, als er sich leicht außer Atem zu ihr an den Tisch gesetzt hatte.

Sarah hängte das Hemd auf, zog einen Kordrock vom Stapel und dachte weiter an den Urlaub. Als sie am Tisch gesessen und die Angebote der Makler studiert hatten, hatte sie beschlossen, ihre Entdeckung für sich zu behalten, bis sie wieder zu Hause waren. Sie brauchte Zeit zum Nachdenken. Keines der Häuser hatte ihnen hundertprozentig zugesagt, obgleich sie unter anderen Umständen vielleicht auch flexibler gewesen wäre. So kam es, daß Nick enttäuscht war, als sie wieder nach Hause kamen, weil er glaubte, daß der Erwerb eines Cottages der Schlüssel zu all ihren Problemen gewesen wäre. Er war sich sehr wohl bewußt, daß Sarah zwar etwas nachgegeben hatte, zwischen ihnen aber noch lange nicht alles wieder im Lot war. Und Sarah wußte, daß er langsam die Geduld verlor.

Wundert mich nicht, dachte Sarah, als sie den Rock wendete und auf das Bügelbrett zog. Es dauert ja jetzt schon fast ein Jahr. Ich muß mich einfach entscheiden.

Das Problem war nur: Wofür sollte sie sich entscheiden? Sie hatte verschiedene Möglichkeiten. Sie könnte Nick hinauswerfen. Gründe für eine Scheidung hatte sie schließlich genug. Sie könnte verkaufen, wegziehen und irgendwo anders ein neues Leben beginnen. Oder sie konnten so weitermachen wie bisher. Je nach Stimmungslage hatten alle drei Möglichkeiten etwas für sich. Manchmal schien ihr die Vorstellung eines neuen Lebens sehr verlockend – Hattie hatte es ja auch gewagt, sie hatte sich aus dem Berufsleben heraus in etwas völlig anderes gestürzt. Andererseits wollte sie all ihre Wohltätigkeitsvereine und Komitees nicht aufgeben und auch ihre Freunde nicht zurücklassen. Das Einfachste war, gar nichts zu tun, einfach so weiterzumachen wie bisher, aber Sarah wußte, daß es nicht ewig so weitergehen konnte. Das war keinem der beiden gegenüber fair.

Sarah hängte den Rock auf, schaltete das Bügeleisen ab und ging in die Küche, um sich Kaffee zu machen. Das eigentliche Problem war, daß sie zu alt war, um solch einschneidende Entscheidungen zu treffen. Sie war über fünfzig, und die kalte Stimme der Vernunft sagte ihr, daß sie auf dem Teppich bleiben sollte. Das Telefon klingelte, und sie nahm ab, ohne die Kaffeedose abzustellen. Es war Nick.

«Sarah, es ist etwas dazwischengekommen. Ich komme heute abend etwas später. Dieser blöde Mandant kann nicht vor sieben hier sein, und ich muß unbedingt noch heute mit ihm persönlich sprechen.»

Sarah stand wie angewurzelt da, starrte auf das Etitkett auf der Dose und las mehrmals den Namen des Produktes. «Entschuldigung, ich war eben ganz woanders. Gut. Ißt du auswärts?»

«Äh ... ja.» Er hörte sich gleichgültig an, Essen schien ihn nicht besonders zu interessieren, die Aussicht, jetzt noch einen Mandanten zu empfangen, langweilte ihn. «Mach dir um mich keine Gedanken. Mach dir einen schönen Abend.»

«Danke», sagte sie. «Danke, das werde ich tun. Bis später.»

Sie legte auf und starrte immer noch auf die Kaffeedose. Sie kannte diesen Ton in seiner Stimme, die passenden Ausreden, den Versuch, sie zu belügen.

«Du Arschloch!» sagte sie laut. «Du verdammtes Arschloch!»

Das Telefon klingelte noch einmal.

«Sarah? John Marriott hier. Geht es dir gut?»

«Sehr gut, John.» Sarah kratzte all ihre Selbstbeherrschung zusammen. «Und dir?»

«Mir geht es auch gut, meine Liebe, danke.» Die Stimme, die so kalt und gereizt klingen konnte, wenn man sie überraschte, war voller Charme. «Ich wollte fragen, ob du und Nick mir heute abend wohl unter die Arme greifen könntet.»

«Aber gerne, John. Was steht denn an?»

«Mich haben gerade Freunde von mir angerufen. Sie sind ein paar Tage in der Gegend und möchten mich gern sehen. Das Einfachste wäre, mit ihnen Abendessen zu gehen. Ich bin nicht der beste Unterhalter, seit Margaret tot ist, und ich dachte, Nick und du könntet vielleicht mitkommen, um die Last zu verteilen, sozusagen. Ich dachte, es wäre sinnvoller, das mit dir abzusprechen als mit Nick.»

«Ich komme gern mit, John», sagte Sarah sofort zu. «Nick kann leider nicht. Er hat gerade angerufen und Bescheid gesagt, daß er sich mit einem Mandanten treffen muß. Ich verstehe nicht, warum Nicks Mandanten ihn so oft nach Büroschluß sehen müssen.»

Es folgte ein winziges Schweigen, in dem Sarah die Hand zur Faust ballte und dem abwesenden Nick damit jubelnd drohte.

Jetzt hab ich dich, du Schwein! Sie formte die Worte, ohne sie auszusprechen, und riß sich hastig zusammen, als John taktvoll etwas von lästigen Mandanten murmelte.

«Macht ja nichts», sagte sie süß – sie mochte John sehr gerne –, «Ich bin das gewöhnt. Aber wenn ich dir damit helfen kann, komme ich natürlich gern. Ich fühle mich schon etwas einsam manchmal, wenn ich abends hier allein bin.»

«Ich würde mich freuen, wenn du dazukämest», beeilte er sich zu versichern. «Soll ich dich abholen?»

«Nein, nein. Ich fahre selbst. Du willst doch nicht extra ganz hier rausfahren. Wann soll ich dasein?»

«Komm so, daß wir beide vorher noch einen Sherry trinken können», sagte er. «Das wäre schön. Den Weg kennst du ja.»

«Um sieben bin ich da», versprach Sarah und legte auf.

Jetzt hat Nick ziemlich schlechte Karten bei seinem Seniorpartner, dachte sie finster.

Sie machte ihren Kaffee, ließ die restliche Bügelarbeit liegen und ging nach oben, um sich für den Abend etwas Schönes zum Anziehen auszusuchen.

Es war ein sehr netter Abend. Johns Freunde waren angenehme Unterhaltung, das Essen war köstlich, und Sarah genoß alles in vollen Zügen. Später, als Sarah und John wieder bei seinem eleganten Stadthaus mit Blick über den Park angekommen waren, lud John sie noch zu einer Tasse Kaffee ein, und sie nahm gerne an. Sie durfte es sich am Kamin gemütlich machen, während er in die Küche verschwand und ihre Hilfe kategorisch ablehnte. Sarah streckte die Beine aus und lehnte sich im Sessel zurück – sie fühlte sich so merkwürdig jung und verwegen. Ein berauschendes Freiheitsgefühl lag in diesem Abend – mit einem anderen Mann als Nick auszugehen, selbst wenn es nur der gute alte John war, den sie schon seit Jahren kannte ... Sarahs Blick schweifte über diverse Bilderrahmen auf einem niedrigen Tisch und blieb an einem silbernen Exemplar hängen, in dem ein Foto von Margaret – Johns verstorbener Frau – steckte.

Sarah lächelte Margaret an, und Margaret lächelte zurück, mit dem gleichen festen, sanften Lächeln, das sie so viele Jahre gelächelt hatte. Sie hatte sich unermüdlich für wohltätige Zwecke eingesetzt, in zahllosen Komitees gesessen und Johns Freunde unterhalten, immer mit dem gleichen, leicht abwesenden, unverrückbaren Lächeln, das ihre Augen kaum berührte. Sie war effizient und zurückhaltend gewesen, und sie wurde immer leicht vergessen, außer, wie es schien, von John. Sarah überlegte, wie lange sie nun schon tot war – drei Jahre? Vier? –, und setzte sich auf, als John mit einem Tablett hereinkam.

«Tut mir leid, daß es so lange gedauert hat.»

Es war etwas umständlich, den Tisch heranzuziehen und den Kaffee darauf zu plazieren und einzuschenken, und dann wurde es noch einmal unruhig, als John bemerkte, daß er den Zucker vergessen hatte, aber schließlich saßen sie gesellig beieinander, tranken Kaffee und unterhielten sich über den Abend.

«Es war wirklich schön», erklärte Sarah und schenkte sich etwas Kaffee nach. «Hat richtig Spaß gemacht. Das müssen wir unbedingt einmal wiederholen.»

Sie wußte, wie zweideutig diese Worte waren, und lauerte darauf, daß John den Fehdehandschuh aufnahm. Den Blick auf die Flamme fixiert, war sie unbeschwert und ein bißchen mokant, und ganz unverhofft erinnerte sie sich an den leidenschaftlichen jungen Anästhesisten im *Haslar*. John studierte unterdessen eingehend den Inhalt seiner Kaffeetasse und versuchte, sie nicht mißzuverstehen.

«Es war ein außerordentlich netter Abend», stimmte er vorsichtig zu.

Sarah erinnerte sich, daß er seit vierzig Jahren als Rechtsanwalt arbeitete, und beschloß, ihm auf den Zahn zu fühlen.

«Du mußt dich ganz schön einsam fühlen, John.»

«Ja, das tue ich.» Er seufzte tief und lächelte sie dann schnell an. «Das war wohl zu erwarten.»

«Ich fühle mich auch einsam», sagte Sarah kühn. «Nick hat ziemlich häufig diese Phasen, in denen er abends sehr viel weg ist, und auch an Wochenenden.»

Das Schweigen, das folgte, trug schwer an Verlegenheit und gespannter Erwartung.

«Nick hat eine ganze Menge Arbeit», setzte John loyal an, doch konnte er nicht ganz verbergen, wie peinlich ihm die Situation war. «Es muß schwer für dich sein manchmal ...»

«Oh, ja, das ist es.» Sarah warf alle Vorsicht über Bord, als Nicks Stimme in ihren Ohren klang und sie genau wußte, welche Form seine Arbeit in diesem Augenblick annahm. «Vor allem, wenn die Arbeit eine attraktive junge Frau ist.»

Dieses Mal war das Schweigen sowohl entsetzter als auch frohlockender Natur.

«Das ...», sagte John und schluckte nervös, «das hier ist sehr unangenehm.»

«Für dich oder für mich?» fragte Sarah zuckersüß. «Ich möchte dich nicht in Verlegenheit bringen, John. Nichts liegt mir ferner. Was mich angeht, so bin ich über das Stadium hinaus, in dem es mir unangenehm war.»

«Oh, Sarah.» John sah sie traurig an. «Es tut mir so leid. Ich schätze, ich bin die ganze Zeit davon ausgegangen, daß du von nichts wüßtest. Du warst immer so beherrscht ...»

«So blöd!» unterbrach Sarah ihn bitter. «Ich habe ihm viel zu lange viel zuviel durchgehen lassen, bis er mich demoralisiert hat und ich mich lächerlich machte. Es ist aus, John.»

Er stellte seine Tasse auf den Tisch, schob diesen ein Stück zur Seite und reichte Sarah eine Hand. Er sah schokkiert aus, und Sarah war von ihrer eigenen Unverblümtheit überrascht.

«Es tut mir leid», sagte sie und gab ihm die Hand. «Es ist ja nicht dein Problem. Ich weiß nicht, was über mich gekommen ist.»

«Blödsinn.» Er drückte ihre Hand. «Wir sind alte

Freunde. Ich fühle mich geehrt, daß du dich mir anvertraust.»

«Oh, John.» Sarah schüttelte den Kopf und versuchte zu lachen, während sie sich fragte, wie er wohl reagieren würde, wenn sie ihm sagte, daß sie Nick durch ihn eins auswischen wollte. «Ich weiß einfach nicht, was ich tun soll.»

«Dann tu im Moment am besten gar nichts Drastisches.» Er hielt immer noch ihre Hand.

«Typischer Anwaltstip», sagte sie locker, doch als sie ihn ansah, war da so ein Funkeln in seinen blauen Augen.

«Vielleicht», sagte er, und der verschwörerische Ton machte sie ganz kribbelig. «Aber ich würde einen Schuß Würze vorschlagen, um das Ganze etwas schmackhaft zu machen.»

«Würze?»

«Was dem einen recht ist, ist der anderen nur billig», philosophierte er, und sie sah ihn erstaunt an. «Wie wäre es mit einem Abendessen nächste Woche?»

«Das ... das wäre sehr gut.»

«Hervorragend.» Er drückte ihre Hand ein letztes Mal und stand auf. «Ich mache noch etwas Kaffee, und dann finden wir einen Termin.»

Als er aus dem Zimmer ging, fiel Sarah keuchend in den Sessel zurück und begegnete wieder Margarets geduldigem Lächeln. Ein schrecklicher Verdacht beschlich sie. Hatte dieses unverrückbare Lächeln nur die Probleme in ihrer Ehe mit John vertuscht, und hatte die unermüdliche Wohltätigkeitsarbeit nur zur Ablenkung davon gedient? Und selbst wenn? Sarah schloß die Augen und streckte sich genüßlich aus. Das Lächeln auf ihren Lippen war weder unverrückbar noch geduldig, es war ganz einfach triumphierend.

23

DAISY SCHENKTE NED ZU WEIHNACHTEN EINE Angel. Als er einmal auf einem Törn mit der *Lysander* auf dem Meer neben dem Steuermann gekauert und mit einer Schnur auf Makrelenfang gegangen war, hatte er seine Liebe zum Angeln entdeckt. Zu seiner Überraschung hatte er fünf Makrelen gefangen, und er war mächtig stolz gewesen, als sie zum Abendessen zubereitet wurden, und hatte sie mit großem Appetit verspeist. Die Begeisterung für das Angeln war sogar größer als die Angst vor dem Wasser, und schon bald hatte er mitunter stundenlang mit geliehener Ausrüstung auf der *Westering* gesessen und gehofft, daß sich sein Anglerglück wiederholen würde.

Da Joss wußte, was Daisy vorhatte – und weil er selbst irgendwann ablegen wollte –, kaufte er das kleine Dingi der Parkers und schenkte es ihm. Ned war sehr zurückhaltend in seinem Dank, und Hester zeigte offenes Entsetzen.

«Er kann nicht rudern», protestierte sie, «und schwimmen kann er auch noch nicht richtig.»

«Das kann er ja alles lernen», erwiderte Joss sanft und dachte dabei an eine dünne, kleine Daisy zurück, die mit Tobys bedeutend größerem und schwererem Dingi zurechtgekommen war. «Er muß ja nicht weiter weg rudern, und außerdem kann ihn jemand begleiten. Aber so wird er unabhängig. Er kann allein angeln gehen.»

Er hielt dem durchdringenden Blick zweier graublauer Augenpaare stand. Ned und Hester sahen sich an.

«Ich muß doch nicht weit rausfahren», wiederholte Ned hoffnungsvoll, während er an die Makrelen dachte und seine Angst verdrängte.

«Er kann am Kai festmachen», erklärte Joss, «oder an einer meiner Leinen. Daisy kann am Wochenende mit ihm rausfahren, und ich bringe ihm erst mal bei, wie man rudert.»

«Er muß aber eine Schwimmweste tragen», bestimmte Hester, die nur mühsam vernünftig blieb, wenn es um Neds Unversehrtheit ging.

«Natürlich», sagte Joss fröhlich und zwinkerte Ned zu. «Wir fangen mit ganz kleinen Runden an.»

So kam es, daß man im Laufe des Frühlings Ned und Joss oder Ned und Daisy immer wieder in dem kleinen Dingi langsam hin und her rudern sehen konnte. An Ostern konnte Ned bereits kleine Fahrten allein unternehmen, und man sah, wie er an den verschiedensten Stellen festmachte, seinen blonden Schopf über die Angel beugte und auf Makrelen wartete. Er fing einen Aal und viele Krebse, doch die Makrelen wichen ihm hartnäckig aus – es sei denn, Toby oder Joss nahmen ihn mit aufs Meer. Joss nahm Hester und Ned nur zu gerne auf der *Westering* mit, in der Hoffnung, daß sie sich an das Boot gewöhnten und er seine Beziehung zu Hester vertiefen konnte.

Diese wich Joss aus, wie die Makrelen Ned auswichen, und doch war er sich sicher, daß sie ihn mochte, und er wollte gern herausfinden, was es war, das sie bremste. Schließlich sprach er mit Toby darüber, der versuchte, ihm Mut zu machen.

«Miggy sagt, es liegt daran, daß sie mit ihrem ersten Mann so furchtbare Erfahrungen gemacht hat. Und jetzt ist sie umgezogen und hat einen neuen Job. Ich schätze, das ist wie ein ganz neues Leben für sie. Und vielleicht ist es noch zu früh für eine neue Beziehung. Das kann ich schon verstehen. Du nicht?»

«Doch, natürlich kann ich das verstehen», sagte Joss leicht verzweifelt, «aber ich kann schließlich nicht ewig warten. Ich mache mich ja lächerlich. Ihr alle wißt, daß ich mit ein bißchen Anstrengung letzten Sommer schon hätte lossegeln können. Wie sieht das denn aus, wenn ich es auch diesen Sommer wieder nicht schaffe? Und davon mal ganz abgesehen, *will* ich auch endlich los!»

«Ich weiß», bestätigte Toby ihn mitfühlend. Er war wahrscheinlich der einzige, der wirklich wußte, wieviel Arbeit Joss in die *Westering* investiert hatte, um sie für seine sehnsüchtig herbeigewünschte Reise flottzumachen. «Kümmer dich nicht darum, was die anderen sagen. Das geht schließlich nur dich etwas an. Und Hester.»

Joss seufzte und rieb sich mit den Händen über das Gesicht. «Ich weiß nicht, was ich machen soll», gab er zu. «Ich war noch nie in so einer Situation. Wir kommen uns so nah, und dann plötzlich macht sie zu. Es ist so frustrierend!»

Toby legte tröstend den Arm auf seine Schultern. «Du mußt Geduld haben», sagte er. «Du mußt ihr Zeit lassen, wenn es das ist, was sie braucht.»

«Du und Miggy, ihr habt keine Zeit gebraucht», murmelte Jos verbittert. «Ihr habt euch aufeinandergestürzt und euch nicht mehr losgelassen. Sie liebt mich einfach nicht genug.»

Toby zermarterte sich das Hirn, um Trost spendende Worte zu finden, drückte Joss dann, als er keine fand, an sich und ließ ihn wieder los. «Du darfst nicht aufgeben. Ihr paßt so gut zueinander. Das sagen alle.»

«Ja, sicher. Ich kann auch nicht gerade behaupten, daß es der Sache besonders förderlich ist, daß ihr uns alle beobachtet», beklagte Joss sich undankbar.

Toby kicherte leise. «Das kommt nur davon, daß wir dich alle so gern haben. Ganz schön gemein, was?»

«Hmpf!» Joss ließ sich nicht trösten.

Später sprach Toby mit Miggy über Hester.

Miggy ließ ihre Stricksachen sinken und sah besorgt aus. «Da war irgend etwas, das sie mir nie erzählt hat», verriet sie nachdenklich. «Am Anfang hat es sie gefreut, schwanger zu sein. Sie war ganz verrückt nach Phil und total begeistert, als sie geheiratet haben. Sie konnte es nicht fassen, daß er ihr untreu wurde, und sie war kreuzunglücklich. Wir haben uns immer mehr in unterschiedlichen Welten bewegt, obwohl wir nie den Kontakt zueinander verloren haben, aber sie wurde … ich weiß nicht, irgendwie ausweichend, schwer zu sagen.»

«Glaubst du, sie hat versucht, etwas zu verbergen?» forschte Toby, als Miggy schwieg.

«Ja, das Gefühl hatte ich.» Miggy wühlte in ihrem Gedächtnis. «Sie wollte nie, daß ich sie zu Hause besuchte. Wir haben uns immer irgendwo anders getroffen, in einem Geschäft oder einem Café.» Sie zuckte mit den Schultern.

Toby runzelte die Stirn, steckte die Hände in die Taschen und zog die Schultern hoch. «Wenn wir doch nur etwas tun könnten.» Er spielte mit dem Kleingeld in der Tasche. «Es wäre eine Schande, wenn Joss lossegeln würde, nur um sein Gesicht zu wahren, und sie allein damit zurücklassen würde.»

«Wir dürfen uns da nicht einmischen», ermahnte Miggy ihn sofort. «Selbst wenn er wegfährt, er wird wahrscheinlich recht schnell wiederkommen. Nur dumm, daß er immer so zynisch über die Liebe gesprochen hat. Hat sich selbst die Grube gegraben, in die er jetzt hineinfällt.»

«Vielleicht vertraut sie sich ja dir an», wagte Toby zu hoffen.

«Vielleicht.» Miggy nahm ihre Handarbeit wieder auf. «So etwas kann man nicht erzwingen.»

Hester saß am Ende des Kais, ließ die Beine baumeln und beobachtete, wie Ned allein zur *Westering* hinüberruderte. Ab und zu sah er stolz zu ihr hinüber, und sie winkte ihm aufmunternd zu. Er versuchte, ihr mit den Fingern zurückzuwinken, ohne die Ruder loszulassen, und drehte den Kopf, bis das Kinn auf der Schulter lag, um zu sehen, wo er hinruderte. Hester verging fast vor Liebe und Angst. Er war so klein und verletzlich, sah so schutzlos aus in seiner Rettungsweste, und sein Gesicht verzerrte sich vor angestrengter Konzentration. Sie sah, wie er die *Westering* erreichte, vorsichtig die Ruder an Bord nahm und seine Leine mit kleinen, ungeschickten Fingern an denen der *Westering* festmachte.

«Er macht Fortschritte, was?»

Hester drehte sich um, sah Hattie und nickte. Hattie bedachte sie mit einem nachdenklichen Blick, und Hester blickte wieder zu Ned, der jetzt seine Angel einsatzbereit machte.

«Kinder machen einen fix und fertig», stieß sie hervor, und Hattie hörte sie schlucken.

«Schrecklich», stimmte sie zu. «Hast du jemals wirklich Ruhe und Frieden?»

«Sehr selten.» Hester versuchte zu lachen. «Sie sind so furchtbar verletzlich. Und man merkt, daß man selbst auch verletzlich ist, und hat Angst, Risiken einzugehen.»

«Ist das der Grund, weshalb du nicht auf Joss eingehst?»

«Oh, Hattie», sagte Hester nach langem Schweigen. «Das ist wohl ein bißchen unter der Gürtellinie, oder?»

«Wahrscheinlich», gab Hattie unbekümmert zu. «Ich halte mich nie an die Regeln. Völlige Zeitverschwendung. Ich verstehe nicht, was dieses Getanze um den heißen Brei soll.»

Hester seufzte, stand auf und steckte die Hände in die Hosentaschen. «Das mag wohl sein. Aber es ist nicht ganz so einfach.»

«Das sagen die Leute immer, wenn sie zu feige sind, Entscheidungen zu treffen», schlug Hattie ihr um die Ohren.

«Du bist auf Joss' Seite.» Hester beschloß, Hatties Taktik zu kopieren. «Du willst doch nur, was er will.»

«Nur, wenn es das Richtige für ihn ist. Und für dich.»

«Und woher weiß man das?» Hester sah sie an, und Hattie erkannte Pein in ihren Augen. «Ich habe Angst!»

«Aber warum?» Hattie schüttelte sie sacht am Arm. «Nach allem, was ich gehört habe, war es doch nicht deine Schuld, daß eure Ehe gescheitert ist. Du bist in eine Ehe mit dem falschen Mann gestolpert. Das heißt doch nicht, daß du den gleichen Fehler noch einmal machen wirst.»

Hester starrte geradeaus, und Hattie bekam Gewissensbisse.

«Du hast ganz recht», gab sie zu. «Ich bin ein altes Klatschweib, das sich ständig überall einmischt. Ich finde es nur so schade, das ist alles. Und Joss ist dumm genug, auf seine lächerliche Reise zu gehen, nur, um sich keine Blöße zu geben.»

«Ich weiß nicht, was ich tun soll.» Hester sah so gequält aus, daß Hattie sich schuldig fühlte.

«Komm rein, ich mache uns einen Tee, und dann reden wir über etwas anderes. Oder soll ich den Tee rausbringen, damit du Ned im Auge behalten kannst?»

«Nein, ihm geht es ja gut.» Sie warf noch einen schnellen

Blick auf die kleine Gestalt, die sich über die Angel beugte. «Danke.»

Sie folgte Hattie in die Mühle, wobei sie einen großen Schritt über den Admiral machen mußte, der in tiefstem Schlaf quer im Eingang lag. Hattie machte sich geschäftig daran, den Tee zu machen, und versuchte die gespannte Atmosphäre aufzulockern, indem sie über Jellicoes Fähigkeit, immer und überall zu schlafen, plauderte, aber Hester hörte ihr gar nicht zu.

«Ich habe noch einen Sohn, weißt du», sagte sie unvermittelt und brachte Hattie damit zum Schweigen. «Er ist zwölf. Du hast wahrscheinlich gehört, daß ich schwanger wurde, als ich gerade mal neunzehn war, und daß ich Phil dann gleich geheiratet habe.» Sie lachte freudlos. «Insgeheim war ich begeistert. Ich habe Phil vergöttert und konnte es gar nicht abwarten, Ehefrau und Mutter zu werden.» Sie ging zur Spüle hinüber und starrte über Hatties Geranien hinweg auf die Hecke, die an die Straße grenzte. «Als ich erfahren habe, daß er andere Frauen hat, war mir ganz schlecht. Ich konnte überhaupt nicht damit umgehen. Phil lachte darüber und erzählte mir auch noch von den anderen. Das hat ihn angeturnt.» Sie nahm die Brille ab und verschränkte die Arme vor der Brust, zog die Schultern hoch und versuchte, sich zu beherrschen. Hattie beobachtete sie wie versteinert, sie wagte es nicht, sich zu bewegen und möglicherweise den Bann zu brechen. «Ich habe angefangen, Jeremy zu mißhandeln», sagte sie dumpf. «Ich habe es an ihm ausgelassen. Er sah Phil sehr ähnlich, und auf einmal habe ich meinen ganzen Haß, all die Erniedrigung an ihm ausgelassen. Bevor es zu schlimm wurde, kam Phils Mutter und hat ihn mir weggenommen.» Sie drehte sich um, und Hattie war bestürzt, Tränen über ihr Gesicht laufen zu sehen. «Ich habe ihn geliebt, verstehst du? Ich habe ihn so geliebt. Aber ich konnte nichts dafür. Ich habe ihn angeschrien und ...» Sie schüttelte den Kopf und wischte sich über die Wangen.

«Aber Ned hast du nie angerührt?»

Hester schüttelte den Kopf. «Bis dahin war ja schon alles vorbei. Phils Mutter hatte ihm immer in den Ohren gelegen, daß er zurückkommen sollte. Es paßte ihr überhaupt nicht, daß ihr Sohn eine Britin geheiratet hatte. Sie kam her, um ihn zu besuchen, und durchschaute sofort, was mit Jeremy los war. Sie stellte uns vor die Wahl: entweder kamen wir mit ihr nach Neuseeland, oder sie würde die Polizei verständigen und dafür sorgen, daß man mir Jeremy wegnimmt. Ich habe mich geweigert mitzugehen. Ich wußte, daß es die Hölle sein würde, an ihrer Kandare zu leben, und davon abgesehen, war es mit Phil und mir sowieso vorbei.» Sie schniefte und rieb sich den Ärmel über die Augen. «Ich habe ihm nicht gesagt, daß ich schwanger war.»

«Du armes Kind», sagte Hattie sanft.

«Die ganze Zeit mußte ich lügen. Ich wollte auf keinen Fall, daß die Leute dahinterkamen, also habe ich nie jemanden nach Hause eingeladen. Meine Eltern wußten es. Sie mußten es erfahren, als Phil Jeremy mit nach Neuseeland genommen hat. Seine Mutter hat es ihnen erzählt. Meine Mutter hat es mir nie verziehen. Sie findet, es ist eine Schande, wenn eine Mutter ihr eigenes Kind mißhandelt. Sie hält mich für ein Monster, auch wenn sie es nicht sagt, ich sehe es ihr an. Ich war lange nicht mehr zu Hause.»

Hester setzte die Brille wieder auf, während Hattie endlich den Tee machte, um ihr Zeit zu geben, sich etwas zu sammeln.

«Ich glaube, das Wichtigste ist», sagte sie schließlich und

schob Hester, die noch immer an der Spüle stand, über den Tisch einen Becher zu, «daß du dir selbst verzeihst.»

«Und wie soll das gehen?» Hester bewegte sich nicht.

«Führ dir doch einmal vor Augen, was für einem entsetzlichen Streß du ausgesetzt warst. Mach dir Zugeständnisse, die du anderen in deiner Situation machen würdest.»

Hester schüttelte stur den Kopf. «Es gibt keine Entschuldigung dafür, ein Kind zu schlagen. Ich kenne viele, die das tun, aber du kennst ja die Reaktionen, oder? Im Bus, in Cafés, auf dem Spielplatz. ‹Ich verstehe nicht, wie eine Mutter so etwas tun kann!› sagen sie.»

«Das liegt nur daran, daß die Leute im Grunde unehrlich sind», sagte Hattie ruhig. «Ich weiß, daß viele junge Mütter einem enormen Druck ausgesetzt sind, sowohl psychisch als auch physisch, und daß sie unter diesem Druck zusammenbrechen beziehungsweise Gewalttätigkeit als Ventil benutzen. Natürlich haben sie nicht den Mut, sich öffentlich dazu zu bekennen. Eine Freundin hat mir erzählt, daß sie immer in ein anderes Zimmer gehen mußte, wenn ihr Baby schrie, aus Angst, das Kleine mit dem Kopf gegen die Wand zu schlagen, nur, damit es aufhört zu schreien.»

«Aber sie hat es nicht wirklich getan, oder?»

«Nein, aber auch nur, weil sie genug Geld hatten, um sich ein Au-pair-Mädchen zu leisten, das das Schlimmste aufgefangen hat. Es überrascht mich immer wieder, daß die Menschheit so hohe Ansprüche an ihr armseliges kleines Selbst stellt. Hybris nenne ich das. Völlig vermessen. Wir sind schwach, dumm und zerbrechlich, und doch haben wir so hohe Ideale. Eine schöne Sache, zugegeben, und es ist sicher auch notwendig, aber wir müssen uns doch nicht auf ewig selbst bestrafen, wenn wir mal einen Fehler machen. Trink deinen Tee.»

«Oh, Hattie.» Hester lächelte schwach, doch ihre Lippen zitterten. «Meinst du, ich habe nicht auch versucht, mein Verhalten ganz rational zu erklären? Meinst du, es macht mir *Spaß*, mich selbst zu hassen?»

«Ich glaube schon», sagte Hattie fröhlich, und Hester sah jäh zu ihr auf und starrte sie an. Hattie nickte. «Manchmal ist es leichter, sich im guten, alten Selbstmitleid zu suhlen, als zu versuchen, wieder gerade zu denken oder sich selbst zu verzeihen, damit man die Vergangenheit hinter sich lassen kann und den anderen nicht mehr so fürchterlich auf die Nerven geht.»

Hester sah so schockiert aus, daß Hattie dem Schmerz in ihrem Blick standhalten mußte, um das Messer wieder anzusetzen, mit dem sie das Geschwür, das Hesters Leben ruinierte, beschneiden konnte.

«Sich selbst zu verzeihen heißt, erwachsen zu werden und weiterzumachen. Seine eigenen Schwächen zu erkennen und in Stärken zu verwandeln, ist ein Full-time-Job und kann ganz schön weh tun. Es ist viel einfacher, sich an seine Fehler zu klammern, bis der Haß auf sie sich in eine Art Liebe verwandelt, und sie so groß werden, daß sie einem die Sicht versperren und verzerren. Ehrlichkeit gegenüber sich selbst ist eine sehr schmerzhafte Angelegenheit, aber auch das Kostbarste, was man haben kann. Aber, lieber Gott, man muß daran arbeiten, *du* mußt daran arbeiten!»

Hester war ganz bleich geworden. Sie ging auf den Tisch zu und setzte sich, als wäre sie betrunken. Ihr Herz hämmerte so laut, daß sie glaubte, Hattie müsse es hören können. Sie stellte den Tee ab und brach in Tränen aus. Sie streckte die Arme auf dem Tisch aus, legte den Kopf darauf und weinte bitterlich. Hattie stand auf und ging um den

Tisch herum zu ihr. Sie stand neben ihr und streichelte ihr über das blonde Haar, das über ihre Arme fiel.

«Wer war es doch gleich», dachte sie laut nach, «der gesagt hat: ‹Man muß sich erst selbst verzeihen, bevor man anderen verzeihen kann›? Ich glaube, das ist wahr. Meinst du nicht, daß es an der Zeit wäre, daß du es versuchst? Ich gehe nach draußen und sehe nach Ned. Und nun trink endlich deinen Tee!»

Hattie ging hinaus, stand auf dem Kai und beobachtete Ned in seinem kleinen Dingi. Joss stand über ihm auf dem Deck der *Westering*, und sie hob die Hand, um seinen Gruß zu erwidern.

Was zum Teufel glaubst du eigentlich, wer du bist – zog sie mit sich selbst ins Gericht –, daß du anderen Leuten eine Predigt halten kannst? Tust, als wenn du über alles Bescheid wüßtest! Ausgerechnet du, die du nie verheiratet warst oder Kinder gehabt hast. Du, die du die Liebe nie kennengelernt hast.

Sie schnaubte voll Selbstverachtung und rief den Admiral, der sich auf dem Ufer herumtrieb, um mit ihm in den Wald zu gehen.

Etwas später kam Hester aus der Mühle. Etwas unsicher stand sie am Kai, während Joss sich aufrichtete und sie beobachtete. Sie winkte ihm zu und legte die Hände um den Mund.

«Wer von euch rudert mich rüber?»

Sie sah, wie Neds Kopf sich nach hinten neigte, damit er zu Joss hinaufsehen konnte, und sie hörte die beiden in der Entfernung sprechen. Ned winkte, und Joss kletterte die Leiter hinunter, sprang in sein eigenes Dingi und ruderte zu ihr herüber. Oben im Wald stand Hattie und beobachtete, wie Hester in das Boot kletterte, sich ans Heck setzte und von Joss langsam zur *Westering* befördert wurde. Seufzend wandte sie sich ab, steckte die Hände in die Taschen und folgte dem Admiral noch tiefer in den Wald.

«Lieber Gott», murmelte sie. «Verzeih mir, daß ich mich immer überall einmische.»

24

ENDE JUNI FUHR MIGGY ÜBER DIE TYPISCHEN engen Landstraßen nach Totnes, um Georgia vom Bahnhof abzuholen. Das Semester war zu Ende, und sie wollte dieses Jahr gern den Anfang des Sommers bei ihrem Vater verbringen. Miggy paßte das sehr gut, da das bedeutete, daß Toby genügend Zeit mit seiner ältesten Tochter verbringen konnte, bevor Daisy für die Ferien nach Hause kam. Sie fragte sich, wie Georgia wohl mit der zwanzig Monate alten Marigold zurechtkommen würde, die angeschnallt auf ihrem Kindersitz im Fond des Wagens saß, glücklich am Daumen nuckelte und die vorbeisausenden Hecken beäugte. Die pudrigen Blümchen der Doldengewächse streiften die Autofenster, und in den Hecken schlangen und wanden sich Geißblatt und Wildrose. Bienen krochen emsig in die sommersprossigen Trompeten des Fingerhuts, und durch ein offenstehendes Gatter erhaschte Miggy einen Blick auf einen Turmfalken, der bewegungslos am milchig blauen Himmel stand und das sich wiegende Gras auf dem Feld unter sich fixierte.

Ich bin so glücklich, dachte sie. Und ich habe Glück.

Wie so oft erinnerte sie sich daran, wie sie Toby im Royal Castle kennengelernt hatte, und wie üblich wurde ihr ganz anders bei dem Gedanken daran, wie leicht sie sich hätten verpassen können. Ein unerträglicher Gedanke! Dann wären da weder Marigold – Miggy warf instinktiv einen Blick in den Rückspiegel – noch diese tiefe Zufriedenheit. Daisy ging es gut, sie war glücklich im Internat, und abgesehen davon, daß sie immer noch hoffnungslos in James verliebt war, entwickelte sie sich prächtig.

Dann dachte sie an Joss und Hester. Eines Morgens, es mochte nun wohl einen Monat her sein, hatte Hester bei ihr angerufen und sie gefragt, ob sie zu ihr ins Cottage herüberkommen könne, sie müsse ihr etwas sagen. Miggy hatte sich auf den merkwürdigen Ton in ihrer Stimme keinen Reim machen können, darauf gewartet, daß Toby nach Hause kam, und war dann hinübergegangen. Hester wartete schon auf sie. Sie hatte angespannt ausgesehen und sich ohne große Vorreden in die traurige Geschichte ihrer Ehe gestürzt. Sprachlos vor Entsetzen hatte Miggy Hester bis zum Ende zugehört und dann ihren steifen, starren Körper in den Arm genommen und an sich gedrückt, bis Hester sich entspannt und Miggys Umarmung so heftig erwidert hatte, daß diese kaum noch Luft bekam.

«Es tut mir leid, daß ich dich angelogen habe, Miggy», sagte sie mehr als einmal. «Ich wollte einfach unter keinen Umständen, daß irgend jemand von der Sache mit Jeremy erfuhr.»

Und Miggy, die selbst wußte, was es bedeutete, erschöpft und frustriert zu sein – schließlich hatte sie einst drei Jobs auf einmal gehabt, um Daisy und sich nach Patricks Tod über Wasser zu halten –, und die auch wußte, wie schmal der Grat zwischen Selbstkontrolle und Wahnsinn war, hatte sie nur noch fester gehalten.

«Ich höre ab und zu von ihm», erklärte Hester später, als sie sich wieder etwas beruhigt hatte. «Aber ich glaube, daß Philo Mutter die Briefe zensiert, und selbstverständlich wird sie versuchen, ihn gegen mich aufzuhetzen. Ich denke oft an ihn und frage mich, wie er jetzt wohl aussieht, wie er ist. Sieben Jahre! Ich habe ihn nicht mehr gesehen, seit er fünf war, aber ich traue mich nicht, ihm vorzuschlagen, mich hier zu besuchen. Ich habe viel zuviel Angst, daß er dankend ablehnen könnte.»

Miggy sah sie entsetzt an. «Sie hatten kein Recht, ihn mitzunehmen», sagte sie.

«Das weiß ich jetzt auch.» Hester nickte. «Aber ich hatte solche Angst. Und ich habe tatsächlich geglaubt, daß es das Beste für ihn wäre. Er muß mich gehaßt haben. Ich habe mich selbst gehaßt.»

Miggy sah sie aufmerksam an und verstand jetzt viel besser, daß Hester geradezu panisch um Ned besorgt war, daß ihre Angt um ihn fast schon pathologisch war. Wie entsetzlich es sein mußte, zu wissen, daß das eigene Kind irgendwo aufwuchs, ohne daß man an seiner Entwicklung teilhaben konnte! Es war ein hoher Preis dafür, daß man der Belastung und dem Druck nicht mehr hatte standhalten können.

Als sie bergab nach Totnes hineinfuhr und den Bahnhof ansteuerte, wurde sich Miggy wieder ihres unglaublichen Glückes bewußt. Wenigstens schien es jetzt auch mit Hester und Joss voranzugehen, und Miggy nahm an, daß Hester es über sich gebracht hatte, auch ihm von dieser Sache zu erzählen. Joss hatte sie und Ned eingeladen, eine kürzere Segeltour mit ihm zu unternehmen, so daß sie im

September wieder zurück wären, und Hester hatte zugesagt.

Als Miggy parkte, fuhr der Zug schon ein. Sie stieg schnell aus, ließ den Blick über die Reisenden schweifen und entdeckte schließlich Georgia, die kofferzerrenderweise über den Bahnsteig marschierte. Miggy eilte ihr entgegen.

«Ich kann es noch gar nicht glauben, daß du schon zwanzig bist», sagte sie und hielt sie auf Armeslänge. «Das kann doch nicht wahr sein. Du siehst phantastisch aus!»

Georgia grinste. «Ich werde alt», sagte sie und beugte sich zum Autofenster, um ihre kleine Halbschwester zu betrachten.

«Hi», sagte sie, holte eine altmodische Stoffpuppe mit langen dunklen Zöpfen aus der Tasche und reichte sie ihr durch das Fenster hinein. Marigold nahm sie in die Hand, drehte und wendete sie und untersuchte sie feierlich.

«Puppe», sagte sie schließlich vorsichtig und strahlte Georgia an, die mit ihren Locken spielte. Miggy lehnte sich vom Fahrersitz zu ihr nach hinten, um sich das Geschenk näher zu betrachten. «Meine!» stellte Marigold unmißverständlich fest und drückte die Puppe besitzergreifend an die Brust. Georgia lachte, als sie auf dem Beifahrersitz Platz nahm.

«Gleich nach Hause?» fragte Miggy, als sie den Motor startete. «Oder erst in der Stadt Tee trinken und eben bei *Salago* reinschauen?»

Sie sahen sich an und grinsten.

«Was meinst du?» fragte Georgia, die es sich fröhlich bequem machte, als Miggy nach links in Richtung Innenstadt abbog.

James kam aus dem Gerichtsgebäude in Plymouth, zögerte einen Moment und machte sich dann auf den Weg zum *Carwardines.* In Plymouth wimmelte es nur so vor Touristen und Leuten, die einkauften, und er hoffte, daß er einen Platz kriegen würde. Als er erst einmal im Lokal war, sog er gierig den köstlichen Duft frischen Kaffees ein und sah sich um, während seine Augen sich noch von der Helligkeit draußen auf das gedämpfte Licht hier drinnen umstellen mußten. Im gleichen Moment erkannte er auch schon den Seniorpartner von Murchison & Marriott. Er unterhielt sich angeregt mit einer Frau, die mit dem Rücken zu James saß, doch als John Marriott eine Sekunde aufsah, hielt er inne und legte die Stirn in Falten. James lächelte ihm zu.

«Guten Morgen, Sir», sagte er. «James Barrington. Ich habe mein Pflichtpraktikum bei Ihnen absolviert.» Er sah zu seiner Begleiterin und erkannte in ihr Mrs. Farley. «Hallo», sagte er. «Wie schön, Sie zu sehen.»

«Wie geht es Ihnen?» Sarah rückte etwas auf, damit er sich neben sie setzten konnte. «Wie läuft's an Mühle und Fluß?»

«Sehr gut, danke. Ich kann Ihnen gar nicht sagen, wie dankbar ich Ihnen bin, daß Sie mich Mrs. Wetherall empfohlen haben.»

«Sie freut sich bestimmt genauso, Sie dazuhaben. Grüßen Sie sie herzlich von mir, und sagen Sie ihr, daß ich mich schon auf Donnerstag freue.»

«Mache ich.» James bestellte Kaffee und sah fragend in die leeren Tassen der anderen.

«Für mich nicht, danke», lehnte John Marriott ab. «Ich muß wieder zurück.» Er zögerte einen Moment. «Sie müßten doch jetzt bald fertig sein mit Ihrem Referendariat, oder?»

«Im Oktober schmeißen sie mich raus.» James verzog traurig das Gesicht. «Ich habe demnächst ein paar Bewerbungsgespräche, aber ich werde Dartmouth nicht gerne verlassen.»

«Ein Freund von mir in Oxford könnte Sie vielleicht unterbringen. Soll ich mal nachfragen?»

«Das wäre großartig!» James glühte. «Danke, Sir.»

«Ich kann nichts versprechen. Ich gebe Ihnen Bescheid.» John Marriott stand auf und sah zu Sarah.

«Bis bald.» Sie lächelte ihn verschwörerisch an, das Augenzwinkern entging James allerdings. «Danke für den Kaffee.»

«Es war schön, Sie hier so unerwartet zu treffen», sagte er etwas schwerfällig.

«Also», beschloß Sarah, als John Marriott verschwunden war. «Ich glaube, ich trinke doch noch einen Kaffee.»

Sie machte der Kellnerin ein Zeichen, und James hatte den Eindruck, als amüsiere sie sich heimlich über irgendeinen Witz. Ein winziges Lächeln umspielte den Mund, und ihre Augen glänzten.

«Sie sehen umwerfend aus», attestierte er ihr, ohne nachzudenken. «Viel jünger.» Jetzt stieg ihm die Schamesröte ins Gesicht.

Sarah fing an zu lachen, und James stimmte erleichtert ein.

«Ich wollte nicht unhöflich sein», versicherte er ihr, aber sie schüttelte nur den Kopf und legte die Hand auf seinen Arm.

«Entschuldigen Sie sich niemals dafür, einer Frau zu sagen, daß sie gut aussieht», belehrte sie ihn. «Und, was treibt Sie nach Plymouth?»

«Ein Prozeß», seufzte James. «Ziemlich deprimierend.»

Sarah lächelte ihn an, und ihn beschlich das merkwürdige Gefühl, daß er sie ziemlich gern haben könnte, wenn es sich ergeben sollte.

«Müssen Sie schnell zurück?» fragte sie.

«Eigentlich nicht.»

«Dann lade ich Sie zum Mittagessen ein, und Sie erzählen mir die neuesten Geschichten vom Abbot's Mill Creek.»

Als er wieder in der Kanzlei war, steckte John den Kopf zu Nick ins Büro.

«Wie geht es dir, Nick?»

«Gut, John. Sehr gut, danke. Und dir?»

«Kann mich nicht beklagen. Ich wollte Sarah und dich für das Wochenende in mein Cottage einladen. Ich werde es wahrscheinlich im Herbst verkaufen und will es jetzt noch ordentlich nutzen.»

Nick tat enttäuscht. «Ich glaube nicht, daß ich dieses Wochenende kann, John. Wie schade. Ich habe da diese verdammte Sache ...»

«Das tut mir leid.» John gab vor zu zögern. «Meinst du, Sarah würde sich allein meiner erbarmen? Ich habe die Anstruthers zu Besuch.» Die Anstruthers waren am Tag vorher zurück nach Schottland gefahren. «Mir fällt es immer so schwer, meine Gäste zu unterhalten, seit Margaret tot ist...»

Er konnte sehen, wie Hoffnung und Erleichterung in Nicks Blick keimten. «Ja, warum denn nicht? Wäre doch eine prima Abwechslung für sie. Sie liebt Salcombe und ist ganz verrückt aufs Segeln. Sie langweilt sich ja doch nur, wenn ich so mit Arbeit überladen bin.»

«Du arbeitest zuviel, Nick.» John beschloß, aufs Ganze zu gehen. «Aber du könntest dir doch bestimmt ein paar

Stunden frei nehmen und rüberkommen. Ein bißchen Segeln tut dir auch gut.»

Nick schürzte die Lippen und schüttelte bedauernd den Kopf.

«Unmöglich, John. Vielen Dank. Aber wenn du Sarah anrufen möchtest ...»

«Ja, vielleicht sollte ich das tun. Wenn du nichts dagegen hast.»

«So ein Quatsch. Ich freue mich für sie, wenn sie mal ein bißchen rauskommt. Ach, und beste Grüße an Sally und Mike.»

«An ...? Ach ja, natürlich.»

John ging hinaus, und Nick schüttelte nachsichtig den Kopf. Der arme alte Trottel. Ging bestimmt schon auf die fünfundsechzig zu. Merkte man. Konnte sich nicht mal an die Namen seiner Gäste erinnern. Egal, dachte Nick, denn wenn Sarah mitfuhr, war er ganz aus dem Schneider. John war in den letzten neun Monaten unübersehbar freundlicher geworden, und daß Sarah so bereitwillig die Gastgeberin für ihn spielte, konnte Nicks Anstrengungen, zum Seniorpartner, sprich: Hauptteilhaber aufzusteigen, wenn John sich zur Ruhe setzte, nur zugute kommen. Ein ganzes Wochenende ... Nick schob den Stuhl zurück und ging zum Fenster. Während er über die Schornsteine von Plymouth hinausstarrte, gestattete er sich ein gewisses Maß an Selbstmitleid. Sarah hatte sich verändert, gar kein Zweifel, und man konnte es ihm sicher nicht verübeln, wenn er sich an anderer Stelle trösten ließ.

Später am Nachmittag rief John Sarah an. «Er ist uns voll auf den Leim gegangen», verkündete er schadenfroh. «Du hast die offizielle Erlaubnis, das Wochenende mit mir zu verbringen.»

Sarah kicherte am anderen Ende. «Was für ein gerissenes altes Schlitzohr du bist!» sagte sie. «Margaret würde das gar nicht gefallen!»

«Margaret erfährt es aber nicht», scherzte er verwegen, und Sarah lachte laut und legte auf.

Noch etwas später nahm auch Nick das Telefon zur Hand. «Alles in Ordnung, Schatz. Ein Wochenende ganz für uns allein. Geht das mit der Wohnung klar?»

«Ja, kein Problem. Wie hast du das hingekriegt?»

«Tststs. Kleine Mädchen dürfen keine Fragen stellen.»

«Du bist ein ungezogener Junge, und ich bin sicher, daß es deiner Frau gar nicht gefallen würde.»

«Meine Frau erfährt es aber nicht», sagte Nick. «Bis Freitag.»

«Was führst du im Schilde?» fragte Hattie, als sie Sarahs strahlende Augen sah und ihren beschwingten Gang bemerkte. «James hat gesagt, daß du jung aussiehst, und ich verstehe jetzt, was er meinte.»

«Was für ein sympathischer Junge», sagte Sarah. «Ich bin sicher, daß er weit kommen wird im Leben.»

«Wie es sich anhört, erst mal bis nach Oxford», sagte Hattie niedergeschlagen. «Erst Joss und Hester, und jetzt James. Es wird ganz schön einsam hier.»

Sarah vergaß ihre eigenen aussichtsreichen Pläne und sah ihre Freundin mitfühlend an. «Du hast sie zu sehr ins Herz geschlossen», stellte sie fest. «Aber sie kommen ja wieder. Joss und Hester zumindest. Du hast doch gesagt, daß sie nur diesen Sommer wegwollen.»

«Ja, sicher.» Hattie seufzte und runzelte die Stirn. «Ich bin etwas down», gab sie zu. «Weltuntergangsstimmung. Weiß auch nicht, warum.»

«Tut mir leid», sagte Sarah unbeholfen. Sie hatte ein schlechtes Gewissen, daß sie so fröhlich war, während es Hattie schlechtging.

«Was soll's.» Hattie schüttelte die Niedergeschlagenheit ab. «Und was hast du so getrieben? Wie läuft es mit dir und Nick? Ich dachte, du hattest gesagt, es wäre aus.»

«Ist es auch irgendwie. Ich habe dir doch gesagt, ich konnte ganz einfach die alten Gefühle nicht reanimieren. Egal, was ich gemacht habe, es hat nicht funktioniert. Sie sind tot.»

«Wirklich traurig», sagte Hattie. «Wo du ihn doch so geliebt hast.»

«Ich weiß.» Sarah starrte sie an. Auch sie war immer noch überrascht nach all den Monaten. «Ganz schön beängstigend. Irgendwie will man doch immer, daß die Liebe ewig hält.»

Hattie schnaubte. «Also, wenn man bedenkt, daß sie gerade das fast nie tut, weiß ich wirklich nicht, warum man sich immer wieder dieser Illusion hingibt. Klarer Fall von Sieg der Hoffnung über die Erfahrung, soweit ich das beurteilen kann. Aber in deinem Fall, wo du doch so lange ausgehalten hast, so vielen Widrigkeiten getrotzt hast, hat es mich tatsächlich geschockt.»

«Mich auch.» Sarah zuckte mit den Schultern. «Ich glaube, weil es so plötzlich kam.»

«Nicht daß ich nicht finden würde, daß du gute Gründe hattest. Ich an deiner Stelle hätte wahrscheinlich schon vor Jahren aufgegeben. Und dann die Geschichte mit dieser Frau ...» Hattie schüttelte den Kopf. «Unglaublich!»

«Ich glaube, das war der Wendepunkt.» Sarahs Gesicht verdüsterte sich, als sie daran dachte.

«Das wundert mich nicht. Aber du scheinst dich ja ganz

gut erholt zu haben, wenn ich das mal so sagen darf. Erst die Idee, wieder ein Cottage zu kaufen, dann der Entschluß, ihn zu verlassen …»

«Ich weiß. Ich habe es mir anders überlegt.»

«Das ist mir schon klar», sagte Hattie leicht sarkastisch. «Was ich wissen will ist: warum?»

Sarah zögerte, und Hattie beobachtete sie mit immer größerer Verwunderung. Sarah war immer so vernünftig gewesen, so moralisch, so schnell dabei, diejenigen zu verurteilen, die ihre Standards nicht erfüllten, und jetzt benahm sie sich wie eine achtzehnjährige Debütantin.

«Sarah!» Hattie verlegte sich auf ihre kommandohafte Offiziersstimme. «Reiß dich zusammen. Den ganzen Tag machst du schon Anspielungen. Was ist los?»

«Ich habe eine Affäre mit John Marriott», platzte Sarah heraus und sah Hattie bestürzt an. «Oh, nein! Ich wollte es dir doch gar nicht sagen!»

«Warum das denn?» rief Hattie entrüstet. «Verdammt noch mal! Ich bin deine älteste Freundin, und du wolltest es mir nicht erzählen, wenn du dich zum ersten Mal wie ein Mensch aus Fleisch und Blut benimmst?»

«Oh, Hattie!» Sarah lachte. «Ich dachte, du wärest schockiert. Er ist dreiundsechzig, und ich bin dreiundfünfzig …»

«Puuuh!» machte Hattie ungeduldig. «Was hat das denn damit zu tun?»

«Es ist so wunderschön», gab Sarah selig zu. «Ich fühle mich wie ein neuer Mensch.»

«Und Nick weiß von nichts?»

«Himmel, nein! Er hat selbst gerade wieder eine Affäre und glaubt, er würde mich betrügen, ohne den leisesten Schimmer davon zu haben, was John und ich veranstalten.»

Hattie kämpfte sich zur Speisekammer vor, wobei sie versuchte, den schlummernden Admiral zu verscheuchen, und griff eine Flasche.

«Darauf müssen wir anstoßen!» bestimmte sie. «Dieser Moment muß in die Annalen der Geschichte eingehen.»

Sarah holte haltlos kichernd zwei Gläser. «Worauf trinken wir?» fragte sie.

«Wir trinken auf den wunderbaren Tag, da Sarah Farley endlich ein vollwertiges Mitglied der guten alten menschlichen Gesellschaft geworden ist», sagte Hattie. «Auf dich, Sarah. Weiter so, Mädchen!»

Sie lachten immer noch, als James hereinschaute.

«Hallo.» Er machte ein erstauntes Gesicht, als er die beiden mit einer fast leeren Flasche auf dem Tisch dasitzen sah, und grinste fröhlich. Er war ein Kenner, wenn es darum ging, die Anzeichen eines klassischen Saufgelages blitzartig als solche zu erkennen.

«Komm, setz dich dazu», lud Sarah ihn ein, da sie sich erinnerte, was er über ihr Aussehen gesagt hatte. «Junge Männer können wir immer gut gebrauchen.»

«Paß bloß auf», warnte Hattie ihn. «Ich hole noch eine Flasche, und wenn sie dir zu nahe kommt – schrei! Jellicoe wird dich retten.»

«Ich denke gar nicht daran», wagte James zu sagen und trug damit bereitwillig zum ausgelassenen Spiel bei. «Gute Ware erkenne ich doch auf hundert Meter Entfernung! Ich würde mich glücklich schätzen.»

«Mein lieber Junge», sagte Sarah gerührt. «Ich werde schon dafür sorgen, daß du in Oxford unterkommst. Aber vorher lassen wir uns erst mal so richtig vollaufen!»

«Gute Idee», sagte James sofort. «Moment. Ich hole eben noch ein Glas.»

Als Sarah später in ihrem Gästezimmer schlief, staunte Hattie über die Veränderung, die mit ihr vorgegangen war. Die letzten zwanzig Jahre war sie so besessen gewesen von Nick, daß Hattie diese andere, fröhliche Seite ihres Wesens fast vergessen hatte. Wie grausam die Liebe sein konnte, wenn man mit ihr an den Falschen geriet! Hattie machte das Fenster weiter auf, um die warme Nachtluft hereinzulassen, und kletterte zufrieden in ihr riesiges Nest.

25

EINE TIEFE STILLE LAG ÜBER DEM FLUSS. DAS Wasser glitzerte blendend in der Sonne, und auf den Hügeln in der Ferne flimmerte die Hitze. Nur der Wald war dunkel und kühl, und Joss, der gemächlich auf die Werft zuruderte, war froh, seine von dem gleißendhellen Wasser geblendeten Augen auf dem dunklen Grün ausruhen zu können. Das sanfte Platschen der Ruder und Hämmergeräusche aus der Werft waren die einzigen Laute an diesem heißen Nachmittag. Selbst die Vögel schwiegen.

Joss ruderte und dachte über Hester nach. Er fügte sich der Tatsache, daß er in den letzten vier Jahren milder und reifer geworden war. Seit erst Hattie und dann Miggy, Daisy und Marigold aufgetaucht waren, hatte sich die Atmosphäre hier am Fluß deutlich verändert. Fast unmerklich war sein Verlangen, mit der *Westering* auf Fahrt zu gehen und zu neuen Ufern aufzubrechen, verebbt, und er vermutete, daß das Vorhaben nur ein Versuch gewesen war, vor sich selber wegzulaufen. Inzwischen widerstrebte ihm der Gedanke, von hier wegzugehen, unerwartet stark, und er war dankbar, daß Hester und Ned ihm die Entschuldigung lieferten, auf die er insgeheim gehofft hatte. Nicht, daß er dafür, daß er es sich anders überlegt hatte, tatsächlich eine Entschuldigung brauchte, aber es machte die Sache irgendwie einfacher. Jetzt konnte er kürzere Fahrten planen, regelmäßig hierher zurückkehren und vielleicht sogar in Dartmouth eine Arbeit annehmen.

Als er an der kleinen Bucht vorbeiruderte, sah er zur *Abigail*, die ausnahmsweise einmal voll von der Sonne angestrahlt wurde. Der gleißende Sonnenschein nahm ihr die brütende Bedrohlichkeit und verwandelte sie schlicht in ein altes, verfallenes Boot, das in absehbarer Zeit nicht mehr sein würde als ein abgetakelter, ausrangierter Kahn. Joss hielt nach Miggy Ausschau, als er auf die Höhe der Wiese kam, konnte sie aber nirgends entdecken. Natürlich hatte Tobys neues Glück auch zu Joss' Meinungsänderung beigetragen. Als Joss damals mit der *Westering* im Fluß festgemacht hatte, hatte Toby ein Junggesellendasein geführt, und die beiden hatten sich locker angefreundet und diverse Abende gemeinsam im Pub oder mit improvisierten Mahlzeiten verbracht. Er konnte sich erinnern, daß ihn Miggys Erscheinen auf der Bildfläche zunächst empfindlich gestört hatte, daß er sich sicher gewesen war, Toby würde seinen übereilten Entschluß bald bereuen. Und er wußte noch, wie er versucht hatte, Toby umzustimmen, und wie ruhig und absolut sicher Toby sich gewesen war, daß Miggy die Richtige für ihn war.

Joss hielt die Ruder einen Moment fest und zündete sich eine Zigarette an. Die Vorstellung, sich dauerhaft an einen anderen Menschen zu binden, empfand er noch immer als beunruhigend genug, um sich ein paar besänftigende Züge zu gönnen. Er hielt eine Weile inne und sog den Rauch tief ein, während er weiter auf den Rudern lehnte. Die Flut hatte ihren Scheitelpunkt erreicht, und das Boot wiegte sich sanft und leise, als warte es darauf, daß das Wasser unter seinem Kiel jetzt wieder ablief. Joss sah zur Mühle und wünschte, Hester hätte ihm nie von ihrem ersten Sohn erzählt. Er hatte ein inneres Zusammenzucken vor Abscheu nicht unterdrücken können, als er sich vorstellte, wie sie ein Kleinkind schlug – und das so oft, daß es aus ihrer Obhut entfernt wurde. Sosehr er es auch versuchte, er konnte nicht verhindern, daß diese Vorstellung das Bild, das er von ihr hatte, beeinflußte. Sie wußte nicht, wie er sich fühlte. Wie ein winziger Bohrer auf der Haut nagte es an ihm, und er konnte sie nicht mehr so rückhaltlos lieben wie zuvor, seit sie ihm ihr Geheimnis anvertraut hatte. Eine Beichte mochte der Seele Erleichterung verschaffen – doch bedeutete sie für den Mitwisser eine enorme Belastung.

Joss schnippte die Zigarettenkippe ins Wasser und beugte sich über die Ruder. Toby hätte kein Problem damit, wenn er in seiner Situation wäre, das wußte Joss. Toby besaß diese beseelte Größe, die weitherzig Verzeihung gewährte und nach dem Quentchen Guten suchte, das selbst im unglaublichsten Individuum verborgen lag. Er konnte sich immer in das Leiden und die Schwächen der anderen hineinversetzen, sich mit ihnen identifizieren und sie verstehen, und seine Liebe umschloß, ermutigte und richtete auf. Joss beneidete ihn, aber er war nicht so wie er. Er wußte, daß sein eigenes Einfühlungsvermögen und sein Mitgefühl Grenzen hatten, und darum wünschte er, sie hätte es ihm nicht erzählt. Andererseits hatte er sich auch nur aufgrund von Hatties Mitgefühl und Einfühlungsvermögen von seinen eigenen äußerst belastenden Schuldgefühlen befreien können. Diesen Dienst würde er Hester doch wohl auch erweisen können?

Die Tide fiel. Joss ruderte etwas schneller, sah über die Schulter und steuerte mit dem Dingi die Werft an.

Zur gleichen Zeit stand Ned am Schultor und beobachtete mit ängstlich klopfendem Herzen die ankommenden Autos. Er war sicher, daß er vergessen hatte, seiner Mutter zu sagen, daß die Schule heute schon mittags aus war, und nur die verzweifelte Hoffnung auf ein Wunder ließ ihn weiter dort stehen. Als die letzten Autos wegfuhren, stiegen im Tränen in die Augen, und seine Lippen fingen an zu beben. Was sollte er nur tun? Die Mutter eines seiner Klassenkameraden blieb neben ihm stehen.

«Kommt deine Mama zu spät, Ned?»

Dankbar sah er zu ihr auf. «Ich glaube, ich habe vergessen, ihr den Zettel zu geben», sagte er, wie immer befangen vor jeder Art von Autorität, und deswegen zu scheu, als daß er das gleiche seiner Klassenlehrerin gestanden hätte – aus Angst, sie könnte böse werden. Ned konnte es nicht ertragen, wenn Leute böse auf ihn waren, es zog sich dann alles in ihm zusammen, und ihm wurde richtig übel. «Sie arbeitet wohl, schätze ich.»

Die freundliche Mutter hatte Mitleid mit ihm. «Ich kann dich nach Hause fahren», bot sie an, «aber ist denn jemand da, der auf dich aufpassen kann?»

«Oh, ja!» rief Ned erleichtert. «Hattie ist da. Und Joss.»

«Dann spring rein.» Sie machte die Tür auf, und er schlüpfte dankbar in den Wagen und strahlte Richard an, der geduldig gewartet hatte.

«Nein, ist das schön hier!» rief Richards Mutter, als sie

bei der Mühle anhielt und die Enten sah, die mit den Köpfen unter ihren Flügeln im Schatten dösten, und die beiden Cottages, die so putzig unter dem Reet kauerten. «Ich bin schon Jahre nicht mehr hiergewesen. Die Straße geht nicht weiter, oder? Ich muß wenden und den gleichen Weg zurückfahren, den wir gekommen sind, richtig? Und du bist sicher, daß jemand da ist?»

«Hattie ist da», sagte Ned und zeigte auf die weit offenstehende Tür zur Mühle.

«Prima. Sag deiner Mama, daß ich demnächst mal vorbeischaue. Tschüs!»

Richard winkte aus dem Autofenster, als sie wegfuhren, und Ned stand da und sah sich um. Das Cottage war abgeschlossen, er hatte keinen Schlüssel, und James war in der Kanzlei. Er stellte seinen Ranzen ab und ging rüber zur Mühle.

«Hallo, Hattie!» rief er.

Keine Antwort. Er ging in die Küche und linste ins Wohnzimmer. Nicht mal der Admiral war zu sehen, also wanderte Ned hinaus auf den Kai. Die Flut war so hoch, daß sein am Ufer liegendes Dingi im Wasser schaukelte, und auf einmal faßte er einen Entschluß. Er würde angeln gehen. Er pellte sich aus Socken und Sandalen, ließ sie dort liegen, wo das Wasser sie nicht erreichte, und bahnte sich vorsichtig einen Weg zu seinem Dingi. Er machte die Leine los und kletterte so hinein, daß er mit dem einen Fuß noch im seichten Wasser stand, um sich abstoßen zu können – so, wie Joss es ihm beigebracht hatte. Das Boot trieb ein Stückchen hinaus und schaukelte sanft, während Ned seinen Rettungsgürtel anlegte, mit dessen Riemen kämpfte und seine Angelausrüstung in der kleinen abschließbaren Kiste überprüfte. Er setzte sich auf die mittlere Bank, nahm die Ruder zur Hand und entfernte sich vom Ufer, wobei er sich gleichzeitig fragte, wo er heute festmachen sollte.

Auf der *Westering* schien niemand an Bord zu sein, und er entschied sich dagegen, an ihren Leinen festzumachen. Er war fest entschlossen, heute etwas zu fangen, und zerbrach sich den Kopf auf der gedanklichen Suche nach einer Stelle, an der er noch nie geangelt hatte und die ihm heute vielleicht Glück bringen würde. Er kam auf die Höhe von Miggys Wiese und sah sich ratlos um. Der hohe Bug der *Abigail* und die straff ins Wasser verlaufende Ankerkette sprangen ihm ins Auge, und er wurde ganz aufgeregt. Er könnte seine Leine an der Ankerkette festmachen und von seinem Boot aus angeln, ohne daß er außer Sichtweite des Cottages geriet. Hester hatte ihm das Versprechen abgenommen, daß er immer in Sichtweite eines der Häuser bleiben würde, und Ned sah sich sorgfältig um, als er bei der *Abigail* angekommen war. Er konnte die Wiese und die Laube von hier aus direkt sehen und freute sich. Hier hatte er noch nie geangelt, vielleicht hatte er hier Glück! Frische Makrele zum Abendessen, das wäre toll! Vorsichtig band er die Leine an die Kette, deren längster Teil über ihm an Deck aufgerollt lag, und setzte sich ins Heck. Die Tide begann zu fallen, die Sonne brannte heiß auf seinen ungeschützten Kopf, und Ned wurde träge, seine Arme schmerzten vom Halten der Angel. Das Wasser gurgelte unter dem Kiel, und die Bäume flüsterten und raschelten, als eine leichte Brise aufkam. Das Dingi schaukelte beruhigend, und Neds Kopf sackte ihm auf die Brust. Seine Arme entspannten sich, und er schlief ein.

Der Admiral hörte Neds Stimme wie ein fernes Echo in seinem traumlosen Schlaf, rührte und streckte sich. Er stieß die Tür zur Speisekammer so weit auf, daß er mit seiner Pfote darum fassen konnte, und ging in die Küche, die warm und hell war nach der kühlen, dämmrigen Speisekammer. Er lauschte einen Moment, bevor er in den Flur trottete. Nichts. Er ging hinaus in den Hof, würdigte die Enten kaum eines Blickes und trottete in den Obstgarten. Wie er es erwartet hatte: Hattie schlief auf ihrem Gartenstuhl, den Kopf im Nacken, leise schnarchend, mit der Zeitung um sie herum auf dem Boden verteilt. Der Admiral inspizierte sie nachdenklich. Eine kalte Schnauze in ihrem Nacken oder eine nasse Zunge in ihrem Gesicht erwies sich immer als äußerst effektvoll. Nur leider war der Effekt nicht immer der, den er sich wünschte, und er seufzte schwer. Diese Menschen machten das Leben so kompliziert! Aber wie dem auch sei, er hatte ja Neds Stimme gehört, und Ned hatte oft interessante und schmackhafte Snacks in der Tasche.

Der Admiral zog sich aus dem Obstgarten zurück und folgte Ned zum Ufer. Er sah gerade noch, wie er in seinem Dingi davonruderte, und setzte sich, um die Situation neu zu durchdenken. Die Sache mit dem Snack ließ ihm keine Ruhe, und er dachte an Miggy und ihre unfehlbare Gastfreundschaft. Er blieb noch einmal kurz stehen, um ein wenig im Wasser zu planschen, und machte sich dann auf den Weg zu der anderen Quelle unverdienter Schleckereien.

Joss ruderte gegen die Tide flußaufwärts. In der Werft hatte er die letzten für die bevorstehende Reise benötigten Kleinigkeiten bekommen, so daß sie nun in weniger als einer Woche ablegen konnten. Joss' Herz machte einen Sprung bei dem Gedanken daran, daß die *Westering* bald die Segel setzen, vom Wind getrieben und in fremden Häfen abends vor Anker liegen würde. Sie war das ideale Boot für einen Törn an der Küste entlang. Plötzlich war er ganz aufgeregt. Die Zeit war gekommen, sich nicht weiter unnötig zu sorgen und zurückzuhalten – es war Zeit, sich zu binden. Er liebte Hester, dessen war er sich sicher, und sie standen jetzt kurz vor einem wunderbaren gemeinsamen Leben. Er mußte nur die Hand ausstrecken und die Gelegenheit beim Schopfe packen.

Joss atmete tief ein und winkte Miggy zu, die mit Marigold und dem Admiral auf der Wiese herumtollte. Er ruderte weiter und war schon an der kleinen Bucht vorbei, als er einen spitzen Schrei hörte, ein merkwürdiges Rasseln und dann einen Platsch. Der Admiral fing an zu bellen, und als Miggys Schreie durch das Flußtal schallten, sah Joss den riesigen Hund von der Wiese schießen, sich durch den Schlamm quälen und sich ins Wasser werfen, um so schnell, wie er konnte, auf die *Abigail* zuzuschwimmen.

Ned war plötzlich aufgewacht. Irgendein Geräusch hatte ihn geweckt – Schritte, ein Schrei und ein Plumps, als wäre etwas Schweres zu Boden gefallen. Ängstlich sah Ned sich um. Die Sonne war hinter den Bäumen verschwunden, und die *Abigail* warf einen langen Schatten über das Dingi. Ned hatte Kopfschmerzen, sein Mund war ganz trocken, und er empfand ein unvermitteltes Befürfnis nach Sicherheit, das ihn dazu veranlaßte, in den Bug zu krabbeln, um die Leine loszumachen. Während er geschlafen hatte, war der Wasserstand gesunken, so daß sich der Bug des Bootes an der straff gespannten Leine aus dem Wasser hob und Ned den Knoten gerade eben nicht mehr erreichen konnte.

Sein Gewicht zog an der Kette, löste sie aus der rostigen Befestigung und ließ sie vom Deck der *Abigail* rasselnd und immer schneller werdend auf das Dingi krachen. Ned konnte einen einzigen markerschütternden Schrei aussto-ßen, bevor die Kette ihn unter sich begrub, ihn vom Boot stürzte und mit sich ins Wasser riß.

Miggy hörte seinen Schrei und sah gelähmt vor Entsetzen das Dingi, das an der Kette der *Abigail* festgemacht war, und die Kette, die sich nun über die kleine Gestalt ergoß. Ihr Schrei und das wilde Gekläffe des Admirals hatten sofortige Wirkung auf Joss, der in rasendem Tempo zurückruderte – doch der Admiral war schneller. Joss ruderte so schnell er konnte – er folgte dem Admiral und versuchte, sich auf Miggys Schreie einen Reim zu machen –, und als er um die Ecke kam und das Dingi sah, versagte ihm vor rasender Panik fast das Herz. Der Admiral schwamm immer wieder im Kreis und tauchte unter, doch schaffte er es nicht, die schwere Kette zu bewegen, die Ned in den Schlamm drückte. Joss sprang von seinem Dingi ins Wasser, das jetzt nur noch eineinhalb Meter tief war, tauchte unter und zog und zerrte an dem Kettenhaufen, um das bleierne Gewicht von Neds Körper zu schieben. Ned war bewußtlos durch den Schlag, sein Arm wurde noch immer festgehalten, und Joss, dem das Blut in den Ohren rauschte, riß an der Kette, bis Ned frei war.

Sobald Joss die *Abigail* erreicht hatte, raste Miggy mit einer völlig verstörten und weinenden Marigold auf dem Arm ins Haus. Zitternd wählte sie und wartete schluchzend, bis Hattie abnahm.

«Hattie!» Ihre Stimme war ein panisches Kreischen. «Komm schnell, Hattie! Ned ertrinkt! Joss holt ihn raus. Schnell!»

«Ruf den Notarzt. Ich komme sofort.»

Nachdem sie mit dem Rettungsdienst gesprochen und ihnen minutiös erklärt hatte, wie man zum Unglücksort kam, knallte Miggy den Hörer zurück auf die Gabel und rannte wieder hinaus auf die Wiese. Joss hatte den kleinen leblosen Körper in Neds Dingi gelegt – sein eigenes war abgetrieben –, und Miggy sah, wie er die Leine durchschnitt, sich hineinschwang und auf das Ufer zuruderte. Der Admiral schwamm neben ihm her.

«Hattie kommt, Joss!» schrie sie. «Sie kommt hierher! Oh, schnell!»

Mit zügigen, energischen Ruderschlägen und hochkonzentriertem Gesicht raste Joss über das Wasser, das zwischen der *Abigail* und der Wiese lag. Miggy, die immer noch die schluchzende Marigold auf dem Arm hatte, strengte die Augen an, um den leblosen Körper im Boot zu sehen.

«Oh, nein», stöhnte sie. «Nein. Bitte, Gott, mach, daß er nicht tot ist.»

Joss zog das Dingi über den Schlick, nahm Ned auf den Arm und stolperte zur Wiese. In dem Moment, in dem er neben der geschundenen, leblosen Gestalt auf die Knie fiel, kam Hattie.

«Geh aus dem Weg», sagte sie ruhig und untersuchte, ob etwas gebrochen war. «Sorg dafür, daß sein Mund und seine Nase frei sind. Bring das Kind weg, Miggy. Setz Wasser auf und hol warme Decken. Joss, du bleibst hier und erzählst mir genau, was passiert ist.»

Als sie mit Wiederbelebungsversuchen anfing, erzählte ihr Joss – den Blick fest auf Neds blaues Gesicht geheftet –, was er wußte. Sie drückte immer wieder auf den zerbrechlichen Brustkorb, während Ned Wasser aus dem Mund rann und Joss neben ihr kauerte – die Arme verschränkt, seine eigenen zerschundenen Hände unbewußt unter die Achseln geklemmt – und atemlos auf ein Lebenszeichen wartete. Er wußte nicht, wie lange sie schon dort gesessen hatten, als Hester neben ihnen auftauchte, doch noch bevor er sich rühren konnte, fing sie an herumzuschreien. Ungläubig starrte er zu ihr hinauf, als wilde Worte der Verzweiflung, unterbrochen von japsenden Schuchzern, aus ihrem weit aufgerissenen Mund stürzten. Tränen liefen ihr über das Gesicht, als sie ihn beschuldigte.

«Oh, mein Gott, er ist tot! ... Das ist alles nur deine Schuld ... Du hast ihm das verdammte Boot geschenkt ... Du hast ihn umgebracht ... Oh, mein Gott. Ich *hasse* dich. Warum habe ich mich bloß von dir überreden lassen? ... Oh, Ned.»

Sie fiel neben Ned auf die Knie und versuchte, ihn in ihre Arme zu ziehen, aber inzwischen war auch Toby da und zog sie weg, während sie weiter Joss anschrie, der sie totenbleich und entsetzt anstarrte.

Miggy hörte den Rettungswagen und rannte hinaus, um ihn zum Ufer zu lotsen. Als sie auf die Wiese gerannt kamen, übergab Ned sich plötzlich und heftig, und Hester brach schluchzend in Tobys Armen zusammen.

In den frühen Morgenstunden stahl Joss sich in die Mühle. Hattie saß allein am Küchentisch und legte eine Patience. Sie sah zu ihm auf und schob die Karten zur Seite. Joss sah erschöpft aus, seine Kleider waren dreckig, und er verbreitete einen Geruch, den sie kannte. Sie identifizierte ihn aber erst später als den nach Paraffin.

«Wie geht es ihm?» fragte er.

«Ganz gut. Sie haben ihn nach Hause gebracht und in

sein eigenes Bett gepackt. Er hat einige Quetschungen und ist erschöpft, und er wird sehr viel Ruhe brauchen, aber er lebt und ist gesund. Weil du ihn gerettet hast.»

Joss schüttelte schnell den Kopf, ging aber nicht weiter auf das Thema ein. «Ich verschwinde, Hattie.»

«Das dachte ich mir.» Ihre ruhige Stimme täuschte über die Verzweiflung hinweg, die in ihr tobte. «Bist du sicher, daß es sein muß?»

«Ganz sicher. Du hast ja gehört, was sie gesagt hat.»

«Ich habe die Raserei einer kurzzeitig wahnsinnigen Frau gehört, die nach Hause kam und glaubte, ihr Sohn sei ertrunken.»

«Sie hat mir die Schuld gegeben, weil ich ihm das Dingi geschenkt und ihm das Rudern beigebracht habe. Sie hat gesagt, daß alles nur meine Schuld sei. Sie hat mir gesagt, daß sie mich haßt und daß sie mich nie wieder sehen will.»

Hattie zuckte mit den Schultern. «Wie schon gesagt, sie war vorübergehend unzurechnungsfähig. Morgen sieht die Welt ganz anders aus.»

«Vielleicht. Vielleicht auch nicht. Jedenfalls ist zwischen uns jetzt nichts mehr möglich, Hattie.»

«Oh, mein Junge ...»

«Nichts, Hattie», wiederholte er energisch. «Oder kannst du dir etwa vorstellen, daß wir drei nach dieser Geschichte fröhlich mit der *Westering* auf Fahrt gehen? Eine glückliche Familie? Glaubst du wirklich, daß Ned jemals auch nur einen Fuß auf ein Boot setzen wird? Glaubst du, er würde das *wollen*?»

Hattie seufzte und schüttelte den Kopf. «Wahrscheinlich nicht. Aber das heißt doch nicht, daß du hier wegmußt.»

«Und was schlägst du sonst vor?» fragte er spöttisch. «Daß ich auf der *Westering* herumhänge und darauf warte, daß sie ihren Haß auf mich überwindet und er seine Angst vor Booten?»

«Oh, Joss», flehte sie, als sie die ruhige Fassade nicht länger aufrechterhalten konnte. «Das hier ist doch auch *dein* Zuhause. Du darfst dich nicht von ihr vertreiben lassen.»

«Ich wollte sowieso weg, das weißt du doch. Eines Tages komme ich wieder, Hattie. Versprochen.»

Sie blickte zu ihm auf, und er sah Tränen in ihren Augen.

«Ach, du dumme alte Nuß», schimpfte er, nahm sie in die Arme und drückte sie fest an sich. «Mach es mir doch nicht noch schwerer! Paß auf dich auf. Ich komme wieder. Eines Tages komme ich den Fluß heraufgesegelt, Hattie, und dann bleibe ich für immer!»

«Versprochen?» Sie konnte nichts dafür, die Tränen liefen immer weiter. Er nahm ihr Gesicht in die Hände und küßte schnell erst die eine Wange, dann die andere.

«Versprochen. Eines Tages.»

Er wandte sich von ihr ab und legte einen Umschlag auf den Tisch. Sie wischte sich mit dem Ärmel ihres Pullovers die Tränen aus den Augen.

«Was ist das?»

«Etwas, das du bitte morgen für mich erledigen sollst. Ich lege ab, bevor es hell wird.» Er bückte sich, um den Admiral zu streicheln, der – erschöpft von seinem nachmittäglichen Einsatz – auf den Fliesen in tiefem Schlummer lag. «Paß auf sie auf», murmelte er und richtete sich auf. An der Tür blieb er stehen und sah sich noch einmal um. «Versprochen», wiederholte er als Antwort auf ihr schweigendes Flehen und ging.

Hattie rührte sich eine Weile gar nicht. Dann machte sie das Licht aus und ging langsam nach oben. Sie stellte sich an ihr Schlafzimmerfenster und sah hinaus. Die Nacht war mondlos, aber trotzdem konnte sie Joss in seinem Dingi sehen: einen Schatten, der sich im dunkleren Schatten der *Westering* bewegte. Schließlich war er verschwunden, und sie wartete darauf, daß er an Bord seines Bootes erschien. Nichts passierte. Erst viel später sah sie ihn, noch immer im Dingi, wie er zum Heck ruderte. Sie beobachtete, wie er an Bord ging, dann hörte sie das dumpfe Brummen des Motors und sah die *Westering* langsam flußabwärts gleiten.

Als sie ihn nicht mehr sehen konnte, drehte sie sich um und sank in den Schaukelstuhl. Er würde wiederkommen, das hatte er versprochen. Sie dachte an seinen Schmerz und sah sein weißes, verzerrtes Gesicht wieder vor sich, das zu Hester hinaufstarrte, als sie auf Miggys Wiese neben ihm stand und ihm ihren Haß entgegenschleuderte. Sie stellte ihn sich vor, allein am Ruder, sein Leben ruiniert, seine Hoffnungen zerstört, von Schuldgefühlen zerfressen. Sie fing wieder an zu weinen und wiegte sich in ihrem Stuhl. Wenn er nun jemand anderen kennenlernte und beschloß, nie mehr wiederzukommen? Er war ein junger Mann, es wäre ihm ein Leichtes, woanders ein neues Leben anzufangen und den Fluß und seine Anwohner nach und nach zu vergessen. Es war so grausam – warum mußte er sie inmitten einer solchen Katastrophe verlassen, wo sie doch eigentlich alle so glücklich waren! Was, wenn er krank wurde, ganz allein an Bord, auf hoher See und sich selbst überlassen? Wenn er nun in einer dunklen, mondlosen Nacht von einem Tanker gerammt und sterben würde, völlig verängstigt und allein im kalten Wasser? Schmerz und Liebe rissen an Hatties Herz, und der verzweifelte Schrei des Alten Testaments kam ihr in den Sinn: *Mein Sohn Absalom! Mein Sohn, mein Sohn Absalom! Wollte Gott, ich wäre für dich gestorben! O Absalom, mein Sohn, mein Sohn!*

Hattie krümmte sich vor Schmerz, und als die heißen Tränen auf ihre ineinander verkrampften Hände fielen, fragte sie sich, wie sie eigentlich darauf gekommen war, daß sie noch nie geliebt hatte.

26

TOBY LAG WACH UND STARRTE IN DIE DUNKELheit. Miggy schlief an seiner Schulter, ausgelaugt vom Schrecken und der Belastung des vergangenen Tages, und er hielt sie im Arm, während er die Geschehnisse des Nachmittags noch einmal im Geiste durchging. Miggy hatte ihn in der Werft angerufen, nachdem sie den Notarzt verständigt hatte, und etwas davon gebrabbelt, daß Ned ertrinke und Joss ihn rette, während Marigold im Hintergrund ohrenbetäubend heulte. Er hatte alles stehen- und liegengelassen, war zum Cottage gerannt und auf das schaurige Schauspiel gestoßen: Ned lag leblos am Boden und wurde von Hattie reanimiert. Joss kniete totenbleich neben ihr. Miggy versuchte, die schreiende Marigold zu beruhigen. Während sie Wasser kochte und Decken suchte, hatte Miggy erklärt, was ihrer Ansicht nach passiert sein mußte. Toby hatte Marigold auf den Arm genommen und gewiegt und dabei entsetzt zugehört.

Und dann war Hester nach Hause gekommen, völlig außer sich, weil die Schule verlassen und Ned nicht dort gewesen war. Dann hatte sie seine Schuhe und Socken am Ufer gesehen, bemerkt, daß das Dingi nicht da war, und ihn nirgends entdecken können. All diese Umstände hatten ausgereicht, um sie panisch zu Miggys Wiese zu treiben, auf der sich sogleich eine entsetzliche Szene abgespielt hatte.

Als Ned und Hester sich im Krankenwagen auf dem Weg nach Dartmouth befanden, war Joss ganz plötzlich die Wiese hinuntergerannt, durch den Schlamm gewatet und hatte sich ins Wasser geworfen. Einen schrecklichen Moment lang, gestand Miggy später, hatte sie geglaubt, er würde sich ertränken. Sie und Toby waren zum Ufer gelaufen und hatten gesehen, daß Joss seinem Dingi hinterherschwamm, das den Fluß hinuntertrieb. Sie beobachteten, wie er die Arme in das Heck hängte, sich an Bord stemmte und mit gesenktem Kopf einen Moment nur so dasaß, während die Ruderbank ganz naß wurde. Dann ruderte er mit langsamen, ausholenden Schlägen zurück zur *Westering*. Er sah Miggy und Toby nicht an, als er an ihnen vorbeiruderte, und machte an der ihnen abgewandten Längsseite fest.

Später war Toby zur *Westering* hinübergerudert. Als er beigedreht hatte, war Joss herausgekommen, und Toby hatte sich an Bord geschwungen.

«Alles in Ordnung?» fragte er und legte dabei einen Arm auf Joss' Schultern.

«Soweit es das sein kann unter diesen Umständen.» Joss' Gesicht war verschlossen und abgehärmt.

«Joss, du hast sein Leben gerettet.» Aus irgendeinem Grund klang es wie ein Plädoyer.

«Ja, nachdem ich es überhaupt erst in Gefahr gebracht hatte, weil ich ihm das Boot geschenkt habe.» Offensichtlich wollte er jegliche Form von Trost abwehren.

«Komm schon, alter Junge», sagte Toby sanft. «Sie war außer sich. Sie hat das nicht so gemeint.»

«Ich glaube schon. Vergiß es, Toby. Morgen in aller Frühe verschwinde ich von hier. Was soll ich jetzt noch hier herumhängen? Sag Miggy liebe Grüße. Und den Mädchen.» Er wollte sich umdrehen, doch Toby packte ihn am Arm.

«Himmelherrgott, Joss! Findest du das nicht ein bißchen drastisch?»

«Ich hätte schon eher gehen sollen.» Joss riß sich los. «Bitte, Toby, akzeptier es einfach. Irgendwann komme ich wieder. Wenn sich die Wogen geglättet haben. In einem Jahr. Vielleicht in zwei.»

«Du verabschiedest dich doch von Hattie?»

«Verflucht noch mal!» Joss wurde aggressiv. «Wofür hältst du mich denn? Natürlich tu ich das. Aber erst muß ich noch ein paar Sachen erledigen. Paß auf dich auf.»

Sie hatten sich die Hand gegeben, und Toby war in sein Dingi hinuntergeklettert und weggerudert. Joss hatte an der Reling gelehnt, ihm nachgesehen und ihm zugewunken, als er das Bootshaus erreichte.

Toby zog den Arm unter der schlafenden Miggy hervor und sah auf die Uhr. Er wollte auf sein, wenn Joss ablegte, aber es war erst Viertel vor drei. Fast Hochwasser. Vielleicht würde Joss den Sog des wieder ablaufenden Wassers nutzen. Toby versuchte, noch etwas zu schlafen. Gerade, als er in einen unruhigen Schlummer hinüberglitt, bemerkte er, daß es heller wurde im Zimmer. Schlagartig wurde er wieder wach. War er etwa eingeschlafen und hatte Joss verpaßt? Das Licht wurde heller, und Toby hörte ein merkwürdiges brausendes Geräusch, fast wie ein starker Wind.

Feuer! dachte er, sprang aus dem Bett und rannte zum Fenster. Wieder brauste es, und er sah eine Feuerwand auflodern, die das Zimmer auf unnatürliche Weise erhellte.

«Was ist los?» rief Miggy vom Bett aus. «Toby, was ist los?»

«Die *Abigail*», sagte Toby, den Blick auf die hochschlagenden Flammen gerichtet. «Sie brennt.»

Miggy kam zu ihm ans Fenster, und er legte den Arm um sie.

«Aber wieso?» flüsterte sie. «Mein Gott! Sie brennt ja wie Zunder. Wie ist das bloß passiert? Glaubst du, daß jemand an Bord ist?»

«Nein», sagte Toby langsam. «Das glaube ich nicht. Ich rufe Hattie an. Sie kann die Flammen sehen, wird aber nicht wissen, was es ist.»

Er warf sich den Morgenmantel über, ging nach unten und rief in der Mühle an.

«Hattie», sagte er, sobald sie abnahm. «Die *Abigail* brennt. Du kannst das Feuer wahrscheinlich sehen.»

«Und hören», sagte sie. Sie hörte sich erschöpft an.

«Hast du Joss gesehen?»

«Ja, habe ich. Er ist weg. Hat vor etwa einer halben Stunde abgelegt.»

«Das dachte ich mir.» Schweigen. «Hattie? Soll ich die Polizei anrufen?»

«Nein.» Sie klang entschlossen. «Laß sie verbrennen. Hätte schon vor Jahren passieren sollen.»

«Das dachte ich nämlich auch. Ich komme später rüber, damit wir uns auf eine Geschichte einigen können, für den Fall, daß die Behörden auftauchen.»

«Ist gut. Nacht, Toby.»

Hattie legte auf und setzte sich an den Küchentisch. Sie erinnerte sich an die Flecken auf Joss' Kleidern und den Paraffingeruch, und ihre einzige Sorge war, ob er jetzt wohl noch genügend übrighatte für seine Lampen und den

Herd. Dann streckte sie die Hand aus und nahm den Umschlag, den Joss ihr dagelassen hatte. Sie riß ihn auf und zog ein Blatt Papier heraus. Gleichzeitig flatterte ein Scheck auf den Tisch, und Hattie verdrehte den Kopf, um zu lesen, was darauf stand. Er war ausgestellt auf Janice Parker, über sechshundert Pfund. Hattie schloß die Augen. Das mußten Joss' gesamten Ersparnisse sein, alles, was er letzten Winter im Pub verdient hatte. Sie faltete das Blatt auseinander und las seine krakelige Schrift.

Liebe Hattie,
wenn Du das hier liest, weißt Du, was ich getan habe. Ich wünschte nur, ich hätte es schon vor vier Jahren getan, als Evan gestorben ist und wir alle über Bert Crabtrees Geschichte gelacht haben. Anbei der Kaufpreis für die Parkers. Würdest Du ihnen bitte den Scheck schicken? Ich finde, sie haben schon genug gelitten. Wenn die Polizei auftauchen sollte, schlage ich vor, daß Toby ihnen erzählt, er hätte Landstreicher an Bord gesehen. Jetzt kann sowieso niemand mehr etwas daran ändern. Ich werde niemanden verklagen!

Paß auf dich auf. Ich werde oft an Euch alle denken und Euch mehr vermissen, als Ihr Euch vorstellen könntet.

Gottes Segen.

Seine Unterschrift war ein einziges Gekritzel. Sorgfältig faltete Hattie den Brief zusammen, steckte ihn wieder in den Umschlag und zerriß den Scheck. Sie und Toby würden das, was von der *Abigail* übrigblieb, kaufen. Joss hatte schon genug bezahlt.

Ned bewegte sich und murmelte etwas im Schlaf. Er träumte etwas, das mit seinem Traum am Nachmittag zusammenhing: wieder hörte er die Schritte, die Schreie und den beängstigenden Plumps von etwas, das hinfiel, nur war es dieses Mal er, der fiel, er stürzte, niedergestreckt von einem unsichtbaren Gewicht. Er bekam keine Luft, er wurde unter Wasser gedrückt, sein Mund und seine Nase füllten sich mit Wasser ... Er schrie, versuchte verzweifelt, sich zu befreien, und merkte dann, daß er in seinem Bett lag, daß seine Mutter ihn in die Kissen drückte, damit er sich nicht verletzte.

«Ein Traum», murmelte er. «Ich habe geträumt.»

«Es ist alles gut, du bist in Sicherheit», beruhigte sie ihn, während sie ihm übers Haar strich. «Versuch zu schlafen. Guter Junge. Es ist ja alles vorbei.»

Sie murmelte weiter beruhigend auf ihn ein, doch er schlief schon wieder, obwohl Hester noch immer neben ihm kauerte und seine Hand hielt. Später hatte er wieder den gleichen Traum, dieses Mal anscheinend ausgelöst durch das merkwürdige Licht, das sein Zimmer erhellte, und das prasselnde Brausen in seinen Ohren. Die Schritte und die Schreie waren lauter und eindringlicher, bis sie auf einmal zusammen mit dem Feuer erstarben. Dann herrschte Stille, und Ned sank wieder in einen tiefen, traumlosen Schlaf.

Hester stand am Fenster und sah, wie der Feuerschein abnahm und mit dem ersten Licht des Morgens verschmolz. Die *Westering* war weg, und sie wußte, daß sie in jenem unkontrollierten Augenblick, in dem Panik und Entsetzen sie übermannt hatten, ihre Hoffnung auf Glück mit Joss zerstört hatte. Sie dachte an die unverzeihlichen Dinge, die sie gesagt hatte, und weinte still. Daß sie so mit

Joss gesprochen hatte, der immer so gut zu ihr gewesen war, so geduldig und großzügig gegenüber Ned, war ihr jetzt ganz und gar unbegreiflich.

Ich bin verrückt, dachte Hester, als sie ihre heiße Stirn gegen die kühle Scheibe lehnte. Unausgeglichen und labil. Erst mit Jeremy, und jetzt mit Joss.

Ihr liefen unaufhörlich Tränen über die Wangen, während sie sich schwach und ausgelaugt fühlte und keinen vernünftigen oder hoffnungsvollen Gedanken fassen konnte. Da Ned tief und fest schlief, ließ sie ihn allein und ging in die Küche, um Tee zu machen. Dann wickelte sie sich in ihre warme Stola, ging hinaus auf den Kai und lehnte sich an die Mauer, von der aus sie an ihrem ersten Tag hier Joss den Fluß heraufrudern gesehen hatte.

Da war seine Stimme wieder.

«Willkommen in Abbot's Mill Creek ... Wie wäre es mit einem kleinen Ausflug ...? Noch nie in einem Boot gesessen ...? Na, dann, komm schon, Moly ...»

Sie vergrub ihr Gesicht in den Händen. Sie dachte an den lähmenden Schrecken, als sie Ned auf der Wiese liegen sah: das Haar naß an den zerbrechlichen Schädel geklebt, das Gesicht totenbleich, eine blaue Strieme auf der Wange. Sie war sicher gewesen, daß er tot war. Er war gestorben, weil sie so schwach gewesen war und sich dem Drängen anderer gebeugt hatte, daß er mehr Freiheit brauche, auch mal etwas riskieren müsse. Unkontrollierbarer Zorn war in ihr aufgestiegen, immer höher und höher, bis er in Form von haßerfüllten, hitzigen Sätzen aus ihr herausgebrochen war. Sie hatte versucht, den leblosen kleinen Ned in den Arm zu nehmen – Ned, für den sie die Verantwortung trug und den sie derart enttäuscht hatte! –, doch war sie weggezogen worden. Dann hatte Ned sich bewegt, sich übergeben, und sie hatte mit grenzenloser Erleichterung, die ihr die Knie weich werden ließ, begriffen, daß er noch lebte.

Danach war alles etwas verschwommen, ihr war, als würde sie unendlich träge und als sähe sie alles durch ein umgedrehtes Fernrohr – das war die Wirkung der Spritze, die man ihr verpaßt hatte. Das Beruhigungsmittel, das man ihr mit nach Hause gegeben hatte, rührte sie nicht an. Sie wollte wach bleiben für den Fall, daß Ned sie brauchte. Die Spritze hatte ihr Reaktionsvermögen allerdings herabgesetzt, und erst jetzt wurde ihr klar, was sie angerichtet hatte. Sie hatte jede Hoffnung auf eine Beziehung mit Joss zerstört und – was noch schlimmer war – ihn vertrieben.

Sie hob den Kopf und starrte auf den verlassenen Fluß. Zwei Schwäne ließen sich von der steigenden Tide tragen – Schwäne, die Joss immer gefüttert hatte und die genauso zuverlässige Gewohnheiten zeigten wie die Enten, die zum Frühstück zur Hintertür der Mühle watschelten. Heute morgen war kein Joss da, keine *Westering*. Hester schmerzte der Verlust so sehr, daß sie die Hände vors Gesicht schlug und weinte. Sie fuhr erschrocken zusammen, als ihr ein Arm um die Schulter gelegt wurde, drehte sich um und sah in Hatties müde, gerötete Augen.

«Es tut mir so leid», sagte Hester verzweifelt und meinte damit Hatties Verlust. «Ich war außer mir. Ich weiß nicht, was über mich kam.»

«Das weißt du nicht?» Hattie drückte sie kurz an sich und lehnte sich dann neben sie an die Mauer. «Ich schon. Man nennt es Liebe. Mutterliebe. Wahrscheinlich das stärkste aller Gefühle.»

«Ich dachte, er wäre tot», schluchzte Hester. «Und ich wußte, daß ich bei ihm genauso versagt hatte wie bei Jeremy. Ich wollte sterben.»

Hattie sah auf das silbrige Wasser, das wieder unaufhaltsam über den glänzenden Schlamm kroch. Der beißende Geruch von Verbranntem hing in der süßen, kühlen Morgenluft, und sie erinnerte sich an ihre eigenen Gefühle, als sie sich vorgestellt hatte, daß Joss allein auf hoher See sterben könnte ... *mein Sohn, mein Sohn Absalom! Wollte Gott, ich wäre für dich gestorben! O Absalom, mein Sohn* ... Hester hatte bereits ein Kind verloren. Wie mußte sie sich gefühlt haben, als sie Ned auf dem Rasen liegen sah? Schließlich konnte Hattie sich recht gut vorstellen, was in Hester vorgegangen war, und sie wußte, daß sie ihren eigenen Schmerz über den Verlust von Joss überwinden mußte. Es stimmte ja, was er gesagt hatte: Er wäre ohnehin irgendwann gegangen. Sie hatte immer gewußt, daß er eines Tages gehen würde, und wenn Hester nicht gekommen wäre, hätte er es vielleicht schon letztes Jahr getan. Es hatte keinen Sinn, Hester zum Sündenbock dafür zu machen, daß Joss mit sich selbst ins reine kommen mußte. Und noch weniger konnte sie ihr Gefühle zur Last legen, die sie – Hattie – selbst empfand.

«Ich werde weggehen.» Hester hatte aufgehört zu weinen. «Ich habe das Gefühl, alles zerstört zu haben. Ich gehe von hier weg, sobald ich kann. Sobald Ned wieder gesund ist.»

«Sei doch nicht albern.» Hattie gab sich die größte Mühe. «Warum solltest du denn weggehen? Hier bist du doch unter Freunden.»

Hester sah sie an, und einen unheimlichen Augenblick lang war ihr, als sei Joss tatsächlich Hatties Sohn, und sie sprach mit ihr, wie sie mit seiner Mutter sprechen würde.

«Ich liebe ihn.»

«Ich weiß», sagte Hattie sanft.

«Es war nur ...» Hester schluckte und schüttelte den Kopf. «Weißt du, die Sache mit dem Boot ging mir eigentlich gegen den Strich. Ich fand, daß Ned noch nicht alt genug war. Wasser war nie sein Element. Aber irgendwie hat Joss mir das Gefühl gegeben, ich sei übertrieben fürsorglich und würde ein Muttersöhnchen aus Ned machen. Dann hatte ich Angst, Ned dadurch zu schaden, statt ihn zu beschützen, und deshalb habe ich nachgegeben.»

«Und ich habe dich auch gedrängt. Oh, ja, das habe ich. Ich habe dir gesagt, du seist feige, und habe dir einen Vortrag über Ehrlichkeit gegenüber sich selbst gehalten. Es ist ja so einfach, die sogenannten Fehler der anderen zu erkennen und ihnen ungefragt zu predigen, was sie dagegen tun können.»

«Du hast mir wahnsinnig geholfen, Hattie. Zum ersten Mal, seit sie mir Jeremy weggenommen haben, komme ich einigermaßen mit der ganzen Sache klar. Ich habe neuen Mut gefaßt und geglaubt, ich könnte neu anfangen. Und jetzt das!»

Ein neuer Weinkrampf schüttelte sie, und Hattie, die sich ihrer eigenen Rolle in diesem Drama bewußt war, legte den Arm um sie.

«Wie wäre es, wenn wir beide uns alles verzeihen, was wir tatsächlich oder vermeintlich getan haben?» schlug sie schließlich vor. «Laß uns von vorn anfangen, jetzt, in dieser für uns beide neuen Situation. Du mußt hierbleiben. Zumindest so lange, bis ihr beide euch wieder vollkommen erholt habt. Miggy und Toby haben vollstes Verständnis für deine Reaktion gestern, und sie wissen beide, daß Joss früher oder später die Segel gehißt hätte. Sie werden dir nicht die Schuld daran geben. Es war ein furchtbarer Schock für dich. Wir fühlen mit euch beiden. Und lieben euch.»

«Oh, Hattie.»

«Dann wäre das ja geklärt. Und jetzt brauche ich einen Kaffee. Du auch?»

«Oh, ja, danke. Hattie? Das Feuer heute nacht, war das das Boot, an dem Ned gestern festgemacht hatte?»

«Ja», sagte Hattie nach kurzem Zögern. «Ja, das war das Boot.»

«Wie ist das passiert? Glaubst du ...»

«Toby hat Landstreicher an Bord gesehen», erklärte Hattie energisch. «Die haben wahrscheinlich dort übernachtet und ein Feuerchen gemacht.» Sie zuckte mit den Schultern. «Du weißt ja, wie so was ist.»

«Mein Gott!» Hester sah entsetzt aus. «Glaubst du, sie waren noch an Bord?»

«Bestimmt nicht», behauptete Hattie fest. «Toby hat sie schon ein, zwei Tage nicht mehr gesehen. Haben wahrscheinlich irgend etwas glimmen lassen. Wenn jemand an Bord gewesen wäre, hätten sie sich sicher gezeigt bei dem Spektakel gestern.»

«Ja, sicher.» Hesters Gesicht hellte auf, um sich gleich darauf wieder zu verfinstern. «Ich hoffe, Ned hat jetzt keine Phobie vor dem Fluß. Er wird sich bestimmt von Booten fernhalten in Zukunft.»

«Das darf er doch auch, wenn er das so will. Komm, laß uns nicht über ungelegte Eier brüten. Ich mache jetzt Kaffee.»

«Ich sehe eben nach Ned, und dann komme ich rüber.» Hester lächelte scheu. «Danke, Hattie. Für alles. Vor allem, weil ich weiß, wie du dich fühlst ...»

«Puuuh!» machte Hattie wie üblich und entfernte sich über den Kai.

Hester verweilte noch einen Moment und beobachtete

die Schwäne. Joss' und ihre Stimme hallten in ihrem Kopf wider.

«Wirst du das hier nicht furchtbar vermissen?»

«Ja. Ja, das werde ich wohl.»

Sie dachte an die Traurigkeit in seiner Stimme und stellte sich vor, wie er am frühen Morgen abgelegt hatte – allein, mit solch garstigen Erinnerungen im Gepäck. Er hatte Ned das Leben gerettet, daran gab es überhaupt nichts zu deuteln. Hätte er nicht so schnell reagiert, wäre Ned ertrunken, und doch hatte sie ihn angeschrien und beschuldigt und vertrieben.

«Verzeih mir, Joss», murmelte sie. «Ich war außer mir. Oh, Joss ...»

Die Sonne lugte über den Bäumen im Osten hervor und färbte das Wasser rot. Die Rauchwolke, die von den Resten der *Abigail* aufstieg, zerfaserte in der leichten Brise, und Hester hörte das Kreischen der Möwen am Fluß. Schweren Herzens kehrte sie dieser Schönheit den Rücken und ging zum Cottage zurück, um nach Ned zu sehen.

27

NICK HANTIERTE IN DER KÜCHE HERUM UND machte sich Frühstück. Er war zu dieser Stunde am liebsten allein, und es hatte ihm einiges an Takt abverlangt, Sarah davon zu überzeugen, daß er so früh am Morgen weder an einer üppigen Mahlzeit noch an Gesellschaft interessiert war – vor allem, wenn sie nur unter dem Vorwand auftauchte, sich selbst Kaffee zu machen, um in Wirklichkeit ein Auge darauf zu werfen, daß er ordentlich aß.

«Männer können einfach nicht für sich selbst sorgen», hatte sie immer gern gesagt – aber schon bald hatte sie aufgehört, das zu sagen. Es war derart offenkundig deutlich, daß Nick sehr wohl für sich selbst sorgen konnte. Er hatte ihren frühmorgendlichen Stippvisiten in der Küche dadurch entgegengewirkt, daß er ihr den Kaffee ans Bett brachte, und sich so trotz ihrer Proteste mit freundlich lächelnder Hartnäckigkeit durchgesetzt.

Nick steckte zwei akkurat geschnittene Scheiben Vollkornbrot in den Toaster und goß kochendes Wasser in den Kaffeebereiter, der genau die zwei Tassen hergab, die er für gewöhnlich zum Frühstück trank. Nick genoß diese Zeit des Tages. Er sog das Aroma frischen Kaffees und den Duft von getoastetem Brot ein und aß in absoluter Stille. Schon als er noch sehr jung war, hatte er festgestellt, daß Zeitung lesen oder Radio hören während des Essens den Genuß beider Beschäftigungen schmälerte, da er sich weder auf das eine noch auf das andere hundertprozentig konzentrieren konnte. Und er konzentrierte sich doch so gerne voll auf das, was ihm Spaß machte. Er stellte die blaue Butterdose auf den Tisch und inspizierte voller Vorfreude das neue Glas Marmelade. Er genoß die kleinen Extras des Lebens, zog aus jedem einzelnen so viel wie möglich für sich heraus und kostete es so lange wie möglich geradezu verliebt aus.

Das Brot sprang aus dem Toaster, und Nick stellte es in den cremefarbenen Toasthalter aus Porzellan, nachdem er den Kolben des Kaffeebereiters hinuntergedrückt hatte. Er stand am Fenster, während er darauf wartete, daß das Brot abkühlte, und sah hinaus in den nebligen Garten. Heute morgen würde er auf keinen Fall gestört werden. Sarah war mit Hattie in John Marriotts Cottage in Salcombe. Sie hatte gesagt, Hattie brauche ein paar Tage Abwechslung, und John hatte ihnen freundlicherweise das Cottage zur Verfügung gestellt. So konnte der Admiral auch mit. Nick war etwas überrascht gewesen, daß Hattie Erholung nötig hatte. Seiner Ansicht nach war ihr Leben ein einziger, endloser Urlaub. Er hatte schon dazu angesetzt, etwas Dementsprechendes anzumerken, dann aber ein seltsames Funkeln in Sarahs Augen gesehen und den Mund gehalten.

Seufzend setzte Nick sich an den Tisch. Zweifellos führte Sarah sich in letzter Zeit ausgesprochen merkwürdig auf. Großzügig verteilte er Butter auf dem knusprigen braunen Brot, häufte die Orangenmarmelade darauf und biß in diese köstliche Komposition. So merkwürdig, daß er es schon auf die Wechseljahre schieben wollte. Nur waren die Frauen in den Wechseljahren – soweit er gehört hatte – in der Regel trübselig und deprimiert oder gereizt und weinerlich, manchmal sogar eine Mischung aus allen vier Symptomen. Nick schenkte sich Kaffee in die zarte Porzellantasse – er haßte Becher –, löffelte Zucker hinein und rührte nachdenklich um. Ganz im Gegenteil, Sarah war geradezu ausgelassen. Summend und singend wirbelte sie durch das Haus und sah dabei gut zehn Jahre jünger aus. Sie machte amüsante, geistreiche Bemerkungen, war kaum je zu Hause und interessierte sich so gut wie gar nicht für das, was er tat.

Und das war der springende Punkt. Nick wendete sich der zweiten Scheibe Brot zu und stellte sich dieser Tatsache. Es hatte ihn einigermaßen schockiert, als er – im übrigen schon recht früh – herausgefunden hatte, daß Sarah von seinen Affären wußte. Er konnte noch so vorsichtig und diskret sein, ihr sechster Sinn war umgehend in Aktion, und er wußte immer, daß sie ihre Vermutungen hatte. Selbstverständlich hatte er ihr nie irgendwelche Beweise geliefert, und sie hatte ihn nie zur Rede gestellt. Er hatte schon bald akzeptiert, daß sie von seiner Untreue wußte, ihm aber niemals Vorwürfe machen würde. Rückblickend konnte er sogar sagen, daß er diesen Zustand genossen hatte. Obwohl sie nie von diesen anderen Frauen gesprochen hatte, lag ein leidender Schatten in ihrem Blick, wenn sie ihn ansah, und ein verzweifeltes Klammern in ihrer körperlichen Hingabe, das ihn um so mehr erregte. Sie hatte ihm das Gefühl gegeben, er sei etwas so Besonderes, daß sie allein ihn nicht zufriedenstellen konnte, und daß sie ihn so sehr liebte, daß sie sich ihm selbst dann nicht entsagen konnte, wenn er sie betrog. Wie oft war er von einer seiner Geliebten nach Hause gekommen und hatte dann mit ihr geschlafen, wohl wissend, daß sie es ahnte, ihm aber nicht widerstehen konnte. Ihn hatte dieses Spiel amüsiert, und er hatte so etwas wie Zärtlichkeit empfunden ob jener schmeichelnden Schwäche einer ansonsten so starken Frau.

Nachdenklich trank er den Kaffee aus. Und genau dieser Aspekt fehlte jetzt schon seit geraumer Zeit. Nick verzog das Gesicht und schenkte sich nach. Er wußte genau, wann die Veränderung eingesetzt hatte. Nach der vermaledeiten Affäre mit Cass Wivenhoe. Sarahs völlig übertriebene Reaktion auf diesen unglückseligen Zwischenfall wurmte ihn noch immer. Konnte sie denn nicht verstehen, daß er sie nur deshalb um Hilfe gebeten hatte, weil er nicht wollte, daß ihre Ehe zerstört würde? Und dann das ganze Theater, das Cottage in Shropshire zu verkaufen! Nick schnaubte selbstmitleidig. Er hatte das Cottage so gemocht! Und jetzt blockierte sie auch noch den Kauf eines neuen Häuschens. Er hatte das ihrer Angst zugeschrieben, ein solches

Ferienhaus würde seiner Untreue Schützenhilfe leisten, was ihm einerseits schmeichelte, andererseits aber verdammt unbequem war. Das Cottage in Shropshire, weitab von der Zivilisation und ohne neugierige Nachbarn, war ein perfektes Liebesnest gewesen.

Das Problem war – und das hatte ihn tatsächlich überrascht –, daß die Affären gewaltig an Reiz verloren hatten, seit Sarah nicht mehr stumm zuschaute. Ihm war vorher nicht klar gewesen, wie sehr ihr Schmerz und ihre Verzweiflung beim Sex das gemeinsame Vergnügen angeheizt hatten – ihr flehendes Gesicht und die klammernden Hände waren ein Teil der Lust gewesen. Ohne diese Zutaten war der außereheliche Speiseplan etwas fade geworden. Um zu versuchen, ihre Eifersucht wiederzubeleben, hatte er seine Affäre nahezu sorglos ausgelebt, aber ihr war es gleichgültig gewesen, nicht einmal geschmollt hatte sie, nein, sie war ganz einfach desinteressiert.

Nick trank den letzten Schluck Kaffee und starrte eine Weile blicklos geradeaus. Er konnte einfach nicht glauben, daß Sarahs Verhalten noch immer eine Reaktion auf die Sache mit Cass war. Nein, es mußten die Wechseljahre sein. Dessen war er sich unter anderem deswegen so sicher, weil sie kein Interesse an Sex mehr zeigte und er wußte, daß auch dies – neben der Launenhaftigkeit – ein typisches Symptom war. Sie hatte ihn aus ihrem Schlafzimmer verbannt und sein Ankleidezimmer unter dem Hinweis darauf, daß sie schlecht schlafe und ihn nur stören würde, besonders nett hergerichtet.

Als er das Frühstücksgeschirr neben der Spüle abstellte, schnaubte Nick ungläubig. Müde sah sie nun wirklich nicht aus, ganz im Gegenteil. Er hatte sie noch nie so glücklich und attraktiv gesehen. Wieder beschlich ihn Selbstmitleid und Frustration. Es war nicht sehr nett von ihr, seinen Bedürfnissen gegenüber so gleichgültig zu sein, doch gerade, als er beschlossen hatte, sie darauf anzusprechen, daß ihr offenbar egal war, ob er mit ihr unter einem Dach wohnte oder nicht, war sie ihm zuvorgekommen mit der Nachricht, daß sie mit Hattie ein paar Tage in Johns Cottage verbringen würde. Es sei genug zu essen in der Tiefkühltruhe, hatte sie erklärt, und sie werde anrufen, um Bescheid zu sagen, wann sie wiederkomme. Dann war sie mit diesem ihn zur Weißglut bringenden Summen abgerauscht und hatte ihn so erbost wie noch nie zurückgelassen.

Nick sah in seinen Aktenkoffer und fragte sich auf einmal, ob Sarahs Verhalten nur eine List war, um es ihm heimzuzahlen und ihn gefügig zu machen. Vielleicht glaubte sie, daß diese Methode effektiver war als das verzweifelte Klammern, und wartete nur darauf, daß er reagierte. Er lächelte. Vielleicht war es nun doch Zeit, zur Ruhe zu kommen und die Schürzenjägerei aufzugeben. So jung und attraktiv, wie Sarah derzeit aussah, wäre das nicht einmal ein großes Opfer. Zufrieden mit sich selbst, weil er des Pudels Kern erfaßt hatte, verließ Nick das Haus und ging pfeifend die Stufen hinunter.

«Sodom und Gomorrha!» Hattie rubbelte sich das Haar mit einem Handtuch trocken. «Erzählst Nick, daß ich ein paar Tage mit dir hier sei. Ich wußte gar nicht, daß du so schamlos lügen kannst!»

«Ich hatte einen guten Lehrer.» Sarah grinste. «Und schließlich bist du doch auch hier, oder?»

«Aber nur heute, und nicht über Nacht», stellte Hattie gouvernantenhaft fest. «Ist das schön hier!»

«Nicht wahr?» Sarah ließ sich auf das Handtuch neben

Hattie plumpsen und fing an, sich mit Sonnencreme einzureiben. «John sagt immer, das Cottage sei in Salcombe, dabei ist das hier eigentlich Portlemouth.»

«Jedenfalls hat er eine echte Perle aufgetan. Man kommt aus der Tür und ist direkt am Strand. Er will es doch nicht wirklich verkaufen, oder?»

«Nicht im Moment», sagte Sarah zufrieden und streckte sich auf dem Handtuch aus. «Denn zur Zeit ist es ja recht nützlich.»

Hattie kicherte. «Du bist mir vielleicht eine», sagte sie. «Aber ich stimme dir natürlich voll und ganz zu. Dieser herrliche goldene Sand und ein eigenes Boot nur ein paar Meter entfernt am Liegeplatz.»

«Ich habe meine alte Leidenschaft fürs Segeln wiederentdeckt», sagte Sarah. «Johns Boot ist aber leider ein bißchen zu groß, ich kann es nicht allein steuern, sonst hätten wir nach dem Mittagessen einen kleinen Törn machen können.»

«Es ist lustig, Salcombe direkt gegenüber zu haben. Man hat das Gefühl, man sei auf dem Festland.»

«Nachher fahren wir mit der Fähre rüber zum Mittagessen. Es ist eine reizende kleine Stadt.»

Sarah schloß die Augen, genoß die warme Septembersonne und ließ Sand durch ihre Finger rieseln. Hattie sah sie liebevoll an.

«Nick hat also noch keine Ahnung?»

«Nicht den Schimmer eines Schimmers.» Sarah schnaubte. «Er hält es für ganz und gar unmöglich, daß eine Frau einen alten Knacker wie John einem jungen, vitalen Kerl wie ihm vorziehen könnte. Er würde es mir nicht glauben, wenn ich es ihm erzählte.»

Hattie sah in das lächelnde, von einem breitkrempigen

Sonnenhut umrahmte Gesicht und fühlte sich plötzlich um dreißig Jahre zurückversetzt, zum Strand an der Stokes Bay, wo sie sich leidenschaftlich über einen jungen gutaussehenden Arzt unterhalten hatten. Der Gedanke an jene hoffnungsvolle, glückliche Zeit ließ sie melancholisch werden.

«Es scheint dir ausgezeichnet zu bekommen. Du siehst gut aus.»

Sarah machte die Augen auf und warf Hattie einen übermütigen Blick zu. «Du kannst dir gar nicht vorstellen, wie es ist, eine Beziehung zu führen, in der ich nicht ständig dankbar sein muß. Ganz im Gegenteil. Es ist so ... wie eine *Befreiung*, falls du verstehen kannst, was ich meine.»

«Na, vielleicht gerade so.»

«Oh, Hattie.» Sarah setzte sich abrupt auf. «Klang das herablassend? Ich hab's nicht so gemeint. Es ist nur so eine seltsam verdrehte Situation.» Sie sah sie erst ängstlich, dann listig an. «Abgesehen davon glaube ich, daß deine Vergangenheit viel finsterer ist, als du zugibst.»

«Ach, fang bloß nicht mit den ollen Kamellen an», wehrte Hattie gutmütig ab. «Misch dich nicht in meine Vergangenheit ein. Ich finde deine Gegenwart ohnehin viel interessanter. Wo soll das alles hinführen?»

«Keine Ahnung.» Sarah starrte über den Mündungstrichter nach Salcombe. «Und im Moment ist es mir auch ziemlich egal. Ich genieße das alles.»

«Möchte John, daß du Nick verläßt?» fragte Hattie neugierig.

«Ich glaube nicht.» Sarah lachte. «Und das würde ich sowieso nicht wollen. Glaube ich zumindest. Ich weiß noch nicht, was ich will.»

Hattie schüttelte den Kopf. «Verstehe ich nicht. Aber ich bin mir auch nicht sicher, ob ich das überhaupt möchte.

Und was machst du, wenn Nick überraschend vorbeikommt und sieht, daß ich nicht hier bin?»

«Dann wird mir schon etwas einfallen», entgegnete Sarah sorglos.

«Du hast dich wirklich verändert.» sagte Hattie. «Zumindest das wird Nick doch wohl bemerkt haben?»

«Oh, ja, natürlich.» Sarah wurde ernst. «Er versucht aber noch herauszufinden, warum.»

«Er muß durchdrehen.»

«Damit kann ich leben», gab Sarah schroff zurück. «Jetzt ist er mal dran. Und nicht zu knapp.»

«Du hast meine volle Unterstützung.» Sie wollte das Thema zu einem Ende bringen. «Ich gehe eben rein und ziehe mir etwas über.»

Als Hattie ins Cottage kam, klingelte das Telefon. Sie nahm ab und antwortete etwas außer Atem mit «Hallo?».

«Oh, hallo.» Nick hörte sich ausgesprochen verblüfft an. «Bist du das, Sarah?»

«Nein, ich bin's, Hattie. Wie geht es dir, Nick?»

«Sehr gut. Du bist also schon da. Geht es euch gut?»

«Ausgezeichnet. Wir waren gerade schwimmen. Sarah ist am Strand.»

«Und Admiral Jellicoe? Ist der auch zufrieden?»

Hattie zögerte. «Jellicoe liebt das Wasser», wich sie aus. «Er ist ganz wild aufs Schwimmen.»

Nick kicherte. «O weh, o weh. Bestimmt hat er alles andere vertrieben.»

Hattie lachte gefällig. «Wahrscheinlich», stimmte sie zu. «Soll ich Sarah holen?»

«Oh.» Er schien verdutzt. «Oh, nein, nein. Nicht, wenn sie in der Sonne liegt. Später reicht auch. Es war nichts Wichtiges. Viel Spaß noch.»

«Danke, den haben wir.»

Hattie zog sich ein Hemd über und ging zurück an den Strand.

«Nick hat angerufen», verkündete sie. «Kleiner Kontrollanruf, wenn du mich fragst.»

Sarah tat beeindruckt. «Was du nicht sagst.»

«Findest du nicht, es war ein bißchen übertrieben, ihm zu erzählen, daß ich Jellicoe mitbringe?»

Sarah kicherte. «Ich dachte, das würde der schmucklosen und wenig überzeugenden Geschichte etwas mehr Glaubwürdigkeit verleihen», sagte sie.

«Künstlerische Glaubwürdigkeit», korrigierte Hattie. «Wenn du schon zitieren mußt, dann verfälsche wenigstens nicht das Original.»

«Ach, sei still», sagte Sarah. «Was hat er sonst noch gesagt?»

«Nichts. Hat mir viel Spaß gewünscht. Deswegen glaube ich ja, daß er nur kontrollieren wollte.»

Sarah drehte sich auf den Bauch.

«Wo ist Jellicoe?» fragte sie träge.

«Bei Miggy.»

«Habt ihr euch alle einigermaßen von der furchtbaren Sache erholt?» Sarah klang wieder ernst. «Wie entsetzlich. Wie geht es dem Kind?»

«Ned ist wieder fit. Kinder sind ja unverwüstlich. In der Schule ist er jetzt so eine Art Held, und das tut ihm sehr gut. Er ist so ein schüchternder, nervöser kleiner Junge, und ich hoffe, daß er jetzt ein bißchen mehr aus sich herausgehen wird. Die meisten sehen das Ganze mehr als Abenteuer denn als Tragödie, und das ist nur gut so. Wir werden sehen.»

«Und seine Mutter? Hester, oder?»

«Ihr geht's gut. Ist jetzt natürlich überängstlich, aber das war zu erwarten. Jetzt, wo die Ferien vorbei sind, arbeitet sie wieder. Es kommt schon wieder alles ins Lot.»

«Und Joss vermißt ihr wohl auch alle?»

«Ja», sagte Hattie nach einer Weile. «Ja, wir vermissen ihn alle.»

«Habt ihr schon von ihm gehört?»

«Nur eine Postkarte aus Frankreich irgendwo. Er will den Winter am Mittelmeer verbringen.»

«Hat der ein Glück.» Sarah rollte sich auf den Rücken und zog sich den Sonnenhut über die Augen.

«Ja», sagte Hattie nach einer noch längeren Pause. «Hat der ein Glück.»

Nick legte auf und starrte leer auf seine ledergebundene Kladde. Es stimmte also tatsächlich. Hattie und ihr Riesenvieh waren in Johns Cottage. Als er ins Auto gestiegen und in Richtung Kanzlei gefahren war, war ihm plötzlich der schreckliche Gedanke gekommen, daß Sarah in ihrem Plan, ihm eine Lektion zu erteilen, weiter gehen könnte, als er ihr zunächst zugetraut hatte. Während er über das Moor gefahren war, hatte er sich gefragt, ob sie es ihm möglicherweise mit gleicher Münze heimzahlen wollte. Seine unmittelbare Reaktion war ein lautes Lachen gewesen. Mit dreiundfünfzig war sie ja wohl definitiv zu alt, als daß dies ernsthaft in Betracht gezogen werden könnte! Aber dann hatte er daran gedacht, wie jung und glücklich sie zur Zeit aussah, und hatte vor Panik einen Kloß im Hals bekommen. Unmöglich! hatte er sich gesagt, doch die Angst war gewachsen, und das erste, was er tat, als er in sein Büro gekommen war und die Post schnell durchgesehen hatte, war, im Cottage anzurufen. Seine Erleichterung, Hatties

Stimme zu hören, war grenzenlos gewesen, und jetzt ärgerte er sich darüber, so dumm gewesen zu sein.

Aber wie dem auch sei, er wollte nichts riskieren. Jetzt, da er seiner Meinung nach wußte, welches Spiel sie spielte, wußte er auch, was zu tun war. Er würde den treusorgenden Ehemann mimen. Er würde ihr Geschenke machen und Opernkarten besorgen und sie nach und nach wieder für sich gewinnen. Sollte sie doch ruhig ein bißchen die Unberührbare spielen, wenn es ihr Spaß machte! Nick lächelte nachsichtig und entspannte sich. Die gute alte Sarah! Er freute sich schon darauf, sie wieder in ihrer alten Rolle zu sehen, und wenn das bedeutete, daß er etwas zu Kreuze kriechen mußte – damit konnte er wohl leben!

Wieder ganz der entspannte Mann von Welt, schlug Nick die Akte auf seinem Schreibtisch auf und bereitete sich auf das erste Mandantengespräch am Vormittag vor.

28

IM OKTOBER ZOG JAMES NACH OXFORD. DA ERST so kurze Zeit vorher auch Joss sie verlassen hatte, fiel es den anderen schwer, ihre Traurigkeit zu verbergen. James hatte so gut in die kleine Gemeinschaft gepaßt und war ein wichtiger Teil des Ganzen geworden. Auch ihm tat – trotz der Aufregung wegen des Jobs in Oxford – sein Auszug leid, und er versprach wiederzukommen. Wenn er einmal reich war, verriet er Hattie in der letzten Woche, würde er eines der Cottages langfristig mieten und es als Wochenend- und

Ferienhaus nutzen. Sie hatte sich auf die Spinnerei eingelassen, da sie ihm das bevorstehende Abenteuer nicht mit einer traurigen Miene verderben wollte.

«Warum nicht? Oder noch besser, du richtest deine eigene Kanzlei in Dartmouth ein.»

«Die Idee ist grandios!» Er strahlte sie an. «Oder ich könnte Teilhaber werden bei Nörgel, Nörgel, Bauchweh und Stöhn.»

«Genau! Dann könntest du wieder fest hier einziehen.»

James grübelte. «Ich glaube nicht, daß das Cottage groß genug wäre für Frau und Kinder.»

Hattie war überrascht. «Entschuldigung. Ich hatte noch nicht mal eine Frau in der Planung. An wie viele Kinder hattest du denn gedacht?»

«Oh, mehrere», sagte James sofort. «Ich möchte eine große Familie haben. Das hier wäre doch ideal für Kinder, oder? Da könnte ich ihnen schwimmen und segeln beibringen.» Er seufzte zufrieden beim Gedanken an die wundervolle Zukunft.

«Dann kriegst du eben beide Cottages», bestimmte Hattie großmütig. «Und wir verbinden sie zu einem.»

«Abgemacht!»

«Daisy wird dich schrecklich vermissen», sagte Hattie. «Und wir anderen auch. Laß was von dir hören, ja?»

«Natürlich», versprach James mit jugendlicher Zuversicht, aber als er gegangen war, schüttelte Hattie den Kopf. Sie wußte, wie leicht man Menschen vergaß, wenn das eigene Leben abwechslungsreich und aufregend war.

An seinem letzten Arbeitstag machte James früher Schluß und war viel eher zu Hause als sonst. Er zog sich seine alten Klamotten an und ging hinaus ans Ufer. Daisy saß auf der Mauer und wartete auf ihn, brachte aber kaum ein Lächeln zustande. Heute würde sie zum letzten Mal mit James segeln – das machte ihr das Herz schwer und ließ den Kloß aus ungeweinten Tränen im Hals schmerzen.

«Du hast es geschafft», sagte sie und versuchte, nicht zu elend zu klingen.

«Habe ich doch versprochen, oder?» James klang leicht beleidigt. «Gerade noch rechtzeitig, bevor es dunkel wird.»

Der Wind war stark genug, um sie beide zu beschäftigen und von ihren jeweiligen Sorgen abzulenken, aber die Dämmerung ließ sie schon bald die Segel streichen.

«In Oxford wirst du wohl nicht viel zum Segeln kommen», sagte Daisy und versuchte, ihre Gefühle zu beherrschen, als sie das Boot an Land zogen.

«Überhaupt nicht!» pflichtete James betont fröhlich bei. «Weil ich da nämlich kein Boot haben werde. Darum!»

«Wie, kein Boot?» Daisy starrte ihn entsetzt an – einen Augenblick lang vergaß sie ihren Abschiedsschmerz. Ein furchtbarer Gedanke kam ihr. «Du willst sie doch nicht etwa verkaufen?»

Ihre Hände umklammerten den Bootsrand, als würde sie ein solches Sakrileg notfalls mit Gewalt verhindern, doch James lächelte sie an.

«Nein, ich verkaufe sie nicht. Ich lasse sie hier. Für dich.» Sie sahen einander an, sie sprachlos vor Überraschung und er mit neckisch hochgezogenen Augenbrauen. «Oder willst du sie etwa nicht haben?»

Daisy machte den Mund auf, um etwas zu sagen, schloß ihn wieder, schluckte und schüttelte ungläubig den Kopf. Daß ihr Tränen in die Augen stiegen, machte James unsicher und schüchtern.

«Ich habe es schon mit Miggy geklärt», versicherte er ihr. Er hatte ihr erzählen wollen, daß Toby darauf bestanden hatte, ihm zumindest die Hälfte des Kaufpreises zu geben – mehr hatte James auf gar keinen Fall haben wollen –, doch hatte Toby ihm auch das Versprechen abgenommen, niemandem etwas davon zu sagen. «Ich möchte, daß du sie bekommst», sagte er sanft. «Und außerdem gehört sie hierher. Und wenn ich mal herkomme, kann ich wenigstens hier segeln. Aber sie gehört ganz dir, wirklich.»

«Uns», sagte Daisy schnell, indem sie die Tränen wegblinzelte. «Wir teilen sie uns, und ich kümmere mich um sie, solange du fort bist. Du kommst doch bald wieder?»

«Natürlich.» Er fing an, die Segel zu verstauen, froh, etwas zu tun zu haben. «Du wirst sie bestimmt den Winter über im Bootshaus unterbringen. Es ist ein bißchen was zu tun an ihr.»

«Ich paß auf sie auf», versprach Daisy, die jetzt, da sie etwas von ihm hatte, das ihn wieder herlocken würde, schon etwas fröhlicher war. «Miggy hat gesagt, du kommst morgen früh rüber, bevor du fährst?»

«Auf jeden Fall», sagte James, der erleichtert war, den endgültigen Abschied hinausschieben zu können, und so komisch schwermütig war – er ahnte ja nicht, daß das ruhige Abendessen mit Hattie in Wirklichkeit eine Überraschungsparty war, zu der sie alle kommen würden, um ihn gebührend zu verabschieden!

«Bis morgen früh dann», sagte Daisy, die in das Geheimnis eingeweiht war. Sie zögerte und verschwand dann kurz hinter der Mauer, wo sie eine kleine Tüte versteckt hatte. «Das hier gebe ich dir aber jetzt schon.»

Sie zog etwas Rechteckiges heraus und reichte es ihm. Es war ein gerahmtes Foto. James hielt es sich vor die Nase und versuchte, im Dämmerlicht das Motiv auszumachen. Hattie und all die anderen standen vor der offenen Tür zur

Mühle. James studierte es eingehend. Miggy lächelte ihn mit Marigold auf dem Arm an. Toby und Joss standen nebeneinander und grinsten über irgendeinen Witz, während Daisy auf einem kleinen Schemel ganz vorne saß, den Arm um den Admiral legte und sehr ernst guckte.

«Wer hat das gemacht?» fragte er schließlich mit ungewöhnlich heiserer Stimme. Er räusperte sich. «Es ist phantastisch.»

«Hester hat es gemacht. Sie hat gesagt, sie sei noch nicht lange genug hier, als daß du sie auf dem Foto haben wolltest. Und Ned war in der Schule. Zum Glück haben wir das gemacht, als Joss noch hier war.»

«Es ist einfach großartig. War das deine Idee?»

«Hmmm.» Sie nickte beschämt. «Kannst du dir auf deinen Schreibtisch in Oxford stellen. Dann vergißt du uns nicht.»

«Mache ich», versprach er und nahm sie plötzlich und etwas scheu kurz in den Arm.

Sie klammerte sich eine Sekunde lang an ihm fest, wandte sich dann ab und rannte am Ufer entlang nach Hause. James ging langsam in das Cottage zurück, das Foto fest an sich gedrückt.

Hester war froh, wieder zu arbeiten, und dankbar, daß sie in ihrem alten Job noch gebraucht wurde. Die Besitzerin des Cafés hatte ihr gesagt, daß ihre Tochter ab den nächsten Sommerferien Vollzeit für sie arbeiten würde und daß Hester bis dahin gerne wieder zu den gleichen Zeiten arbeiten könne wie vor den Ferien. Sie war erleichtert, etwas zu tun zu haben, das sie ermüdete und ihr außerdem das Geld einbrachte, das sie dringend brauchte. Als der Winter Einzug hielt, kam sie mit den Problemen in ihrem Leben immer besser zurecht, sie dachte über alles sorgfältig nach und versuchte, Schuldgefühle und Selbstmitleid abzuwehren.

Ned hatte sich überraschend schnell von seiner Feuerprobe erholt, was hauptsächlich der positiven Einstellung seiner Umgebung zu verdanken war. Zwar litt er immer noch unter Alpträumen, doch konnte Hester nun akzeptieren, daß er einer der Menschen war, die wohl immer Alpträume haben würden. Sie verstand jetzt, was Miggy mit der Anerkennung in Familien gemeint hatte. Sie dachte daran, wie ihr Vater bei seinen seltenen Besuchen sich immer über Neds Pedanterie und Angstanfälle amüsiert hatte.

«Genau wie David», hatte er nachsichtig bemerkt. David war sein jüngerer Bruder, der je ein Stipendium für Winchester und für Cambridge bekommen hatte. «Ned endet bestimmt als Professor in Oxford, wirst schon sehen. Er ist clever. Genau wie David als Junge.»

Ihr Vater hatte Neds Charakter erkannt und akzeptiert. Hätte Joss das auch gekonnt? Hester dachte darüber nach. Joss hatte – genau wie Hattie – eine rauhe Art, und sie fragte sich, ob das Leben mit ihm für sie nicht zu einem Drahtseilakt zwischen ihm und Ned geworden wäre: hier Joss' Härte mildern, dort Neds Selbstvertrauen aufbauen. Sie erinnerte sich daran, wie Joss und Hattie sich fast kaputtgelacht hatten über eine von Joss' Anekdoten von der Armee, bei der ein Sergeant einem jungen Rekruten klargemacht hatte, wie null und nichtig er sei. Hester fand das nicht besonders lustig, ihr tat der neue Soldat einfach nur leid, und sie hatte sich ausgeschlossen gefühlt, da die anderen beiden so offensichtlich die gleiche Wellenlänge hatten. Aber man mußte doch nicht vom gleichen Fleisch und Blut sein, um andere verstehen und ihre Fehler akzeptieren zu können! Dies hatte sie Miggy gegenüber geäußert.

«Toby hat schließlich keine Probleme mit Daisy, so wie es aussieht.»

Miggy dachte eine Weile nach. «Daisy und ich sind uns sehr ähnlich», sagte sie dann. «Er sieht mich in ihr und Marigold in uns beiden. Wenn Daisy mehr nach Patrick geraten wäre, würde es vielleicht ganz anders aussehen. Oder wenn sie ein Junge wäre. Ich fand Georgia am Anfang unglaublich schwierig. Das größte Problem ist, daß man sich so leicht ausgeschlossen fühlt aus dem früheren Leben des anderen. Familien haben ihre ganz eigenen Witze und Sprüche. Wenn sie über Dinge reden, die sie gemeinsam erlebt haben, oder über Leute aus dem gemeinsamen Bekanntenkreis, hat man ganz einfach keinen Anteil daran. Dann fühlt man sich ganz schnell wie ein Fremder im eigenen Lager.»

«Aber du fühlst dich doch nicht so, oder?» fragte Hester, die Miggy viel mehr beneidete, als sie jemals zugab.

«Nicht oft. Aber am Anfang schon. Das war nämlich eins von Ruths Spielchen, die «Weißt du noch»-Nummer. Ich konnte es nicht ertragen, aber damals war ich auch noch viel unsicherer als heute. Jetzt habe ich das Gefühl, daß wir eine richtige Familie sind, und auch wenn es zwischen Toby und Daisy mal kracht – ich weiß jetzt, daß das ganz normal ist, und rege mich nicht mehr übermäßig darüber auf.»

«Weißt du was?» sagte Hester nach einer langen Pause. «Ich glaube, das mit Joss und mir hätte nicht funktioniert.»

«Na ja, kann schon sein, daß die Umgebung und die Nähe euch etwas beeinflußt haben», stimmte Miggy vorsichtig zu. «Das war alles ziemlich romantisch.»

«Ja, aber das war nicht das einzige», sagte Hester. «Wir haben uns beide nach Liebe gesehnt. Nach jemandem, dem wir vertrauen konnten. Ich war mir eigentlich nicht ganz sicher, aber ich hatte solche Angst, eine Chance zu verpassen, daß ich sie fast gedankenlos ergriffen habe. Und ich glaube, Joss ging es genauso.»

«Oh, Hester.»

«Ich weiß.» Hester lachte ein bißchen. «Ganz schön blöd. Aber ich habe bei ihm die gleiche Zurückhaltung gewittert, die ich selbst empfand, und Neds Unfall hat gereicht, um uns zu spalten. Trotzdem habe ich immer noch Alpträume wegen der Dinge, die ich ihm an den Kopf geworfen habe.»

Miggy schwieg, sie dachte an Joss' bleiches Gesicht.

«Ich weiß.» Hester beobachtete sie. «Ich weiß, was du denkst. Ich kann nicht hierbleiben, Miggy.»

«Ach, Hester!» rief Miggy. «Um Himmels willen ...!»

«Nein, nein.» Hester schüttelte den Kopf. «Wir gehören hier nicht her. Nicht wie ihr alle. Deswegen habe ich auch so ein schlechtes Gewissen, daß ich Joss vertrieben habe.»

«Aber er wäre doch sowieso ...»

«Da bin ich mir nicht so sicher. Wenn du mich fragst, wollte Joss nicht weg von hier. Zumindest nicht auf eine so lange Reise. Ich glaube, ich war zum Teil der Grund dafür, daß er sich für eine kürzere Fahrt entschieden hat, aber ich glaube auch, daß er nur nach einer Entschuldigung gesucht hat. Er gehört hierher, und ich glaube, er hatte gerade angefangen, das zu begreifen.»

«Dann kommt er auch wieder. Er muß ja nicht für immer wegbleiben. Wenn er sich erst mal beruhigt hat ...»

«Ich glaube nicht, daß er wiederkommt, solange Ned und ich hier sind.»

«Oh, Hester, bitte.» Miggy sorgte diese abgeklärte Sturheit. «Nichts überstürzen.»

«Nein, bestimmt nicht.» Hester seufzte. «Mein Vater hat mich gestern abend angerufen. Meine Mutter hat Krebs. Sie wird wohl nicht mehr lange leben. Ich fahre zu ihr.»

«Mein Gott!» flüsterte Miggy. «Das tut mir leid.»

«Hm.» Hester machte eine hilflose Geste und ließ die Hände in den Schoß fallen. «Jahrelang hat sie mich nicht sehen wollen. Seit ich Jeremy gehenließ. Sie hat mich verabscheut und war außer sich, daß er nicht zu ihr kam. Sie war so verbittert und wütend, daß sie meinen Anblick nicht ertragen konnte. Ist es nicht eine Schande? Würdest du Ned für ein paar Tage zu dir nehmen?»

«Natürlich. Aber würde sie ihn nicht auch gerne sehen?»

«Sie hat ihn nie sehen wollen. Sie hat gesagt, sie hätte keine Lust, großmütterliche Gefühle für einen zweiten Enkel zu entwickeln, der entweder von seiner schlechten, unbeherrschten Mutter umgebracht oder von der prinzipienlosen Familie seines Vaters entführt werden könnte.»

Miggy starrte sie entsetzt an, doch Hester zog nur eine Grimasse.

«Was sollte ich dagegen sagen? Mein Vater hat versucht, sie zur Vernunft zu bringen, aber sie ist hart geblieben. Ich darf jetzt überhaupt nur zu ihr, weil es ihr schon so schlechtgeht, daß sie mich wahrscheinlich gar nicht mehr erkennt. Aber wenigstens sehe ich meinen Vater. Ich habe ihn furchtbar vermißt.»

«Ich hatte ja keine Ahnung.»

«Woher auch? Bis Anfang des Jahres hast du nicht mal über Jeremy Bescheid gewußt. Über so etwas redet man normalerweise nicht, aber dank Hattie und euch allen konnte ich meine Last teilen und die Sache verarbeiten.»

«Fahr du nur und besuche deinen Vater», sagte Miggy sanft. «Und nehmt euch alle Zeit, die ihr braucht. Ned ist bei uns gut aufgehoben.»

«Ich weiß. Danke. Vielleicht komme ich darauf zurück. Dad und ich haben eine Menge nachzuholen.»

Am nächsten Morgen fuhr sie nach London, und sie war immer noch da, als ihre Mutter drei Tage später starb. Sie rief Miggy an, um ihr zu sagen, daß sie gerne bis zur Beerdigung bleiben würde, dann aber bald nach Hause käme, und daß sie mit ihrem Vater vereinbart habe, Weihnachten mit Ned bei ihm zu feiern.

«Es wird Zeit, daß er seinen Großvater kennenlernt», sagte sie zu Miggy. «Dad freut sich so. Ist Ned in der Nähe? Dann würde ich gerne mit ihm sprechen.»

Miggy gab den Hörer an Ned weiter und suchte Toby, der mit einer faszinierten Marigold die *Sesamstraße* guckte.

«Sie liebt Ernie und Bert», sagte er. «Aber ich auch. Und Oskar ist überhaupt der Beste. Marigold versteht gar nicht, warum er in einer Mülltonne wohnt. Was ist los?»

«Ach, Hesters Mutter ist gestorben», seufzte Miggy und sank neben ihnen auf das Sofa. «Sie bleibt noch bis zur Beerdigung. Ach, wenn bei ihr doch nur mal etwas klappen würde, Toby.»

«Ich glaube, sie hat recht, was sie und Joss angeht», sagte Toby und setzte die bezauberte Marigold zwischen sie. «Wenn man genauer darüber nachdenkt, ist Joss einfach nicht der Typ für eine fertige Familie. Er hat keinerlei Erfahrung als Vater, und soweit ich weiß, hat er auch noch nie eine längere Beziehung gehabt. Ich glaube, es wäre zuviel auf einmal gewesen. Ich habe auch ein schlechtes Gewissen bei der Sache. Dauernd habe ich versucht, zu verkuppeln, nur damit alle hübsch hier am Fluß bleiben.»

«Aber das wollten wir doch alle», tröstete Miggy ihn. «Und jetzt ist Joss weg. Und James.»

«Die arme Daisy.» Toby sah sich um, um sicherzugehen, daß sie außer Hörweite war. «Sie vermißt ihn so sehr.»

«Die erste Liebe tut so weh», pflichtete Miggy ihm bei. «Vor allem, wenn man erst vierzehn ist.»

«In wen warst du denn verliebt, als du vierzehn warst?» forschte Toby.

«In den Schulbusfahrer», gab Miggy prompt zurück. «Wir haben alle versucht, ihn auf uns aufmerksam zu machen, und ich hatte solchen Liebeskummer, als ihm eine andere Strecke zugewiesen wurde. Danach war's der neue Arzt. Ich hatte alle möglichen und unmöglichen Krankheiten, bis meine Mutter durchschaut hat, was Sache war. Irgendwie war diese Kombination aus dem weißen Kittel und dem Stethoskop so was von sexy!»

«Doch nicht vor dem Kind, bitte!» entrüstete Toby sich. «‹Geständnisse einer Hausfrau›, oder wie? Saddam und Gomera! Ich bin selbstverständlich unbefleckt in die Ehe gegangen.»

Sie hörten jäh auf zu lachen, als Ned auftauchte, und Miggy zog ihn zu sich auf das Sofa. Marigold krabbelte sofort los, um sich neben ihn zu setzen – sie liebte Ned –, und sie lehnten glücklich und zufrieden aneinander und kicherten daumenlutschend über Bibos Kaspereien.

«Und sie fängt jetzt schon an», beklagte Toby sich und machte eine Kopfbewegung in Richtung Marigold, deren freies Patschhändchen auf Neds nacktem Knie lag. «Seit sie ein Jahr alt ist, läßt sie ihren Leidenschaften freien Lauf. Benjamin Kaninchen, Tigger, Ernie und Bert, Oskar. Jetzt ist Ned dran. Wer wird wohl der nächste sein, frage ich mich?»

«Ich sollte ein wachsames Auge auf den Minibusfahrer zum Kindergarten haben», seufzte Miggy. «Man kann nicht vorsichtig genug sein. Sollen wir die beiden allein lassen und vor dem Mittagessen noch etwas trinken?»

«Nur, wenn es kein Quickie ist», warnte Toby. «An Samstagen verzichte ich in Zukunft dankend auf dieses Vergnügen. Auf einmal platzt Daisy wieder herein und ruft: ‹Was macht *ihr* denn da?› Mein Gott! Ich habe gedacht, ich würde mich nie mehr von dem Schrecken erholen. Von jetzt an halte ich mich an einen Drink.»

«Ich hatte gedacht, sie wäre bei Hattie», kicherte Miggy. «Woher sollte ich denn wissen, daß es dem Admiral nicht gutging und Hattie mit ihm beim Tierarzt war?»

«Keine weiteren Ausreden», brummte Toby. «Ich bin jetzt definitiv in dem Alter, in dem ein Quickie vor dem Essen in jedem Fall ein Drink ist!»

Gemeinsam gingen sie hinaus, während die beiden Kleinen sich wunschlos glücklich auf dem Sofa lümmelten und staunten, wie viele Wörter mit dem Buchstaben T anfangen.

29

SARAH LIESS DEN BLICK ÜBER DIE ANDEREN Mitglieder des Komitees schweifen, schob ihren Stuhl zurück und stand auf. Noch ganz benommen von ihrer Ankündigung, als Vorsitzende diverser Komitees zurückzutreten – und der gleichzeitigen Versicherung, sich weiterhin für die Zwecke einzusetzen, die diese Organisationen vertraten –, sammelten sie emsig ihre Siebensachen zusammen. Während sie noch ihre Stifte und Papiere ordneten, sprachen sie gedämpft und beobachteten aus dem Augenwinkel, wie Sarah sich von der Schatzmeisterin verabschiedete, in deren Eßzimmer das Treffen stattgefunden hatte.

Als Sarah erst einmal draußen war, grinste sie in sich hinein, stieg schnell in ihr Auto und fuhr davon. Es war wohl das beste, wenn sie die Szene verließ, um den anderen Gelegenheit zu Tratsch und Spekulation zu geben – schließlich war völlig offen, wer zu ihrer Nachfolgerin gewählt würde! Sarah kicherte laut, sah in den Rückspiegel und scherte aus, um einen Traktor zu überholen. Ihre überraschten Gesichter waren zu köstlich gewesen! Sie hörte noch immer die verschiedenen Lautäußerungen, mit denen sie ihrer Verwunderung im ersten Moment Luft gemacht hatten, und stellte sich das Gespräch vor, das jetzt bei der üblichen Tasse Tee mit Keksen stattfand.

«Ich kann es kaum glauben! Sie war doch immer so engagiert. Was für ein Verlust!» (Joan: großzügig, freundlich, eine unermüdliche Mitarbeiterin)

«Also, ich habe das ja schon eine ganze Weile kommen sehen. Sarah hat sich sehr verändert. Seht euch doch nur ihre Kleider und ihre Haare an. Ich habe es mir schon gedacht …» (Kitty: Miststück reinsten Wassers, arbeitet nur, wenn es Kitty Watts zu größerer Ehre gereicht, unschlagbar, wenn es darum geht, langweilige, zeitaufwendige Aufgaben zu delegieren.)

«Ich finde, sie hat ihr Pensum erfüllt. Ist doch nur gerecht, anderen die Chance zu geben, sich zu profilieren. Ich scheue die Verantwortung ganz sicher nicht.» (Janet: lebhaft, effizient, sehr offensichtlich auf den Posten der Präsidentin erpicht und darauf, ihren Namen irgendwann einmal auf der jährlichen Ehrenliste der Queen zu finden)

«Also, solange ihr nicht *mich* anseht ... Diese Hörnchen sind ein Gedicht, Pattie!» (Evie: wohlhabend, unbeschwert, wurde dazu gedrängt, Mitglied zu werden, entsetzlich entscheidungsscheu, immer bereit, große Summen zu spenden, wenn sie dadurch der Übernahme eines Amtes entgehen konnte, bei dem echtes Engagement gefordert sein könnte)

«Wißt ihr, ich frage mich ja schon ...» – bedeutungsschwangere Pause, in der Kitty all die anderen Tratschtanten um sich versammelt, während die anderen, die die eigentliche Arbeit machen, sich Gedanken über die Zukunft machen.

Sarah schnaubte spöttisch und gab Gas. Die Sache wurde langsam interessant. Sie hatte amüsierte Überraschung empfunden, als Nick ihr plötzlich wieder den Hof machte, wie er es vor so vielen Jahren getan hatte: ein Flakon ihres Lieblingsduftes, eine entzückende Tuschzeichnung eines Moormotives, eine weiße Seidenbluse. Nick ließ sich niemals zu Banalitäten wie Blumen und Pralinen herab, mit denen Männer von geringerem Format aufwarteten. Zum Geburtstag hatte er ihr einen Umschlag überreicht, in dem ein Gutschein für ein Wochenende im Savoy samt zwei Karten für die Oper am Covent Garden steckten.

Sarah lachte, als sie daran dachte, wie sie den Umschlag geöffnet hatte. Nick hatte sie dabei beobachtet – offenkundig so überwältigt von seiner eigenen Großzügigkeit und diesem genialen Einfall, daß Sarah einen Augenblick lang versucht war, zu sagen, daß sie an dem Wochenende leider schon etwas vorhabe. Oder noch besser, laut darüber nachzudenken, wen sie wohl mitnehmen könnte! Sie kicherte immer noch, als sie auf dem Weg nach Hause durch das offene Moor fuhr, das in dichtem Februarnebel verschwand. Was hatte er vor? fragte sie sich. Nick hatte sich nie dadurch verraten, daß er Befangenheitsgeschenke machte, und davon abgesehen war sie sicher, daß derzeit keine andere Frau im Spiel war. Was also sollte diese Buhlerei? Hatte er möglicherweise einen Verdacht, hatte er die Veränderung, die mit ihr vorgegangen war, bemerkt?

Sarah reckte sich, um einen selbstkritischen Blick in den Rückspiegel zu werfen. Das silbergraue Haar, das sie in einem flotten, weichen Bob trug, war schick und schmeichelte ihr. Sie hatte über fünf Kilo abgenommen und sich eine völlig neue Garderobe zugelegt. Nick müßte schon blind sein, um das alles nicht zu bemerken! Vielleicht hatte ihr neues Auftreten ihn dazu veranlaßt, sie mit anderen Augen zu sehen, vielleicht fehlte ihm bloß der frühere Lebenswandel. Wenn dem so war, würde er bitter enttäuscht werden. Nichts, aber auch gar nichts würde sie dazu veranlassen, jemals wieder in ihre alte, defensive, erniedrigende Rolle zu schlüpfen! Als sie in die Einfahrt rollte, sah sie die Bank, auf der sie gesessen hatte, als Nick vor mehr als zwei Jahren nach Hause gekommen und mit jenem unglaublichen Anliegen an sie herangetreten war. Selbst jetzt konnte sie noch einen Hauch von Schmerz und Entsetzen verspüren, und sie wußte, daß die Episode mit Cass Wivenhoe der Wendepunkt gewesen war.

Während sie sich eine Tasse Tee machte, fragte sie sich aber dennoch, ob die ersten Risse nicht schon sichtbar geworden waren, als Hattie sich die Mühle gekauft hatte. Sie erinnerte sich, wie sehr sie Hattie um ihre Freiheit und ihre Entschlossenheit, ein neues Leben anzufangen, beneidet hatte. Vielleicht hatte die Sache mit Cass nur als Katalysator gewirkt, die Schwachstellen gnadenlos aufgezeigt und sie dazu gezwungen, der Wahrheit ins Gesicht zu sehen, mit der sie all die Jahre gelebt, vor der sie aber stets die Augen verschlossen hatte. Nun, jetzt hatte sie ihr ins Auge gesehen, und zwar nicht zu knapp! Die Frage war nur: Wo sollte das alles hinführen?

Sarah schlenderte ins Wohnzimmer, stocherte im Kamin und legte etwas Kohle nach. Sie befand sich in einer Art Schwebezustand: das alte Leben hatte sie hinter sich gelassen, doch wußte sie noch nicht, was das neue für sie bereithielt. Daß sie ihre Komiteeämter niedergelegt hatte, war eine impulsive Handlung gewesen. Für sie war es ein Schritt auf ihrem neuen Weg, und sie hoffte, daß sie das Richtige getan hatte. Diese Ämter hatten so viel Zeit in Anspruch genommen – aber was würde sie jetzt statt dessen tun? Sie wußte, daß die Affäre mit John Marriott nicht mehr als genau das war, und sie wollte auch gar nicht, daß sie zu mehr wurde. Sarah schüttelte den Kopf. Es hatte keinen Zweck, sich den Kopf zu zerbrechen. Früher oder später würde etwas passieren, das ihr zeigte, wo ihr Weg hinführte. Bis dahin würde sie die Zeit einfach genießen. Im Moment mußte sie sich damit zufriedengeben.

Nick und John liefen sich über den Weg, als letzterer die Kanzlei verlassen wollte. Nick bemerkte, daß John für sein Alter – er stand immerhin kurz vor dem Ruhestand – ziemlich gut aussah, und wurde einmal mehr von Ehrgeiz gepackt. Er gestattete sich selbst, einem Impuls zu folgen.

«Wie geht es dir, John? Ganz schön kalt, was, aber wenigstens werden die Tage wieder etwas länger. Komm doch nachher auf einen Drink und einen kleinen Happen zum Abendessen vorbei.»

«Äh, hm.» John zögerte. «Danke für das freundliche Angebot.» Er lächelte ein wenig. «Aber meinst du nicht, Sarah wird sich etwas überrumpelt fühlen?»

«So ein Quatsch!» rief Nick. «Sie würde sich riesig freuen, dich zu sehen. Und abgesehen davon ist Sarah durch nichts aus der Ruhe zu bringen. Also, ja oder ja? Wir haben schon so lange nicht mehr zusammengesessen. Privat, meine ich.»

«Dann sage ich gerne zu. Ich kenne ja den Weg. Also bis später.»

John schien sich über die stürmische Beharrlichkeit zu amüsieren, und Nick hoffte, daß Sarah sich nicht aufregen und ihn womöglich bloßstellen würde. Es gab eine Zeit, da hatte er sich hundertprozentig auf sie verlassen können – vor allem, da John der Seniorpartner war und sie wußte, welche Hoffnungen Nick schon seit langem in dieser Richtung hegte –, aber jetzt … Nick ging zurück in sein Büro und rief zu Hause an.

«Sarah? Nick hier.»

«Oh, hallo. Was ist los? Ein später Termin?»

Er hörte den leichten Sarkasmus in ihrer Stimme, und auf einmal wurde ihm klar, wie oft er sie im Laufe ihrer Ehe angerufen und genau diese Lüge auf den Lippen gehabt hatte.

«Nein, ich wollte dich nur warnen, daß John Marriott zum Abendessen kommt.»

«John *Marriott*?» Sie hörte sich so erstaunt an, daß er das Gefühl hatte, ihr eine Erklärung zu schulden.

«Er sah etwas bedrückt aus, der arme Kerl, und ich habe es ihm angeboten. Mehr aus Höflichkeit als sonst etwas. Und er ist sofort darauf angesprungen. Da konnte ich dann doch schlecht einen Rückzieher machen, oder?»

«Schon in Ordnung, Nick.» Sarah klang leicht amüsiert, und er war erleichtert. «Wird sicher ein ... *netter* Abend.»

«Gut. Hervorragend. Was ist mit dem Abendessen?»

«Kein Problem. Bis später.»

Nick legte auf und ging auf den Parkplatz. Johns Auto war schon weg, und Nick fragte sich, ob er wohl nach Hause gefahren war, um sich umzuziehen. Er machte sich schnell auf den Weg und hoffte, noch vor ihm bei Sarah zu sein, um ganz sicherzugehen, daß alles in Ordnung war.

John *war* nach Hause gefahren, allerdings nicht nur, um sich umzuziehen. Auch er rief Sarah an. «Nick hat mich zum Abendessen eingeladen», sagte er. «Ich dachte, eine Vorwarnung wäre nicht schlecht.»

«Sehr aufmerksam von dir.» Er hörte sie lachen. «Nick hat gerade angerufen.»

«Aha. Also dachte er tatsächlich, du wärst vielleicht nicht so begeistert.»

«Wahrscheinlich. Das wird ja interessant.»

«Wenn du meinst. Ich bin ziemlich nervös.»

Sie lachten beide.

«Keine Sorge», beruhigte Sarah ihn. «Ich habe ihm erzählt, daß wir uns letzte Woche über den Weg gelaufen sind und zusammen zu Mittag gegessen haben. Das ist unser Hintertürchen, falls sich jemand von uns verplappert.»

«Ich glaube nicht, daß mir diese Art von Arglist liegt», klagte John.

«Dieses Bekenntnis kommt zu spät», entgegnete sie herzlos. *«Courage, mon brave!»*

John legte auf und tauschte den Anzug gegen etwas weniger Formelles. Eigentlich war er gar nicht wirklich nervös, eigentlich war er vielmehr ausgelassen.

«Steckt doch noch Leben in dem alten Knochen», verkündete er Margarets geduldig lächelndem Porträt. Dann ging er in den Keller, um eine Flasche Wein zu holen, und eilte zum Wagen.

Nick genoß den ersten Teil des Abends ausgiebig. Er hatte schon fast vergessen, wie es war, den Gastgeber und liebenden Ehemann zugleich zu spielen, und der äußerst befriedigende Verlauf des Abends bestärkte ihn nur noch mehr in seinem Vorhaben, mit Sarah einen neuen Anfang zu wagen.

«Findest du nicht auch, daß sie gut aussieht, John?» fragte er, indem er auf dem Weg zu einer weiteren Flasche Wein besitzergreifend eine Hand auf Sarahs Schulter legte. «Die Segelausflüge, zu denen du uns letzten Sommer mitgenommen hast, haben ihr sehr gutgetan.»

John warf Sarah einen Blick zu, den Nick nur äußerst merkwürdig nennen, allerdings nicht restlos deuten konnte.

«Ich finde, sie sieht hinreißend aus», sagte er mit einem Ernst, daß Nick sich abwendete, um das Lächeln über diese übertriebene Äußerung zu verstecken. Auf diese Weise entging ihm der intime Blick, den die beiden anderen wechselten.

«Sie möchte kürzertreten, was die Arbeit in den Komitees angeht», erzählte Nick ihm. «Kann ich nur unterstützen. Fast ihr ganzes Leben hat sie dem schon geopfert. Wird Zeit, daß sie sich mal auf meine Wenigkeit konzentriert.»

John mußte unwillkürlich zu Sarah gucken, die ihrerseits den Teller vor sich fixierte.

«Man wird dich sicher schmerzlich vermissen», mutmaßte er, und sie lächelte ihn kurz an. «Margaret hat immer gesagt, daß du unermüdlich dabei seist.»

«Es wird jetzt aber doch zu anstrengend», sagte Nick mißbilligend. «Letztes Jahr war sie ständig unterwegs und hat von morgens bis abends ohne Pause gearbeitet.»

«Aber das tust du doch auch, Nick», flötete Sarah. «So oft hast du sogar abends und am Wochenende Termine. Manchmal bekomme ich dich wochenlang nicht zu Gesicht. Ich arbeite doch nur aus reiner Notwehr.»

Nick lief dunkelrot an, aber John griff ein und ersparte ihm weitere Peinlichkeiten.

«Was willst du denn dann statt der Arbeit in den Komitees machen, Sarah?»

«Spaß haben», antwortet sie kurz und zwinkerte ihm keß zu, als Nick mit dem Korkenzieher kämpfte.

Nick schenkte ein und hatte das Gefühl, nur knapp davongekommen zu sein. Gott sei Dank war John nicht auf Sarahs Bemerkung eingegangen und hatte gefragt, um welche Mandanten es sich dabei handelte! Es kam ihm fast so vor, als hätte Sarah diese Bemerkung absichtlich gemacht – aber nein, das war ja absurd! Sie wußte ganz genau, daß es in Johns Macht stand, seinen Nachfolger zu bestimmen, wenn er sich zur Ruhe setzte. Schließlich war er der Hauptteilhaber, sein Großvater hatte zusammen mit Charles Murchison die Kanzlei gegründet. Jetzt gab es keine Murchisons mehr, und John war der letzte Marriott. Nick hegte schon sehr lange den Wunsch, seine Stelle einzunehmen, und er konnte es überhaupt nicht gebrauchen, daß Sarah auch nur den geringsten Zweifel in John säte. Er überlegte, ob er ein oder zwei Angelegenheiten erwähnen sollte, für die er außerhalb der üblichen Bürozeiten hätte arbeiten können, entschied sich dann aber dagegen. Wenn man erst mal ins Fettnäpfchen getreten war, sollte man es nicht auch noch umstoßen. Er konzentrierte sich verstärkt auf seine Bemühungen als aufmerksamer Gastgeber und Ehemann.

«Was ist aus deinem Plan geworden, das Antiquariat in Tavistock zu übernehmen?» fragte John beiläufig, erschrak aber im nächsten Moment und sah schnell zu Nick.

«Antiquariat?» Nick bemerkte Johns gehetztes Gesicht und sah Sarah an. Irgendwie war ihm da etwas nicht geheuer. «Worum geht es eigentlich?»

«Nichts Konkretes.» Sarah blieb gefaßt, vermied allerdings seinen Blick. «Ich habe gehört, daß Alex Gillespie einen Käufer sucht. Direkt bevor John und ich uns über den Weg liefen letzte Woche. Ich habe dir doch erzählt, daß wir zusammen gegessen haben, Nick. Da habe ich mit ihm darüber gesprochen.» Sie zuckte mit den Schultern. «War nur so eine Laune. Ich habe es fast sofort wieder vergessen.»

Das hörte sich alles ganz plausibel an, aber trotzdem lag eine gewisse Spannung in der Luft, die Nick nicht lösen konnte, also ging er hinaus, um Kaffee zu machen. Er war gerade auf halbem Weg zur Küche, als ihm einfiel, daß John spätabends nicht gerne Kaffee trank, und er umkehrte, um ihn zu fragen, ob er lieber Tee wollte. Kurz vor der Tür blieb er stehen. Sie lachten miteinander, ein glucksendes Kichern, in das sie geradezu hysterisch ausgebrochen waren. Ungläubig lugte Nick vorsichtig durch die halboffene Tür. Sarah hatte ihren Arm über den Tisch gestreckt, und John hielt ihre Hand mit beiden Händen fest und drückte sie sich an die Lippen. Die Szene hatte etwas Intimes und Entspanntes an sich, und Nick stand wie angewurzelt da und wollte seinen Augen nicht trauen. Sarah und John waren nie mehr als gute Bekannte gewesen, und dieses Gebaren war doch nun nicht gerade typisch für gute Bekannte …

Er zog sich zwei Schritte zurück, ohne sie aus den Augen zu lassen, und machte absichtlich ein Geräusch, als würde er aus der Küche kommen. Sarah zog schnell ihre Hand zurück, und John fuhr sich automatisch mit den Fingern über das Gesicht und durch die Haare, als wolle er jeden verräterischen Ausdruck verwischen. Nick riß sich mühsam zusammen und stellte seine Tee-oder-Kaffee-Frage. Als er wieder in der Küche war, stand er eine ganze Weile nur so da, bis er sich wieder gesammelt hatte und Wasser aufsetzte. Das war also des Rätsels Lösung! Darum hatte Sarah sich so verändert! Ausgerechnet John Marriott! Letzten Sommer, als er mißtrauisch geworden war, hatte er sich gefragt, ob sie sein Cottage vielleicht als Liebesnest benutzte, aber es wäre ihm niemals in den Sinn gekommen, daß John selbst der Auserwählte sein könnte!

Er ballte die Hände in den Taschen zu Fäusten und überlegte, was er jetzt tun sollte. Ein Mann von geringerem Format würde hineinstürmen und sie zur Rede stellen, aber Nick beschloß instinktiv, sich Zeit zu lassen. Er mußte sich erst absolut sicher sein. Er dachte an die Sache mit dem Antiquariat und konnte sich genau vorstellen, was passiert war. Langsam und vorsichtig machte er den Kaffee und den Tee. Er befand sich schließlich in einer äußerst sensiblen Lage. Er hörte schon Sarahs höhnische Bemerkungen als Reaktion darauf, daß er ihre Loyalität in Zweifel zog, und dann war da ja auch noch Johns Ruhestand und die Frage, wer sein Nachfolger würde.

Nick konnte der Versuchung nicht widerstehen und schlich wieder in den Flur, wo er sich so positionierte, daß er das Paar am Tisch beobachten konnte. Sarah hatte das Kinn auf ihre Hände gestützt und sah auf den Tisch, während John sich nach vorne beugte, ruhig auf sie einredete und lebhaft gestikulierte. Nick sah einen Moment zu, und gerade, als er sich wieder abwenden wollte, fiel sein Blick auf die Geschehnisse unter dem Tisch, die ihm den Atem verschlugen. Johns lange Beine waren ausgestreckt und lagen an den Fußgelenken über Kreuz. Auf seinen Beinen lagen Sarahs. Einer ihrer Schuhe lag am Boden, und mit dem nackten Fuß streichelte sie sinnlich und zärtlich Johns Bein. Gerade, als Nick hinsah, griff John unter den Tisch und umfaßte ihr Fußgelenk, und sie lehnte sich nach vorne und lachte ihn an. Irgend etwas ließ sie erschrocken zur Tür blicken, und John ließ schnell Sarahs Fuß los, der seinerseits fieberhaft nach dem Schuh suchte.

Nick ging wieder in die Küche – er war sauer, eifersüchtig und verletzt. Er konnte es kaum fassen. Daß Sarah ihm untreu war, war schon unglaublich genug. Aber daß sie ihm mit John Marriott untreu war – ausgerechnet John Marriott! –, machte den Verrat doppelt so schlimm. Und daß sie so unvorsichtig waren und sich nicht zurückhielten, während John Gast in Nicks Haus war, war einfach unverzeihlich. Er konnte seine Gefühle nur schwer in Schach halten, stellte Kaffee und Tee und alles, was dazugehörte, auf ein Tablett und trug es ins Eßzimmer. Sie lächelten ihn beide an, aber diesmal ließ er sich nicht täuschen, und während er Kaffee und Tee einschenkte und unbeschwert über dies und das plaudere, drehte sich in seinem Kopf alles, weil er versuchte, diese schockierende und völlig unerwartete neue Sachlage zu bewältigen.

«Tut mir leid wegen der Sache mit dem Antiquariat», sagte John am nächsten Tag am Telefon zu Sarah. «Aber er hat wohl keine Lunte gerochen, oder?»

«Und selbst wenn, ist es mir auch egal», entgegnete Sarah. «Aber gut, daß ich uns schon vorher Rückendeckung gegeben hatte. Im Ernst. Null Punkte für Lügen und Betrügen.»

«Tut mir leid.» John gab sich zerknirscht. «Ich habe nicht so viel Übung im Lügen und Betrügen.»

«Ich dachte, du wärst seit vierzig Jahren Anwalt!» konterte Sarah und grinste, als sie auflegte.

Dann rief sie Nick an. «Marian hat gerade angerufen», sagte sie. «Hat gefragt, ob ich am übernächsten Wochenende kommen könnte. Ich weiß, daß sie dich zu Tode langweilt, also fahre ich allein. Es geht ihr nicht so gut, deswegen möchte ich tatsächlich gerne hin. Ist doch kein Problem, oder?»

«Nein, kein Problem. Übernächstes Wochenende?»

«Genau. Nur ein kurzes Wochenende, von Samstag morgen bis Sonntag abend.»

«Schreibst du es in meinen Kalender? Gut. Bis heute abend.»

Kurz darauf traf Nick John, der gerade vom Mittagessen wiederkam. John klopfte ihm auf die Schulter und lächelte ihn warm an.

«Ein wunderbarer Abend, Nick. Vielen Dank. Grüße Sarah schön von mir und sage ihr auch noch herzlichen Dank, ja?»

«Natürlich. Wir haben uns so gefreut, daß du da warst. Wir sollten das viel öfter tun. Oh!» Nick kehrte noch einmal um und zog eine Augenbraue hoch. «Fast hätte ich es vergessen. Wie wäre es denn mal wieder mit Golf? Übernächstes Wochenende. Samstag oder Sonntag, mir ist es egal. Wir haben schon Monate nicht mehr gespielt.»

«Äh.» John fühlte sich offenkundig unwohl in seiner Haut. «Da kann ich nicht, mein Lieber. Unmöglich. Habe Besuch. Die Anstruthers kommen.»

«Ach ja?» Nick guckte sehr verwundert. «Die kommen ziemlich häufig in letzter Zeit, was? Aber macht nichts. Ein anderes Mal.»

Sie gingen jeder seines Weges, und als Nick in seinem Büro angelangt war, hätte er am liebsten die Tür zugeschlagen. Er setzte sich an den Schreibtisch und dachte sehr, sehr sorgfältig nach.

30

DIE HÄNDE TIEF IN DEN TASCHEN VERGRABEN und den alten braunen Filzhut tief ins Gesicht gezogen, schlenderte Hattie über die Uferbefestigung in Dartmouth. Vom Meer her bliesen starke Märzwinde, und kreischende Möwen stürzten sich auf ein Fischerboot, das flußaufwärts tuckerte. Bedrohliche Wolken jagten über den Himmel, und das bißchen Sonne, das zwischendurch zur Erde durchdrang, wurde vom kabbeligen grauen Wasser reflektiert, auf dem die festgemachten Boote ruhelos rollten. Hattie starrte auf das Meer, das hinter dem Schloß am Mündungstrichter des Dart lag, bis ihr die Augen vom kalten Wind tränten. Sie konnte kaum glauben, daß sie schon fast fünf Jahre in der Mühle wohnte, und doch konnte sie sich ihr Leben gar nicht mehr anders vorstellen. Leider hatte sich bestätigt, daß die Vermietung der Cottages problematischer war, als sie gedacht hatte, und sie wünschte, sie würde endlich Mieter finden, die nicht nur in die bereits vorhandene kleine Gemeinschaft paßten, sondern auch längere Zeit bleiben wollten. James war ein Glücksgriff gewesen, doch sie fragte sich immer öfter, ob sich ihre Idealvorstellung jemals erfüllen würde. Wie Sarah schon vor langer Zeit gesagt hatte: Wenn man seinen Mietern direkt gegenüber wohnte, war es ausgesprochen wichtig, daß man sie mochte.

Während sie zusah, wie die Lower Ferry von Kingswear zurücktuckerte, fragte sie sich, ob sie sich nicht doch besser von Anfang an ausschließlich an Feriengäste hätte halten sollen. Vierzehn Tage konnte man doch gut selbst mit schwierigen Leuten auskommen, und die würden einem wenigstens nicht das Herz brechen, wenn sie wieder verschwanden. Hattie verzog das Gesicht über ihre Gefühlsduselei, hörte auf, nach einem Boot Auschau zu halten, das die *Westering* sein könnte, und drehte sich um. Als sie am Auto ankam, das sie am anderen Ende des Damms geparkt hatte, wurde ihr ein weiteres Problem bewußt. Sie mußte sich bald Gedanken über ein neues Auto machen. Ihr treuer alter Renault gab sichtbar unter der vereinten Last des Admirals und des Großeinkaufs nach, und der Mechaniker hatte sie schon gewarnt, daß das Fahrgestell kurz vor dem Durchrosten sei.

Auf dem Nachhauseweg stellte sie sich der bitteren Wahrheit, daß sie sich den Luxus, die Cottages nur an Leute zu vermieten, die sie mochte, nicht länger leisten konnte. Sie mußte härter werden. Daß James jemals zurückkommen würde, war äußerst unwahrscheinlich. Er hatte ihnen allen kurz nach seiner Ankunft in Oxford einen Brief geschrieben, und Weihnachtskarten hatte er auch geschickt, aber sie vermutete, daß seine Lebenszeichen mit immer größer werdendem Abstand kommen würden, bis sie schließlich ganz versiegten und die Sache damit abgeschlossen war. Und Joss … Hattie atmete tief ein und scherte aus, um einen Mann zu überholen, der sich mit Rucksack an der Straße entlangschleppte. Sie sah kurz zu ihm, als sie auf gleicher Höhe mit ihm war, und erkannte, daß er noch sehr jung war, eigentlich eher ein Junge, aber sie entschied sich trotzdem dagegen, anzuhalten, weil sie ohnehin am *Sportsman's Arms* von der Hauptstraße abbiegen mußte. Sie dachte wieder an Joss. Sie alle hatten – immer hübsch abwechselnd – Karten von ihm bekommen, jedesmal von einer anderen Station am Mittelmeer, jedesmal mit einem kurzen Lagebericht und der Nachricht, daß er weitersegelte. Toby hatte vorgeschlagen, daß sie ihm an den voraussichtlich nächsten Hafen auf seiner Route schreiben könnten, aber Hattie hatte der Versuchung bisher widerstanden. Wenn Joss von ihnen hören wollte, würde er ihnen sicher eine Adresse zukommen lassen.

Sie bog in die Straße ab, die zur Mühle hinunterführte, und mußte sich zum tausendsten Mal an sein Versprechen erinnern. Er würde wiederkommen. Sie verdrängte die gemeine kleine Stimme, die ihr zuflüsterte: «solange ihm nichts passiert», parkte und ließ den Admiral aus dem Auto. Er preschte los und vergewisserte sich, daß während seiner Abwesenheit nichts Aufregendes passiert war. Kein Mensch war zu sehen. Nachdem James ausgezogen war, hatte sie sein Cottage an ein junges Paar vermietet, dessen Unterkunft in der Marineschule renoviert wurde und das vor ein paar Tagen ausgezogen war. Hester konnte sich immer noch nicht entscheiden, was sie tun und wohin sie gehen sollte. Hattie wußte, daß sie hier nicht wirklich glücklich war und daß Neds Abneigung dem Wasser gegenüber sich zu einer handfesten Phobie ausgewachsen hatte, aber Hester war offenbar nicht in der Lage, sich endgültig zu entscheiden.

Hattie fing an, die Einkäufe in die Mühle zu tragen. Sie vermutete, daß sie schon sehr bald über zwei leere Cottages verfügen würde und daß dann alles wieder von vorne anfing. Während sie ihre Vorräte wegpackte, wurde ihr klar, daß sie nicht mehr so wählerisch sein konnte. Sie wußte, daß sie verzweifelt versuchte, einen Unterschlupf für Joss freizuhalten für den Fall, daß er wiederkam, erkannte aber langsam auch, daß dies nicht auf Dauer möglich war. Sollte er jemals wiederkommen, konnte er ja auf dem Boot leben, während er darauf wartete, daß eines der Cottages frei wurde. Der Admiral kam in die Küche und vergrub seine Nase in der Einkaufstasche auf dem Tisch. Erschrocken stellte Hattie fest, daß auf seiner Schnauze die ersten grauen Haare wuchsen, legte entsetzt die Arme um seinen Hals und drückte ihr Gesicht in sein dickes, warmes Fell. Er stand ganz still und wedelte sachte mit dem Schwanz, während sie ihn umarmte – er war schon daran gewöhnt, den einzelnen Mitgliedern dieser Gemeinschaft als Auffangbecken für exaltierte Gefühle zu dienen. Daisy hatte ihm schon stundenlang still in den Pelz geheult, seit James weg war, Hester umarmte ihn dann und wann schweigend minutenlang, und Ned hatte oft seine Gesellschaft gesucht und sich neben ihn gesetzt, um seine Schullektüre zu lesen.

Hattie seufzte schwer, als sie sich aufrichtete und den Admiral noch einmal tätschelte. Sie mußte sich endlich aufraffen und wieder annoncieren. Sie konnte es sich einfach nicht leisten, das eine Cottage leerstehen zu lassen.

Hester war auf dem Rückweg von Dittisham, wo sie Ned bei Richard zum Spielen abgesetzt hatte. Richards Mutter hatte sie überredet, auf eine Tasse Kaffee zu bleiben, und Hester hatte es genossen, mit ihr zu plaudern. Als es dann allerdings darum gegangen war, ein echtes Mitglied der Gemeinde zu werden – im Elternbeirat mitzuarbeiten, an Kochkursen teilzunehmen, Brunches zu veranstalten –, fühlte Hester sich nicht ganz wohl in ihrer Haut. Etwas in ihr wußte, daß sie nicht mehr hierhergehörte, daß ihr Aufenthalt hier ein Zwischenspiel gewesen war, das nun zu Ende ging. Doch trotz Neds furchtbaren Unfalls und der Szene mit Joss war sie froh, hergekommen zu sein. Irgendwie hatten alle Menschen am Abbot's Mill Creek zu ihrem Heilungsprozeß beigetragen und ihr dazu verholfen, daß sie sowohl sich selbst als auch dem Leben zuversichtlich ins Auge sehen konnte.

Ein Teil in ihr machte sich große Vorwürfe wegen Joss. Ganz egal, was alle über Joss' Entschlossenheit, auf Reisen zu gehen, sagten, Hester fragte sich immer noch, ob er tatsächlich jemals gegangen wäre. Zweifellos hätte er kürzere Törns mit der *Westering* unternommen, aber jetzt war er schon neun Monate weg und verlor kein Wort darüber, wann er eventuell wiederkam. Die Karten an die anderen enthielten nie eine Nachricht für sie, was sie in der Annahme bestärkte, daß er nicht wiederkommen würde, solange sie noch am Fluß wohnte. Aber wie sollte er es erfahren, wenn sie wegzog?

Hester schüttelte den Kopf, als sie die Abzweigung zur Mühle erreichte. Sie bemerkte einen jungen Mann mit

Rucksack, der aus der anderen Richtung auf sie zukam, und als sie in die schmale Straße abbog, beschlich sie ein kurzes, unheimliches Gefühl von *Déjà vu.* Als sie in den Mühlenhof rollte, sah sie, daß Hattie von ihrer Einkaufstour zurück war, und überlegte, ob sie eben bei ihr reinschauen sollte. Fast im gleichen Moment entschied sie sich dagegen. Sie wußte, daß Hattie darauf wartete, daß sie sich endlich entschloß, ob sie nun bleiben oder ausziehen wollte, und sie fühlte sich nicht in der Lage, ihr zu erklären, was in ihr vorging. Es war, als würde sie auf etwas warten, das, wenn es erst mal da war, ihr den Weg weisen würde.

Sie ging hinein, lächelte über diese bizarre Vorstellung und überlegte, ob sie ihren Vater anrufen und ihm vorschlagen sollte, daß sie und Ned schon früher als geplant zu Ostern zu ihm kamen. Sie wußte, daß er sich riesig freuen würde, aber irgend etwas hielt sie zurück. Sie ging nach oben, um die Betten zu machen, dann wieder nach unten, um im Wohnzimmer Staub zu saugen und die Küche aufzuräumen. Während sie arbeitete, kreisten ihre Gedanken um die ständigen Probleme, die der Geldmangel mit sich brachte. Es hatte sie immer überrascht, daß Phil weiter Geld für Ned schickte, und sie vermutete, daß ihn das zahllose Auseinandersetzungen mit seiner Mutter gekostet hatte. Kürzlich hatte sie einen Brief von ihm bekommen, in dem er ihr mitteilte, daß Ned ihn gerne besuchen durfte.

Angst hatte sie ergriffen. War dies nur eine List, um ihr nach Jeremy nun auch noch Ned wegzunehmen? Sie hatte wohlbedacht und sorgfältig formuliert zurückgeschrieben, Phil wie üblich für die finanzielle Unterstützung gedankt und bedauert, daß Ned noch zu jung war, um eine solch strapaziöse Reise zu unternehmen. Vielleicht, wenn er älter war ... Während sie die weißen Blusen bügelte, die sie im

Café trug, grübelte Hester über die Ereignisse nach, die ihr Leben zerstört hatten. Wenn sie doch nur besser mit Phils Untreue hätte umgehen können, mit der Einsamkeit und dem furchtbaren Gefühl der Unzulänglichkeit, das an ihrem Selbstvertrauen genagt und sie schließlich dazu getrieben hatte, Jeremy zum Sündenbock für die Seitensprünge seines Vaters und ihre eigene Schwäche zu machen. Wenigstens war sie jetzt in der Lage, alles in den richtigen Dimensionen zu sehen, aber ach!, was würde sie darum geben, die Zeit zurückdrehen und noch einmal von vorne anfangen zu können.

Als sie dies Hattie gegenüber erwähnt hatte, hatte diese Zynikerin trocken bemerkt, daß sie es dann wahrscheinlich alles wieder genauso gemacht hätte. Schließlich hätte sich dann nichts geändert. Der Druck, die Verzweiflung, die Erschöpfung – all das wäre immer noch vorhanden. Nur die Erfahrung und der Rückblick machten uns weiser, hatte sie gesagt, und ließen uns glauben, daß wir alles besser machen würden, wenn wir noch einmal die Chance hätten.

Dann, hatte Hester trotzig gesagt, will ich es eben noch einmal weise und mit Rückblick versuchen!

Hatties Antwort hatte es auf den Punkt gebracht. Puuuh! hatte sie gesagt. Wozu denn Zeit damit verschwenden, rückwärts zu gehen? Ist es nicht sinnvoller, die Erfahrung und Weisheit für die Zukunft zu nutzen?

Ärgerlicherweise hatte Hester hierauf keine Antwort gewußt, doch als sie nun vorsichtig die Blusen in den Schrank hängte, lächelte sie voll Zuneigung und Dankbarkeit für Hatties Philosophie. Die Türklingel riß sie aus ihren Tagträumereien, und als sie hinunterging, hoffte sie, daß es Miggy war, die auf einen Plausch vorbeikam. Sie machte die Tür auf und sah sich dem Wanderer gegenüber, den sie vorher auf der Straße gesehen hatte. Er starrte sie mit einem so sehnsüchtigen Ausdruck von Hoffnung an, daß es ihr einen Moment die Sprache verschlug. Wieder durchzuckte sie dieses *Déjà-vu*-Gefühl, und dann erkannte sie ihn.

«Mein Gott!» flüsterte sie. «Jeremy!» Instinktiv streckte sie die Arme nach ihrem Sohn aus.

«Oh, Mum», sagte Jeremy und fing an zu weinen. «Ich dachte schon, ich würde nie ankommen. Oh, Mum!» Dann wand er sich aus seinem Rucksack und fiel ihr in die Arme.

«Hesters Vater hat ihm in einem Brief an Phil das Geld für den Flug geschickt», erzählte Miggy Toby viel später, als er von der Werft nach Hause kam. «Phil hat wohl die ganze Zeit versucht, seine Mutter davon zu überzeugen, daß Jeremy Hester besuchen sollte, aber sie hat nicht das Geld rausgerückt.»

«Bitte vergiß nicht, daß ich alt und müde bin», sagte Toby, «und erklär es mir ganz langsam und von vorne. Kann Jeremy sich überhaupt an Hester erinnern?»

Miggy drückte ihm ein Glas Wein in die Hand. «Er hat sie wohl immer wiedersehen wollen. Er hat sie nie vergessen. Aber die alte Mrs. Strange wollte ihn nicht gehenlassen. Und sie sitzt auf der Kasse. Phil hat ihm versprochen, daß er fahren dürfte, wenn er alt genug war und sie genügend Geld dafür hatten, aber bis dahin mußte er sich an die Regeln der Großmutter halten. Dadurch, daß Hesters Vater Jeremy das Geld geschickt und ihm geschrieben hat, wie gerne er ihn sehen würde, kam die ganze Sache ins Rollen.»

«Und warum hat niemand Hester gewarnt?» Toby nippte dankbar an seinem Wein. «Schon besser. Langsam fühle ich mich wieder wie ein Mensch. Also, weiter. Sie muß sich doch furchtbar erschrocken haben!»

«Sie war ganz aufgelöst, als sie angerufen hat.» Miggys Lippen bebten, als sie an Hesters wirren und überglücklichen Anruf dachte. «Er hatte Angst, daß sie ihn vielleicht nicht sehen wollte, darum wollte er, daß es ein Geheimnis blieb. Er ist direkt zu seinem Großvater nach London gefahren und dann mit seiner Wegbeschreibung hierhergekommen. Hester hat ihn sogar gesehen auf der Straße. Und Hattie auch. Bis Totnes ist er mit dem Zug gefahren, und von da ist er per Anhalter nach Dartmouth gekommen. Sie haben ihn an der falschen Stelle herausgelassen, so daß er wieder zurücklaufen mußte.»

«Unglaublich, oder?» Toby war fasziniert von ihrem Vortrag. «Nach all den Jahren! Wie viele? Acht? Zehn? Er hat bestimmt vergessen, daß sie ihn geschlagen hat.»

«Ich weiß nicht.» Miggy sah nachdenklich aus. «Aber selbst wenn er sich daran erinnern kann, ist es wahrscheinlich unwichtig. Denn im Grunde lieben sich die beiden ja. Die Bande des Blutes halten sie zusammen. Vielleicht sagt ihm ja irgendein Instinkt, daß es nicht er, sondern vielmehr die Situation war, mit der sie nicht umgehen konnte. Es ist unfaßbar, was die Leute sich von den Leuten, die sie lieben, alles gefallen lassen. Guck dir bloß mich an!»

«Ich strafe diese Bemerkung mit der Nichtachtung, die sie verdient. Marigold ist wohl schon im Bett?»

«Schon lange. Und Daisy sieht fern. Sie hat schon gegessen. Du bist spät dran.» Miggy füllte sein Glas auf und begann, den Tisch zu decken. «Probleme?»

«Ach, ich weiß nicht.» Toby rieb sich die Augen und schüttelte den Kopf. «Jerry will aussteigen und versucht mich zu überreden, ihn auszubezahlen.»

«Aber könntest du das denn alles allein schaffen?» Miggy sah besorgt aus, als sie das Essen auf den Tisch stellte. «Jerry baut doch das meiste noch selbst, oder?»

«Ja, genau.» Toby trommelte mit den Fingern auf den Tisch. «Ich müßte auf jeden Fall einen Ersatz für ihn finden. Den ganzen Papierkram kann ich allein schaffen, aber ich brauche jemanden, der seinen Platz einnimmt.»

«Kannst du es dir denn leisten, ihn auszubezahlen?» Miggy setzte sich ihm gegenüber und füllte seinen Teller.

«Eigentlich nicht.» Toby fing hungrig an zu essen. «Aber ich will nicht einfach irgend jemanden, der meint, eine Werft schmeißen zu können, nur weil er Teilhaber wird.»

«Wie ärgerlich. Warum will er denn aufhören?»

«Seine blöde Freundin hat ein Haus im Norden geerbt. Sie ist fest entschlossen, dort hinzuziehen, und Jerry kann sich überlegen, ob er mitgeht oder sie aufgibt. Aber ihm reicht es jetzt wohl auch hier unten. Er sagt, er möchte ein bißchen Stadtleben und eine größere Herausforderung. Verrückt, der Kerl.»

«Oh, je.» Miggy schenkte ihm einen mitfühlenden Blick. «Wie lästig.»

«Ja, schon. Ich habe ihn um ein paar Wochen Bedenkzeit gebeten. Vielleicht ergibt sich ja etwas.»

Es war schon fast zwei Uhr früh, als Hester hinausging und über den Kai spazierte, weil sie nicht schlafen konnte. Es war eine klare, mondlose Nacht, Nebel zog auf und legte sich so auf das Wasser, daß die schwarzen Bäume darauf zu schwimmen schienen. Hester kuschelte sich in ihre Stola und konnte vor hüpfendem Herzen keinen klaren Gedanken fassen. Die Freude ließ das Blut durch die Adern rauschen und machte sie ganz benommen. Jeremy war wieder da: ohne daß sie etwas dazu getan hatte, war er zu ihr gekommen. Nichts von dem, was sie ihm angetan hatte, war so schrecklich, daß er nicht bereit wäre, zu vergessen und zu verzeihen. Natürlich hatten sie noch keine Zeit gehabt, alles in Ruhe zu besprechen. Erst hatte er Ned kennenlernen müssen, und ein paar Dinge waren erklärt worden, aber ansonsten herrschte jetzt erst einmal unbändige, erleichterte Freude.

Verschiedene Äußerungen hatten ihr verraten, wie er dachte. Als er älter geworden war, hatte er geglaubt, er sei schuld an allem gewesen, und er sei weggeschickt worden, weil sie ihn nicht mehr wollte. Hester hatte sich sehr beherrschen müssen an dieser Stelle. Sie wollte erst herausfinden, wieviel von alldem Produkt von Jeremys kindlicher Phantasie war und wieviel ihm von seiner Großmutter eingeredet worden war. Sie war fest entschlossen, ihn weder mit der Bitte um Vergebung zu verwirren, noch diejenigen zu beschuldigen, die er liebte. Er war aus freien Stücken zu ihr zurückgekommen, und dies war ihre Chance, die Weisheit und die Erfahrung zu nutzen, über die sie mit Hattie gesprochen hatte.

Das Herz ging ihr auf beim Gedanken an ihn – groß und stark und Phil sehr ähnlich. Natürlich konnte diese Ähnlichkeit für sie zum Problem werden, aber sie mußte lernen, damit zu leben. Beim Abendessen hatte sie dann auch ein wenig ihren Vater in ihm gesehen, und diese Entdeckung hatte sie glücklich gemacht. Jetzt konnten sie an Ostern alle zusammen nach London fahren, jetzt waren sie wieder *eine* Familie unter *einem* Dach.

Das Wasser stieg und klatschte sanft gegen den Kai. Hester merkte, daß sie zitterte und daß die Luft feucht und kalt war. Ihre Stola war übersät mit Wassertröpfchen, und auf einmal war sie völlig erschöpft. Sie schlich sich wieder ins Cottage, schüttelte die Stola aus und stieg auf Zehenspitzen die Treppe hinauf in ihr Schlafzimmer.

31

NACH UND NACH KRISTALLISIERTEN SICH IM Laufe von Nicks Grübeleien zwei unterschiedliche Wunschziele heraus: erstens, mit Sarah verheiratet zu bleiben, und zweitens, der Hauptteilhaber von Murchison & Marriott zu werden. Das ganze Frühjahr hindurch wägte er diese Bestrebungen gegen das Verlangen ab, John und Sarah zur Rede zu stellen und ihnen klarzumachen, daß er genau wußte, was lief. Er konnte es nicht ertragen, daß sie immer noch glaubten, sie würden ihn an der Nase herumführen, und wollte sie nur zu gerne entlarven – aber wie sollte er das anstellen, ohne zu riskieren, daß er alles, was ihm wichtig war, dabei verlor? Schon mehrmals hatte er versucht, ihnen eine Falle zu stellen, aber jedesmal waren sie ihm entwischt, und wenn er sich jetzt die Szene ausmalte, die einer solchen Entlarvung unweigerlich folgen würde, konnte er nur froh sein, daß es bisher nicht dazu gekommen war. Nach diesen mißlungenen Bloßstellungsversuchen beschloß Nick, die ganze Sache noch einmal zu überdenken, und kam widerwillig zu dem Schluß, daß eine völlig andere Vorgehensweise vonnöten war, wenn er seine Ziele erreichen wollte – obgleich es eine größere Befriedigung wäre, sie in flagranti zu ertappen und so zur schuldhaften Partei zu machen.

Sarahs wiederentdeckte Liebe für das Segeln bedeutete, daß sie im kurz bevorstehenden Sommer immer mehr Zeit in Johns Cottage verbringen würde, das er im übrigen offenbar gar nicht mehr verkaufen wollte. Zwar war sie eine erfahrene Seglerin, weil sie am Hamble, wo so gut wie jede Familie ein Boot besaß, aufgewachsen war, doch überstieg Johns 12-Meter-Motorjacht ihre Fähigkeiten als Einhandseglerin. Dies bedeutete, daß sie nur segeln gehen konnte, wenn John mitkam. Nick leistete ihnen jetzt so oft es ging Gesellschaft. Auch er hatte Erfahrung im Segeln, und er sah schon bald, daß Sarah dies vergessen hatte und von seinem Geschick und seinem Know-how beeindruckt war. Er hatte da eine vage Idee, die konkreter wurde, nachdem sie einen ganzen Sonntag bei Hattie verbracht hatten.

«Du hast nicht noch ein paar nette junge Rechtsanwälte wie James auf Lager, oder, Nick?» sagte Hattie, als sie träge beim Verdauungskaffee saßen.

Sarah guckte erstaunt. «Ich dachte, er wäre ein bißchen *zu* jung für dich», sagte sie und lachte dann beim Gedanken an ihr kleines Besäufnis zu dritt. Es kam ihr vor, als sei das schon eine halbe Ewigkeit her!

«Ich spreche von einem Mieter für mein Cottage», klärte Hattie sie ernst auf. «Ich finde die Rolle der Vermieterin nun doch etwas anstrengend.»

«Was hab ich gesagt?» sagte Sarah sofort. «Von Anfang an habe ich gesagt, daß es zuviel ist für dich.»

«Ach, du alte Besserwisserin!» rief Hattie und schenkte Nick einen Brandy ein. «Schließlich habe ich ganze fünf Jahre durchgehalten! Es ist bloß so schwierig, angenehme Langzeitmieter zu finden.»

«Dein Problem ist doch, daß deine Mieter gleichzeitig deine Nachbarn sind», sagte Nick nachdenklich. «Hast du schon mal daran gedacht, zu verkaufen?»

«Nein!» Hattie starrte ihn entsetzt an. «Das Problem wäre doch genau dasselbe, mit dem einzigen Unterschied, daß ich keine Kontrolle mehr hätte. Selbst wenn ich einen guten Käufer finden würde, könnte ich nichts dagegen unternehmen, wenn er eines Tages an irgendeine scheußliche Person verkauft, die Motorräder repariert und die ganze Nacht Popmusik hört!»

«Stimmt.» Nick versank in Grübeleien.

«Wie ärgerlich», sagte Sarah. «James war ideal, nicht? Und Hester macht doch auch keine Probleme, oder?»

Hattie lächelte innerlich, als ihr bewußt wurde, wie milde Sarah in den vergangenen eineinhalb Jahren geworden war. Wie hatte sie die jungen Frauen verurteilt, die ihre fremdgehenden Ehemänner verlassen hatten! Jetzt war sie voller Mitgefühl, da Hesters Situation und die Geschichte von der Versöhnung mit Jeremy sie tief bewegt hatten.

«Nein, Hester macht keine Probleme. Bis auf die Tatsache, daß sie beschlossen hat, nach London zurückzukehren. Sie haben sich darauf geeinigt, daß Jeremy in England bei ihr bleibt, und sie wollen alle drei bei Hesters Vater einziehen. Es ist absolut das Richtige für die ganze Familie, daran besteht gar kein Zweifel, aber für mich heißt das, daß ich wieder zwei Cottages leerstehen habe, wenn sie erst ausgezogen sind. Und ich kann es mir nicht leisten, sie leerstehen zu lassen.»

«Arme Hattie.» Sarah runzelte die Stirn. «Ich werde mal nachdenken. Vielleicht wollen die Kinder von irgendwelchen Freunden ihren eigenen Hausstand gründen und hätten Lust hierherzuziehen. Es ist doch so schön hier, und die Cottages sind so urig. Schade, daß du nicht verkaufen willst. Wären doch ideal als Ferienhäuser. Direkt am Wasser und mit eigenen Liegeplätzen. Du könntest mächtig absahnen dabei.»

«Führ mich nicht in Versuchung!» jammerte Hattie. «Ich kann das einfach nicht riskieren. Aber wenn ihr euch die Köpfe zerbrechen würdet, wäre ich euch sehr dankbar.»

«Mach ich ganz bestimmt.» Nick schien in Gedanken ganz weit weg gewesen zu sein. Er lächelte sie an. «Überlaß das nur mir, ich werde schon eine Lösung finden.»

«Danke. Und jetzt schlage ich vor, daß wir Nick mit seinem Brandy und der Sonntagszeitung allein lassen und wir beide mit Jellicoe spazierengehen.»

«Gute Idee», sagte Sarah.

Sie tätschelte Nick im Vorbeigehen die Schulter, und er hob die Hand, um ihre zu berühren. Hattie entging dieses Zwischenspiel nicht.

«Läuft es wieder besser zwischen euch?» fragte sie, als sie in den kühlen, nebligen Nachmittag marschierten. «Ihr scheint weniger ... na ja, weniger feindselig zu sein.»

«Ich habe ihm das Leben ganz schön schwergemacht», gab Sarah zu. «Und ich muß ehrlich sagen, er hat einiges einstecken müssen.»

«Bei *dem* Sündenregister blieb ihm wohl auch nichts anderes übrig», bemerkte Hattie trocken.

«Wahrscheinlich.» Sarah zuckte mit den Schultern. «Ich habe den Eindruck, daß er erwachsener geworden ist. Er verfällt nicht mehr in Extreme. Du weißt schon, die schmollende, tief verletzte Tour. Und den Märtyrer spielt er auch nicht mehr.» Sie lachte unvermittelt. «Ich habe ihn gern», sagte sie. «Das hat mich ganz schön überrascht.»

«Ach, ich bitte dich!»

«Ich weiß. Aber um ehrlich zu sein, ich glaube, ich werde schon ziemlich bald mit John Schluß machen.»

«Oh?» Hattie war überrascht. «Bißchen plötzlich, oder?»

«Vielleicht. Ich weiß es nicht. Ich glaube, ich mußte etwas loswerden, und das habe ich geschafft. Fast wie eine Krankheit. Ich habe ihn sehr gerne, und ich möchte mit ihm befreundet bleiben, aber der Zauber ist weg.»

«Und was ist mit John? Sieht er das genauso?»

«Leider nicht. Er ist natürlich einsam und genießt die Gesellschaft. Ich ja auch, aber ich glaube, Nick ist jetzt mehr als bereit, mir auch die zu geben, wenn ich es möchte.»

«Und, möchtest du?»

Sarah schwieg so lange, daß Hattie sich zur Seite drehte, um sie anzusehen.

«Ich schätze, ich bin nervös», sagte sie schließlich. «Ich habe Angst, daß es dann doch wieder so wird wie früher. Und obwohl ich nicht mehr das gleiche für ihn empfinde wie damals, würde es doch furchtbar langweilig werden.»

Hattie nickte. «Einzusehen», sagte sie. «Also, was jetzt?»

«Wir warten noch ein bißchen ab», antwortete Sarah. «Bis ich mir absolut sicher bin.»

Am Ende des Schuljahres verließen auch Hester und Ned Abbot's Mill Creek. Ned freute sich sehr darauf, im großen Haus seines Großvaters zu wohnen, das voller Bücher war und in der Nähe all der Museen und Büchereien, die ihn so faszinierten. Hester war überrascht gewesen, daß Phil ihnen so ohne weiteres geholfen und Jeremy bei seiner Rückkehr zu seiner Mutter keine Steine in den Weg gelegt hatte.

Sie fragte sich, ob er eingesehen hatte, wie sehr sein eigenes Verhalten damals sie gepeinigt hatte und daß strenggenommen er dafür verantwortlich gewesen war, daß sie Jeremy mißhandelt hatte. Sie wußte, daß es ihm immer peinlich gewesen war, wie eigenmächtig seine Mutter ihren Enkel an sich gerissen hatte, und vermutete, daß er sich dafür schämte, daß er Hester so lange mit den erdrückenden Schuldgefühlen allein gelassen hatte. Was auch immer der Grund war – er tat alles, was er konnte, um es ihnen leichtzumachen, und sie nahm an, daß jetzt, da Mrs. Strange älter wurde, Phil ihr langsam die Zügel aus der Hand nahm. Hester hatte ihm geschrieben, daß er jederzeit willkommen war, wenn ihm der Sinn danach stünde, seine Söhne zu besuchen.

Inzwischen hatte Hester sich auch ausführlich mit Jeremy unterhalten. Er erklärte, daß er das Gefühl gehabt hatte, der Grund für die Streitereien zwischen seinen Eltern zu sein, und daß er angenommen hatte, daß Hester ihn und seinen Vater nicht mehr haben wollte. Er war immer eifersüchtig auf Ned gewesen, weil der in England hatte bleiben dürfen, und hatte seinen Bruder unbekannterweise lange Zeit gehaßt. Erst als Jeremy älter wurde und sein Vater endlich durchschaute, wie er sich fühlte und was er dachte, hatte dieser ihm die ganze Geschichte erzählt. Er hatte sich selbst dabei anscheinend nicht geschont, und Jeremy war klargeworden, daß er seine Schuldgefühle ablegen und nach England reisen konnte, um seine Mutter zu suchen.

Alle freuten sich für sie. Seit Neds Unfall waren sich Hattie und die Dakers schon im klaren darüber gewesen, daß weder Hester noch Ned am Fluß wirklich glücklich waren. Doch jetzt schien eine Zukunft endlich wieder möglich und sah vielversprechend aus, und obwohl sie natürlich traurig waren über den Verlust, versammelten sie sich alle, um sie nach London und in ihr neues Leben zu verabschieden.

Jetzt hatte Hattie zwei leere Cottages. Nachdem das junge Paar ausgezogen war, hatten ein paar alte Freunde Urlaub in dem einen Cottage gemacht, so daß es wenigstens bewohnt war und Hattie etwas Miete einnahm. Nun mußte sie sich endlich ernsthaft bemühen und beide vermieten. Um das Übel weiter aufzuschieben, beschloß sie, erst einmal zu renovieren. Sie redete sich ein, daß dies nach fünf Jahren ohnehin nötig sei. Sie war mitten in der Arbeit – Bert Crabtree konnte sie sich dieses Mal nicht leisten –, als Nick unverhofft auftauchte.

«Was für eine freudige Überraschung!» sagte sie, als sie die Pinsel auswusch und die Hände mit dem hinter der Küchentür hängenden Handtuch abtrocknete. «Zumindest hoffe ich, daß sie freudig ist!»

«Das hoffe ich auch.» Er guckte ziemlich ernst, lächelte aber ein wenig, als er die Farbe in ihrem Haar und auf ihrem Pullover und den Staub an den Knien ihrer alten Kordhose sah. «Ich möchte dir ein Angebot machen.»

Hattie zog die Augenbrauen hoch und machte den Mund auf, überlegte es sich dann aber anders und schloß ihn wieder. Er lächelte sie mit ungespielter Zuneigung an, und Hattie mußte im stillen zugeben, daß er tatsächlich ein sehr gutaussehender Mann war.

«Sprich», sagte sie. «Du hast meine ungeteilte Aufmerksamkeit.»

«Du weißt natürlich Bescheid über Sarahs Affäre mit John Marriott.» Dies war eine Feststellung, und Hattie schwieg.

«Ich erwarte nicht von dir, daß du irgend jemanden belastest. Ich möchte nur sicherstellen, daß wir den gleichen Ausgangspunkt haben. Ich habe darüber nachgedacht, wie Sarah und ich gemeinsam in die Zukunft gehen können.» Er stützte die Ellbogen auf den Tisch und faltete die Hände. «Wenn sie mich verlassen wollte, hätte sie das schon lange tun können, daher nehme ich an, daß sie bei mir bleiben möchte.» Er legte das Kinn auf die Hände und zog die Augenbrauen hoch. «Verfügst du über Informationen, die darauf hindeuten könnten, daß diese Annahme inkorrekt ist?»

«Spiel nicht den Rechtsanwalt mit mir, Nick!» antwortete Hattie unwirsch. «Sag mir, was du willst.»

Er seufzte. «Na, gut. Es geht darum, daß ich gerne eines deiner Cottages als Ferienhaus für Sarah und mich kaufen würde, und daß ich ihr ein Boot bauen lassen oder ihr eins kaufen möchte, das hier liegen kann und mit dem sie segeln kann, wann immer sie Lust dazu hat.»

Da Hattie verblüfft schwieg, blickte er zu ihr und sah leicht amüsiert aus. «Also?» fragte er schließlich. «War das deutlich genug?»

Hattie holte tief Luft, schüttelte den Kopf und atmete keuchend aus. «Großer Gott, Nick! Ich weiß gar nicht, was ich sagen soll.»

«Ich weiß, daß du nicht verkaufen willst», sagte er schnell. «Und ich weiß auch, warum. Wir können aber eine Klausel aufnehmen, nach der wir nicht ohne dein Einverständnis verkaufen dürfen und die dir ein Vetorecht bei der Bestimmung des Käufers einräumt, falls wir uns darauf einigen sollten, daß verkauft wird. Wärest du damit einverstanden?»

«Ich denke schon.» Hattie sah noch immer benommen aus. «Einen Moment. Weiß Sarah davon?»

«Nein.» Nick lehnte sich zurück und streckte die Beine unter dem Tisch aus. «Ich wollte erst sichergehen, daß du mitspielen würdest. Sarah braucht eine neue Aufgabe, jetzt, wo sie ihre ganze Wohltätigkeitsarbeit aufgegeben hat. Und sie liebt das Wasser und die Segelei. Im Moment hängt sie von John ab, was das angeht, und ich möchte ihr Unabhängigkeit geben.»

«Du hoffst doch wohl nicht, daß ich hier den Wachhund für dich spiele, oder?»

Nick schnaubte verächtlich. «Natürlich nicht! Ich habe bloß das Gefühl, daß sie soweit ist, mit John Schluß zu machen, daß sie aber noch nicht ganz soweit ist, mir wieder zu vertrauen.» Er sah sie an, und sie erwiderte starrend seinen Blick. «Das könnte sie.» Er beantwortete die unausgesprochene Frage. «Aber ich kann nicht erwarten, daß sie mir das glaubt. Sie braucht einen Kompromiß, und ich glaube, das hier wäre genau das Richtige. Es wäre zu teuer, ein Cottage auf längere Sicht zu mieten, und ich würde dir selbstverständlich den Marktwert zahlen. Sie kann herkommen und in deiner Nähe sein und wäre doch unabhängig. Und sie kann auf dem Fluß segeln, bis sie sich sicher genug fühlt, um größere Törns zu machen. Und ich kann auch herkommen, wenn ich den Eindruck habe, daß sie es gerne möchte.»

«Das ist eine sehr ... großzügige Idee, Nick», sagte Hattie langsam. «Ich bin sehr versucht, vorausgesetzt, diese Klausel wird aufgenommen. Und was passiert, wenn ihr beide unerwartet sterben solltet?»

Nick fing schallend an zu lachen. «Du bist vielleicht eine Geschäftsfrau, Hattie! Ich denke, wir könnten unser Testament dahingehend ergänzen, daß du als erste die Option auf Rückkauf des Cottages aus dem Nachlaß erhältst, aber darüber würde ich mir keine Gedanken machen. Sarah und ich können dich nämlich beide ziemlich gut leiden.»

Als ihr klar wurde, was er damit meinte, errötete sie unter seinem festen Blick und stand hastig auf.

«Ich brauche einen Drink», sagte sie und quetschte sich am schlummernden Admiral vorbei in die Speisekammer, um eine Flasche vom Regal zu nehmen. «Du hast mich ja ganz schön überrumpelt.»

«Tut mir leid.» Nick stand auf und nahm ihr den Korkenzieher ab. «Laß mich das machen. Also? Was sagst du zu meinem Angebot?»

«Das würde so viele Probleme lösen», sagte Hattie langsam. Sie sah ihn scharf an. «Du hast gesagt, daß *du* das Cottage kaufen willst, Nick. Verzeih, wenn ich unhöflich bin, aber kannst du dir das denn leisten? Bar?»

«Ich glaube schon.» Nick entkorkte die Flasche und schenkte Wein ein. «Meine Mutter ist letztes Jahr gestorben. Sie hat zwar nicht übermäßig viel hinterlassen, aber für das Cottage und ein Boot müßte es reichen. Gerade so.»

Hattie dachte an ihr Gespräch mit Sarah am Sonntag nachmittag im Wald. Sie war sicher, daß Nicks Plan genau das Richtige war, und empfand tiefe Zuneigung für ihn. Sie freute sich schon darauf, Sarah öfter in der Nähe zu haben, und außerdem würde sie das Ganze finanziell merklich entlasten. Und ihr blieb immer noch das andere Cottage, mit dem sie machen konnte, was sie wollte.

«Ich finde die Idee großartig», sagte sie. «Und ich glaube, daß es genau das ist, was Sarah braucht.»

Ihr Ton ließ ihn sie scharf anblicken, und sie nickte ihm zu. Er war grenzenlos erleichtert und lächelte sie dankbar an.

«Du schlägst also ein?»

«Ich schlage ein. Ich werde das Cottage schätzen lassen, damit wir eine Preisvorstellung haben, und gebe dir Bescheid. Aber Nick …» Sie zögerte, da sie seiner sichtlichen Freude keine kalte Dusche verpassen wollte. «Du sagt es Sarah doch vorher?»

«Ich werde sie *fragen*», korrigierte er. «Hat ja alles keinen Sinn, wenn sie die Idee nicht gut findet. Ich bete nur, daß ich den richtigen Riecher habe.»

Hattie prostete ihm zu. «Wenn es dich tröstet: nach allem, was ich gehört habe, hast du den.»

Er stieß mit ihr an. «Ich hoffe, du hast recht», sagte er leise. «Wird auch langsam Zeit, was?»

Hattie nahm einen ordentlichen Schluck und fühlte sich etwas merkwürdig. Sie hatte Verständnis für beide und hoffte, Sarah gegenüber loyal bleiben zu können, während sie gleichzeitig Nick Beifall und Zuneigung zollte.

«Sagst du mir Bescheid, was sie gesagt hat?» fragte sie ihn, als er sein Glas abstellte und Anstalten machte zu gehen. «Du darfst gerne zum Mittagessen bleiben.»

«Nein, ich muß weiter.» Er küßte sie auf die Wange. «Danke, Hattie. Laß die Taxierung machen!»

Er fuhr weg, und Hattie wandte sich froheren Mutes wieder der Renovierung zu. Sie wäre zu gerne Mäuschen, wenn Sarah und Nick sich unterhielten! Erst später, als sie allein zu Abend aß, wurde ihr klar, daß die ganze Streicherei sie völlig unnötig Zeit und Geld gekostet hatte, wenn Nick das Cottage kaufte, und einen Moment lang ärgerte sie sich darüber, bevor ihr Sinn für Humor zurückkehrte.

32

MIGGY SASS IN DER LAUBE, GENOSS DIE WARME Septembersonne und dachte über Daisy nach. Sie wußte, daß ihre Tochter immer noch viel an James dachte, obwohl er jetzt schon über ein Jahr weg war, und daß sie weiter an sein Versprechen glaubte, er würde sie alle besuchen kommen. Miggy war sicher, daß James in seinem neuen Leben mit seiner neuen Stelle keine Zeit hatte, viel an sie zu denken, und fragte sich, wie sie Daisy dazu bringen konnte, ihn zu vergessen. Es war doch merkwürdig, daß ein so junges Mädchen sein Herz so hoffnungslos an einen zehn Jahre älteren Mann verlieren konnte. Sie wußte, daß James in Daisy immer nur das Kind gesehen hatte und daß sie – Miggy – das Objekt seiner romantischen Leidenschaft gewesen war, obwohl sie nie darüber gesprochen hatten und sie nie hatte durchblicken lassen, daß sie es wußte. Glücklicherweise hatte Daisy dies nie bemerkt, und Miggy war ausnahmsweise froh, daß ihre Tochter nicht immer alles mitbekam und in ihrer eigenen Welt lebte. Daß er Daisy das Dingi geschenkt hatte, war eine großzügige und rührende Geste gewesen, auch wenn es Daisy nur in dem Glauben bestärkt hatte, daß er wiederkommen würde.

Marigold hatte die Wiese einmal auf ihrem Dreirad umrundet und hielt an, um ihrer Mutter zu winken. Miggy winkte zurück, und nach kurzem Nachdenken strampelte die Kleine los zu einer weiteren Runde. Am Ende der Wiese hatten sie einen Zaun errichtet, um Unfälle zu verhindern, so daß Miggy beruhigt die Augen schließen und ihr Gesicht entspannt der Sonne zuwenden konnte. Kein Zweifel, Daisy war tief enttäuscht gewesen, als James sich den ganzen Sommer nicht bei ihnen hatte blicken lassen. Vergeblich hatte Toby versucht, sie damit zu trösten, daß James sicher nur wenig Urlaub hatte und daß Oxford so weit weg war. Aber sie war alt genug, um zu wissen, daß, wenn James wirklich kommen wollte, er dies auch tun würde. Miggy und Toby wußten das auch und konnten daher nichts mehr dazu sagen.

Miggy seufzte, sie empfand tiefes Mitleid mit ihrem Kind. Sie war erleichtert gewesen, als Georgia angekommen war und – ganz außer sich vor Freude über das bestandene Diplom – versuchte, Daisy aus der Reserve zu locken. Sie unternahmen kleine Ausflüge zusammen, und als sie herausfanden, daß ihre Lieblingsboutique Arcadia von Stoke Fleming nach Dartmouth gezogen war, verbrachten sie Stunden damit, in herrlichen Kleidern zu stöbern und mit der phantastisch skurrilen Ladenbesitzerin Betty zu plaudern. Daisy – fast fünfzehn – war soweit, in die Geheimnisse von Make-up, Kleidung und anderen aufregenden «Frauensachen» eingeweiht zu werden, und Miggy freute sich sehr, daß Georgia Zeit mit ihrer kleinen Stiefschwester verbrachte. Georgia, die stets im Schatten ihrer schönen und selbstbewußten Mutter gestanden hatte, genoß es, daß jemand zu ihr aufblickte und sie Ratschläge geben konnte, und sie alle vermißten sie, als sie wieder nach London abgereist war. Wenn Ruth nicht wäre, hätte Miggy ja vorgeschlagen, daß Daisy Georgia ein Wochenende besucht, aber da sie Ruth nicht über den Weg traute, stand dies nicht zur Diskussion.

Marigold näherte sich auf ihrem Dreirad und beobachtete ihre Mutter, die in der Sonne döste. Sie ließ ihr Transportmittel liegen, ging in die Laube und setzte sich auf den zweiten großen Korbsessel. Auf dem Tisch lagen noch ein paar von den Keksen, die sie als Vormittagssnack gegessen hatten, und Marigold streckte vorsichtig die Hand aus, nahm zwei und zog sich wieder auf den Sessel zurück. Miggy war sich der Vorgänge um sie herum sehr wohl bewußt und grübelte weiter über Daisy. In der Schule gehörte sie zum Mittelfeld, und weder Toby noch Miggy konnten sie sich so recht in der Arbeitswelt vorstellen.

«Sie ist ein altmodischer Typ, der am besten einen kernigen, naturverbundenen Mann heiratet und mit vielen Kindern und Hunden in einem alten, verschachtelten Haus lebt», sagte Toby, als sie sich über einen möglichen Beruf für sie unterhalten hatten. «Ich kann sie mir absolut nicht in einem Büro oder in einem Laden vorstellen. Schrecklich wäre das. Entweder würde sie ständig vor sich hin träumen oder wunderschöne, aber völlig unpraktische Ideen haben, wie man ihren Arbeitsplatz revolutionieren könnte.»

Georgia hatte vorgeschlagen, daß Daisy auf eine Hauswirtschaftsschule gehen sollte, wo sie auch wohnen und auf diese Weise neue Leute kennenlernen konnte. Miggy fand diese Möglichkeit interessant, und Daisy war begeistert. Erst später wurde Miggy klar, daß eine der besseren Schulen in Oxford war, und natürlich war es genau diese, die Daisy interessierte. Miggy bewegte sich in ihrem Sessel und kam endlich zu einem Entschluß. Schließlich würden bis dahin noch zwei Jahre und somit vielleicht auch Daisys Schwärmerei für James vergehen, und wenn nicht, würde sich eben dann etwas entscheiden. James mußte selbst damit klarkommen, wenn Daisy plötzlich vor seiner Tür stand.

Miggy machte die Augen auf und sah, daß Marigold zusammengerollt und friedlich auf dem anderen Sessel schlief. Äußerlich war sie Daisy sehr ähnlich, aber Gott sei

Dank hatte sie nicht die gleiche hyperaktive Phantasie. Schon als sie drei Jahre alt war, hatte Daisy sich die andere Welt ausgedacht, in der sie mit ihren virtuellen Freunden und Tieren lebte. Miggy beschloß, an die Schule in Oxford zu schreiben und einen Prospekt anzufordern. Das würde Daisy ein wenig von ihrer Sorge ablenken, das Dingi für den Fall, daß James zurückkehrte, in tadellosem Zustand zu halten. Sie hätte dann ein Ziel, das ihr mehr Ansporn gab, in der Schule konzentrierter mitzuarbeiten, und davon abgesehen war es das einzige, was Miggy im Moment für sie einfiel.

Sarah war auf dem Weg nach Hause von ihrem Spaziergang, als sie sich auf ein Gatter lehnte und über das dahinterliegende blaßgoldene Stoppelfeld starrte. Das Dorf lag versteckt hinter den neblig-blauen Bäumen jenseits der Begrenzungshecke – nur der grobe graue Turm der Kirche und in der Windstille senkrecht aufsteigender Rauch waren zu sehen. Ein in den gedämpften Farben der herbstlichen Landschaft geradezu grell anmutender Fasan rannte durch die Hecke, wobei sein glänzend grüner Kopf wippte, und ein Starenschwarm sauste über das Feld, bevor er sich über dem Dorf zerstreute und verschwand. Diese friedvolle Szenerie beruhigte Sarah, die spürte, wie Streß und Erwartungsdruck von ihr abfielen, und sich wünschte, einfach nur sie selbst sein zu können – nicht Johns Geliebte, nicht Nicks Frau, sondern einfach nur Sarah.

Als sie morgens aufgewacht war, war sie mit ihrem Leben auf einmal ärgerlich unzufrieden gewesen. Die Jahre waren vergangen mit nicht enden wollenden Versammlungen, Lunches, Parties am Wochenende und seit neuestem mit einer Affäre. Sie hatte es satt. Sie wollte nicht mehr regelmäßig zum Friseur gehen müssen, nur um ihre schicke Frisur in Form zu halten, sie war es leid, sich schminken zu müssen, damit das Gesicht zur Frisur paßte, und hatte keine Lust mehr, ständig darüber nachdenken zu müssen, was sie anziehen sollte. Eine Zeitlang war das amüsant gewesen, aufregend und anders, aber jetzt ließ der Reiz deutlich nach. Heute morgen hatte sie die ihr schmeichelnden, schönen neuen Kleider hängenlassen und einen alten, vielgetragenen Tweedrock samt einem formlosen, bequemen Pullover hervorgewühlt und mit Eifer im Garten gearbeitet, bevor sie ein kalorienunbewußtes Mittagessen verspeist hatte. Später war sie die Straße hinuntergeschlendert und war einem Trampelpfad über die Felder gefolgt, während die Landfrau in ihr den Wechsel der Jahreszeiten, die Farben und Geräusche wahrgenommen hatte und sie in friedlichen Einklang mit sich selbst gekommen war.

Jetzt, da sie ruhig und entspannt an dem Gatter lehnte, schweiften ihre Gedanken zu dem morgendlichen Thema zurück. Die Affäre mit John war vorbei. Sie wußte jetzt, daß sie Nick niemals verlassen würde. Das wäre viel zu dramatisch, zu überspannt und zügellos, und sie wünschte, es gäbe einen Weg, der sie auf behutsame und natürliche Art und Weise wieder zusammenführte. Er war seltsam gewesen in letzter Zeit, geheimnisvoll und zerstreut. Wenn er nicht so oft zu Hause wäre und das Muster nicht ein völlig anderes wäre, würde sie vermuten, daß er wieder einmal eine Affäre hatte. Sollte er über ihre Affäre mit John Bescheid wissen, so hatte er nichts gesagt, aber er hatte auch aufgegeben, sie wie ein Gockel zu umwerben. Er war einfach nur freundlich, amüsant, aufmerksam und sanft.

Als Sarah sich von der idyllischen Szene losriß und weiterging, ertappte sie sich dabei, wie sie an die glückliche Zeit dachte, die sie miteinander hatten, bevor Cass Wivenhoe aufgetaucht war. Natürlich konnten sie die Zeit nicht zurückdrehen, das war nie möglich, aber vielleicht konnten sie gemeinsam in die Zukunft gehen. Wenn ihr doch nur etwas einfiele, das sie den Graben zwischen ihr und Nick überwinden ließ! Sarah ging die Einfahrt hinauf und wunderte sich, Nicks Auto dort zu sehen. War es nicht etwas früh für ihn? Eine Vorahnung ließ sie ins Haus eilen, wo er ihr mit einem Glas in der Hand aus dem Wohnzimmer entgegenkam. Sie sah ihn mit großen Augen an und verzog die Mundwinkel, und er lächelte etwas verschämt, als habe sie ihn bei etwas ganz Schrecklichem ertappt.

«Einer von den Tagen?» fragte sie. «Du bist früh dran.»

«Ich habe mich gefragt, wo du bist», sagte er, und sie wußte, daß er befürchtet hatte, sie sei mit John zusammen.

Einen Augenblick lang bereute sie ihre Untreue und empfand einen Anflug von Zärtlichkeit. «Ich war spazieren», sagte sie. «Es ist so ein herrlicher Herbsttag.»

Er musterte die ihm bekannten, schäbigen alten Sachen und bemerkte den Ausdruck der Zufriedenheit auf ihrem ungeschminkten Gesicht.

«Du siehst wunderbar aus», sagte er leise, und sie wußte genau, was er damit sagen wollte. Seine Aufrichtigkeit duldete weder falsche Abwehr noch vorgegebenes Mißverständnis ihrerseits.

«Danke.» Sie akzeptierte sein Kompliment. «Ich glaube, ich leiste dir Gesellschaft.»

Sie gingen gemeinsam ins Wohnzimmer.

«Ich möchte mich gerne mit dir unterhalten», sagte er, als er ihr einen Gin Tonic einschenkte.

«Warum nicht?» Im Geiste ging sie alles durch, was er sagen könnte, und setzte sich auf das große, weiche Sofa.

«Ich habe gründlich über uns nachgedacht.» Er blieb stehen. «Und ich habe da eine Idee. Diese basiert auf der Annahme, daß du meine Frau bleiben möchtest. Wenn das nicht der Fall ist, wäre jetzt der Moment, mir das zu sagen.»

Sarah sah zu ihm auf, jetzt sicher, daß er von ihrer Affäre mit John wußte. Sie spürte, daß er das Thema nicht anschneiden wollte, und war dankbar und erleichtert. Außerdem bemerkte sie, daß er sehr nervös war, und empfand eine Mischung aus Reue und Zuneigung.

«Du setzt nicht zuviel voraus», sagte sie. «Ich möchte dich nicht verlassen.»

«Danke», sagte er nach einer kurzen Pause. «In dem Fall werde ich dir meine Idee erläutern. Erstens habe ich gedacht, daß wir vielleicht doch wieder ein Ferienhaus kaufen wollen, allerdings nicht so weit entfernt. Zweitens ist mir aufgefallen, daß du in den letzten zwei Jahren deine Liebe zum Segeln wiederentdeckt hast. Also dachte ich, wir könnten versuchen, zwei Fliegen mit einer Klappe zu schlagen. Kannst du mir so weit folgen?»

«Ja», sagte sie langsam. «Ja, ich glaube schon. An was hattest du gedacht?»

«Eins von Hatties Cottages», antwortete er. «Du könntest während der Woche hinfahren, wenn ich arbeiten muß, und an Wochenenden könnten wir zusammen hinfahren, und du hättest die Möglichkeit, dein eigenes Boot dort festzumachen. Ich dachte, wir kaufen ein kleines, mit dem du allein segeln kannst. So wärst du unabhängig, aber nicht allein, und ich könnte jederzeit auf die schnelle dazukommen. Wenn es dir recht wäre», fügte er hastig und bescheiden hinzu.

Sarah widerstand dem fast vergessenen Verlangen, zu ihm zu gehen und die Arme um ihn zu legen, und zwang sich, bei der Sache zu bleiben. «Hattie würde niemals verkaufen», sagte sie. «Das hat sie dir doch gesagt, als wir bei ihr gegessen haben.»

«Sie hat es sich anders überlegt», verkündete er mit einem Anflug von Triumph. «Sie hat nichts dagegen, an uns zu verkaufen, wenn wir eine Klausel in den Vertrag aufnehmen, die es uns nicht erlaubt, ohne ihre Zustimmung zu verkaufen. Damit wärest du doch einverstanden?»

«Natürlich.» Sarah starrte ihn entgeistert an. «Du hast mich ganz schön überrascht.»

«Na ja, das war ja auch Teil des Plans.» Er lächelte sie an. «Ich wollte sicher sein, daß Hattie mitspielt. Es hängt ihr so zum Hals raus, ständig neue Mieter zu finden, und sie wäre mit der erwähnten Klausel und ihrer ältesten Freundin direkt gegenüber ausgesprochen glücklich. Und wir hätten gleichzeitig einen Liegeplatz.»

«Aber Nick ...» Sarah zögerte noch immer, obwohl sich in ihr eine ungekannte Aufregung zusammenbraute. «Können wir uns das denn leisten?»

«Ich weiß nicht, was *du* dir leisten kannst», sagte er schulterzuckend. «Das hier leiste *ich* uns. Das Testament meiner Mutter ist endlich bestätigt worden, und ich möchte die Gelegenheit nutzen, um mich für deine unglaubliche Großzügigkeit in den letzten Jahren zu revanchieren ... Bitte», fügte er hinzu.

«Oh, Nick ...»

«Wenn du das möchtest», sagte er schnell. «Wenn dich das glücklich machen würde.» Er trank den letzten Schluck Scotch und ging an die Bar, um sein Glas wieder aufzufüllen.

Sarah stand auf und ging auf ihn zu. «Etwas Besseres hätte dir nicht einfallen können.» In ihrer Stimme lag so viel Aufrichtigkeit, daß er sein Glas abstellte und sich zu ihr herumdrehte.

«Wirklich?» Er wollte sie so gerne in den Arm nehmen, hatte aber Angst, die zarten Bande, die sich aufs neue zwischen ihnen spannten, zu zerreißen.

Sarah nickte. «Es ist die beste Idee seit langem. Ich bin begeistert. Und ein kleines Boot. Oh, Nick! Es wird herrlich!»

«Ich dachte, Toby könnte uns dabei unterstützen. Er weiß sicher, was zum Verkauf steht, und wenn nicht, dann kann er dir sicher eins bauen. Oder zumindest bauen lassen.»

«Uns, Nick. Unser Boot, nicht nur meines.»

«Ich möchte gerne, daß es dein Boot ist.» Er lächelte sie an. «Das erste Boot ist etwas ganz Besonderes. Wie das erste Auto. Wenn ich aufhöre zu arbeiten, können wir ja noch mal darüber nachdenken. Dann könnten wir so eines wie Johns kaufen, mit dem wir auch aufs Meer und über den Kanal segeln können. Bis dahin brauchst du aber ein Boot für den Fluß.»

«Wir teilen es uns», bestimmte Sarah und gab ihm einen Kuß. «Danke, Nick. Ich nehme dein unfaßbares Angebot gerne an.»

Er wollte ihre Geste der Dankbarkeit nicht ausnutzen und holte einfach ihr Glas, um auch ihr neu einzuschenken.

«Auf Mill Cottage», sagte er und stieß mit ihr an. «Ich weiß noch nicht, welches von beiden. Hattie hat gesagt, du sollst vorbeikommen und dir eins aussuchen. Sie sind ohnehin fast identisch.»

«Ich kann es kaum erwarten!» Sie grinste ihn so überglücklich an, daß ihm fast übel wurde vor Erleichterung. «Wann fahren wir? Die Cottages sind beide leer, oder? Dieses Wochenende?»

«Du kannst schon früher hinfahren, wenn du möchtest.» Er war fest entschlossen, sich nicht aufzudrängen. Was sie brauchte, war Zeit und Raum für sich selbst, und er wußte, wie leicht man etwas davon aus Dankbarkeit oder schlechtem Gewissen abgab. «Hattie freut sich doch immer, dich zu sehen. Fahr hin, iß mit ihr und guck dir die Cottages an, und dann fahren wir am Wochenende noch einmal zusammen hin, nur, um ganz sicher zu sein. Du sollst in Ruhe darüber nachdenken. Zwei Besichtigungen wären nur vernünftig.»

Gerührt von seiner Besonnenheit und seiner Rücksicht, lächelte sie ihn an. «Ich glaube, das mache ich. Sie hat also die ganze Zeit davon gewußt?»

«Ich mußte sie davon überzeugen zu verkaufen, aber ich wollte mir nicht zu große Hoffnungen machen. Es ist gar nicht so einfach, ein kleines Cottage mit Liegeplatz an einem ruhigen Gewässer zu finden.»

«Ruf sie sofort an, Nick. Sag ihr, daß wir kaufen.»

Er zögerte. «Willst du nicht lieber?»

«Du zuerst. Bring das Geschäft zum Abschluß, dann kann ich hinterher mit ihr ratschen.»

«Okay.» Er ging mit seinem Drink hinaus.

Sarah blieb, wo sie war, und versuchte, die Komplexität der Lage zu erfassen. Sie war sicher gewesen, daß Nick sein Erbe für sich behalten würde, um bei Gelegenheit John Marriotts Anteile an der Kanzlei zu kaufen. Das war Nick jetzt nicht mehr möglich, und obwohl er das Geld dafür natürlich leihen könnte, schien er sich zwischen der begehrten Position des Seniorpartners und seiner Ehe entschieden zu haben. Sarah war bewegt: Er hatte ihr den Weg in die Zukunft aufgezeigt, und sie würde ihn gehen, ohne noch einmal zurückzublicken.

33

HATTIE SASS IM SCHAUKELSTUHL AM KAMIN IN ihrem Schlafzimmer. Sie hatte es aufgegeben, sich zum Lesen zu zwingen, und starrte nun, das Buch unbeachtet auf dem Schoß, in die Flammen und ließ ihren Gedanken freien Lauf. Sie war sowohl erleichtert als auch traurig, daß sie eines ihrer kostbaren Cottages an Sarah und Nick abgetreten hatte. Natürlich war es das Vernünftigste gewesen: es nahm nicht nur einen großen finanziellen Druck von ihren Schultern, sondern entband sie auch der lästigen Aufgabe, zwei Mietparteien zu finden, die sich die Miete leisten konnten und angenehme Nachbarn waren. Da die Cottages keinen Garten hatten, waren Eltern kleiner Kinder mehr als besorgt, daß ihre Schützlinge ins Wasser fallen könnten, wenn sie nicht ständig beaufsichtigt wurden, und da Hattie nicht daran interessiert war, das Erscheinungsbild und die Atmosphäre ihrer kleinen Siedlung dadurch zu zerstören, daß ein zweites Colditz daraus gemacht wurde, reduzierte sich die Menge der potentiellen Mieter erheblich, und es war in der Tat einfacher, sich nur um ein Cottage sorgen zu müssen. Trotzdem war sie auch traurig, Kontrolle abgegeben zu haben und nicht mehr in der Lage zu sein, aus der

Tür herauszugehen und zu wissen, daß alles um sie herum ihr gehörte und daß sie damit machen konnte, was sie wollte.

Der Wind wurde stärker. Er tobte um die Mühle und rüttelte am Fenster. Hattie zog die Stola enger um die Schultern und beugte sich nach vorne, um im Feuer zu stochern. Sie dachte an ihr erstes Jahr in der Mühle und an den Sturm, in dem Evan ums Leben gekommen war. Sie erinnerte sich daran, wie Sarah sie angerufen hatte, um sie vor dem Sturm zu warnen, und wie sie, Hattie, Witze über George Eliots *Die Mühle am Floss* gemacht hatte, obwohl sie selbst erleichtert war, daß Joss Zuflucht im Cottage gesucht hatte. Was war sie doch für eine alte Närrin! Wie sehr sie ihn immer noch vermißte! Von Anfang an hatte sie eine starke Zuneigung zu ihm entwickelt, die mit ihrem gemeinsamen militärischen Hintergrund begonnen und zu einer tiefen Freundschaft geführt hatte. Sie war bestürzt gewesen, festzustellen, daß sie den Qualen der Mutterliebe ausgesetzt sein konnte, ohne jemals körperlich Mutter geworden zu sein. Joss war der Sohn, den sie nie hatte, das Kind, das sie verlor. Gefühle, die sie jahrzehntelang unterdrückt hatte, waren langsam an die Oberfläche gekommen, doch hatte sie die Macht dieser Gefühle selbst nicht gekannt, bis er in jener Nacht davongesegelt war.

Sie hatte gehofft, daß Hester Joss am Fluß halten würde, doch statt dessen hatte sie ihn vertrieben. Sechzehn Monate war er jetzt schon weg und hatte noch kein Wort über seine Rückkehr verloren. Seine Postkarten verrieten nichts, außer daß er noch lebte, und ihr Stolz verbot es ihr, zu versuchen, mit ihm in Kontakt zu treten. Er mußte aus freien Stücken zurückkommen – oder gar nicht. Sie vermutete, daß Joss sie alle – auch Hester – als eine Art Ersatz für seine eigene

Familie angesehen hatte, die ihn verstoßen hatte. Sie war sicher, daß es die mißbilligende Haltung seiner Mutter gegenüber seinem Entschluß, das Militär zu verlassen und auf einem Boot zu leben, war, die es ihm unmöglich gemacht hatte, sich seine Angst und das Gefühl der Unzulänglichkeit einzugestehen. Er hatte Zeit ganz für sich allein gebraucht, um mit alldem fertig zu werden. Seine Reise war notwendig, um dies zu verarbeiten und um seinen Stolz zu bewahren, und jetzt mußte sie einfach abwarten, was daraus geworden war.

Ihre anfängliche Sorge um seine Sicherheit auf See hatte mit der Zeit nachgelassen. Sie war eng mit Neds Unfall und dem ganzen traumatischen Tag verknüpft gewesen, doch nur selten sah Hattie aus ihrem Schlafzimmerfenster oder blickte den Fluß hinunter, wenn sie über den Kai spazierte, ohne zu hoffen, daß die *Westering* wieder an ihrem Liegeplatz schaukelte – die braunen Segel ordentlich verstaut – und Joss zügig zum Ufer herüberruderte. Sie hatte gehofft, daß er noch vor dem Winter wiederkommen würde, und hatte auch deshalb das Cottage immer noch nicht vermietet. Aber jetzt sah es ganz so aus, als würde er es nicht brauchen.

Hattie erhob sich aus dem Schaukelstuhl, ging zum Fenster und zog den Vorhang beiseite. Es herrschte Ebbe, der Schlick glitzerte im Mondlicht. Wolkenfetzen jagten über den Himmel und verdeckten die silberne Scheibe, während Hattie an die *Abigail* dachte – oder vielmehr an das, was von ihr übrig war: ein ausgebrannter Schiffskörper, der verlassen in der Bucht lag. Hattie schauderte, zog den Vorhang wieder zu und machte sich daran, noch einmal Holz nachzulegen und das Funkengitter aufzustellen. Sie kletterte in ihr farbenfrohes Nest, machte es sich zwischen den

Kissen und Decken bequem und löschte das Licht. Schatten tanzten an den Wänden und ließen sie an ihre kleine Mitternachtsparty mit Daisy zurückdenken, als sie sich in jener Nacht vor drei Jahren, als Marigold geboren wurde, dieses Zimmer geteilt hatten. Sie fühlte sich Daisy, die so geduldig darauf wartete, daß James zurückkam, auf merkwürdige Weise verbunden – sie wartete auf Joss.

Was für Narren unsere Gefühle aus uns machen, dachte Hattie, als sie schläfrig wurde. Ich bin fast sechzig, viel zu alt, um jetzt noch anzufangen, Muttergefühle zu entwikkeln. Und Daisy ist gerade mal fünfzehn und zu jung, um sich ernsthaft zu verlieben.

Sie erinnerte sich daran, wie Miggy und Daisy in einem ihrer Cottages Zuflucht gesucht hatten, als Ruth auf einmal Toby zurückhaben wollte. Und sie sah Hesters strahlendes Gesicht, als sie ihr Jeremy vorgestellt hatte. Außerdem dachte sie an Janice, wie sie an Brians Krankenbett saß und mit Entsetzen und Courage die Nachricht, daß er nie wieder werde laufen können, aufnahm. Als sie in den Schlaf hinüberglitt, sah sie James, wie er neben dem Admiral kauerte und «Hallo, Jellybaby» sagte, aber ihr allerletzter Gedanke galt Sarah, wie sie an Hatties riesigem Küchentisch saß und beteuerte: «Dieses Mal wird es bestimmt funktionieren, Hattie. Ich glaube ganz fest daran.»

Während die Vorbereitungen für den Verkauf des Cottages weiterliefen, beschloß Sarah, John auf die Sache mit der Hauptteilhaberschaft anzusprechen. Sie hatte lange darüber nachgedacht, wie sie das Thema anpacken sollte, war aber zu keinem zufriedenstellenden Ergebnis gekommen. John war tief verletzt gewesen, als sie die Affäre beendet hatte, und konnte ihre Erklärungen nicht nachvollziehen.

Ihr wurde bewußt, wie einsam er war, und erkannte jetzt, daß jeglicher Zweifel an seiner Treue zu Margaret völlig unbegründet war. Nach Jahren in einer langweiligen, ruhigen Ehe hatte er fast vergessene Leidenschaften in sich wiederentdeckt und sich verliebt. Ihre Affäre hatte ihm seine Jugend zurückgegeben, und der Umstand, «verbotene Früchte» zu essen, verlieh ihrer Liaison ein besonderes Prickeln, das fast genauso aufregend war wie eine gewisse Selbstgerechtigkeit, Nick für sein jahrelanges unwürdiges Verhalten Sarah gegenüber büßen zu lassen. John hatte seine Verbitterung nicht verbergen können, als sie ihm gesagt hatte, daß sie und Nick es noch einmal miteinander versuchen wollten. Sie vermutete, daß der Ruhestand für ihn seinen Schrecken verloren hatte, als er davon ausgegangen war, daß sie in Zukunft weiter an seiner Seite bleiben würde. Ihr kam in den Sinn, daß er ihr möglicherweise sogar vorgeschlagen hätte, sich von Nick scheiden zu lassen, sobald er – John – sich zur Ruhe setzte, und ihn zu heiraten. Sarah hatte Gewissensbisse, und John tat ihr sehr leid, aber für sie war die Sache vorbei, und sie sah keinen Sinn darin, den Schmerz unnötig zu verlängern.

Mit Nick hatte sie noch gar nicht über die Hauptteilhaberschaft gesprochen. Er war in letzter Zeit ziemlich ruhig gewesen, was – wie sie vermutete – sicher daran lag, daß er versuchte, seine Chancen einzuschätzen, und sich fragte, wann John ihn wohl darauf ansprechen werde – denn daß er das tun würde, stand für Nick fest. Sie überlegte, ob John sich möglicherweise nur zurückhielt, weil er nicht sicher war, ob Nick sich seine Anteile leisten konnte. Er wußte inzwischen von ihren Kaufabsichten, und vielleicht nahm er an, daß Nick nun die finanziellen Rücklagen fehlten. Da sie die Spannung nicht länger ertragen konnte, rief

Sarah ihn eines Sonntags vormittags an, als Nick Golf spielte.

«Marriott.» Seine gereizte Stimme überraschte sie, da sie an den ganz besonderen Ton, den er ihr gegenüber benutzt hatte, gewöhnt war.

«Hallo, John. Ich bin's, Sarah.»

«Sarah.» Er hörte sich überrascht an, vorsichtig, hoffend. «Was für eine angenehme Überraschung.»

«Oh, John», sagte sie reuevoll, «so angenehm wahrscheinlich leider nicht. Eher eine unglaubliche Frechheit. Ich möchte dich um einen Gefallen bitten.»

«Mein liebes Mädchen.» Seine Stimme klang jetzt viel wärmer, fast intim. «Du weißt, daß es nichts gibt, was ich nicht für dich tun würde, wenn es in meiner Macht steht. Es ist so schön, deine Stimme zu hören.»

Sarah verzog das Gesicht und schauderte unwillkürlich, da er sich auf eine Liebe bezog, die endgültig tot war.

«Nicht, wenn du hörst, worüber ich mit dir sprechen möchte», sagte sie geradeheraus. «Nämlich über die Hauptteilhaberschaft, John.» Es herrschte Totenstille am anderen Ende, und Sarah fuhr hämmernden Herzens hastig fort. «Ich wollte dich nur wissen lassen, daß wenn du Nick nur deswegen nicht ansprichst, weil du glaubst, er habe das Geld nicht, du dir deswegen keine Sorgen zu machen brauchst.»

Jetzt schwiegen beide, und als John wieder sprach, war seine Stimme trocken und sehr förmlich. «Das hier verstößt gegen gewisse Regeln ...»

«Ich weiß», beeilte Sarah sich zu sagen. «Aber ich hatte gehofft daß wir uns nahe genug stehen, um mir zu erlauben, die Regeln zu beugen.»

«Und, tun wir das?» Eine bedeutungsschwangere Frage.

«Wie ... was meinst du?» Sarah war verwirrt.

«Stehen wir uns nahe genug, Sarah?» Da, wieder der intime Ton. «Ich dachte, du hättest entschieden, daß zwischen uns alles vorbei sei.»

«Aber ... ja, natürlich, aber ...» Sarah kam ins Stocken, sie war verlegen und konfus. «Aber wir können doch Freunde bleiben, oder?»

«Ach so. Freunde. Welch zweideutiges Wort.» Der intime Ton machte Unmut Platz. «Um ehrlich zu sein, Sarah, als ich dachte, daß wir beiden eine gemeinsame Zukunft hätten, war ich bereit, Nick meine Anteile anzubieten als ... nun, laß es mich eine Art Entschädigung nennen.»

«Und jetzt?»

«Jetzt habe ich mich wieder der Gründe besonnen, aus denen ich Nick für die Position des Seniorpartners für ungeeignet halte.»

«Die da wären?»

Er lachte überrascht über ihre Erwartung, von ihm ins Vertrauen gezogen zu werden. «Da du darauf bestehst ... Obwohl ich kaum glaube, daß ich dich an gewisse Zwischenfälle in Nicks Vergangenheit erinnern muß, die ihn für die Position des Seniorpartners einer alten und hochangesehenen Anwaltskanzlei disqualifizieren.»

«Aber du wärest das Risiko eingegangen, als ich noch deine ... *Geliebte* war.» Es fiel ihr schwer, das Wort auszusprechen.

«Als ich dachte, daß wir eine gemeinsame Zukunft hätten», korrigierte er.

«Und jetzt hast du es dir anders überlegt?»

Er zögerte. «Hast du mir irgend etwas zu sagen, das mich die Situation in ihrem früheren Licht sehen lassen könnte?»

Abscheu erfüllte sie. «Nein», sagte sie. «Nichts.»

«Dann sind die Würfel wohl gefallen.»

«Verstehe.» Dann kam ihr ein Gedanke. «Weiß Nick schon von deiner Entscheidung?»

«Noch nicht. Ich denke noch immer sorgfältig über die Besetzung der Stelle nach.»

«Verstehe. Und du hältst es für unwahrscheinlich, daß du deine Meinung doch noch ändern könntest? Bezüglich Nicks Qualifikation?»

«Hältst du es für unwahrscheinlich, daß du deine Meinung bezüglich unserer gemeinsamen Zukunft änderst?»

«Erpressung, John?» Sie brachte es fertig, ansatzweise unbeschwert zu klingen.

Er lachte sanft. «Kaum, Sarah. Ich möchte nur, daß du meine Spielregeln kennst.»

«Es ist vorbei, John. Aus und vorbei.»

«Dann wissen wir alle, wo wir stehen.» Er legte auf.

Zitternd ging Sarah zurück in die Küche. Sie war entsetzt, konnte kaum glauben, daß John einer solchen Scheinheiligkeit fähig war, und fürchtete Nicks abgrundtiefe Enttäuschung. Sie fragte sich, wie er damit umgehen würde und wie er herausfinden würde, daß man ihn hintergangen hatte – denn daß sie John angerufen hatte, würde sie ihm nie sagen können. Vielleicht hatte Nick die Hoffnung ohnehin schon aufgegeben, weil er wußte, daß er nicht das Geld hatte, um Johns Anteile zu kaufen. Wieder einmal war sie gerührt von Nicks großzügiger Geste, ihr das Cottage zu schenken, doch gleichzeitig fühlte sie sich schuldig. Sie fragte sich, ob John Nick die Position angeboten hätte, wenn ihre Affäre nie stattgefunden hätte, und erst da ging ihr auf, daß die Heiligkeit der Position als Seniorpartner John nicht davon abgehalten hatte, selbst eine Liaison mit ihr einzugehen. Sie vermutete, daß sein Gerede von Nicks Vergangenheit nur Scheinargumente waren, daß John sich einfach nur rächen wollte, und daß sie schweigend dabei zusehen mußte, wie er tat, wozu er gutes Recht hatte.

Wie es das Schicksal so wollte, hoffte Nick tatsächlich noch, daß ihm die Stelle angeboten würde. Er wußte, daß kein anderer in Frage kam und daß der Rest der Kanzlei dies erwartete. Weder er noch John hatte jemals durch Worte oder Blicke auf Johns Affäre mit Sarah auch nur angespielt, und jetzt, da sie abgeschlossen war, hoffte Nick, daß sie auch vergessen war. Es kam ihm selbstverständlich niemals in den Sinn, daß er als die schuldlose Partei bestraft werden könnte.

Am Montag morgen nach Sarahs Anruf bat John Nick zu sich ins Büro. Klopfenden Herzens und voller Hoffnung folgte Nick seiner Aufforderung. Es war soweit!

«Setz dich doch bitte, Nick.» John beobachtete ihn ausdruckslos über den riesigen Schreibtisch hinweg und genoß seine Macht.

«Danke.» Nick setzte sich und überlegte, wie John sich jetzt, da die Affäre zu Ende war, wohl fühlte. Er wußte noch immer nicht, wer von den beiden Schluß gemacht hatte oder ob sie sich in gegenseitigem Einvernehmen getrennt hatten. «Wir haben uns lange nicht gesehen.»

«Ich hatte viel zu tun. Wie du weißt, steht meine Pensionierung kurz bevor, und ich habe Pläne gemacht.» John sah in Nicks zuversichtliches Gesicht und empfand Schadenfreude in seinem bitteren Herzen. «Pläne, die – so leid es mir tut – dich nicht berücksichtigen, Nick.»

Gierig sah er zu, wie das Lächeln in Nicks schönem Gesicht einer verdutzten Miene wich.

«Entschuldige.» Nick runzelte die Stirn und schüttelte den Kopf. «Ich kann dir nicht ganz folgen.»

«Nein?» John hob die Augenbrauen und lächelte. Wie süß konnte Rache sein! «Dann muß ich wohl deutlicher werden.»

«Bitte.» Nick beobachtete ihn, während ihm ein furchtbarer Verdacht kam.

«Ich denke, es ist nur fair, daß du von mir erfährst, daß David Corbett die Position des Hauptteilhabers von Murchison & Marriott angeboten wurde und daß er das Angebot angenommen hat.» Nicks Entsetzen und Enttäuschung ließen sein maliziöses Lächeln breiter werden.

«David ...?» Er schwieg.

John neigte den Kopf zur Seite – und wartete.

Nick lachte ungläubig auf. «David Corbett? Darf man fragen, warum er über meinen Kopf hinweg ausgewählt wurde, wenn ich schon doppelt so lange hier bin und dreimal so viele Mandanten habe ...?» Er schüttelte den Kopf und sah gleichzeitig gekränkt und angewidert aus.

«Mein lieber Nick.» John schenkte ihm ein mildes Lächeln und freute sich über die Möglichkeit, das Messer noch einmal umzudrehen. «Hast du etwa ernsthaft daran geglaubt, daß diese Position dir angeboten werden könnte?» Nun war es an ihm, den Kopf zu schütteln und gleichzeitig ungläubig und amüsiert auszusehen. «Bei deinem Ruf?» Er seufzte bedauernd. «Der Seniorpartner muß – genau wie Cäsars Frau – über jeden Verdacht erhaben sein. Angesichts deiner anrüchigen Vergangenheit ein Ding der Unmöglichkeit.»

Aufmerksam beobachtete er Nicks Zorn, sah, wie er mit

sich und dem Verlangen kämpfte, ihn auf seine eigene Affäre während seiner Zeit als Seniorpartner hinzuweisen, und lächelte, als Nick sich offenbar dagegen entschied, mit ihm über Sarah zu reden.

«Verstehe. In dem Fall danke ich dir, daß du mich vorgewarnt hast.» Nick hatte sich unter Kontrolle. «Dann gibt es wohl auch nichts mehr zu sagen.»

«Von meiner Seite sicher nicht.»

Sie starrten einander an.

«Dann mache ich mal weiter.» Nick stand auf, zögerte, verließ Johns Büro und schloß leise die Tür hinter sich.

Sarah sortierte Vorhänge, als er nach Hause kam. Wenn alles klappte, würden sie noch vor Weihnachten den Kaufvertrag unterschreiben, und sie war vollauf damit beschäftigt, die Einrichtung für das Cottage auszusuchen. Als sie sein Gesicht sah, ließ sie die Vorhänge liegen – sie wußte genau, was passiert war.

«Ich habe einen ziemlichen Schock bekommen heute.» Er hatte sich immer noch unter Kontrolle. «David Corbett ist zum Seniorpartner ernannt worden.»

Er beobachtete sie, um das Ausmaß ihrer Enttäuschung einzuschätzen.

«Oh, Nick, das tut mir leid.» Sie sah ihn unverwandt voller Mitgefühl und Gewissensbisse an. Sie biß sich auf die Lippe, da sie sich vorstellen konnte, wie gedemütigt er sich fühlen mußte und wie sich die anderen im Büro jetzt das Maul zerrissen. «Oh, Nick. Es ist meine Schuld. Wenn doch nur …»

«Nein!» Er reagierte so heftig, daß sie verstummte. «Das hat überhaupt nichts mit dir zu tun. Er hat unmißverständlich zum Ausdruck gebracht, daß es an meiner ‹anrüchigen

Vergangenheit› liegt.» Er betonte diese Worte, so daß sie wußte, daß er John zitierte. Sie ärgerte sich maßlos über Johns Scheinheiligkeit. «Es tut mir leid, Sarah. Du bist sicher auch enttäuscht.»

Seine Entschuldigung entbehrte jeden Selbstmitleids, und Sarah wurde von einer Woge der Bewunderung für ihn ergriffen.

«Nick», setzte sie an, doch er schüttelte den Kopf.

«Versuch es einmal so zu sehen», sagte er. «Alles, was passiert ist, ist direkt oder indirekt auf mein Verhalten in der Vergangenheit zurückzuführen. Alles! Verstehst du?»

Sie starrte ihn an. Sie wußte, daß er sie von jeglicher Schuld freisprechen wollte, daß er eingesehen hatte, daß ihre Affäre mit John das Ergebnis seiner eigenen Seitensprünge gewesen war. Das war die Wahrheit, und sie spürte, daß nichts anderes als die Wahrheit jetzt zählte.

Sie nickte. «Ja, ich verstehe. Es tut mir aber trotzdem leid. John läßt dich dafür bezahlen, daß ich mit ihm Schluß gemacht habe. Er ist so scheinheilig.»

Nick wurde tröstlich warm ums Herz. Also hatte sie ihn fallengelassen, und John rächte sich dafür. Das war zwar ein hoher Preis, aber Nick hielt an seiner Ansicht fest: Hätte er Sarah nicht ständig betrogen, hätte er sie nicht zu dieser furchtbaren Szene mit Cass gedrängt, dann hätte Sarah nie aufgehört, ihn zu lieben. Er lächelte sie an, und sie ging zu ihm und hakte sich bei ihm ein.

~ 34 ~

HOCHZUFRIEDEN MIT SEINEM LEBEN, SCHLENderte Toby von der Werft nach Hause. Es war fast Winter, doch hatten sie einen ruhigen, fast friedlichen Herbst gehabt, ganz ohne die üblichen Stürme und Orkane. Er dachte an all die Pläne, die heranreiften, und lächelte in sich hinein. Er konnte kaum glauben, daß es nicht einmal sechs Jahre her war, seit er Miggy im Royal Castle kennengelernt hatte, so unvorstellbar war ihm das Leben ohne sie und die Mädchen. Er konnte sich erinnern, was für ein mageres Kind Daisy damals war, und wie sie sein schweres Dingi ganz allein über den Fluß gesteuert hatte. Georgia dagegen: das schmollende, übergewichtige Schulmädchen, das ihnen die kalte Schulter gezeigt hatte, bis Miggy das Eis gebrochen hatte. Toby staunte darüber, wie Frauen sich beinahe über Nacht verwandelten. Georgia arbeitete jetzt erfolgreich und mit großem Spaß in einer Werbeagentur, aber er konnte sich noch sehr gut erinnern, wie überrascht er gewesen war, als sie nach ihrem ersten Oberstufenjahr in den Sommerferien hergekommen war: anmutig, hübsch, lebhaft. Innerhalb eines Schuljahres war aus dem Kind eine Frau geworden.

Daisy machte nun die gleiche wundersame Wandlung durch. Sie sah Miggy so ähnlich, daß ihm fast das Herz stehenblieb: groß und schlank, blaß und feingliedrig. Ihre strahlenden Locken waren genauso kupferrot wie Miggys, nur ihre Augen unterschieden sich in der Farbe – Miggys waren grün, ihre waren, ganz wie Patricks, goldbraun – und standen enger. Sie war noch immer ganz wild aufs Segeln und Rudern und Schwimmen, doch umgab sie eine so verträumte Aura, eine geheimnisvolle Schüchternheit, die Toby berührte und seinen Beschützerinstinkt weckte.

Er sah über den Fluß zur Mühle und dachte an Hattie. Er freute sich, daß sie das eine Cottage an ihre alte Freundin Sarah verkauft hatte, die zur Erleichterung aller schon lange ihre despektierliche Meinung über Miggy geändert hatte. Schade, daß die Menschen im allgemeinen erst Opfer ihrer eigenen Schwächen werden mußten, um für andere, die Fehler gemacht hatten, Verständnis haben zu können, aber wenigstens spielte Sarah jetzt nicht die Scheinheilige. Hattie mußte sich nur noch um ein Cottage sorgen, und wenn alles nach Plan verlief, würde auch dieses bald bewohnt sein.

Toby seufzte vor Zufriedenheit, als er den Reiher beobachtete, der bewegungslos und fast nicht sichtbar unter den ausladenden Bäumen nach Futter Ausschau hielt. Der Rumpf der *Abigail* war im Schatten der Bucht kaum zu sehen, und für einen Moment stiegen dunkle Erinnerungen in Toby auf. Er ging den Hügel hinunter und betrat sein Cottage. Miggy bügelte in der Küche, Marigold saß daneben im Wäschekorb inmitten ihrer Spielsachen und Bücher. Er nahm sie auf den Arm, wirbelte sie herum und küßte sie, doch sie quietschte unvergnügt und wollte zurück zu ihren Spielsachen. Er küßte sie noch einmal, setzte sie wieder in den Wäschekorb und nahm Miggy in den Arm.

«Alles in Ordnung?» Sie lächelte ihn an und war genauso aufgeregt wie er.

«Alles in bester Ordnung.» Jetzt küßte er auch sie. «Wie wäre es mit einer Tasse Tee?»

«Glänzende Idee. Du bist früh dran.»

«Ich weiß.» Er ließ Wasser in den Kessel laufen. «Ich habe diese Warterei nicht mehr ausgehalten.»

Sie lachte leise. «Du alter Softie!»

«So bin ich nun mal.» Er grinste sie an. «Und du willst es schließlich auch nicht anders.»

«Wie wahr!» Sie bügelte eine Weile schweigend weiter, während Marigold mit ihren Spielsachen murmelte.

«Gott sei Dank hat das Wetter sich gehalten.» Toby sah aus dem Fenster. «Es wird bald dunkel.»

Miggy nahm die letzte Bluse vom Bügelbrett und zog den Stecker des Bügeleisens heraus. «Komm, wir setzen uns ins Wohnzimmer», sagte sie. «Bring den Tee dahin. Wir können uns die Warterei genausogut gemütlich machen.»

Hattie begleitete Sarah auf den Mühlenhof. Sie umarmten sich, und Sarah fuhr davon. Hattie lauschte dem Wagen, bis das Motorengeräusch nicht mehr zu hören war und die Stille des Winternachmittags das Tal erfüllte. Die strahlenden Farben des Sonnenuntergangs waren verblichen, nur im Westen schimmerte der Himmel noch leicht rosa. Vom Meer her zog Nebel auf, der über die Hügel kroch und mit dem Wasser verschmolz. Die kahlen Äste hoben sich in geisterhaftem Grau von dem perligen Weiß ab. Hattie spazierte mit dem Admiral bei Fuß in den Obstgarten und zum Mühlteich hinüber, der jetzt den Wasservögeln und anderen Tieren als Zufluchtsort diente. Sie lächelte in sich hinein, als sie an den Winter dachte, in dem Joss den Teich aufgeräumt hatte. Lautstark und ohne Unterlaß hatte er geschimpft, während er massenweise alten Schlamm herausschaufelte.

Sie rief den Admiral, der die schlafenden Enten aufschreckte, und schlenderte, an Sarah denkend, zurück durch den Obstgarten. Es mußte Nicks Selbstvertrauen ganz schön erschüttert haben, daß die Hauptteilhaberschaft einem anderen Partner überantwortet wurde. Andererseits war dies anscheinend genau das gewesen, was Sarah und Nick endgültig wieder zueinandergeführt hatte. Nicks Gespür für Sarahs Bedürfnisse hatte sie beeindruckt, und sie hatte ihn darin bestärkt, daß die Idee mit dem Cottage und dem Boot ausgezeichnet war und genau das, was Sarah brauchte. Trotzdem hatte dies Zunichtemachen seiner Hoffnungen sie einander noch nähergebracht, und wenn Nick diesen Schlag verkraftete, war es möglicherweise das Beste, was den beiden überhaupt hätte passieren können. Es war sehr aufschlußreich gewesen, zu hören, daß Sarah ganz auf Nicks Seite war; sie war außer sich vor Wut über Johns Vorgehen und bewunderte Nick für seine stoische Reaktion darauf. Nachdem die beiden in Hatties Augen so lange lediglich zwei Menschen gewesen waren, die zusammenlebten, formten sie nun endlich wieder ein Paar.

Hattie freute sich darauf, Sarah jetzt öfter um sich zu haben. Sie war ausgesprochen angenehme Gesellschaft, lokker und amüsant, als hätte sie all ihre früheren Kritteleien und Bedenken vergessen, und Hattie zweifelte nicht daran, daß sie in ihre kleine Gemeinschaft passen würde. Miggy verkrampfte sich in ihrer Gegenwart nicht länger, und Toby freute sich über Nicks Auftrag für die Jolle. Im Vorbeigehen warf Hattie einen Blick auf die leerstehenden Cottages, die schon bald bewohnt sein würden. Bald würden sie den Vertrag unterzeichnen, und dann würde Sarah regelmäßig herkommen und das Cottage gemütlich einrichten. Was das andere Cottage anging, so hatte Toby einen Freund, der es gerne mieten wollte. Hattie war etwas vorsichtig gewesen, und Toby war nicht sehr konkret geworden, aber sie hatte zugestimmt, das Cottage freizuhalten, bis sein

Freund herkommen konnte, um es sich anzusehen. Immerhin war es sehr wahrscheinlich, daß ein Freund von Toby als Mieter mindestens genauso geeignet war wie jeder andere, der sich auf ein Inserat meldete. Sie schüttelte den Kopf über sich selbst. Sie wußte ganz genau, daß ihre Zurückhaltung und ihre Vorsicht nur daher rührten, daß sie immer noch gehofft hatte, Joss würde wiederkommen und das Cottage als Unterschlupf gebrauchen können.

In Gedanken versunken, folgte sie dem Admiral, der auf dem Kai schon vorausgelaufen war. Die Dämmerung hatte eingesetzt und verlieh der Flußlandschaft eine unheimliche, gespenstische Atmosphäre. Sie lehnte sich eine Weile an die Mauer und runzelte dann die Stirn. Aus der Stille des Nebels hörte sie gedämpft Motorengeräusche. Hattie blickte angestrengt ins Halbdunkel und sah, wie sich geisterhaft etwas, das wie ein Boot aussah, durch den Dunst auf dem steigenden Wasser flußaufwärts schob. Die braunen Segel waren nur provisorisch verstaut, die beiden Masten nackt, und der stetig vorwärts gleitende Rumpf störte den silbrigen Glanz des Wassers kaum. Der Motor tuckerte langsamer, als sie die Vertäuboje erreichte, der Schatten eines Menschen machte geschickt an ihr fest, und sogleich schaukelte die *Westering* wieder an ihrem alten Liegeplatz.

Joss erschien auf dem Vordeck und ließ den Blick über das halbdunkle Ufer schweifen. Hattie richtete sich auf – ihr Herz hämmerte, ihr Mund war ganz trocken – und hob die Hand zum Gruß.

«Hattie?» Er konnte die Wiedersehensfreude nicht völlig verbergen, doch versuchte er, so lässig wie möglich zu klingen.

«Ich hoffe, dich hat niemand von der Marineschule so vorbeikommen sehen!» Ihre Stimme bebte. «Die haben ihre Segel schon hafenfertig verstaut, bevor sie Bayard's Cove erreichen. Nicht so eine Schlamperei wie das da.»

«Das kommt daher, daß die Marine ihre Segel nie benutzt. Die weiß nur, wie man den Motor bedient.» Joss stieß sich vorsichtig mit dem Dingi ab. «Ich habe sie erst auf dem Dart eingeholt. Zuwenig Wind.»

«Was ist das denn überhaupt für eine merkwürdige Ankunftszeit?»

«Von einer bestimmten Ankunftszeit war nie die Rede. Nur die Marine verkündet so was und hält sich dann ohnehin nie dran.» Mühelos ruderte Joss zum Anlegeplatz hinüber. «Die Armee dagegen hält, was sie verspricht. Ich habe gesagt, ich würde wiederkommen.»

Hattie folgte dem Admiral zum Anleger. Der große Hund rannte vor Aufregung ins Wasser und wedelte wild mit dem Schwanz, während Hattie sich die Tränen aus dem Gesicht wischte und versuchte, den Kloß im Hals herunterzuschlucken. Joss nahm die Ruder an Bord, streichelte dem Admiral über den Kopf und zog an seinen Ohren.

«Schaff mir dieses Riesenvieh vom Hals», rief er. «Gleich sitzt er mit mir im Boot und schmeißt mich über Bord!»

«Puuuh!» rief Hattie zitternd. «Um die halbe Welt gesegelt, und kann nicht einmal mit einem ganz normalen Hund umgehen …»

Sie rief den Admiral zu sich, Joss kletterte aus dem Dingi und machte die Leine an einem Ringbolzen fest. Er richtete sich auf, und sie sahen einander an.

«Herzlich willkommen, Joss», sagte Hattie.

«Ah. Schön, wieder zu Hause zu sein», sagte er und streckte die Arme nach ihr aus.

Erst viel später fand Hattie heraus, daß Daisy während seiner gesamten Reise Joss' Kontakt gewesen war. Er hatte ihr an die Schuladresse geschrieben, um zu hören, was in seiner Abwesenheit passierte, und sie hatte ihm von Jeremy erzählt und davon, daß Hester endgültig weggezogen war.

«Daisy war die einzige Unparteiische, verstehst du», erklärte er Hattie. «Ich hatte befürchtet, daß du glaubst, ich würde sterben vor Liebeskummer, und alles versuchen würdest, um Hester hierzubehalten, und ich hatte das Gefühl, daß die einzige Möglichkeit, unsere wahren Gefühle zu entdecken, war, keinen Kontakt zu haben. Ich weiß jetzt, daß Hester sich nach einer harmonischen, liebevollen Familie gesehnt hat und daß ich nur eine Entschuldigung gesucht habe, um hierbleiben zu können, ohne mein Gesicht zu verlieren. Das mit der harmonischen Familie war auch recht verlockend, aber ich habe einfach nicht zu Hester und Ned gepaßt, und sie hat nicht lange gebraucht, um das zu durchschauen, als ich erst mal weg war.»

«Ich glaube, sie hat es die ganze Zeit gewußt», stimmte Hattie ihm ohne Groll zu. «Und ich verstehe, daß du nicht wolltest, daß wir dir alle schreiben, weil das die Gefühle zu sehr aufgewühlt hätte. Aber warum hast du nicht an Toby geschrieben?»

«Toby ist ein hoffnungsloser Romantiker», sagte Joss ohne Zögern. «Er hätte so gerne alle hierbehalten, eine harmonische Großfamilie. Und abgesehen davon hätte er meine Briefe nicht vor Miggy verbergen können, und Miggy ist mit Hester befreundet. Daisy hat mir immer nur ganz neutral erzählt, was hier vor sich ging, so daß ich wußte, daß es euch gutging und wann die Luft rein war. Dann hat sie mir geschrieben, daß Tobys Partner wegzieht, und erst da habe ich an Toby geschrieben. Ich war schon auf dem Weg hierher, aber ich wollte nicht, daß du davon erfährst, für den Fall, daß ich wetterbedingt erst im Frühjahr angekommen wäre.»

«Du bist also Tobys Freund, der das Cottage mieten will.» Hattie war viel zu erleichtert, daß es ihm gutging, und zu glücklich, ihn wieder bei sich zu haben, als daß sie sich darüber ärgern könnte, beschummelt worden zu sein. «Und jetzt bist du Tobys Partner in der Werft?»

«Ganz genau. Ich werde meine Mutter besuchen, um ihr zu sagen, daß ich endlich anständig werde, und hoffe, daß sie mir ihren Segen gibt. Ich glaube, das einzige, was Hester und ich gemeinsam hatten, war, daß unsere Familien uns ablehnten. Gott sei Dank ist Jeremy wiedergekommen!»

«Sie ist so glücklich.» Hattie freute sich, ihm das sagen zu können. «Jetzt hat sie ihre Familie, und sie leben alle zusammen unter einem Dach bei ihrem Vater in London.»

«Jellicoe ist älter geworden.» Joss sah sich in der Küche um. Alles war genauso, wie er es sich in den einsamen Nächten auf See vorgestellt hatte. «Und fetter.»

«Was erwartest du denn?» fragte Hattie pikiert. «Wir sind alle eineinhalb Jahre älter. Und ich bin eine alte Pensionärin, wenn ich dich daran erinnern darf.»

«Von mir brauchst du gar kein Mitleid zu erwarten.» Er grinste sie an. «Stell die Buddel auf den Tisch und pack richtig aus. Daisy ist ja noch zu jung, um die ganzen pikanten Details zu schreiben. Warum will Sarah das eine Cottage kaufen? Und was ist mit James? Mir scheint, Daisy sieht in ihm immer noch den Märchenprinzen, der eines Tages in einem schneeweißen Segeldingi auf den Wellen hergeritten kommt.»

«Das arme Kind», seufzte Hattie und scheuchte den Admiral in die Speisekammer. «Mußte jetzt schon lernen, daß junge Männer die geborenen Lügner sind.»

«Das erspart ihr später ’ne Menge Kummer.» Er sah zu, wie sie die Gläser füllte. «Ich freue mich schon darauf, wieder in dem Cottage zu wohnen, Hattie. Nach achtzehn Monaten auf der *Westering* wird es mir wie ein Palast vorkommen.»

«Aber du wirst sie doch nicht verkaufen, oder?» Sie setzte sich ihm gegenüber und sah in sein schmales Gesicht. Der Admiral war nicht der einzige, der älter geworden war. «Sie sieht ganz so aus, als könnte sie etwas Pflege gebrauchen.»

«Dafür ist jetzt genug Zeit», sagte er entspannt. «Aber jetzt werde ich erst einmal eine Weile nicht an Bord wohnen. Dieses Mal mußt du mir einen richtigen Mietvertrag aufsetzen. Ich kann es mir nämlich nicht leisten, das Cottage zu kaufen, so wie Sarah und Nick.»

Hattie nippte nachdenklich an ihrem Glas. «Es geht mich ja nichts an», sagte sie schließlich, «aber hast du denn genug, um die Anteile an der Werft zu kaufen?»

Sie sahen sich starr in die Augen, und sie fürchtete, zu weit gegangen zu sein. Sie durfte nicht vergessen, daß er ein unabhängiger junger Mann war, auf den sie keinerlei Anspruch hatte. Er sah, daß sie unsicher war, und lächelte.

«Ich leihe mir etwas», klärte er sie auf. «Toby macht es mir so einfach wie möglich, aber ich möchte keine Almosen.»

«Nein», sagte sie schnell. «Nein, völlig klar. Es ist nur … wenn es zu schwierig sein sollte … Na ja, jetzt, wo ich das Cottage verkauft habe, habe ich ein bißchen was übrig. Das ist alles.»

«Ich werde es mir merken», versprach er. «Danke, Hattie.»

Noch später, als Joss zu Toby und Miggy hinübergegangen war, sah Hattie sich im Cottage um und bezog das Bett mit frischen Laken. Sie wußte, daß er kein Aufhebens wollte, also tat sie nur das Nötigste, um sein Quartier einladend aussehen zu lassen, und ging dann hinaus. Der Mond war aufgegangen und hing kalt und hell über dem milchigen Nebel, der auf dem Wasser lag. Die *Westering* sah aus wie ein Geisterschiff, das auf den weißen Schwaden schwebte, und die dichtbewaldeten Hügel am Ufer hoben sich tiefschwarz gegen das Mitternachtsblau des Firmamentes ab. Die Tide hatte ihren Höhepunkt erreicht, klatschte sanft gegen die Kaimauer und war so weit gestiegen, daß Joss' Dingi gerade eben im Wasser lag.

Miggy hatte ihr vorgeschlagen, vorbeizukommen, nachdem sie im Cottage nach dem Rechten gesehen hatte, doch Hattie war zu aufgeregt, ihre Gefühle lagen zu dicht unter der Oberfläche – selbst ihren liebsten Freunden wollte sie dies nicht zeigen. Der Admiral setzte sich neben sie und lehnte sich an ihre Beine. Sie beugte sich hinunter, um ihn zu streicheln, und freute sich über seine Gesellschaft – mehr brauchte sie im Moment nicht. Ihre Familie war hier bei ihr in der Nähe, und sie konnte beruhigt hineingehen und ihr Glücksgefühl genießen. Sie klopfte dem Admiral noch einmal auf die Seite.

«Komm, Jellicoe», murmelte sie. «Zeit ins Bett zu gehen.»

Gemeinsam gingen sie über den Kai, und nachdem sie einen letzten Blick auf den mondbeschienenen Fluß geworfen hatte, folgte sie dem Admiral in die Mühle und schloß die Tür hinter sich.

~ Epilog ~

1986 JAMES LIESS DEN MOTOR AN UND FUHR langsam die gewundene Straße bis zum Fluß hinunter. Jetzt, da er zurück war, konnte er überhaupt nicht verstehen, warum er nicht schon früher wieder hergekommen war. Schließlich war er auch zu Annies und Peters Einweihungsparty in Strete erschienen. Aber mit Peter hatte er ja auch studiert ... James wußte, daß er nur nach Ausreden suchte, und schämte sich. Er hätte herkommen sollen. Alles war so neu und aufregend gewesen, und die Zeit war im Sauseschritt vergangen, aber wenigstens hatte er sich immer wieder gemeldet, hatte Weihnachtgsgrüße geschickt und Daisy ab und zu geschrieben. Er erinnerte sich, daß sie bald nach Oxford kommen würde, um auf eine Hauswirtschaftsschule oder so zu gehen, dann konnte er ihr wenigstens die Stadt zeigen, um sie für seine Faulheit zu entschädigen. Er dachte wieder an Miggy, und obwohl er in der Zwischenzeit ein paar Freundinnen gehabt hatte und sogar eine relativ ernsthafte Beziehung, fing sein Herz beim Gedanken an sie wieder heftig an zu klopfen. Merkwürdig, wie seine jugendliche Leidenschaft noch immer nachwirkte. Sie war sein romantisches Ideal einer Frau gewesen.

Er fuhr am Mühlteich vorbei und bremste vor dem Tor zur Mühle ab. Sollte er einfach hineinfahren? Ein klobiger Peugeot war dort geparkt, wo sonst Hatties Renault gestanden hatte, und James fuhr hinein und stellte sich daneben. Er freute sich, den Admiral in der Sonne faulenzen zu sehen. Als James ausstieg, erhob er sich schwerfällig und kam schwanzwedelnd auf ihn zu. James bückte sich, um ihn zu streicheln, und bemerkte, daß er dicker und grauer geworden war.

«Hallo, Jellybaby», sagte er leise. «Kennst du mich noch?»

Es sah ganz so aus. Nach diesem für beide Seiten zufriedenstellenden Wiedersehen richtete James sich auf und sah sich um. Liebevoll betrachtete er das Cottage, in dem er so glücklich gewesen war, und fragte sich, wo sie sich an einem Montagmorgen wohl alle herumtrieben. Die Tür zur Mühle stand wie üblich offen, aber statt hineinzugehen und nach Hattie zu rufen, folgte James dem Admiral, der sich auf den Weg zum Ufer gemacht hatte. Als er am Kai angekommen war, hielt James den Atem an. In einem alten Jeansrock, mit hochgekrempelten Ärmeln und ausgebleichten Sandalen ging Miggy am Ufer entlang. Die roten Locken glänzten in der Sonne, ihr Gesicht war dem Fluß zugewandt. Er erinnerte sich an ihre anmutige Größe und die Form ihres Kinns und dachte, sein Herz würde stehenbleiben. Der Admiral hatte sie eingeholt, und sie blieb stehen, um mit ihm zu reden, bückte sich, um ihn zu umarmen, und drückte dabei ihre Wange gegen seinen großen Kopf. Als sie sich aufrichtete, sah sie, daß James sie beobachtete, und als ihr Gesicht vor Freude erstrahlte und sie instinktiv die Hände nach ihm ausstreckte, bemerkte James seinen Fehler.

«Oh, James! Endlich.» Daisys Stimme bebte. «Ich dachte schon, du würdest nie wiederkommen.»

«Konnte nichts dafür!» Er rannte auf sie zu, ergriff die

ausgestreckten Hände und sah in ihre goldbraunen Augen. «Die Herren Nörgel, Nörgel, Bauchweh und Stöhn haben mir wieder so zugesetzt.»

«Alle Hände voll zu tun?»

«Oh, Daisy», sagte er. «Alle Hände und Füße. Aber egal. Jetzt bin ich ja hier.»